셜록홈즈

베스트 단편선 ⑬

저자 아서 코난 도일(1859~1930)

영국의 추리소설 작가로 1859년 스코틀랜드의 에든버러 태생으로 의학을 공부했으나 모험을 즐긴 그는 의학보다는 소설쓰기에 열을 올렸다. 1887년 『주홍색 연구』를 첫 작품으로 발표한 후 독자들로부터 폭발적인 인기를 얻어 본격적으로 추리소설에 입문하였다. 이때부터 셜록 홈즈를 주인공으로 하는 시리즈 소설을 써서 널리 알려지며, 신문과 잡지등에 꾸준한 연재물로 실어 많은 인기를 누렸다. 1930년 7월 7일 아서 코난 도일은 소설가로서 많은 인기를 누리다 크로우러버의 자택에서 사망하였다.

대표작으로 『바스킬가의 개』, 『네 개의 서명』, 『검은 그림자의 공포』, 『잃어버린 세계』 등이 있으며, 셜록홈즈를 주인공으로 쓴 소설은 단편 56편, 장편 4편을 합쳐 모두 60편에 달한다.

편역자 김은주

이화여대 영문과 졸업. 중학교 교사 역임 후 전문 번역가로 활동, 번역작품으로 『독서의 기술』, 『셜록 홈즈의 대표 단편선』 등이 있다.

셜록홈즈 베스트 단편선 ❸
(Sherlock Holmes)

1판 1쇄 발행 | 2011년 8월 25일
1판 4쇄 발행 | 2017년 7월 25일
지은이 | 아서 코난 도일
편   역 | 김은주
펴낸이 | 이현순
펴낸곳 | 백만문화사
주소 | 우 07729 서울특별시 마포구 독막로 28길 34(신수동)
대표전화 | (02) 325-5176 **팩스** | (02) 323-7633
신고번호 | 제2013-000126호
홈페이지 | www.bm-books.com
e-mail | bmbooks@naver.com

ⓒ2011 백만문화사

셜록홈즈
베스트 단편선 ⑬

Sherlock Holmes.

아서 코난 도일 지음 | 김은주 편역

백만문화사

Sherlock Holmes

CONTENTS

흥미와 상상력을 선사하는
세계 최고의 추리 소설

우리나라 독자들 중에 아마도 셜록 홈즈를 모르는 사람은 없을 것이다. 셜록 홈즈는 그만큼 우리나라 독자에게 친숙한 이름이다. 비단 우리나라뿐만 아니라 세계적으로 가장 유명한 명탐정 중의 한 사람이다.

홈즈는 영국의 소설가 코난 도일에 의해 탄생된 사립 탐정으로 백 년이 넘게 전 세계의 독자들에게 사랑을 받고 있다.

홈즈가 이토록 전 세계적으로 인기를 얻고 있는 비결은 무엇일까?

그것은 바로 셜록 홈즈의 놀라운 추리력과 상상력 때문이다. 빠른 진행 속에서도 놓치지 않고 짚어가는 관찰력, 수수께끼와도 같은 사건들을 논리적으로 풀어가는 홈즈의 추리력 때문에 독자들은 홈즈와 같이 사건을 풀어가고, 상상하며 홈즈에게 빠져든다.

홈즈 인기의 또 다른 이유는 바로 홈즈 자신이다. 홈즈는 세상 모든 작은것 하나에도 관심과 흥미를 가지며, 열정으로 세상을 바라보고 열정으로 세심한 관찰을 기울인다. 이에 남들은 상상 하지도 못한 것을 발견하고, 무한한 이야기속의 주인공인 홈즈 자신을 독특한 케릭터로 승화시켰다.

또 셜록 홈즈는 누구의 말이든 소홀히 하지 않고 귀를 기울이는 경청가 중의 한 사람으로 꼽힌다.

마지막으로 셜록 홈즈는 우리 독자들에게 어떠한 어려운 상황을 만나더라도 꺾이지 않고 그곳에는 해결책이 분명히 있다는 확고한 신념을 심어준다. 용기를 잃지 않고 사건을 풀어가는 홈즈, 아무리 어려운 문제와 위기의 순간에도 확신에 찬 믿음을 그에게서 발견할 수 있었다.

본서는 셜록 홈즈의 단편 중에서 가장 흥미 있으며, 스릴이 넘치는 작품 중에서 독자들이 가장 많이 읽는 단편을 엄선하여 엮었다.

본서를 통해 셜록 홈즈의 사건해결의 진수와 통쾌함을 맛보며, 홈즈에게 박수를 보낼 뿐만 아니라 홈즈와 함께 진정한 추리 여행의 세계로 떠나 보자.

뜨거운 여름에

Sherlock Holmes

Sherlock Holmes

실종된 억만장자

왓슨은 의사이다. 왓슨 의사는 환자들에게 친절하고 실력 있는 의사라고 사람들이 말한다. 그 소리를 들은 왓슨은 물론 기분이 좋다.

그리고 왓슨은 명탐정 셜록 홈즈의 가장 친한 친구라고 사람들은 알고 있다. 실제 왓슨은 명의사라는 칭찬보다 셜록 홈즈의 절친한 친구라는 말을 듣는 것을 더 좋아한다.

그런데 요즘 왓슨은 따분하고 지루하게 하루하루를 보내고 있다. 결혼하고 나서 작지만 그래도 병원을 개업한 것까지는 좋았는데, 홈즈와 자주 만날 수 없는 것이 그에게는 무엇보다도 안타까웠다.

베이커 거리에 있는 홈즈의 하숙집에서 밤낮없이 사건에 몰두하던 그 시절은 정말 즐겁고 스릴이 넘치는 나날이었다.

그런데 지금은 어떤가? 이른 아침부터 밤늦게까지 고통으로 얼굴을 찡그리고 있는 환자들을 치료하느라 정신이 없고, 일이 끝나면 몸과 마음이 지치고 피곤해서 정신이 몽롱할 뿐이다.

"으흠!"

오늘도 변함없는 하루가 끝나고 있었다. 왓슨은 두 팔을 벌려 기지개를 폈다.

"벌써 열 시네."

왓슨의 눈에는 잠이 몰려왔다. 그 때 '딩동딩동' 하는 초인종 소리가 들렸다.

'아니 이 밤중에 누가 찾아 왔을까? 보나마나 환자겠지.'

"제가 나가 보고 올께요."

뜨개질을 하고 있던 부인이 자리에서 일어났다. 현관문이 열리는 소리가 나고 몇 마디 주고받는 소리가 나더니 부인이 손님을 데리고 들어왔다.

"아니, 휘트니 부인이 아니십니까? 이 밤중에 웬일이십니까?"

"밤늦게 찾아와서 죄송합니다만, 왓슨 선생님께 의논할 일이 있어서 이렇게 실례를 무릅쓰고 왔습니다."

"자, 여기 앉으세요."

왓슨은 부인에게 의자를 권했다.

"감사합니다. 감사합니다."

부인은 원래 조그마한 일에도 감동을 잘하는 성격이다.

"부인, 마음을 가라앉히고 차근차근 얘기해 보세요. 도대체 무슨 일입니까?"

"예, 선생님."

"여보, 휘트니 부인에게 포도주스 한 잔 드리세요."

"네."

"왓슨 선생님, 선생님을 보기만 해도 마음이 놓입니다. 왓슨 선생님은 홈즈의 친구 분이시죠?"

휘트니 부인은 왓슨 부인이 갖다 준 포도주스 한 잔을 단숨에 마셔버렸다. 그리고는 말을 이었다.

"선생님, 제 남편은 이틀씩이나 집에 돌아오지 않았습니다. 이대로 있다가는 내가 병이 들 것 같고……, 그런데 남편이 돌아오지 않을 것 같은 예감이 듭니다. 그래서 실례를 무릅쓰고 밤중에 이렇게 달려왔습니다."

"아, 그런 일이 있었군요."

왓슨은 조금 맥이 빠졌다. 왜냐하면 왓슨은 그녀의 남편이 마약중독자라는 걸 알고 있었기 때문이다.

"선생님, 제 남편을 지옥 같은 아편굴에서 빼내주세요. 제발 부탁합니다."

휘트니 부인은 두 손을 모아 간절한 목소리로 말했다.

그 때 옆에서 듣고 있던 왓슨 부인이 거들었다.

"여보, 어떻게 좀 해 보세요. 무서운 아편굴에 여자는 들어갈 수 없잖아요? 당신이나 홈즈 씨 같은 남자가 휘트니 부인을 구해내지 않으면 누가 구해내겠어요?"

왓슨 부인의 목소리에도 간절함이 들어 있었다.

왓슨은 휘트니 부인의 부탁을 거절할 수 없었다. 부인이 왓슨을 찾아와서 남편을 구해 달라고 부탁을 하게 된 것은 왓슨이 홈즈의 친구이기 때문이다. 홈즈는 정의로운 명탐정으로 소문이 나 있었다.

"부인, 걱정 마십시오. 제가 휘트니 씨를 집으로 꼭 모셔가겠습니다. 휘트니 씨는 지금 스윈덤 골목에 있는 아편소굴에 있지요?"

"네, 그렇습니다. 이제야 안심이 되는군요. 감사합니다."

휘트니 부인은 울먹이면서 말했다.

왓슨은 휘트니 부인이 집으로 돌아간 후에 곧바로 병원을 나와서 스윈덤으로 향했다.

스윈덤은 런던 동쪽에 위치한 할렘가이다. 그곳엔 항상 깡패들과 범죄자들이 우글거리는 우범지대이며, 거리는 어두컴컴하고, 퀴퀴한 냄새가 코를 찔렀다. 곧 무슨 일이라도 일어날 듯 축축한 기운이 엄습해 왔다.

왓슨이 이런 위험한 골목으로, 그것도 혼자 몸으로 찾아온 것은 위험한 모험이다. 그러나 홈즈와 함께 그동안 무시무시한 사건들을 해결하면서 여러 번 위험한 고비를 넘겨왔던 왓슨은 익숙한 듯 두려워 오는 어둠의 그림자를 떨쳐 버렸다.

왓슨은 마차에서 내리자마자 쏜살같이 아편소굴로 뛰어들어 갔다. 입구에서 망을 보고 있던 험상궂게 생긴 사나이가 무서운 눈초리로 왓슨을 노려보고 있었다. 그러나 그 사내는 왓슨을 가로막지는 않았다.

건물 안으로 들어가자 천장이 낮고 어두컴컴했는데, 병실처럼 침대가 줄지어 있었고, 아편중독에 걸린 사람들이 침대에 마치 누에처럼 누워 있었다. 뿌연 연기가 가득하고 그 연기 속에서 야릇한 아편 냄새가 방안을 가득 채우고 있었다. 마치 악마의 소굴처럼 느껴졌다.

누워 있던 아편 중독자들은 힘이 없고 흐릿한 눈으로 왓슨을 바라보았다.

'쯧쯧, 멀쩡한 사람들이 어떻게 하다가 저 모양이 되었을까?'

그 때 얼굴이 가무잡잡한 사람이 담뱃대에 아편을 꼽고 왓슨에게 다가왔다. 안내원이었다.

"손님, 이 쪽으로 오십시오. 좋은 자리가 비어 있습니다."

은근한 목소리로 말하였다.

"됐소. 나는 아편을 피우러 온 게 아니라 사람을 찾으러 왔소."

"뭐, 사람을 찾으러 왔다고?"

안내인의 목소리가 갑자기 커지면서 신경질적으로 바뀌었다.

안내인은 왓슨을 한 번 노려보더니 다른 데로 가버렸다.

그 때 저 쪽 안쪽 침대에 누워 있던 한 노인이 왓슨을 힐끗 쳐다보았다. 아편 중독자답지 않게 눈빛이 날카로웠다.

왓슨은 노인의 눈빛이 마음에 걸렸다.

'어디서 많이 본 듯한 얼굴인데…….'

왓슨은 고개를 갸웃거렸다. 얼른 생각이 나지 않았다.

'그나저나 휘트니 씨는 어디에 있는 걸까?'

왓슨은 이곳저곳을 기웃거렸다. 한참 동안 이곳저곳을 살피던 왓슨은 마침내 한 곳에 누워 있는 휘트니 씨를 발견했다.

"아, 휘트니 씨 맞지요?"

휘트니 씨는 거지같은 모습으로 변해 있었다. 머리카락은 아무렇게나 사방으로 흐트러져 있었고, 얼굴은 종잇장처럼 창백했으며, 눈빛은 초점을 잃은 채 멍하니 천장을 바라보고 있었다.

"휘트니 씨, 어서 집으로 돌아갑시다. 부인이 지금 몹시 걱정하고 있습니다."

그러자 휘트니 씨는 부스스 일어나며 말했다.

"지금 몇 시지요?"

"밤 열한 시입니다."

"무슨 요일입니까?"

"금요일입니다."

그러자 휘트니 씨는 잠에서 깨어난 듯한 목소리로 말했다.

"흐흐, 당신이 거짓말을 하고 있군. 나를 놀리고 있는 거요. 오늘은 수요일이구, 내가 여기 들어온 시간은 단지 몇 시간밖에 지나지 않았단 말이야."

아편중독자는 술주정뱅이보다 다루기가 더 힘들었다. 그래서 어떤 때는 난폭하게 다룰 필요가 있는 법이다.

"미안하지만 안 되겠군."

왓슨은 휘트니 씨의 뺨을 후려갈겼다.

"정신 좀 차려! 이 양반아!"

왓슨에게 뺨을 맞은 휘트니 씨는 몸이 흐느적거렸다.

왓슨은 축 늘어진 휘트니 씨의 몸을 일으켜 세웠다.

"휘트니 씨, 바로 좀 서 봐요!"

왓슨이 휘트니 씨를 부축하여 좁은 통로를 지나고 있는데 누군가 뒤에서 왓슨의 다리를 갑자기 잡아당겼다. 깜작 놀란 왓슨이 뒤를 돌아보자 조금 전에 눈빛이 빛나던 그 노인이다.

"나야?"

왓슨은 깜짝 놀랐다. 왓슨은 놀란 눈으로 그 노인을 내려다보았다. 그 순간 번개 같은 생각이 왓슨의 머리를 스쳐갔다.

"자네는 홈즈가 아닌가?"

홈즈는 입에다가 손을 대며 '쉿' 하더니 왓슨에게 말했다.

"왓슨, 아무 말 말고 내 말만 듣게."

홈즈는 나직한 목소리로 재빠르게 속삭이듯 말하였다.

"그 사람을 마차에 태워 보내고 잠시 기다리게. 자네에게 할 말이 있네."

왓슨은 휘트니 씨를 현관으로 급히 끌고 나왔다.

"후유!"

왓슨은 가슴이 놀란 토끼모양 벌렁벌렁 뛰고 있었다. 너무나 뜻밖의 장소에서 홈즈를 만나서 그를 더욱 긴장하게 만들었다. 홈즈를 아편 소굴에서 만났다는 그 사실만으로도 왓슨에게는 심각한 사실임이 분명했다.

'첫 눈빛이 예사롭지 않다고 했더니 역시……'

홈즈의 변장술은 귀신같았다. 꼬부라진 허리에, 주름이 가득한 얼굴, 쉰 듯한 갈라지는 목소리에, 방금이라도 쓰러질 듯한 그의 모습은 영락없는 아편중독에 걸린 노인이었다.

왓슨은 지나가는 마차를 불러 휘트니 씨를 태웠다.

"마부 양반, 여기 값을 두둑이 줄 테니 이 양반을 이곳까지 잘 모셔다 드리세요. 그리고 이 편지는 우리 집 사람에게 전해주고……"

"네, 신사 양반, 염려 마십시오."

주소지를 확인한 마부는 힘차게 채찍질을 하였다.

마차는 쏜살같이 어둠 속으로 사라졌다.

마차가 떠나고 난 후, 얼마 되지 않아 허리가 굽은 노인이 왓슨에게 나타났다. 홈즈였다.

"신사 양반, 이리 오시게."

노인은 왓슨을 데리고 인기척이 드문 으슥한 곳으로 갔다.

"후유, 힘들군."

노인은 허리를 펴고 얼굴을 두세 번 문질렀다. 그러자 키가 크고 잘생긴 홈즈가 나타났다.

"도대체 어떻게 된 일이야? 홈즈, 나는 꼭 도깨비에 홀린 것 같네."

"하하하."

홈즈는 큰 소리로 한바탕 웃었다.

"놀란 건 나도 마찬가지야. 의사인 자네가 느닷없이 아편굴에 나타나다니……."

"난 이웃에 사는 부인의 청탁을 받고 그 남편을 데리러 왔네. 헌데 뜻밖에도 이곳에서 자네를 만나다니. 그 소굴에 자네가 변장까지 해가면서 숨어 있을 줄이야 꿈엔들 생각했겠나? 무슨 일인가? 사건이 생긴 모양이지."

"자네 말이 맞아. 힘든 사건이 하나 생겼네."

"힘들다면…, 아직도 자네가 단서를 찾지 못했구먼?"

"음, 좀처럼 풀리지를 않는군. 그래서 변장을 하고 잠복을 했네. 그런데 뜻밖에도 자네가 나타났으니……. 이왕에 이렇게 만났으니 날 좀 도와주게."

"그럼 나도 변장을 해야 하는가?"

"아닐세, 자네가 함께만 해주면 되네. 자네가 옆에 있으면 마음이 든든하거든."

"하하하, 그 말을 들으니 나도 답답한 가슴이 뻥 뚫리는 것 같네. 사실은 나도 매일 환자들과 씨름하느라 몹시 따분했거든. 마침 잘 됐네. 아내에게도 자네를 만났으니 오늘 못 들어갈지도 모른다고 편지를 보냈네."

"그거 아주 듣기 좋은 말이네. 오늘 밤은 모처럼 조수를 데리고 사건을 처리하게 됐군 그래."

홈즈는 손가락을 입에 넣고 휘파람을 '휙!' 하고 불었다. 그러자 반대편에서 똑같이 휘파람 소리가 들리더니 마차 한 대가 그들 앞으로 달려왔다.

"존, 수고했네. 이제 마차를 내게 맡기고 자네는 돌아가게."

"예, 선생님."

젊은 마부는 수고비를 받자 돌아서서 갔다.

"자 왓슨, 마차에 얼른 올라타게. 사건은 가면서 말하지."

홈즈는 마부 자리에 올라앉아 고삐를 잡았다.

"어디로 가는 건가?"

"켄트 주의 리이 시까지 가야 되네. 여기서 10킬로미터쯤 되지."

마차는 빠른 속도로 도심을 달리기 시작했다.

"사건이 리이 시에서 일어났는가?"

잠시 침묵을 깨고 왓슨이 물었다.

"아니, 사건은 아까 그 아편 소굴에서 일어났다고 봐야 하겠지. 세인트 클레어라는 신사가 사라졌어."

"사라지다니?"

"갑자기 흔적도 없이 증발해 버렸어. 그 아편소굴은 지옥이야. 수상쩍은 게 너무 많아. 어쩌면 세인트 클레어는 살아서 돌아오지 못할지도 몰라."

"그럼 살해당했다는 건가?"

"아직은 모르지. 하지만, 그 아편소굴은 너무 위험해. 그곳에 들어갔다가 두 번 다시 나오지 못한 사람이 한 두 사람이 아니야."

"그곳이 그토록 위험한 곳인가?"

"아편 소굴 뒤쪽엔 항구로 통하는 수로가 있는데, 뒤쪽으로 난 창문에서 사람을 물속에 집어던지면 바로 바닷물에 휩쓸려 들어가지. 그러면 시체는 어디서 떠오르는지 모르지."

"그런데 리이 시에는 무엇 때문에 가는 건가?"

"실종된 세인트 클레어의 집이 그 부근에 있거든. 이 사건을 수사하는 동안 나는 그 집에 머무를 작정이네. 물론 자네도 함께 말이야."

"자네는 마치 자기 집에라도 데리고 가는 것처럼 말하는 군 그래."

왓슨이 웃으며 말했다.

마차는 도시를 벗어나 어느 새 한적한 교외를 달려가고 있었다. 밤하늘에 수많은 별들이 홈즈와 왓슨의 마차를 반짝 비추고 있었다.

"별이 오늘 따라 매우 아름다워!"

홈즈가 밤하늘을 쳐다보며 말했다.

"여기서 보니 별이 더 밝아 보이는군"

마차는 시골길을 접어들었다. 이곳부터는 포장되지 않은 완전한 시골이 시작되고 있었다.

"이곳에는 런던 부자들의 별장이 많이 있지."

여기저기 별장에서 비치는 불빛이 반짝이고 있었다.

"홈즈, 사건의 내막을 말해주게나."

"음, 그러지. 사건은 간단해. 너무 간단해서 오히려 해결하기가 어렵네. 사건 내막을 듣고 좋은 생각이나 단서라도 잡히면 말해주게."

홈즈는 파이프를 입에 물고 불을 붙였다.

"먼저 세인트 클레어라는 사람의 신상에 대해서 말해야겠지. 그는 5년 전부터 리이 시에 있는 호화주택에서 살고 있었는데, 굉장한 부자야. 나이는 서른세 살이고, 부인과 두 명의 자녀와 함께 살고 있지."

"그렇게 부러운 것이 없는 부자가 어떻게 아편중독자가 되었는가?"

홈즈의 말을 가로채며 왓슨은 물었다. 행복한 부자가 아편 중독이라는 사실이 믿어지지 않았던 것이다.

"왓슨, 너무 앞서서 생각하지 말게. 그는 절대 아편중독자가 아니야."

"아편 중독자가 아니라고?"

"음, 그는 아주 착실한 사람이야. 날마다 리이 시에서 런던으로 출퇴근하고 있었지. 그리고 매일 오후 6시면 집으로 퇴근하여 가족들과 함께 지내는 성실한 가장이야. 그 곳 주민들 모두 세인트 클레어를 착실한 사람으로 평가하고 있지."

"그래? 그런데 자네가 아까 세인트 클레어가 아편 소굴에서 실종되었다고 말하지 않았나! 아편 소굴에 드나드는 사람은 구제 불능의 인간이지 않은가?"

"내 얘기를 더 들어 보게. 바로 지난 월요일이야. 세인트 클레어는 평상시와 다름없이 런던으로 출근했어. 자상한 아빠인 그는 출근할 때 아이들에게 오늘은 퇴근하면서 집 쌓기 놀음을 할 수 있는 장난감을 사주겠다고 약속했지."

"그래서?"

왓슨은 홈즈가 말을 끊은 것이 답답하고 궁금해서 재촉했다.

"그런데 세인트 클레어가 집을 나선지 얼마 안 되어 '알바틴 기선회사'에서 전보가 왔어. 짐이 와 있으니 찾아가라고."

"알바틴 기선화사라면 스윈덤 골목 근처 선창가에 있는 회사가 아닌가?"

"맞네."

"무슨 짐이었는데?"

"무슨 짐인지는 몰라도 부인이 무척 기다리고 있던 짐이라고 하더군. 부인은 점심을 먹고 부랴부랴 런던으로 갔지. 런던에 도착한 부인은 생활 필수품을 산 다음 그 기선회사로 가서 짐을 찾았지. 그리고 스윈덤 골목을 가로질러 역으로 가고 있는 중이었는데, 그 때가 정확히 4시 35분이었지."

"그래서?"

"그날은 월요일이었는데 그날따라 무척 더웠네. 지저분한 스윈덤 골목길 옆에 늘어서 있는 집들은 모두 창문을 열어놓고 있었지. 세인트 부인은 짐을 양손에 들고 있었는데, 마차를 부르려고 걸음을 멈추었지. 그 때 어디선가 '악!' 하는 비명소리가 들려왔어."

홈즈는 잠시 말을 끊었다.

"이거 점점 아리송해지는군."

왓슨은 어린애처럼 긴장하여 침을 꿀꺽 삼켰다.

"그게 무슨 비명 소리였나?"

"세인트 부인은 무슨 일인가 하고 소리 나는 쪽을 바라다보았지. 그 순간, 부인은 전기에 감전된 것처럼 감염되고 말았지. 바로 옆에 있는 건물 삼층의 창문에서 남편인 세인트 클레어가 눈을 크게 뜨고 자기를 바라보는 거야."

"아니 어떻게 그런 일이?"

"'악!' 하는 비명 소리도 세인트 클레어가 지른 소리였을 거야. 부인은 너무 놀랐지만 마음을 진정시키고 큰 소리로 남편을 불렀어. 그런데 어찌된 일인지 세인트 클레어는 자신을 부르는 부인의 소리를 모른 체하고 안으로 들어가 버렸어. 부인의 말로는 누군가가 안에서 남편을 끌어당긴 것 같아 보였다는군."

"그럼 세인트 클레어가 있었던 곳이 바로 그 아편 소굴의 삼층이었단 말이야?"

"그렇지."

"부인이 남편의 뒤를 쫓지 않았나?"

"물론 쫓아갔지. 뜻하지 않은 곳에서 남편의 비명 소리를 듣게 되고, 더군다나 남편은 무슨 일인지 미친 사람 같은 모습을 하고 있었으니 얼마나 놀랐겠는가? 그런데다가 남편은 집을 나설 때와 똑같이 검정 양복을 입고 있었으나, 셔츠의 단추는 풀어 헤쳐지고, 넥타이도 매지 않은 헝클어진 모습이었던 모양이야. 부인은 남편에게 엄청난 일이 일어났음을 짐작하고 무조건 아편 소굴로 뛰어들어갔지."

"부인이 무사히 삼층으로 올라갈 수 있었나?"

"부인이 삼층으로 올라가는 계단을 막 올라가려고 할 때 깡패들이 나타나 부인을 막아섰고, 부인이 악을 쓰며 올라가려고 하자 깡패들은 부인을 강제로 밖으로 끌어내렸지."

"그렇겠지. 정체불명의 깡패들이 우글거리고 있는 이 아편 소굴에 부인 혼자 몸으로 들어가기란 불가능한 일이겠지. 경찰에는 왜 신고를 안 했다고 하던가?"

"물론 부인은 경찰에 신고를 했네. 어쨌든 남편이 위태로운 지경에 있다고 생각한 부인은 결사적으로 남편을 구해내려고 했지. 신고를 받고 달려온 경찰 한 명과 함께 부인은 아편 소굴에 다시 들어갔어."

"그래서?"

"경찰과 함께 삼층으로 들이닥쳤는데, 조금 전까지 그 곳에 있던 남편이 흔적도 없이 어디론가 사라지고 만 거야. 지저분한 방안에는 험상궂게 생긴 앉은뱅이 노숙자 한 사람이 있었는데, 그 노숙자는 전부터 그 방에서 살고 있었던 거야. 경찰과 함께 부인은 구석구석 다 뒤지며 남편을 찾아 다녔으나 남편을 찾지 못했네."

"감쪽같이 사라졌군. 뭔가 수수께끼 같은 사건이 있는 게 분명한 것 같아."

"그래, 맞아. 수수께끼 같은 비밀이 숨어 있는 게 틀림없어. 교외의 호화별장에서 생활하는 억만장자 세인트 클레어가 아편 소굴에 있었다는 사실만으로도 수수께끼 같은 비밀이 있는 것은 분명해."

홈즈는 한숨을 내쉬었다.

"세인트 클레어가 엄청난 부자니까 재산을 노리고 그를 납치한 게 아닐까?"

"그럴지도 모르지. 그런데 아편소굴에 있던 놈들이 조금 전에 나에게 세인트 클레어를 본 일이 없다는 거야. 앉은뱅이 노숙자도 같은 대답을 했어. 그러자 부인이 수상한 예감이 들어 책상 위에 있는 가방을 열어 봤지."

"그 가방에 무엇이 있었나?"

"그 가방 속에는 집쌓기 장난감이 들어 있었어. 바로 세인트 클레어가 아이에게 약속한 바로 그 장난감이야."

"그렇다면 세인트 클레어가 분명히 그곳에 있었다는 증거잖아?"

"부인의 말을 듣고 경찰은 삼층을 다시 이 잡듯이 뒤졌지만. 세인트 클레어는 어디에도 있지 않았네. 그런데 방안 한쪽에 침대가 놓여 있고, 침대 윗쪽에 창문이 하나 있었네. 그리고 창문 바로 밑에 배에 짐을 육지로 운반하는 양륙장이 있었어."

"그런 시설이 있었어? 아무래도 수상한 집이군."

"경찰들이 창문을 조사했지. 창문 군데군데엔 피가 묻어 있었어."

"뭐, 피가?"

왓슨은 놀라서 소리쳤다.

"창문뿐만 아니라 자세히 보니 마룻바닥 곳곳에도 피가 묻어 있었어. 경찰들은 긴장해 수사에 집중했지. 커튼을 털어 보고 침대의 시트를 뒤집어보기도 했어."

"그래, 뭘 찾았나?"

"세인트의 소지품들이 나왔어. 구두, 양말, 모자……. 그런데 양복은 없었네. 아마도 양복은 그대로 입고 실종된 모양이야."

"홈즈, 이건 살인사건이 틀림없어. 분명 세인트 클레어는 살해되어 창문으로 집어던져진 것 같아."

왓슨의 목소리가 높아졌다. 가장 끔찍한 살인 사건임에 틀림없기 때문이다.

"음, 경찰도 살인 사건으로 단정짓고 수사를 하고 있어. 그러나 범인은 물론이거니와 아무런 단서 하나 못 잡고 있네."

"경찰은 항상 그래. 우물쭈물하다가 범인을 매번 놓치고 만다니까."

"아니야, 이번엔 다르네. 경찰도 재빠르게 움직였어. 사건의 용의자가 될 만한 사람들은 닥치는 대로 잡아가 조사를 하고 있어. 그런데 혐의점을 하나도 발견하지 못했네."

"하지만 세인트클레어의 소지품이 발견된 이상 그들이 범인임에는 틀림없잖아?"

"왓슨, 너무 흥분하지 말게. 자네 말대로라면 제일 수상한 사람은 방안에 있던 그 앉은뱅이 거지야. 거지는 줄곧 삼층에 있었으니까, 그런데 나는 거지에 대해서 조금 알고 있는 게 있어."

홈즈는 거지에 대해서 이야기를 하기 시작했다.

"앉은뱅이 거지는 험상궂게 생겼는데, 이름은 휴 부운이지. 얼굴이 너무 흉하게 생겨서 그 근처에 사는 사람치고 그를 모르는 사람이 없네. 휴는 비가 오나 바람이 부나 하루도 거르지 않고 거리의 모퉁이에 앉아 동냥을 하지. 나도 그가 더러운 모자를 벗어서 앞에 놓고 구걸하는 모양을 몇 번 봤어."

"하루도 빠짐없이 구걸하다니, 거지 치곤 매우 부지런한 거지구먼 그래."

왓슨은 신기하다는 듯이 말했다.

"그게 직업이니까. 그리고 말은 거지지만 수입은 엄청나게 많을 거야."

"그럼 먹고 살기 위해서 동냥을 하는 것이 아니라 돈을 벌기 위한 수단으로 동냥을 하고 있단 말인가?"

"그거야. 앉은뱅이가 너무 애처로운 모습을 하고 있으니까 지나가는 사람들은 거의가 적선을 하지. 언젠가 내가 보고 있으니까 잠깐 사이에 모자에 동전이 가득 차더라고."

"그렇다면 그 거지는 동냥한 돈으로 아편 소굴 삼층에서 지내고 있군. 그리고 그 구걸한 돈으로 아편을 피우고, 게다가 앉은뱅이가 된 것도 아편을 많이 피워서 그렇게 된 것이 아닐까?"

왓슨은 흥분해서 말이 빨라졌다.

"자네는 그 거지가 미운 모양이군."

"밉다 뿐이겠나. 하는 일없이 불쌍한 척하여 남에게 구걸하여 그 돈으로 아편을 하니, 그것도 분명 중독자 일게 뻔하네."

"하지만 난 이해는 하네. 휴는 몹시 흉한 얼굴을 하고 있어. 심한 화상을 입었는지 얼굴이 형편없이 일그러져 있어. 너무 흉측해. 그런 얼굴에다가 앉은뱅이니 누가 일을 시키겠는가. 결국 구걸을 해서 살아갈 수밖에 없는 거지."

"자넨 아까부터 거지 아니 그 앉은뱅이 거지를 무척 동정하는 듯한데, 혹시 자네도 그 거지처럼 편안하게 먹고 살고 싶어서 그런 거 아닌가? 하긴 변장술이 뛰어나니까 휴보다 더 불쌍한 거지로 둔갑할 수 있겠지."

왓슨은 놀리듯이 홈즈에게 농담을 했다.

그러자 홈즈는 기분이 나빴는지 입을 다물고 말았다.

"홈즈, 화가 난 거야? 농담이야! 농담. 거지 얘기 아직 안 끝난 것 같은데 계속 해 주게나."

왓슨은 홈즈를 돌아다보고 말했다.

홈즈는 고개를 끄덕였다.

"왓슨, 그 아편 소굴에서 세인트 클레어를 마지막으로 본 사람은 그 거지 휴임에는 틀림없어. 휴는 다른 거지들과는 달리 머리가 좋은 것 같아. 지나가는 사람들이 뭐라고 놀려대면 척척 말을 받아넘기는데 제법 재치 있게 응답한단 말이야."

"그럼 세인트 클레어를 죽인 범인이 그 거지라고 생각하나? 하지만 휴는 앉은뱅이야. 서른세 살의 건장한 세인트 클레어가 앉은뱅이에게 당한다는 건 좀 이해가 안 되잖아?"

"휴는 앉은뱅이라고 하지만 다리를 절면서 걸어다닐 정도지. 그리고 몸집이 제법 건장하고 힘도 있어 보이거든. 자네는 의사니까 잘 알지만, 팔다리가 부자유스러운 사람은 다른 부분이 특별히 뛰어나게 발달하게 마련이지. 그렇지 않나?"

"그런 경우도 있긴 하지. 휴를 직접 보지 않고서는 뭐라고 단정지을 수가 없네."

왓슨은 의사답게 신중하게 대답을 했다. 그리고는 홈즈에게 다시 재촉했다.

"어쨌든 얘기를 계속해 보게."

"좋아, 그럼 이제부터 이야기를 거슬러올라가겠네. 창틀에 묻은 피를 보자 세인트 클레어 부인은 기절해 버렸다. 그래서 경찰은 일단 부인을 마차에 태워서 집으로 돌려보낸 다음 아편 소굴에 있는 사람들을 모조리 잡아서 몸수색을 했어. 그러나 단서가 될 만한 물건은 아무것도 발견하지 못했지. 결국 다른 사람들은 모두 풀려났지만, 경찰서까지 끌려간 사람은 오로지 앉은뱅이 거지 휴 뿐이야."

"경찰도 혹시 뭔가 수상하다고 생각했던 모양이군."

"그렇지, 휴의 셔츠 소맷부리에 피가 묻어 있었거든. 게다가 손가락에 상처를 입고 피를 흘리고 있었어. 휴는 창틀에 묻은 피가 자기가 손가락을 다쳐서 흘린 피라고 대답했다더군. 그러나 아무도 그 말을 믿지 않았지."

"왜?"

"아까도 말했지만, 휴는 말솜씨가 아주 좋은 사람이야. 경찰이 묻는 말에 머리를 하나하나 굴려 가며 시치미를 떼었던 거지. 휴가 말하길 세인트 부인이 남편의 모습을 본 것은 꿈이 아니면 환상에서 본 것 아니냐고 말한 거야."

"꿈이 아니면 환상에서 본 거라고? 그거 정말 어이없는 말솜씨 하나는 알아주어야겠군 그래."

"그리고는 세인트 클레어라는 사람이 도대체 어디에 사는 녀석이고 무엇을 하는 사람이냐고 되물으며 화를 냈다더군."

"그렇다면 한 가지 중요한 것을 물어보겠네."

왓슨은 무언가 떠올랐다는 듯이 말했다.

"말해 보게."

"경찰은 창문 뒤에 있는 양륙장을 조사했을 게 아닌가. 바닷속을 뒤집었다면 혹시 시체를 찾았을지도 모르지 않나."

"오, 그래. 질문 하나 잘했어."

홈즈는 왓슨의 질문에 의미를 부여하는 표정을 지으면서 이야기를 계속했다.

"경찰이 조사에 열을 올리고 있는 중에 바닷물은 썰물이 되기 시작했어. 이윽고 양륙장은 바닥이 드러났는데, 그 곳에서 세인트 클레어가 입고 있던 양복저고리를 발견했다네."

"양복저고리를? 그런데 저고리가 왜 바다 썰물에 휩쓸리어 떠내려가지 않았을까?"

"그럴 만한 까닭이 있었지. 그 호주머니에 무거운 것이 잔뜩 들어 있었거든"

"그게 무엇인데?"

"호주머니마다 1페니짜리 동전이 가득 들어 있었어."

"1페니짜리 동전이?"

왓슨은 새로운 사실을 발견한 듯 두 눈을 둥그렇게 떴다.

"모두 끄집어 내어서 합쳐 보니까 1페니짜리 동전이 5550개나 되었다네. 그 정도의 동전이 주머니에 들어 있었으니 저고리는 물에 가라앉아 흘러가지 않은 거야."

"음, 그랬군."

"난 동전이 가득 들어 있는 양복 주머니를 발견했다는 이야기를 듣고 시체는 틀림없이 썰물에 밀려 떠내려갔을 거라고 생각했네."

"그런데 구두와 셔츠는 방 안에 있었지 않았나? 시체가 저고리만 입고 있었다는 것은 아무래도 이상하군."

"그도 그렇지. 아무튼 세인트 클레어의 시체는 아무 데서도 발견되지 않았어. 이 사건은 바로 여기서 미궁에 빠져드는 거야. 도대체 시체는 어디로 갔을까? 누가 이런 방법으로 세인트 클레어를 죽였을까?"

홈즈는 말을 하다가 중단하고는 어두운 밤하늘을 바라보았다.

"저고리 주머니 속에 들어 있었다는 동전은 어떻게 설명할 수 있을까?"

왓슨은 동전에 관심을 갖고 물었다.

"그건 휴가 구걸해서 모은 돈이지."

"그래, 그렇다면 휴는 애써서 구걸한 돈을 왜 세인트 클레어의 주머니 속에 넣어 버렸을까?"

"문제는 바로 그 점이야. 휴는 동전에 대해서는 모른다고 딱 잡아뗐어. 구걸한 돈을 아무도 모르는 곳에 숨겨두었는데 누군가가 훔쳐 가 버렸다는 거야."

"정말 똑똑한 거지로군. 그래서?"

경찰은 일단 휴를 유치장에 잡아넣었어. 그러나 휴는 오래 전부터 거지생활을 하고 있었지만, 나쁜 짓은 하지 않았기 때문에 오랫동안 잡아넣어 둘 수가 없을 거야."

"후유, 이거 참으로 복잡한 사건이군 그래. 이 사건을 해결하려면 처음부터 다시 차근차근 해결해 봐야겠어."

왓슨이 머리를 흔들었다.

"그래서 나는 아편 소굴에 변장해서 들어갔던 거야. 그 변장법이 사건의 열쇠를 쥘 수 있는 유일한 방법이라고 생각했지. '도대체 세인트 클레어는 왜 아편 소굴에 들어갔을까? 거기서 무엇을 하고 있었을까? 거지 휴는 이 사건과 어떤 관계가 있을까?' 라는 문제에 대해서 조사하려고 했었지."

"그래서 조그마한 단서라도 발견했나?"

"아니, 전혀."

홈즈는 답답하다는 듯이 길게 한숨을 내리쉬었다.

두 사람이 그렇게 대화를 나누는 동안 두 사람을 태운 마차는 리이 시의 별장 단지 안으로 들어가고 있었다.

"저기 보게. 저기 불빛이 보이는 집이 세인트 클레어의 별장이야."

그 집은 어둠속에서도 대저택임을 알 수 있었다.

"그런데 부인을 대하기가 좀 미안한 걸. 좋은 소식을 가지고 오지 못해서 말이야."

마차는 세인트 클레어 집 앞에 조용히 멈추었다.

그러자 기다리고 있었다는 듯이 현관문이 열리며 세인트 클레어 부인이 나타났다.

"어서 오십시오. 홈즈 씨."

부인은 홈즈를 반갑게 맞이하였다.

그리고 무엇을 바라는 눈으로 홈즈의 눈을 바라보았다.

그 눈빛은 마치 물에 빠져서 지푸라기라도 잡으려는 간절한 눈빛이었다.

"죄송합니다. 부인, 아직까지 아무런 단서를 잡지 못했습니다. 하지만 곧 해결될 겁니다."

"예."

홈즈의 말에 몹시 실망한 듯, 부인은 어깨를 축 늘어뜨리고 고개를 숙였다.

"부인, 너무 실망하지 마십시오. 제가 믿음직스러운 친구를 데리고 왔습니다. 왓슨이라는 의사인데, 여러 번 저와 함께 어려운 사건을 해결한 친구입니다. 이번에도 많은 도움이 될 겁니다."

홈즈가 왓슨을 소개하였다.

"와 주셔서 감사합니다. 왓슨 씨."

부인은 왓슨에게 악수를 청했지만, 얼굴 표정이 밝아 보이지 않았다.

왓슨은 부인이 매우 처량하게 느껴졌다.

두 사람은 부인의 안내로 집안으로 들어갔다. 집안은 불안과 공포와 슬픔으로 대저택을 어둠으로 감싸 안았다.

'정말 안 됐어.'

왓슨은 이 집안을 위해서 어떻게 해서든지 이 사건을 해결해 주고 싶었다. 평화롭고 행복한 가정이 하루아침에 수수께끼 같은 사건에 휘말리게 되다니 얼마나 고통스러운 일인가?

왓슨은 자기도 모르게 입술을 깨물었다.

세인트 부인은 친절히 식사를 내어주었다.

홈즈와 왓슨은 아편굴에서부터 바삐 오느라 식사를 하지 못해 시장기를 많이 느꼈다. 두 사람은 부인이 차려 주는 음식을 맛있게 모두 먹어 치웠다.

식사를 마친 왓슨은 아직도 불안에 떨고 있는 부인을 보니 마음이 편치 않았다.

"부인, 홈즈 탐정이 좋은 소식은 가져오지 못했지만 그렇다고 나쁜 소식은 가져오지 않았으니 너무 실망하지 마시고 조금만 기다리세요."

왓슨이 위로를 하자 부인은 얼굴에 엷은 미소를 띠며 고개를 끄덕이며 말했다.

"죄송해요. 아무것도 잡히는 것은 없고, 답답하고 불안해서 그렇습니다. 하지만 홈즈 탐정님이 맡으시니 마음이 한결 놓입니다."

"사건이 간단한 것 같으면서도 복잡합니다. 어디가 시발점이고 어디가 끝인지 추리를 할 수가 없어서 저도 답답합니다."

"홈즈 씨, 저는 무슨 일이 있어도 절대로 당황하거나 포기하지 않겠습니다. 설령 남편 신상에 어떤 나쁜 일들이 일어났을지라도 담담하게 맞을 수 있습니다. 그러니 제가 묻는 말에 사실대로 말씀해주세요."

"좋습니다. 뭐든지 물어 보세요. 아는 대로 대답하겠습니다."

"홈즈 씨, 제 남편이 아직도 생존해 있다고 생각하세요? 솔직하게 말씀해 주세요."

"글쎄, 그건……."

홈즈는 재빨리 대답하지 못했다.

"알고 있는 대로 말씀해 주세요."

부인은 입술을 꼭 깨물었다. 그것은 만일 남편이 죽었다고 해도 흔들리지 않겠다는 의지의 표현이었다.

"알겠습니다. 그러면 제가 아는 대로 사실만을 말씀드리겠습니다."

홈즈는 고개를 약간 끄덕이면서 말을 이어 나아갔다.

"부인, 지금으로서는 남편이 살아 있다는 확실한 증거는 없습니다."

그러자 부인의 얼굴빛이 더욱 창백해졌다.

"그렇다면 그이가 죽었다고 생각하는군요."

그러자 왓슨이 재빨리 말을 받았다.

"부인, 홈즈 씨의 말은 부인의 남편 되시는 분이 살아 있다는 증거도 없지만, 그렇다고 죽었다는 증거도 없다는 말입니다."

"왓슨 씨, 저에게 위로의 말 따위는 하지 않아도 됩니다. 홈즈 씨, 그럼 그이는 살해당한 걸까요?"

부인의 목소리는 점점 떨려오더니 금방 울음으로 바뀔 것 같앉다.

"그것도 확실히 알 수는 없습니다. 좀더 알아봐야겠습니다."

"살해되었다면 언제쯤 살해되었을까요?"

"글쎄, 월요일이겠지요. 부인께서 아편 소굴에서 남편의 모습을 본 그 다음날이겠지요."

"그럼 오늘이 금요일이니까 닷새가 지나갔군요. 그런데 그이가 월요일에 죽었다면 오늘 남편께 편지가 올 리가 있습니까?"

"뭐요! 편지라니요?"

"예, 죽은 사람으로부터 편지가 왔다는 말을 들어본 적이 있으세요?"

홈즈는 너무나 놀라운 사실에 자리에서 벌떡 일어났다.

왓슨도 눈을 둥그렇게 뜨고 숨을 멈춘 체 완전히 넋이 나간 상태가 되었다.

왓슨은 부인이 남편 실종 소식에 어떻게 된 것이 아닌지 의심하였다. 사람은 너무나 충격적인 사실을 당하면 이상해질 수 있기 때문이다.

그러나 부인의 태도는 조금도 이상한 기미가 보이지 않음은 물론 냉정했다. 얼굴빛은 창백했지만, 눈빛이나 목소리, 그들을 대하는 태도가 조금도 이상이 없었다.

부인은 서랍에서 편지를 꺼내어 두 사람에게 내밀었다.

"보세요. 이게 그이한테서 온 편지입니다."

홈즈는 편지를 낚아채듯이 부인으로부터 편지를 받았다.

홈즈의 눈빛이 번뜩였다.

"이럴 수가?"

봉투가 마구 구겨져 있었다.

편지 봉투에 찍힌 소인으로 보아 스윈덤 골목 부근에 있는 우체국에서 보낸 것이었다. 겉봉에 쓰여 있는 글씨는 매우 서투르게 쓰여 있었다.

"부인, 이것이 남편의 필체가 맞습니까?"

"겉봉 글씨는 아닙니다. 그런데 편지는 분명히 남편이 쓴 것임에 틀림없습니다."

"겉봉의 글씨가 누가 쓴 것인지 짐작 가는 사람은 없습니까?"

"없습니다. 전혀."

홈즈는 겉봉 글씨를 자세히 살폈다.

"이름을 먼저 쓰고 주소를 그 다음에 썼군."

"어떻게 그걸 아시죠?"

부인이 당황하는 목소리로 물었다.

"이름에 쓴 잉크 색깔과 주소를 쓴 잉크 색깔이 다릅니다. 그런데 주소는 희미합니다. 그것은 압지를 사용했기 때문입니다. 이름과 주소를 같이 쓰고 압지를 사용했다면 주소의 글씨만 희미할 리가 없습니다."

"그럼 그것이 사건을 해결하는 데 어떤 단서가 될까요?"

부인은 조금 전과는 다르게 목소리에 힘이 들어 있었다. 실낱
같은 희망을 느끼고 있다는 증거였다.

"그럼요. 사소한 것이라도 사건을 푸는 데 중요한 실마리가
될 수 있습니다. 이 겉봉을 쓴 사람은 먼저 부인의 이름을 적었
고 펜을 내려놓았다가 이곳 주소를 물어보거나 알아본 다음 썼
을 것입니다."

"남편은 왜 겉봉투를 다른 사람에게 쓰게 했을까요?"

"글쎄요. 아무튼 편지를 읽어 봅시다."

홈즈는 봉투에서 빠르게 꺼내어 편지지를 펼쳤다. 그리고는
이내 조금 놀라운 표정을 지었다.

"부인, 봉투 안에 편지 외에 다른 물건이 들어 있지 않았습니
까?"

"사실은 반지가 들어 있었습니다. 그이의 이름이 새겨진 반지
였습니다."

"그렇다면 이 편지는 세인트 클레어 씨가 쓴 게 틀림없습니
다."

"아, 맞습니다. 이건 틀림없는 제 남편의 글씨입니다. 제 남편
은 글씨체가 독특해서 금방 알아볼 수 있거든요."

부인은 자신 있는 목소리로 말했다.

홈즈는 소리를 내어 편지를 읽었다.

'여보, 나에 대한 일은 조금도 걱정 마세요. 나는 지금 우연히 묘한 사건에 말려 들었지만, 곧 해결될 거요. 일이 이렇게 복잡하게 된 것은 나의 실수요. 조금만 참고 기다려 줘요. 정말 아무 걱정 마세요. 난 무사히 돌아갈 거요.'

당신의 남편 세인트 클레어 씀

"아니, 이것은 책의 겉장을 뜯어서 쓴 것입니다. 연필로 갈겨 쓴 걸 보니 급하게 서두른 것 같습니다. 그리고 편지를 우체통에 넣은 사람은 엄지손가락이 매우 더러운 것이 묻어져 있군요. 담배를 피우면서 풀을 붙인 자국이 있어요."

홈즈는 그 편지에서 발견할 수 있는 여러 가지 단서와 정황을 찾아내었다. 그리고는 부인에게 다짐하듯 말했다.

"부인, 다시 한 번 확인 부탁드립니다. 이 편지를 쓴 사람은 남편이 맞습니까? 남편의 글씨체임에 분명합니까? 혹시 잘못 본 것은 아닌지요."

"홈즈 씨, 확신합니다. 저는 세인트 클레어 씨의 부인입니다. 아내가 남편의 글씨를 못 알아보겠습니까?"

"그렇다면 부인, 조금 안심해도 되겠습니다."

"그게 무슨 말씀입니까?"

"남편은 생존해 계시는 것 같습니다. 우리들과 경찰의 눈을 속이기 위해 누군가가 교묘하게 가짜 편지를 썼다면 문제는 달라집니다만."

"이런 가짜 편지는 없을 겁니다."

부인은 힘찬 목소리로 말했다.

"그럼 다행입니다."

그러자 왓슨이 나서면서 말했다.

"홈즈, 봉투의 글씨가 다른 것이 아무래도 마음에 걸리네. 세인트 클레어 씨가 월요일에 쓴 편지를 누군가가 오늘에 붙일 수도 있지 않은가?"

"그럴 수도 있지. 그렇다면 세인트 클레어 씨가 살아 있다고 장담할 수 없지."

홈즈는 염려스러운 표정으로 말했다.

그 때에 부인이 두 사람의 말을 가로막으면서 말했다.

"아니요. 제 남편은 무사할 거예요. 전 그이가 살아 있다고 확신해요. 남편과 저는 늘 마음이 통했어요. 아무리 멀리 떨어져 있어도, 또는 무슨 일이 생기기라도 하면 서로가 직감으로 알 수가 있었어요."

"그럴 만한 일이라도 있었습니까?"

왓슨이 물었다.

"네, 그런 일은 자주 있었어요. 월요일에도 남편이 면도를 하다가 얼굴을 베었는데, 그 때 저는 아래층 주방에서 요리를 하고 있었는데, 퍼뜩 불길한 예감이 들어 위층으로 올라갔어요. 그런 사소한 일도 직감으로 알았는데 하물며 그이의 생사에 관한 일이야 당연히 모르겠어요?"

홈즈와 왓슨은 조금 어리둥절했다. 부인의 자신에 찬 행동이 이상하게 생각되었기 때문이다.

홈즈가 부드러운 목소리로 말했다.

"두 분의 금슬이 참 부럽습니다. 이 편지는 부인의 말대로 남편이 살아 있기 때문에 쓴 것은 맞습니다. 그런데 살아 있으면서 편지까지 쓸 정도인데, 왜 집에는 돌아오지 못하는가? 하는 점이 좀 의문입니다."

홈즈의 그 말을 들은 부인은 좀 의기소침해지면서 말했다.

"그렇군요. 그것이 문제이군."

"남편께서 좀 이상한 행동은 하지 않았나요?"

"아니요. 평소와 다름없었어요."

"혹시 전에 스윈덤 골목에 대해서 이야기한 적은 없었나요?"

"예, 없었어요,"

"한 번도요?"

"예, 한 번도 없었습니다."

"마지막으로 한 가지만 묻겠습니다."

홈즈는 말을 해 놓고 잠시 머뭇거렸다.

"무슨 말씀인지 해보세요."

"이 물음에 솔직하게 대답해 주셔야 합니다."

그렇게 말한 홈즈는 바로 말을 하지 못하고 잠시 뜸을 들였다.

"어서 말씀하세요."

부인이 다시 재촉하자 홈즈는 그제서야 말했다.

"혹시 남편께서 아편을 피우지 않으셨나요?"

"아니오. 절대 그런 일은 없었습니다."

부인은 무슨 이야기인가 하고 궁금한 눈으로 홈즈를 바라보다가 아편 이야기가 나오니까 단호한 목소리로 말했다.

"그이는 한 마디로 가정에서나 사회생활에서 나무랄 데 없이 성실하게 생활했습니다. 그이는 착실한 분입니다."

"부인, 솔직하게 대답해 주셔서 감사합니다. 무례한 질문을 해서 미안합니다. 많은 참조가 되었습니다. 내일쯤은 사건이 해결될 것 같습니다."

홈즈는 매우 기분이 좋은지 밝은 목소리로 말했다.

"감사합니다. 홈즈 씨."

부인의 표정이 한결 밝아졌다.

두 사람은 부인과 인사를 한 후 침실로 돌아왔다.

"왓슨, 내일은 바쁠 테니까 잠을 푹 자두게."

두 사람은 침대 위에 누웠다.

그러나 홈즈는 다시 일어나 파이프에 불을 붙이더니 무엇인가 골똘한 생각에 빠져 들었다. 홈즈의 눈빛은 날카롭게 빛나기 시작하였으며, 창 밖의 한 곳을 뚫어지게 응시하였다.

왓슨은 사건을 해결하는 데 필요한 홈즈의 명석한 두뇌가 움직이기 시작했다고 느꼈다. 사건 해결에 필요한 추리에 몰두하기 시작하면, 홈즈의 눈빛은 날카로운 칼처럼 달라진다는 것을 오래전부터 봐왔던 터였다.

"왓슨, 그만 일어나게.

홈즈가 깨우는 소리에 왓슨은 눈을 뜨고 자리에서 일어났다.

창문으로 눈부신 아침 햇빛이 비쳐오고 있었다.

"자네, 밤을 꼬박 새었는가?"

홈즈가 그 동안 사건을 해결하면서 흔히 겪는 일이었다.

"사건에 대해서 이것저것 생각하다 보니 날이 새었네."

홈즈는 태연하게 말했다. 홈즈는 왓슨이 잠을 잘 때 보았던, 그대로의 모습을 하고 있었다.

"자네 체력은 알아주어야겠네. 밤을 꼬박 새웠는데도 얼굴에 티 하나 나지 않고 그대로이니 말일세."

왓슨은 창문을 열었다. 산뜻한 아침 공기가 창문을 통해 불어왔다.

"왓슨, 자 이제 떠날 준비를 하세. 재빨리 런던으로 달려가야만 하네."

"이렇게 일찍이?"

왓슨은 시계를 보았다. 먼동이 터오고 있지만, 시계는 5시 30분을 가리키고 있었다.

"집안사람들은 아직 자고 있어. 이른 새벽에 시골길을 달리면 마음이 상쾌해질 거야. 빨리 서두르세."

홈즈는 기분이 매우 좋아 보였다.

"자네는 밤을 새우고 나더니 사건의 실마리를 잡았나 보군."

왓슨도 옷을 갈아입으면서 휘파람을 불었다.

홈즈가 기분이 좋으면 왓슨도 덩달아 좋아진다.

왓슨은 알고 있었다. 밤새도록 생각을 해도 실마리가 잡히지 않을 때 홈즈는 눈에 핏발이 섰고 얼굴이 험악하게 변한다. 그러나 얼굴에 생기가 넘쳐 날카로움이 빛을 발할 땐, 사건의 실마리를 잡았다는 증거였다.

"홈즈, 됐네. 어서 나가세."

"좋아."

두 사람은 집안사람들이 깨지 않도록 발소리를 내지 않고 조심하며 밖으로 나갔다.

"집안사람들이 깨지 않도록 조심하세."

두 사람은 조심조심 마차를 끌어내 올라 탔다.

"자, 출발하세."

마차는 런던을 향해 달리기 시작했다.

마차가 달리는 길가에는 이른 아침에도 불구하고 햇살을 등지며 농부들이 일하는 모습이 한가로이 보였다.

"농부들은 부지런하기도 하네."

홈즈는 중얼거렸다.

그 때 왓슨은 고개를 돌려 홈즈를 쳐다보았다.

"홈즈, 자네에게 뭘 물어봐도 되겠나?"

"물론이지, 뭐든지."

"홈즈가 채찍질을 하면서 말했다.

마차는 속력을 더욱 내기 시작했다. 울퉁불퉁한 길은 마차를 몹시 흔들었다.

"이렇게 일찍 어디를 가는 건가?"

"앉은뱅이거지가 감금되어 있는 유치장으로 가는 길일세."

마차가 너무 빨리 달리고 있어 홈즈의 말소리가 덜컹덜컹 흔들렸다.

"범인 역시 휴였군."

홈즈는 왓슨의 그 말에 즉시 대답하지 않았다.

홈즈의 반응이 없자 궁금한 왓슨은 물었다.

"앉은뱅이가 범인인가?"

"아니, 범인이 아니라 사건의 열쇠를 쥐고 있는 주인공일세."

"뭐, 범인이 아니고 사건의 주인공이라고?"

"내 머리가 잠시 돌아가지 않았는데, 오늘 새벽에야 목욕을 하다가 문득 해결의 실마리를 찾았네."

홈즈는 머리를 한 번 흔들었다. 사건의 실마리를 풀었을 때 항상 하는 버릇이다.

"그 실마리라는 게 무언가?"

"목욕에 사용하는 솔이야."

"솔이라고?"

왓슨은 뜻밖이라 깜짝 놀라 되물었다.

홈즈가 주머니에서 솔을 꺼내었다.

"이 솔이 이상한 수수께기를 풀어줄 거야."

왓슨은 웃음이 나와서 피식하고 웃었다.

어느 덧 마차는 런던 시내로 접어들고 있었다. 거리는 아직 잠에서 깨어나지 않아 조용했다.

마침내 마차는 경찰서 정문 앞에 멈추었다. 한 경찰관이 달려왔다.

"홈즈 씨, 어쩐 일입니까?"

"급한 일이 있어 왔소. 오늘 당직이 누구죠."

"브래드스트리트 경감입니다."

"그 때 현관에 스트리트 경감이 나타났다. 스트리트 경감님 여쭤볼 게 있어 이렇게 찾아왔습니다."

홈즈는 마차에서 뛰어내리며 급하게 말하였다.

"어서 오십시오. 홈즈 씨. 마차 소리를 듣고 무슨 일인가 해서 나왔더니 홈즈 씨였군요. 자, 제 방으로 가시죠."

"아니요. 지금 앉은뱅이거지 휴를 만나야 합니다. 세인트 클레어를 살해한 범인으로 체포된 사람 말입니다."

"그래요. 그럼 이리로 오시죠."

유치장은 지하실에 위치하고 있었다. 벽은 하얀 페인트로 칠해 있었고, 등불이 환하게 비치고 있었다.

홈즈와 왓슨은 경감의 안내를 받아 지하실 계단으로 내려갔다.

"유치장이 깨끗하고 시설도 괜찮은 것 같습니다."

왓슨은 유치장 안을 휘둘러보며 말했다.

"이 곳은 교도소와 다르지요. 용의자들이 매일 목욕을 할 수 있고, 호텔이나 다름없지요. 또 범인이라고 밝혀질 때까지는 함부로 다룰 수 없습니다. 수상하다고 해서 범인은 아니니까요."

홈즈와 왓슨은 고개를 끄덕였다.

"휴는 아직 자고 있을 겁니다."

"휴는 말썽을 부리지는 않습니까?"

홈즈가 물었다.

"아니오. 아주 얌전하게 지내는데 단지 지저분해서요."

"지저분하다고요?"

"세상에 그렇게 더러운 사람은 처음 봅니다. 목욕은커녕 세수도 하지 않아요. 사정을 해서 손은 씻기고 있지만 얼굴에는 땟물이 줄줄 흘러내립니다."

경감은 복도 현관문을 열고 방들이 여러 개가 줄지어 있는 복도로 두 사람을 데리고 갔다.

"홈즈 씨, 이 방입니다."

홈즈와 왓슨은 경감이 가리키는 방을 들여다보았다.

그 때 휴는 잠이 들어 있었다. 얼굴을 문 쪽으로 향하고 코를 골고 있었다.

경감의 말대로 휴는 더러운 모습을 하고 있었다. 입고 있는 옷은 흙과 먼지투성이었고, 붉은 색의 머리카락은 마구 헝클어져 눈과 입까지 덮고 있었으며, 얼굴은 땟국물로 더욱 흉하게 보였다. 또 눈에서 턱까지 찢어진 상처는 허옇게 부풀어져 있었으며, 윗입술이 비뚤어져 말려 올라가 있고, 이빨 세 개는 사나운 짐승의 이빨처럼 드러나 있었다.

"흥, 정말 지저분하기 짝이 없는 거지로군. 내가 이럴 줄 알고 빡빡 씻어 주려고 솔을 가지고 왔지."

홈즈가 속삭이듯 말하였다.

"세수를 시켜준다고요?"

"예, 이걸로 빡빡 문질러서 저 거지를 아주 멋쟁이로 만들어 놓을 겁니다."

그러고는 홈즈는 떡하니 주머니에서 솔을 꺼내 들었다.

"허허, 참 재미있는 일이 벌어지겠군."

경감은 이 무슨 해괴한 일인가 싶으면서도 호기심이 가득 찬 눈으로 홈즈를 바라보면서 입가에는 웃음기가 돌았다.

"경감님, 이 문을 열어주십시오. 가급적 조용하게 말입니다."

홈즈는 손가락을 입에다 갖다 대었다.

경감은 조심스럽게 감방 문에 열쇠를 꽂아 돌려서 문을 조용히 열었다.

홈즈는 숨을 죽이고 앉은뱅이 거지 휴에게 다가갔다.

홈즈는 솔에 물을 적신 다음 그것을 경감과 왓슨에게 들어 보였다. 그리고는 휴에게 바싹 다가가 얼굴을 꽉 잡았다.

"이 거지 양반 세수 좀 해야겠군."

홈즈는 솔로 거지의 얼굴을 박박 문질러댔다.

"아악! 아악!"

휴가 비명을 지르며 벌떡 일어났다.

"뭐야! 도대체 무슨 짓이야?"

휴는 무척이나 아팠던지 두 손으로 얼굴을 감쌌다.

"세인트 클레어 씨, 이제 가면을 벗으세요. 연극은 그만 집어치우세요. 더 이상 하면 좋지 않는 일이 벌어질 것입니다."

"아니?"

휴의 더럽고 흉측했던 얼굴이 껍질이라도 벗겨지듯이 하얗게 변했다. 시커먼 팻국도 무서운 흉터도 없어졌다.

홈즈가 다시 한 번 다가가서 휴의 얼굴을 솔로 문질렀다.

그러자 휴의 빨간 머리카락이 검은 색으로 변했다. 그리고 비뚤어진 입술도 제자리로 돌아왔다.

"세인트 클레어 씨!"

홈즈가 다시 한 번 큰 소리로 불렀다.

거지 사나이는 당황한 빛이 역력했다. 그리고는 곧 울 듯한 표정을 지었다.

이제 유치장 안 침대에 앉아 있는 사람은 흉측하고 더러운 거지가 아니라 창백하고 슬픔이 가득한 사나이, 즉 세이트 클레어였다. 다시 말해 성실하고 자상한 한 가정의 가장이었다.

사나이는 눈을 비비며 두리번거리더니 신음소리를 내며 베개에 얼굴을 파묻었다.

"경감님, 소개하죠. 이 사람이 수수께끼처럼 실종당했던 세인트 클레어 씨입니다."

"도대체 이게……."

경감은 도깨비에게 흘린 듯이 어리둥절한 표정을 지었다. 왓슨도 마찬가지였다. 그도 그럴 수밖에 조금 전까지만 해도 앉은뱅이에다가 지저분하기 짝이 없던 거지가 세인트 클레어라니!

"도대체 이게 어찌 된 일인가?"

"자세한 이야기는 세인트 클레어 씨가 상세히 말할 걸세. 세인트 클레어 씨, 이제 연극은 끝났으니 그 동안의 일이나 말씀하세요."

잠시 후 세인트 클레어 씨가 베개에 묻고 있던 얼굴을 들었다. 그리고는 입을 열었다.

"부끄럽습니다. 너무 부끄러워서……."

"당신 변장술은 나보다 훨씬 뛰어납니다. 옛날에 배우였나요?"

"아니오. 신문기자였습니다."

"신문기자요? 그런 분이 어떻게 그런 일을 저질러 하마터면 당신을 살해한 죄로 당신이 교도소에 들어가 평생 썩거나 아니면 교수대에 매달릴 뻔한 일을 합니까?"

"미안합니다."

"거지 휴가 세인트 클레어 씨라는 것이 밝혀진 이상 범죄 사건으로 다루지는 않겠지만 말입니다."

그 때 경감이 나섰다.

홈즈 씨, 이건 범죄가 성립되지 않지만 그 이상의 나쁜 죄를 지었습니다. 세상을 소란하게 하고 경찰을 우롱했습니다. 도저히 용서할 수 없습니다."

"경감님, 저는 어떤 벌이라도 받겠습니다. 하지만, 제가 거지 노릇을 했다는 사실만은 숨겨 주십시오. 저는 교도소뿐만 아니라 그보다 더 험한 곳도 가서 죄 값을 치루겠습니다. 제발 이 수치스러운 일만은 제 가족에게 숨겨 주십시오."

세인트 클레어는 무릎을 꿇고 빌었다.

홈즈가 다시 나서면서 말했다.

"세인트 클레어 씨, 경감님이 화가 나서 그렇게 말했지만 당신의 부탁을 들어줄 겁니다. 그런데 도대체 무슨 까닭으로 거지 노릇을 하게 되었는지 그것부터 말해 보십시오."

"예, 말하겠습니다."

세인트 클레어 씨는 긴 한숨을 내쉬었다.

홈즈를 비롯하여 모두들 그의 입에서 어떤 이야기가 나올지 궁금한 표정으로 세인트 클레어 씨 입을 바라보고 있었다.

"아까 말씀드린 대로 저는 신문기자였습니다. 그런데 어느 날 편집국장의 명령으로 거지에 대한 기사를 연재하게 되었습니다."

"아, 알겠소. 그래서 거지 생활을 실제로 하면서 경험담을 썼군요."

왓슨이 세인트 클레어 씨의 말을 가로막고 한마디했다.

"그렇습니다. 전 어느 배우로부터 변장술을 배웠습니다. 살색 반창고로 입술을 말아올려 비뚤어지게 하고, 그림물감을 얼굴에 발라 흉터를 만들었지요. 그리고 붉은 가발을 쓰고 누더기를 걸쳐 영락없는 거지가 되었습니다. 그리곤 거지들 속에 들어갔습니다."

"허허…… 직업정신이 투철하군요."

경감이 감탄하듯 말하였다.

"저는 거지들과 같이 생활하면서 그 덕분에 신문에 독자들이 흥미롭게 읽을거리를 연재했습니다. 그 기사는 독자들로부터 큰 호응을 얻었고, 편집국장으로부터 칭찬도 들었습니다."

"음, 그러고 보니 얼마 전에 당신이 쓴 거지 기사를 읽은 기억이 납니다."

왓슨이 생각나는듯 말하였다.

"그런데 저는 거지 생활을 하면서 놀라운 사실 하나를 발견했습니다."

"놀라운 사실이라니 대체 그게 무엇이요?"

세 사람의 눈과 귀가 모두 열렸다. 모두들 놀라운 사실이 무엇인지 궁금한 눈치였다.

"거지가 엄청난 돈을 번다는 사실입니다."

"돈을 벌다니?"

경감이 대꾸했다,

"제 모자 속에 단지 몇 시간 만에 26실링 4펜스나 되는 돈이 모였습니다. 힘든 노동을 한 것도 아니고, 그저 땅바닥에 앉아서 굽실거리기만 했는데도 공돈이 쏟아져 들어온 것입니다."

"허허, 거지가 그렇게 수입이 좋은 줄 미처 몰랐군요. 내 월급쯤은 열흘이면 벌 수 있겠구먼."

경감이 뜻밖이라는 표정으로 말하였다.

"거짓말이 아닙니다. 그 무렵 저는 일주일에 2파운드의 급료를 받고 있었습니다. 거지 노릇을 해서 버는 돈과 비교도 안 되었습니다. 아침부터 저녁까지 힘든 일하는 것에 비하면 정말 돈 버는 일은 누워서 떡먹기였습니다. 그래서 저는 생각을 달리 하게 되었습니다."

"아예 거지로 나설 생각을 했군."

경감이 퉁명스럽게 말하였다.

"그건 아주 잘못된 생각입니다. 아무리 적은 돈이라도 내가 힘을 들여서 번 돈이 가치가 있는 것이지 구걸하며 번 돈과는 근본적으로 다른 것입니다."

홈즈가 단호한 목소리로 말하였다.

"그걸 제가 왜 모르겠습니까? 그러기에 저도 성실하게 살아온 것입니다."

"그런데 왜 그랬소?"

"그 무렵 저는 친구의 빚보증을 섰습니다. 그 친구가 갚지 못하자 제가 25파운드라는 거액을 갚게 되었습니다. 제 급료로는 도저히 감당할 수 없고, 그래서 빚을 갚기 위해 할 수 없이 거지 노릇을 하게 된 겁니다."

"그래서 빚은 다 갚았소?"

경감이 물었다.

"물론입니다. 열흘 만에 깨끗이 갚았습니다."

"그 때부터 거지노릇으로 돈 버는 데에 재미가 붙었군요."

홈즈가 말했다. 홈즈의 말 속에는 비아냥거림이 있었다.

"예, 맞습니다. 돈 버는 일이 그렇게 쉬운 줄 몰랐습니다."

세 사람은 정말 어처구니없는 이야기를 듣고 있었다. 그러나 어느 누구도 웃음이 나오지 않았다.

"당신은 돈을 쉽게 벌기 위해 거지 노릇을 하는 동안 정신마저도 거지가 된 것입니다."

홈즈의 말에 세인트 클레어는 고개를 떨구며 아무런 대답도 하지 못하였다.

그리고는 잠시 침묵하다가 다 기어가는 목소리로 말하였다.

"할 말이 없습니다."

"그리고 한 가지 물을 게 있소. 솔직하게 답변하시오. 당신과 아편 소굴과는 어떤 관계입니까?"

홈즈는 지금까지의 태도와는 완전히 다른 태도로 물었다. 그의 물음에는 누구도 거역하지 못할 서릿발 같은 위엄이 있었다.

"네, 아편 소굴 삼층 방은 제가 거지로 변장해서 살기 위해 세 들고 있는 방입니다. 저는 집에서 양복을 입고 출근해 그 곳에서 흉측스러운 거지로 변신했죠. 제 정체를 알고 있는 사람은 아편 소굴 주인뿐입니다. 그는 제가 세를 많이 주는 댓가로 입을 다물었습니다."

"그런 소굴의 주인들은 돈만 주면 무슨 일이든지 다 하지. 계속해서 말하시오."

세인트 클레어는 무척이나 괴롭고 허무한 표정을 지으며 말을 이어갔다.

"거지 벌이가 좋아지자 저는 신문사 기자 생활을 그만두었습니다. 직장에 사표를 내고 완전히 거지가 된 것입니다. 물론 사람들은 거지가 불쌍하여 주는 돈이 큰 돈이 아니고 잔돈입니다. 그러나 그 잔돈도 모으니까 큰돈이 되었습니다. 신문기자로 일주일 동안 열심히 번 돈을 거지로 편안히 앉아서 하루 몇 시간이면 벌 수 있었습니다. 하루 적게 들어온 날도 2파운드는 벌었으니까요."

"분장 기술만 빼고는 정말 쉽게 돈을 벌 수 있는 직업이 바로 거지 직업이구먼."

홈즈가 말했다.

"저는 분장 기술도 뛰어나고 말 재주도 있어서 어느 새 런던의 명물 거지가 되었습니다. 그래서 돈 벌이는 더욱 잘되었으며, 모은 돈으로 리이 시에 저택도 사고 결혼도 하게 되었습니다."

세 사람은 세인트의 이야기를 듣다가 긴 한숨을 내쉬었다. 너무나도 어처구니없는 일이었기 때문이다.

"부인과 아이들은 당신이 거지 노릇을 하면서 돈을 번다는 사실을 물론 모르고 있겠지요?"

홈즈가 물었다.

"물론입니다. 아내나 아이들은 제가 런던의 큰 회사에 다니는 줄 압니다. 교외에서 커다란 저택에서 부유하게 생활하고 있으므로 설마 내가 거지 노릇을 해서 돈 버는 줄은 꿈에도 생각하지 못할 것입니다."

"그러다가 지난 월요일 우연히 부인에게 들키고 말았군요."

홈즈가 물었다.

"그렇습니다. 그 날은 어느 날보다 특별히 돈 벌이가 잘 되었습니다. 그래서 일찍 집으로 돌아가기 위해서 아편 소굴 삼층에서 옷을 갈아입고 있었습니다. 그러다가 창밖을 내다보는데, 아내가 이쪽을 바라보고 있지 뭡니까? 세상에 이런 일이! 저는 너무 놀라서 '악!' 하고 소리를 지르고는 두 손으로 얼굴을 가렸지만 아내는 이미 저를 알아보고 말았습니다. 저는 재빨리 깡패에게 돈을 주고 '어떤 여자가 삼층으로 올라오고 있으니 올라오지 못하게 하라' 고 부탁하였습니다."

"그래서 깡패가 부인을 몰아냈군요."

"아내에게는 미안한 일이지만, 저는 어쩔 수 없었습니다. 제가 거지 노릇을 하고 있다는 것을 알면 아내는 어떻게 하겠습니까? 아마 자살할지도 모릅니다. 생각만 해도 끔찍한 일이지요. 또 아이들은 세상 사람들의 웃음거리가 되어 평생 동안 손가락질을 받아 큰 상처를 입을 것입니다."

"그 다음은 어떻게 했죠?"

홈즈가 재촉했다.

"저는 불량배가 아내를 쫓아내고 있는 동안에 재빨리 양복을 벗어 저고리를 창밖으로 내던졌습니다."

"그래서 저고리 주머니에는 동전이 가득 들어 있었군."

"예, 그 날 번 돈이었습니다."

"창틀에 핏자국은 무엇이죠?"

"그 때 너무 당황하여 서두르다가 창틀에 손을 다쳐 피를 흘렸습니다."

"상처를 살필 겨를도 없이 당황한 차에 형사들이 우르르 몰려와 핏자국을 보고 사건을 심각하게 몰아 갔어요. 그리고 아이들에게 선물할 집 쌓기 장난감을 그대로 둔 것도 큰 실수였고요. 그래서 틀림없이 정체가 탄로날 것이라 체념했지요."

"그런데 다행이도 정체가 탄로나는 대신 세인트 클레어를 살해한 혐의를 받게 되었군."

"그렇습니다."

"결국 당신은 죄를 짓지도 않고 소란을 피웠습니다. 그 때 모든 걸 털어놓았더라면 이런 소동이 없었을 거 아니오?"

"용기가 없었습니다. 가짜 거지 노릇으로 돈을 벌었다는 사실을 아내와 아이들이 알게 된다면 어떻게 되겠습니까. 전 두려웠습니다. 이 사실이 가족에게 알려지면 전 끝장입니다. 그래서 사건에 대한 관심이 사그라질 때까지 숨어 있기로 생각했습니다."

"편지는 왜 썼소?"

홈즈가 물었다.

"아내가 걱정하지 말라고 편지에 반지를 넣어 경비원에게 부쳐 달라고 부탁했습니다."

"그 편지는 어제서야 부인에게 배달되었습니다."

"어제라고요!"

"편지를 부탁 받은 경비원이 경찰의 감시를 받고 있었으니까 좀처럼 편지를 부칠 틈이 없었을 겁니다. 사실은 그 편지 덕분에 사건의 수수께끼를 풀 수 있었지요."

"여러분께 죄송합니다."

"세인트 클레어 씨, 이 사건은 죄송하다는 말 한 마디로 간단히 끝날 문제가 아니오."

경감이 무뚝뚝한 목소리로 말했다.

"경감님, 정말 죄송합니다."

"그 동안 여러 사람이 고생한 걸 생각하면 당신은 단단히 벌을 받아야 되겠지만, 홈즈 씨의 특별한 부탁으로 이번만은 너그럽게 봐 주겠소."

"홈즈 선생, 경감님, 고맙습니다."

세인트 클레어는 처음으로 얼굴을 똑바로 들고 인사를 했다.

"하지만 그 전에 한 가지 약속을 해 주시오."

"무슨 약속을?"

"당장 거지 노릇을 집어치우지 않으면 이 일을 세상에 폭로하겠소."

"경감님, 홈즈 씨, 이 자리에서 맹세하겠습니다. 아내와 아이들에게 진정으로 존경받는 인간이 되겠습니다."

세인트 클레어는 애원하며 눈시울을 적셨다.

"좋아요, 가족들한테도 이번 일을 비밀로 해 주겠소."

경감은 홈즈를 보고 한쪽 눈을 찡긋하며 말했다.

"홈즈 씨, 세인트 클레어 실종 사건은 이걸로 완전히 해결된 것으로 하겠습니다."

"경감님 의견에 따르겠습니다."

"그 동안 수고하셨습니다. 홈즈 씨의 추리 솜씨는 소문대로 놀랍군요. 저에게도 그 비결을 가르쳐 주십시오."

경감의 말에 왓슨이 말을 받았다.

"경감님, 그 비결은 정말 간단합니다. 밤새도록 뜬눈으로 앉아서 천장을 잔뜩 노려보고, 잘 안 풀리면 담배를 뻑뻑 피워대면 됩니다."

"예, 뭐라고요? 하하하……."

경감은 큰 소리로 웃음을 터뜨렸다. 그 웃음소리를 따라 홈즈와 왓슨도 웃었다. 그리고 정상인으로 돌아온 세인트 클레어도 따라 웃었다.

춤추는
인형

Sherlock Holmes

춤추는 인형

푹푹 찌는 듯한 7월, 홈즈의 방안은 화학 실험으로 인한 지독한 냄새와 푸른 연기로 가득했다.

왓슨은 화학 실험의 지독한 냄새에도 싫은 소리 한 마디 없이 무슨 생각에 골똘히 빠져 있었다.

"그만두기를 잘 했어. 정말 잘했어."

화학실험을 하던 홈즈가 왓슨을 쳐다보았다.

"왓슨, 아프리카 광산의 증권을 사려던 것을 포기한 모양이군."

홈즈의 말에 왓슨은 깜짝 놀랐다.

"홈즈, 자네가 그걸 어떻게 알았나? 나는 한 번도 아프리카 광산의 주식에 대해 얘기한 적이 없는데."

"굉장히 놀라는군."

"응, 자네를 알고 지낸 지금까지 이렇게 놀란 적은 없네. 어떻게 아프리카 광산 주식에 대해 알았는지 가르쳐 주게. 너무 궁금하군."

"좋아. 하지만 알고 나면 '시시하군. 난 또 뭐라고.' 하며 웃을 텐데."

홈즈는 왓슨을 놀리듯 말했다.

왓슨은 궁금증을 참지 못하고 홈즈 앞으로 의자를 당겨 앉으며 재촉했다.

"홈즈, 그만 놀리고 어서 얘기해주게. 궁금해서 못 참겠어."

"왓슨, 추리란 아주 작은 단서도 놓치지 않고 하나하나 곰곰이 생각해 풀어 나가는 거야. 그렇게 풀어 가다 보면 작은 단서들 사이에 연결되는 부분이 있지. 그것들을 짜 맞추다 보면 스웨터를 짜듯 사건의 형태가 나타나는 거야."

"그 말은 알았네. 알았으니까 어서 본론을 말해주게나."

"서두르지 말게나. 사람들은 추리하는 과정의 재미를 모른다니까. 사람들은 나의 힘든 추리 과정은 별로 중요하게 생각하지 않아. 오로지 추리 과정을 빼고 답만 얘기하면 모두들 놀란단 말이야."

"알겠네, 홈즈. 그렇다면 내 마음 속을 꿰뚫어 본 첫 번째 열쇠는 무엇이었나?"

홈즈는 왓슨의 왼손 엄지와 집게손가락을 가리켰다.

"그 손에 남아 있는 게 뭔가?"

홈즈의 말에 왓슨은 왼손 엄지와 집게손가락 사이를 살펴봤다. 그 곳에는 파란 분필가루가 희미하게 남아 있었다.

"이건 어젯밤 당구 칠 때 묻은 거야. 큐가 미끄러지지 않게 바른 분필가루지."

그러자 홈즈는 미소지었다.

"그렇겠지. 상대는 늘 같이 치는 서스턴일 테고."

"맞아. 나는 늘 서스턴하고 당구를 치지."

"왓슨, 이제 다 풀렸어."

"뭐라고?"

분필가루 하나로 문제를 다 풀었다고 하는 홈즈의 말에 왓슨은 고개를 갸웃거리며 무슨 말인지 모르겠다는 표정을 지었다.

"서스턴은 언제나 증권이나 경마로 한몫 보려고 하는 사람 아닌가. 아마, 한 달 전부터 아프리카 광산주를 사라고 자네에게 충동질을 했을걸?"

"맞아!"

"그래서 자네는 마음이 흔들렸을 테고, 서스턴은 주식 신청 기한이 이제 한 달밖에 남지 않았다고 계속 되풀이했겠지. 그 마감 날짜가 분명 오늘일 테고. 안 그런가?"

"그렇다면 내가 주식 사는 일을 단념했다는 건 어떻게 알았나?"

"주식을 사려면 돈이 필요하지 않은가?"

"그렇지."

"자네는 현금을 가지고 다니지 않지?"

"응, 돈이 필요하면 수표로 쓰니까."

"그 수표책 어디 있지?"

"책상 서랍에 있지."

"왓슨, 이래도 모르겠나?"

"아!"

홈즈의 말에 왓슨은 이제야 알 것 같다는 표정으로 자신의 이마를 손가락으로 톡톡 쳤다.

"맞아. 책상 서랍은 잠겨 있고, 그 열쇠를 내가 가지고 있지. 그런데 자네는 열쇠를 달라고 하지 않았어. 그러니 주식 사기를 단념했다고 할 수 있지. 수표를 쓰지 않겠다는 건 주식을 사지 않겠다는 얘기니까. 안 그런가?"

"하하, 정말 별것 아니군. 꽤 시시해. 그 정도라면 나도 풀 수 있을 것 같아. 이번에는 자네가 내게 문제를 내 보게."

"좋아. 나도 자네 입에서 그런 말이 나오기를 기다리고 있던 참이네."

홈즈는 웃음을 지으며 주머니에서 종이를 꺼내 왓슨 앞으로 내밀었다.

"이게 뭔가? 유치원생이 장난으로 그린 그림 아닌가?"

"하하하. 왓슨 선생의 대답은 참으로 기발하군. 하지만 이것이 자네 말처럼 유치원생의 그림이라면 아무런 문제가 되지 않겠지. 그러나 이 그림 때문에 어떤 사나이는 잠도 못 자고 신경쇠약에 걸렸다네."

"그래? 그게 누군데?"

"노오퍽 주 리드링 소프 저택에 사는 힐튼 큐우빗 씨야."

"새로운 사건을 맡았군?"

"응. 곧 큐우빗 씨가 이리로 올 거야."

그 때 아래층 초인종이 울렸다.

"큐우빗 씨가 왔나 보군, 홈즈."

묵직한 발소리가 계단을 울리며 올라왔다. 그리고 곧 문 두드리는 소리가 들려왔다.

"들어오십시오."

홈즈는 큰 소리로 그를 맞았다.

마흔 살 가량의 건장한 남자가 조심스럽게 문을 열고 들어왔다. 그는 눈이 파랗고 볼은 불그스름했다.

사나이는 왓슨이 아이가 그린 것 아니냐고 했던 그림을 보더니 금세 불안한 얼굴이 되었다.

"큐우빗 씨, 그렇게 서 계시지 마시고 이리로 앉으시지요."

불안한 얼굴의 큐우빗에게 홈즈가 의자를 내주었다.

큐우빗은 의자에 앉자마자 춤추는 인형 그림을 뚫어져라 노려보았다.

"홈즈 씨, 이 그림에 대해 어떻게 생각하십니까?"

"글쎄요. 처음에는 아이들 장난인 줄 알았습니다."

"아닙니다. 이건 보통 그림이 아닙니다. 분명 의미가 담겨 있는 그림입니다."

큐우빗은 화가 난 듯 소리쳤다.

"왜 그렇게 생각하시죠."

"왜냐하면 제 아내가 이 그림을 처음 본 순간 너무 놀라 기절할 뻔했습니다. 이게 보통 그림이라면 그럴 리가 없지 않습니까. 무섭게 그려진 그림도 아닌데 말입니다."

"그건 그래. 이 그림은 그냥 춤을 추고 있는 인형일 뿐 전혀 무섭거나, 혐오스럽게 생기지는 않았어. 보통 사람이 놀랄 만한 이유가 하나도 없는 그림이야."

왓슨이 큐우빗의 말에 동의하며 고개를 갸웃거렸다.

홈즈는 춤추는 인형 그림을 집어 들고 창가로 다가가 햇빛에 비쳤다.

수첩 한 장을 찢어 연필로 아무렇게나 장난치듯 그린 그림을 홈즈는 뚫어져라 쳐다보았다.

"큐우빗 씨, 사건에 대해 자세히 말씀해 주시지요."

"어디서부터 말씀드려야 될지……."

"부인께서 그림에 대해 무엇인가를 알고 계시는 것 같으니,

부인과 만나게 된 얘기부터 해 주시면 되겠습니다."

"그러지요. 자랑 같습니다만, 우리 조상은 500년 전부터 지금의 리드링 소프에서 살았습니다. 노오퍽 주에서는 모르는 사람이 없을 정도로 명문 집안이지요. 저는 작년에 빅토리아 여왕의 즉위 60주년 기념 축제 때 왕실의 초정으로 런던에 왔습니다. 그 때 저는 러셀 광장의 어느 호텔에 머물렀는데, 그 곳에서 엘시 패트릭이라는 매력적인 미국 아가씨를 만나게 되었죠. 바로 지금의 제 아내입니다."

큐우빗의 목소리가 조금 차분해졌다.

"엘시는 제 앞방에 머물고 있었습니다. 우리는 처음부터 서로에게 호감을 가지고 있었습니다. 그래서 쉽게 친해졌고, 결국 그녀를 만난 지 한 달 만에 결혼을 하게 되었습니다."

"선생 집안은 노오퍽 주에서 알아주는 명문가인데 그렇게 쉽게 혼자서 결혼을 결정해도 됩니까?"

"물론 집안사람들의 찬성을 얻어야겠지요. 하지만 엘시와의 결혼 허락이 쉽지 않을 것 같아 그냥 둘이서 혼인 신고를 하고 법적으로 부부가 되었습니다."

"왜 허락이 쉽지 않을 거라 생각하셨죠?"

"미치광이라고 해도 할 수 없지만, 저는 그녀의 집안이나, 과거에 대해 아는 것이 없습니다."

"부인에 대해 아무것도 모르는 상태에서 결혼을 하셨단 말입니까?"

왓슨이 놀란 목소리로 말하자 홈즈가 차분하게 말을 이었다.

"명문가인 큐우빗 씨의 집안 어른들께서 무척 놀라셨겠습니다."

"명문가의 자손이 오다가다 만난 여자와 결혼한다는 것이 도리에 맞지 않는 일이라고 생각되시겠지요?"

큐우빗이 되물었다.

"무척 용기가 필요한 일이라 생각합니다만."

"그랬습니다. 하지만 여러분이 엘시를 한번 만나 본다면 그 사람이 얼마나 착하고 아름다운지 알게 되실 겁니다."

"물론 그렇겠지요. 그러니 선생께서 겨우 한 달 만에 결혼을 했겠지요. 그런데 부인 쪽에서는 아직도 과거의 일들을 이야기하지 않으셨나요?"

"엘시는 자신의 과거를 이야기하는 것을 괴로워했어요. 그래서 저는 엘시의 과거를 억지로 묻지 않았습니다. 그냥 엘시가 곁에 있다는 것만으로 행복했으니까요."

"맞아요. 서로 사랑한다면 그깟 과거는 그리 중요한 것이 못 되지요."

왓슨이 큐우빗을 두둔하였다.

"그래도 과거는 중요하지."

홈즈가 혼잣말처럼 중얼거렸다.

"시간이 흐르면서 집안 어른들도 엘시를 제 아내로 인정했습니다. 엘시의 착하고 고운 마음을 알게 된 거죠. 엘시도 그 때부터 마음 편하게 결혼 생활을 할 수 있었습니다. 엘시는 정말 착한 사람입니다."

"사건이 처음 일어난 건 언제입니까?"

큐우빗의 말투가 점점 신세를 한탄하는 것처럼 늘어졌다.

"한 달 전인 6월 마지막 목요일 전이었습니다. 아내가 미국에서 온 편지를 보더니 얼굴이 새파랗게 질려 편지를 태워 버리더군요."

"잠깐만! 선생은 어떻게 그 편지가 미국에서 온 것이라는 걸 알았지요?"

홈즈가 큐우빗의 말을 가로막으며 물었다.

"미국 우표가 붙어 있는 걸 언뜻 봤습니다."

"아 그랬군요. 그럼 계속하십시오."

큐우빗은 아내를 놀라게 한 그 편지의 내용이 궁금했다. 하지만 엘시에게 편지의 내용이 무엇인지 일부러 묻지는 않았다. 그저 엘시가 스스로 얘기해 주기를 바랄 뿐이었다.

큐우빗은 언제나 그랬다. 무슨 일이든 엘시가 하고 싶지 않은 일에 대해서는 강요하지 않았다. 그것이 큐우빗이 엘시를 사랑하는 방법이니까.

하지만 이번만은 큐우빗도 쉽게 넘기기 힘들었다. 엘시가 미국에서 온 편지를 받은 날부터 무엇인가에 쫓기는 사람처럼 불안해하고 두려워했기 때문이었다.

"엘시, 난 누구보다도 당신을 이해하오. 당신을 위해서라면 무슨 일이든 하겠어."

큐우빗은 엘시에게 부드럽게 말했다. 그리고 엘시의 손을 꼭 잡아 주었다. 어떤 어려운 상황에도 힘이 되어주겠다는 강한 의지를 엘시에게 보여 주고 싶었다.

"고마워요. 너무 걱정 말아요. 전 어떤 일이 있어도 당신과 큐우빗 집안의 명예를 더럽히는 일은 하지 않을 테니까요."

이 말을 듣는 순간 큐우빗은 생각했다.

'분명 엘시의 과거와 관계가 있는 일이군. 그런데 그걸 나한테 말하지 않고 혼자 해결하려고 있는 거야.'

큐우빗은 갑자기 머리가 혼란스러웠다.

'편지의 내용이 무엇인지 물어 볼까?'

'아냐, 혼자 해결하려 할 때는 그만한 충분한 이유가 있을 거야.'

큐우빗은 엘시를 존중하는 마음으로 편지에 대한 일을 모른체 하기로 했다.

그런데 지난 화요일 아침이었다. 큐우빗은 자기 방 창턱 위에 분필로 그려 놓은, 춤추는 인형 그림을 발견했다.

큐우빗은, 그 솜씨가 매우 서툴러서 말을 돌보는 소년이 장난을 친 거라 생각했다.

"네가 여기다 이런 그림을 그려 놨지?"

"아닙니다, 주인님."

"너 아니면 누가 이런 장난을 쳤겠느냐? 우리 집에 이런 그림을 그릴 꼬마는 너뿐이다."

"주인님, 전 절대 이런 짓을 하지 않았습니다."

큐우빗의 호통에 말을 돌보는 소년이 울먹이며 말했다. 그 때 청소를 하러 온 하녀가 큐우빗에게 말했다.

"주인님, 저녁에 청소할 때는 이런 그림이 없었습니다."

"주인님, 저는 저녁에 이 곳에 온 적이 없습니다."

"그렇다면 누가 밤중에 몰래 와서 그려 놓은 그림이란 말이냐? 어서 이 그림을 깨끗이 지우도록 해."

"예."

하녀는 열심히 창턱의 그림을 지웠다.

그 때 엘시가 다가왔다.

"여보, 무슨 일이에요? 매우 언짢은 얼굴이군요."

"누가 창턱 위에 춤추는 인형 그림을 그려 놨지 뭐요."

"네?"

엘시는 놀라는 얼굴이었다. 아니 지난번 편지를 받았을 때보다 훨씬 새파랗게 질려서 금방 쓰러질 듯 비틀거렸다.

"여보, 부탁이 있어요. 만일 다음에 그런 그림을 보게 되면 지우지 말고 저에게 먼저 보여 주세요. 꼭이요 꼭."

큐우빗은 불안해하는 아내가 몹시 걱정되었다.

그렇게 아무 일 없이 5일이 지나갔다.

그러던 어제 아침이었다.

큐우빗은 정원을 산책하다가 해시계 위에 핀으로 단단히 꽂아 놓은 춤추는 인형 그림을 발견했다.

큐우빗은 그 그림을 얼른 엘시에게 보여 주었다. 그러자 엘시는 그림을 뚫어질 듯 보더니 신음 소리를 내며 기절해버렸다.

"엘시, 엘시!"

엘시는 곧 정신을 차렸다. 하지만 하루 종일 공포에 질린 눈으로 멍하니 앉아만 있을 뿐 큐우빗에게 아무런 말도 하지 않았다.

밤이 깊도록 잠을 이루지 못하던 큐우빗은 결국 홈즈에게 편지를 쓰게 된 것이다.

"경찰서에 신고를 할까 생각도 해 보았습니다. 하지만 경찰은 엘시에게 이것저것 물어 볼 거고, 그러면 엘시가 더욱 힘들어질 것 같았습니다. 저는 큰 부자는 아니지만 엘시를 행복하게 해 줄 수 있다면 제가 가진 재산의 전부를 아낌없이 쓸 것입니다."

"큐우빗 씨, 부인께서 느끼는 공포의 원인을 스스로 이야기하도록 할 수는 없을까요?"

"무리입니다. 매우 고통받고 있는 엘시에게 제가 계속 따져 묻는다면 엘시는 자살해 버릴지도 모릅니다."

"혹시 집 주변에 낯선 사람이 나타난 적 있습니까?"

"없습니다. 우리 마을에는 집도 몇 채 없고, 마을 사람들도 서로 잘 아는 사이라서 낯선 사람이 찾아오면 금세 알게 됩니다. 10킬로미터 정도 떨어진 곳에 있는 해수욕장에 낯선 사람들이 해수욕을 즐기러 오긴 하지만 그 곳과는 상당한 거리가 있습니다."

"큐우빗 씨, 이 그림에는 분명 중대한 의미가 있습니다. 지금 이 순간에도 춤추는 인형이 선생의 저택 어딘가에 나타나 부인을 괴롭힐지 모르니 서둘러 돌아가십시오. 그리고 집 주변에 낯선 사람이 나타나면 반드시 알려 달라고 주민들에게 말해 놓으세요."

"네."

"그리고 항상 부인 곁에 계셔야 합니다. 또한 낯선 사람이 나타나면 꼭 저에게 알려 주셔야 합니다. 그럼 서둘러 돌아가 주세요. 큐우빗 씨."

큐우빗은 별다른 해결책을 찾지 못해서인지 홈즈의 방에 들어설 때보다 더욱 어두운 표정으로 돌아갔다.

큐우빗이 돌아간 뒤, 홈즈는 춤추는 인형의 그림들을 펼쳐 놓았다. 그리고 무엇인가를 긁적이고, 고개를 갸웃거리더니 깊은 생각에 빠졌다.

그렇게 2주가 흘러갔다. 큐우빗이 지난 번보다 더 창백한 얼굴로 홈즈를 찾아왔다.

"홈즈 씨, 숨어서 나타나지 않는 적과 싸우는 일은 사람을 지치게 하고 공포로 몰고 가지요. 저는 상대방에 대해서 아는 것이라고는 아무 것도 없는데, 상대방은 우리에 대해 훤히 알고 우리를 지켜보고 있으니 불안합니다. 숨어 있는 적으로 인해 제 아내의 수명이 점점 짧아지고 있습니다."

"큐우빗 씨, 마음을 단단히 하시고 그 동안에 일어났던 일을 자세하게 말해 보세요."

홈즈는 큐우빗의 등을 다독거려 용기와 위로를 주었다.

"춤추는 인형의 그림이 또 몇 번 나타났고, 또한 그 그림을 그리고 있는 사나이를 제가 보았습니다."

"언제, 어디서요?"

홈즈는 중요한 단서라도 잡았다는 듯이 몸을 앞으로 움직이며 얼굴에는 긴장감이 감돌았다.

"저는 지난 번 여기 왔을 때, 런던에서 나흘쯤 볼일을 보고 집으로 돌아갔습니다. 그리고 그 다음날 아침 헛간 벽에 흰 분필로 그려 놓은 춤추는 인형을 발견했습니다. 이것이 그 그림을 그대로 그려 온 것입니다."

큐우빗은 그림을 그린 종이를 홈즈에게 내밀었다.

홈즈는 그림을 보자 눈빛이 빛나기 시작했다.

"어, 이것이 두 번째 그림이군요. 계속하세요."

"헛간 벽은 아내의 창문에서 잘 보이는 곳입니다. 그래서 저는 그것을 여기에 베끼고 재빨리 지워버렸습니다. 아내가 보면 또 괴로워할 것 같아서요. 그런데 이틀 후에 또 다시 헛간 벽에 이 그림이 그려져 있는 게 아닙니까?"

큐우빗은 또 다시 세 번째 춤추는 인형의 그림을 꺼내 놓았다.

"좋아, 단서가 점점 많아지고 있어. 숨어 있는 적의 그림자가 서서히 윤곽을 나타내기 시작했어."

중얼거리는 홈즈의 얼굴에는 기쁨이 넘쳤다.

"그로부터 사흘 후에 나타난 그림은 세 번째 그림과 똑같은 것이었습니다. 숨어 있는 적이 일주일에 세 번씩이나 제 눈앞에 제가 모르게 나타난 것입니다. 저는 그 때부터 권총을 들고 정원이 보이는 아래층 서재에서 몰래 잠복하여 밤새 적이 나타나기를 기다렸습니다. 그러던 중에 엘시가 자다 말고 잠복해 있는 서재로 나를 찾아왔습니다.

"엘시가 무슨 말을 했나요?"

"그냥 정신이 이상한 사람의 소행일 거라고 하면서 너무 신경 쓰지 말고 자라고 했습니다."

"여전히 아무 말도 하지 않은 거군요?"

"네, 그저 외국으로 여행이나 가자고 하더군요. 그런데 바로 그 순간이었습니다. 엘시 얼굴이 갑자기 창백해졌습니다. 저는 알았죠, 그 순간에 적이 나타난 것을……. 그래서 재빨리 창밖을 내다봤더니 정원 헛간에 웬 사람이 얼씬거리고 있었습니다."

"그 범인이군요."

왓슨은 궁금함을 참지 못하고 한마디 했다.

큐우빗은 대답 없이 고개만 끄덕였다. 그리고 말을 이어갔다.

"저는 얼른 밖으로 뛰어나갔습니다. 그런데 엘시가 저를 붙잡고 매달리는 겁니다."

"이유를 얘기하던가요?"

"아뇨, 가지 말라는 말만 되풀이하더군요. 하지만 저는 엘시를 옆으로 밀치고 헛간으로 달려갔습니다. 그러나 이미 범인은 사라지고 헛간 문에는 세 번째와 네 번째, 그림과 똑같은 인형 그림이 놓여 있었습니다."

"아, 그럼 세 번째와 네 번째 그리고 다섯 번째 그림이 모두 똑같은 그림이군요."

홈즈가 그림을 펼쳐놓고 다시 한 번 확인을 했다. 큐유빗은 고개를 끄덕이며 그림을 바라보았다.

"저는 정원 구석구석을 살펴보았으나 그 범인을 찾을 수 없었습니다. 그래서 제 방에 돌아와서 눈을 붙였습니다. 그런데 다음 날 아침 다시 헛간으로 가 보았더니, 밤중에 본 그림 밑에 또 새 그림이 그려져 있는 게 아닙니까?"

"그 범인이 도망가지 않고 정원 어딘가에 숨어 있었군요."

왓슨은 좀 흥분된 목소리로 말하였다.

"예, 그런 것 같습니다. 그런데 그 그림은 지금까지의 그림과는 다른 그림이었습니다."

큐우빗은 또 종이쪽지를 내밀었다. 홈즈는 그 그림을 보더니 흥분을 감추지 못하고 큰 소리로 물었다.

"이건 세 번째와 다섯 번째에 추가된 것입니까? 아니면 새로운 것입니까?"

"글쎄요, 잘 모르겠지만, 이 그림은 매우 화가 나서 붓을 휘갈긴 듯한 그림이라는 느낌을 받았습니다."

"그래요? 흠. 이제야 사건의 윤곽이 서서히 드러나기 시작하는군요. 큐유빗 씨, 염려마시고 힘을 내세요."

홈즈는 밝은 표정으로 큐우빗을 격려했으나 큐우빗은 여전히 불안한 눈치였다.

"저는 수상한 자를 본 그날 밤, 아내의 태도에 의심이 갔습니다. 제가 지금 고민하는 것은 그 이상한 그림의 정체보다도 아내의 태도입니다. 왜 그날 밤, 아내는 나를 그토록 말렸는지 이해가 가지 않습니다."

"선생에게 위험한 일이 닥칠까 봐 그랬겠지요."

"아내도 그렇게 말합디다만……."

큐우빗은 고개를 숙이며 한숨을 내쉬었다.

"저는 지금 마을의 청년들을 경호원으로 채용하여 정원 곳곳에 숨겨두었습니다. 그 놈이 나타나면 붙잡든지 아니면 사살하라고 했습니다."

"큐우빗 씨, 아직 범인이 누군인지 확실하지도 않고 또 모습을 드러내지 않았는데도 이쪽에서 먼저 무장을 하고 만일의 사태에 대비한다는 것은 좀 지나칩니다. 그리고 또 그런 방법으로는 범인을 잡을 수 없습니다."

홈즈의 말에 큐우빗은 고개를 떨구고 아무 말도 하지 않았다.

"큐유빗 씨, 언제 집으로 돌아갈 건가요? 오늘은 런던에 갈 일이 없는가요?"

"아뇨. 오늘은 바로 집으로 갈 겁니다. 엘시가 불안에 떨고 있는데 혼자 둘 수가 없습니다."

"잘 생각했습니다. 저도 함께 가고 싶지만 급하게 알아볼 일이 있어 동행할 수가 없군요. 저는 일이 끝나는 대로 달려가겠습니다."

"고맙습니다. 홈즈 씨. 이제 마음이 좀 놓입니다."

창백하던 큐우빗의 얼굴이 이제 좀 밝아졌다.

큐우빗이 돌아가자, 홈즈는 큐우빗이 건네준 춤추는 인형 그림을 탁자 위에 펼쳐 놓았다. 그리고 춤추는 인형 그림을 보면서 그림 속에 나타난 숫자와 글자를 적었다.

홈즈의 집중력은 정말 대단했다. 춤추는 인형의 그림에 숨어 있는 의미를 풀려고 세 시간 동안 꼼짝도 하지 않고 책상 앞에 앉아서 그림에 집중하였다.

그렇게 앉아 있은 지 세 시간이 좀 지나서 홈즈는 종이를 움켜쥐고 큰 소리로 말했다.

"풀었어. 풀었다."

소리치는 그의 목소리에는 어느 때보다도 기쁨과 흥분이 넘쳐 있었다.

"홈즈! 드디어 해냈군."

왓슨은 의자에서 벌떡 일어나 홈즈에게 다가가 그의 어깨를 두드렸다.

"빨리 전보를 쳐야겠어."

홈즈는 종이쪽지를 전부 모은 다음 가방에서 전보용지를 꺼낸 다음 전문을 썼다.

"왓슨, 내가 푼 해답이 맞는다면, 전보가 오는 대로 우리는 2,3일 안에 노오폭 주로 가게 될 걸세."

"자세히 얘기해 주게나."

왓슨은 궁금함을 참지 못하여 홈즈에게 물었다. 그러나 홈즈는 아무 말이 없이 웃기만 할 뿐 대답해 주지 않았다.

홈즈가 전보를 친 지 이틀이 지났다. 홈즈는 예상보다 전보의 회답이 빨리 오지 않자 초조해 하기 시작했다. 그래서 초인종이 울릴 때마다 전보의 회답을 기다리며 자리에서 벌떡 일어나 앉앗다를 반복하며 현관문에 집중했다.

이틀째가 된 날 밤 전보 대신 큐우빗으로부터 한 통의 편지가
왔다. 편지를 보낸 날짜는 큐우빗이 홈즈를 찾아온 바로 그 다음
날이었다.

오늘 아침에도 춤추는 인형의 그림이 해시계 위에 나타났습니
다. 그 외에 별다른 일은 없었습니다. 인형의 그림은 다음과 같
습니다.

홈즈는 편지에 들어 있는 그림을 유심히 살펴보았다.

"앗!"

홈즈는 편지 속에 들어 있는 그림을 보다가 갑자기 비명을 질
렀다.

왓슨은 홈즈의 비명 소리에 놀라 소리쳤다.

"왜 그래?"

"왓슨, 내가 상대를 너무 얕잡아 봤어. 어서 빨리 노우퍼 주로
가야겠어."

홈즈의 말에 왓슨은 서둘러 열차 시간을 알아봤다. 하지만 이
미 열차가 떠난 뒤였다.

홈즈는 왓슨이 열차가 이미 떠났다고 하자 자리에 털썩 주저
앉으며 깊은 한숨을 내쉬었다.

그 때였다. 하숙집 주인의 부인인 허드슨 부인이 외국에서 온

전보를 홈즈에게 전했다.

홈즈는 전보를 읽자 얼굴이 일그러졌다.

"맞아, 내가 추리한 대로 큐우빗 씨는 이 세상에서 가장 무서운 독거미 거물에 걸려들었어."

왓슨은 홈즈의 표정을 보고 사건이 매우 심각하다는 것을 느꼈다.

홈즈와 왓슨은 그 다음날 첫차로 큐우빗의 집을 향해 떠났다.

홈즈와 왓슨이 역에 내리자 역장이 달려왔다.

"런던에서 오신 형사들이죠?"

순간 홈즈의 얼굴에 긴장이 감돌았다.

"그와 비슷합니다만, 왜 그러시죠?"

"아, 그렇다면 그 외과의사 선생님이시군요. 자, 빨리 서둘러서 갑시다. 젊은 부인이 총상을 입고 병원에 입원해 있습니다. 중상이지만, 빨리 서둘면 목숨을 구할 수 있을 겁니다."

홈즈는 역장의 어깨에 손을 얹으며 말했다.

"무슨 일이 일어났는지 모르지만, 침착하십시오. 우리는 큐우빗의 부인의 초대를 받아 가는 길입니다."

"그렇다면 사건이 일어난 것을 모르고 계시는군요. 끔찍한 살인 사건이 일어났습니다. 힐튼 큐우빗이 부인에 의해 살해되었습니다. 부인이 먼저 남편을 쏘고 자신도 죽으려고 자신을 향해 총을 쏘았는데, 부인은 그 자리에서 죽지 않고 중태 상태입니다.

결국 신분을 알 수 없는 여자를 부인으로 맞이하더니 이런 결과가 생긴 것 같습니다."

홈즈와 왓슨은 너무 놀랐으나 서둘러 마차를 타고 달려갔다.

"큐우빗 씨 집으로 갑시다."

마차는 소리를 내며 전속력으로 달렸다.

큐우빗 씨 집이 위치한 리드링 소프는 살인사건 같은 끔찍한 일이 일어나지 않을 것 같은 조용하고 아름다운 도시였다.

홈즈 일행이 도착했을 때에는 이미 경찰이 나와 사건을 조사하고 있는 중이었다.

"누구십니까? 저는 노오퍽 주 경찰서 형사과에 근무하는 마틴 경감입니다. 신문기자신가요?"

"수고하십니다. 저는 큐우빗으로부터 사건을 의뢰받은 셜록 홈즈입니다."

홈즈라고 인사하자 마틴 경감은 반갑다는 듯이 미소를 지으면서 말했다.

"아, 그 유명한 셜록 홈즈이시군요. 반갑습니다. 명성은 이미 익히 들어서 알고 있습니다. 혹시 저희들이 모르는 정보를 갖고 계십니까?"

경감은 기대에 찬 눈빛으로 홈즈를 바라보았다.

"춤추는 인형 그림 몇 장이 있습니다. 마틴 경감님. 뜻하지 않은 비극을 사전에 막으려고 했지만, 이제 돌이킬 수 없게 되었습니다. 제가 알고 있는 사실은 무엇이든지 말씀드리겠습니다만, 괜찮으시다면 조사할 때 함께 참여하도록 해 주십시오."

"그러지요. 저로서는 유명한 선생님의 협조를 받을 수 있다니 영광입니다. 아무쪼록 여러 가지로 부탁드립니다."

마틴 경감은 홈즈의 능력을 이미 듣고 있었기 때문에 사건을 모두 홈즈에게 맡기고 자신은 옆에서 보좌하는 정도로 하기로 하였다. 마틴 경감은 홈즈가 말할 때마다 마치 학생이 교수의 강의를 노트하듯이 하나도 빠지지 않고 노트에 메모했다.

조사를 시작한 지 약 30분 정도 되어서 한 외과의사라는 노인이 큐우빗 부인의 방에서 나왔다.

"의사 선생님, 큐우빗 부인의 상태는 어떻습니까?"

마틴 경감은 조금 전에 수사를 전부 홈즈에게 맡기겠다고 해 놓고서는 그 말을 잊어버렸는지 의사에게 질문을 하였다.

"총알이 깊숙이 박혀 있어서 매우 중태입니다."

"그럼 살아날 가망은 없습니까?"

"의식을 되찾기까지는 시간이 좀 걸리겠지만, 목숨에는 지장이 없습니다."

"부인이 스스로 자신에게 총을 겨눈 것입니까? 아니면 다른 사람에 의해서 저격당한 것입니까?"

경감의 계속되는 질문에 의사는 귀찮은 듯이 짜증을 내었다.

"아, 나는 수사관이 아니고 의사입니다. 따라서 누가 총을 쏘

앗는지는 잘 모르고, 다만 부인의 목숨을 구하기 위해 최선을 다했을 뿐입니다. 아! 누가 쏘았는지 가까이서 쏘아서 이마에 화상이 있습니다."

늙은 의사의 무뚝뚝한 대답에 경감은 기가 죽어서 더 이상 묻지를 않았다.

"선생님께서 몇 시에 사건 현장에 도착했습니까?"

홈즈가 날카로운 눈으로 의사에게 물었다.

"새벽 네 시경쯤입니다."

"그렇다면 사건이 일어난 지 얼마 안 되었을 때인데 누가 알려주었습니까?"

"하녀인 소온더스였소. 두 사람이 쓰러져 있는 것을 소온더스가 처음 목격했습니다."

"선생님께서 여기 도착했을 때의 사건 현장에 대해서 자세히 말씀해주세요."

홈즈가 예리한 눈빛으로 의사를 응시하면서 질문을 하였다.

"음, 큐우빗 씨와 부인은 서재 바닥에서 2미터 쯤 떨어진 곳에 쓰러져 있었고, 방안에는 탄피가 두 개, 탄창이 빈 권총이 한 자루가 뒹굴고 있었습니다. 큐우빗 씨는 총알이 심장에 완전히 박혀 있었고, 부인은 신음소리를 내고 있었소. 그래서 서둘러 침실로 옮기고 응급치료를 했소."

"권총은 머리맡에 있었습니까?"

마틴 경감이 다시 물었다.

"두 사람이 쓰러져 있는 중간에 떨어져 있었습니다."

"그럼 큐유빗 씨가 먼저 부인을 쏜 다음에 자신을 쏘았다고 할 수 있겠군."

마틴 경감이 이렇게 중얼거렸지만 홈즈는 들은 체 하지 않았다.

"선생께선 현장에서 부인 외에 옮긴 것이 있습니까?"

"부인 외에는 옮긴 것이 없습니다."

홈즈는 무뚝뚝한 노인 의사에 대한 질문을 마친 다음 집사에게 물었다.

"이 사건을 처음으로 알린 사람은 소온더스 양 뿐입니까?"

"아닙니다. 요리사인 킹 부인도 함께 소리쳤습니다."

"두 사람을 불러 주세요."

현관 로비를 취조실로 이용하여 홈즈 옆에 앉아 있는 마틴 경감의 눈빛이 빛나고 있었다.

"소온더스 양, 아가씨는 이 사건을 어떻게 알았어요?"

"삼층 제 방에서 자고 있는데 갑자기 총소리가 한 번 났어요. 그래서 깜짝 놀라서 일어났는데, 또 다시 총소리가 들렸어요."

"첫번째 총소리가 나고, 얼마 안 되어서 또 다시 총소리가 났다는 거지요?"

"첫 번째 총소리가 나고 1분 정도 지나서 두 번째 총소리가 들렸어요. 두 번째 총소리가 나고 곧바로 저는 바로 옆 방 킹 부인에게 달려갔어요. 그리고 아래층 서재로 함께 내려갔는데……."

소온더스 양은 울음을 터뜨렸다.

"내려갔더니 그 다음 어떻게 되었어요?"

홈즈가 재촉하듯이 말했다.

"주인 어른이 서재 한복판에 쓰러져 있었어요. 우리가 주인어른을 일으켜 세우려고 하자 이미 숨져 있었습니다. 그리고 창문 옆에 부인이 머리를 벽에 기댄 채 웅크리고 계셨는데, 얼굴이 온통 피투성이었어요. 우리는 '마님, 정신 차리세요!' 하고 소리쳤지만 아무 대답도 없으셨습니다."

"그 때 무슨 냄새가 나지 않았소?"

"방과 복도에 연기가 자욱했어요. 그리고 화약 냄새가 확 풍겼습니다."

"창문은 열지 않았소?"

"창문은 모두 닫힌 채 안쪽으로 잠겨 있었습니다. 괴상한 그림이 나타난 뒤로는 주인어른께서 문단속을 철저히 하셨습니다. 그리고 저는 의사 선생님께 달려갔고. 킹 부인은 경찰에 신고하러 간 겁니다."

"의사 선생님이 온 후에 부인을 옮길 때 두 분이 거들어 주었나요?"

"아니오, 말을 돌보는 남자 두 분이 거들어 주었어요."

"감사합니다. 수고 많았습니다. 집사, 킹 부인을 불러주시오."

잠시 후 킹 부인이 두 손을 앞으로 모으고 겁에 질린 표정으로 들어왔다.

"부인, 사건이 일어난 것을 어떻게 알았소?"

"잠을 자고 있는데 총소리가 나서 깼습니다. 총 소리는 두 번 들렸고, 두 번째 총소리가 들리고 나자 소온더스가 겁에 질려 제 방으로 찾아왔습니다. 그래서 우리는 놀란 마음을 진정시키고 부리나케 서재로 내려갔습니다."

"첫 번째와 두 번째 총소리 간격은 어느 정도가 됐습니까?"

"약 1분 정도입니다."

"총소리를 듣고 서재로 내려갔을 때 서재 안의 상황을 이야기 해 보세요."

"주인어른이 서재 한복판에 쓰러져 있고, 마님은 창문 벽에 머리를 기댄 채 피를 흘리고 있었습니다. 우리는 주인어른을 일으켜 세우려고 했지만, 이미 숨져 있었어요. 그래서 우리는 마님께 다가가 '마님, 정신 차리세요!' 라고 소리쳤지요. 하지만 아무런 말도 하지 않으셨어요."

"혹시 이상한 냄새 같은 거 맡지 못했어요?"

"화약 냄새를 맡았어요. 방문을 열고 삼층 복도로 뛰어갔을 때부터 화약 냄새가 났어요."

"삼층 복도에 갔을 때부터 화약 냄새가 났군. 음, 이건 아주 중요한 사실인데…….”

"중요하다구요? 왜요?"

옆에서 들은 마틴 경감이 홈즈에게 물었지만, 홈즈는 대답을
하지 않고, 서재로 향했다. 마틴 경감, 왓슨 의사도 함께 홈즈 뒤
를 따라 서재로 향했다.

서재는 넓지 않았다. 삼면의 벽에는 천장에 닿도록 책이 꽂혀
있었고, 정원 쪽으로 난 창문에는 커다란 책상이 놓여 있었다.

큐우빗은 잠옷 위에 가운을 걸친 채 방바닥에 길게 엎드려 있
었다.

"옷차림이 흐트러져 있군. 이건 깊이 잠이 들었다가 갑자기
깼다는 증거야.”

홈즈는 시체를 이곳저곳 살펴보았다.

"누군가가 정면에서 총을 쏘았군. 총알은 정확히 심장 한복판
을 꿰뚫었어. 큐우빗 씨는 그 즉시 사망했을 거야. 음, 옷이나 몸
어느 곳에서도 화약의 냄새가 남아 있지 않군…….”

"부인의 몸에는 화약의 얼룩 같은 것이 희미하게 묻어 있었으
나, 손에는 묻어 있지 않군.”

나이 많은 의사는 자기도 무엇을 아는 체 끼어들어서 한마디
했다.

"만일 화약이 손에 남아 있다면 문제가 달라질 수 있으나, 묻
어 있지 않기 때문에 아무런 단서도 되지 않습니다. 선생님, 부

인이 맞은 총알은 아직도 부인의 몸에 그대로 있다고 하셨지요?"

"그렇소. 그걸 빼내려면 수술을 해야 합니다. 선생은 내 말을 의심하는 거요? 발사된 총알은 두 발 총소리도 두 번, 그리고 상처가 두 곳, 맞지 않소. 그런데 뭘 의심하는 거요?"

"설명은 그럴싸합니다. 그렇다면 저 창틀에 박힌 총알은 어떻게 설명할 거요?"

홈즈가 가리킨 창틀에는 총알이 하나 박혀 있었다.

"나는 이 서재에 들어서는 순간 총알이 세 발인 것을 확인했소. 그래서 나머지 한 발을 찾으려고 했소."

"놀랍군. 분명 총알은 세 발이 맞군요. 그러면 세 번 총을 쐈다는 건데, 그렇다면 제3의 인물이 있다는 건데…… 아, 그렇다면 그 제3의 인물은 누구이며, 큐우빗 부부와 어떤 사이였을까? 그리고 어디로 달아났을까?"

늙은 의사는 자신이 수사관인 양 행세를 하면서 말했다. 홈즈는 몹시 못마땅했으나 그 말에 대답하지 않고 정색을 하고 마틴 경감을 바라보고 말했다.

"이제 그 수수께끼 같은 사건을 제가 풀겠습니다. 마틴 경감님도 기억하시겠지만, 삼층 복도에서부터 화약 냄새가 났다고 했지요?"

"네, 그랬지요."

"그것은 곧 서재의 창문과 복도로 난 문이 열려 있다는 증거입니다. 창문과 복도 문을 통해서 불어온 바람이 화약 냄새를 삼층까지 옮겨 간 것이지요."

홈즈의 말에 경감은 감탄을 했다.

"아, 그렇군요. 그렇다면 한동안 서재에 바람이 불고 있었군요. 그건 몇 분쯤 불고 있었을까요?"

"아마 2~3분 정도였을 겁니다."

"그걸 어떻게 알지요?"

마틴 경감이 다급한 목소리로 물었다.

"저 양초를 보십시오. 만일 오랫동안 서재에 바람이 불었다면, 촛농이 한쪽으로 흘러내렸을 겁니다."

"오, 그렇군요. 명철하십니다."

"창문이 열려 있다는 것을 알았을 때 저는 제3의 인물이 있다는 것을 알았습니다. 제3의 인물이 정원에서 큐우빗 부부를 향해 총을 쏘았을 겁니다. 또한 서재에서도 누군가가 제3의 인물을 향해 대응사격을 했을 겁니다. 이 점을 고려하여 방안을 살펴보니, 보시는 바와 같이 제3의 인물의 총알이 창틀에 박혀 있었던 것입니다."

"그러나 하녀 증언에 따르면 서재에 들어갔을 때 창문은 완전히 닫혀 있었고, 안으로는 잠겨 있었다고 하지 않았습니까? 하녀들이 거짓말을 하지는 않은 것 같은데……."

"큐우빗 부인이 몸을 지키려는 생각으로 문단속을 했을 겁니다. 여자는 남자보다 더 세심한 부분을 가지고 있지요."

홈즈는 그렇게 말하면서 주위를 살펴보았다.

"아니, 이건?"

홈즈는 책상 구석에서 악어가죽으로 만든 작은 핸드백이 발견되었는데, 그 핸드백에는 50파운드짜리 지폐 스무 장이 고무줄로 묶여 있었다.

"상당히 큰돈입니다. 잘 보관하셔야 합니다. 재판 때 범인을 인정하는 데에 유리한 증거가 될 수 있습니다."

홈즈는 핸드백과 돈을 경감에게 넘겨주었다. 그리고 킹 부인을 다시 불렀다.

"부인, 두 번의 총소리 중 어느 것이 더 컸습니까?"

"처음에 들은 총소리입니다. 그 소리는 마치 대포 소리 같았습니다. 그러나 잠들었을 때 들어서 더 크게 들렸을지도 모릅니다."

"부인의 말대로 처음에 들은 총소리는 두발을 한 번에 쏘았기 때문에 더 크게 들렸을 것입니다."

"아! 그러고 보니 처음 들은 총소리는 '타당!' 하고 울렸던 것 같았습니다."

"마틴 경감, 이 방에서 발견할 수 있는 단서는 모두 찾아낸 것 같습니다. 이제 정원으로 가 봅시다."

사람들이 홈즈를 따라 정원으로 갔습니다.

"앗!"

서재 창 밖의 꽃밭이 모두 짓밟히고, 흙에는 남자의 구두 발자
국이 어지럽게 찍혀 있었다.

"이렇게 구두 뒤축이 뾰족한 것은 영국에서는 유행하는 구두
가 아니야. 틀림없이 외국산 구두를 신은 사람이야."

홈즈는 그렇게 말하면서 주변을 유심히 살펴보았다. 그리고
소리쳤다.

"찾았다!"

"탄피로군. 그런데 모양이 좀 이상하군."

마틴 경감이 탄피를 들여다보면서 말했다.

탄피를 들여다보는 홈즈의 얼굴에는 엷은 미소가 떠올랐다.

"최신식 발사장치가 달린 권총입니다."

"혹시 이 저택 안에 있는 사람 중 누구를 의심하고 계시는 것
은 아닙니까?"

"그건 아직 발표할 때가 아닙니다. 일부러 얘기하지 않는 것
은 아닙니다. 미리 얘기해 버리면 범인을 찾는 데에 방해가 될까
조심스러운 부분이지요."

"그나저나 부인이 깨어나지 않으면 범인 체포가 힘들 것 같은
데요."

"걱정 마십시오. 제 머리 속에는 사건의 윤곽이 생생히 잡힐

듯합니다."

홈즈는 자신에 찬 목소리로 말하였다. 그리고는 하인들을 모두 불러모았다.

"이 부근에 '엘리지' 라는 여관이 있소?"

홈즈의 물음에 하인들은 모두 고개를 갸웃거렸다. 그러나 마구간지기 소년이 앞으로 나서면서 말했다.

"여기서 10미터 떨어진 해수욕장 부근에 있습니다."

"그래? 너는 나를 따라오너라." 홈즈는 소년을 데리고 서재로 들어갔다. 그리고 편지를 썼다. 다 쓴 편지를 소년에게 주면서 말했다.

"이 편지를 가지고 엘리지 여관으로 가거라. 그리고 편지를 겉봉투에 적힌 사람에게 네가 직접 전해라. 만약 편지를 받은 사람이 묻거든 너는 무조건 모른다고 대답해라. 알았지?"

왓슨은 홈즈가 무슨 일을 하고 있는지 알 수 없었다. 겉봉투에 쓴 사람의 이름이 '에이브 슬레이니' 였는데, 글씨가 마치 지렁이가 기어가듯 꾸불꾸불 해서 홈즈가 쓴 글씨 같지 않았다. 왓슨은 고개를 갸웃거리며 홈즈를 바라보았다.

"왓슨, 저녁에 런던행 열차가 있을까?"

홈즈는 왓슨에게 한 눈을 찡긋 감으면서 말했다.

"아마 있을 거야."

홈즈는 사건을 해결했다 싶으면 어두은 밤에도 집으로 가는 열차에 몸을 실었다. 왓슨은 그것을 알기에 홈즈가 사건을 해결했다는 생각에 얼굴에 미소를 머금었다.

"경감님, 곧 무서운 맹수들이 들어닥칠 터이니 힘센 경관들을 배치하십시오."

"그건 걱정 마십시오. 맹수 사냥은 제가 하겠습니다."

마틴 경감이 힘차게 말했다.

홈즈는 하인들을 모두 부른 다음 하인들에게 지시했다.

"오후가 되면 큐우빗 부인의 문병을 오는 손님들이 많을 것입니다. 그들이 무슨 말을 묻든지 아무 말도 하지 마시고, 그들을 응접실로 안내한 다음 밖으로 나가지 못 하게 하십시오."

하인들은 고개를 끄덕이고 각자 흩어졌다. 그리고 의사도 부인의 증세를 살피려 위층으로 올라갔다.

홈즈는 왓슨과 경감을 데리고 작은 방으로 들어가 춤추는 인형의 그림을 탁자 위에 올려놓았다.

"경감님, 제가 이 사건에 관계하게 된 것은 큐우빗 씨가 이 그림을 제게 보내왔기 때문입니다."

마틴 경감은 아이들 장난감과 같은 그림을 유심히 살펴보고 있었다.

"춤추는 인형이군요. 그런데 이 그림에 무슨 뜻이 있습니까?"

"이 그림은 암호입니다."

"아, 그렇군요. 저도 수사를 하다가 암호를 접해 보기도 했지만, 이 그림은 암호 같지 않네요. 그림이 암호라는 소리는 처음 듣습니다."

마틴 경감은 호기심에 찬 눈으로 인형의 그림을 살펴보고 있었다.

"홈즈는 암호에 대해서 논문을 쓸 만큼 암호에 대해서는 해박한 지식을 가지고 있습니다."

옆에 있던 왓슨은 홈즈에 대해서 칭찬을 했다.

"아, 그렇군요."

"하지만 이 암호는 풀기가 무척 어렵습니다. 이 암호는 암호라는 것을 숨기기 위해서 장난감같이 보이게 만들었습니다. 저도 처음에는 아이들의 장난이나 정신병자들이 하는 짓이라고 생각했는데 이 그림들이 알파벳 문자를 표시하고 있다는 것을 알고 암호라는 것을 알았습니다."

홈즈는 큐우빗이 처음에 보낸 그림을 왓슨과 마틴 경감 앞에 내밀었다.

"이 중에서 가장 많이 나오는 그림이 어느 것입니까?"

경감과 왓슨은 눈이 빠져라 그림을 들여다보며 홈즈가 말한 가장 많이 나오는 그림을 찾으려고 하였다. 약 10분쯤 그림을 들여다보며 찾던 왓슨이 그림 하나를 손가락으로 지적했다."

"이 그림이 아닐까, 열다섯 개 중에서 네 개가 들어 있군."

"그렇지, 바로 그거야. 왓슨. 자네도 알겠지만 영어도 가장 많이 사용되는 알파벳이고 아무리 짧은 문장에서도 반드시 들어 있는 표시이지. 그래서 나는 이것이 E라고 생각했어."

경감과 왓슨은 고개를 끄덕였다.

"다음에 나는 깃발을 들고 있는 인형 그림을 생각해 보았습니다. 어느 그림에나 있고, 대개 네 개부터 여섯 혹은 일곱 개마다 있었으므로, 나는 이것이 단어를 끊는 표시라고 생각했습니다."

"그렇군요. 암호를 푸는 일은 어려우면서도 배우 흥미가 있는 일이군요."

마틴 경감은 마술사라도 보듯 홈즈를 바라보며 감탄했다.

"이제 E다음으로 가장 많이 쓰이는 알파벳이 무언지 알아야 했는데, 저는 알 수 없었습니다. 그래서 영어학자에게 물어봤더니 대충 T, A, I ,N, H, R, D, L과 같은 차례로 나온다고 가르쳐 주었습니다."

홈즈는 눈빛을 빛내며 경감을 바라보고 설명했다.

"열다섯 단어로 이루어지는 짧은 문장에서는 단어나 문장의 차례가 거꾸로 되는 것이 얼마든지 가능합니다. 그래서 저는 제 2의, 제3의 암호가 나타나기를 고대했습니다."

홈즈는 설명을 하면서도 긴장으로 손을 오므렸다 폈다를 여러 번 반복하였다.

"그렇게 2주일이 흘러 간 뒤, 큐우빗 씨가 새로운 정보를 갖고 왔습니다. 제2의 암호는 길고, 제3, 제4, 제5의 암호는 공통된 것으로 길고, 제6의 암호는 짧았습니다. 이렇게 세 종류로서, 먼저 나타난 두 종류는 길고, 마지막 것은 아주 짧았습니다. 저는 암호를 풀 때 쉬운 것부터 풀었습니다. 그래서 마지막 다섯 자로 된 단어부터 풀기 시작했고, 그리고 단어의 두 번째와 네 번째에 똑같이 E자가 있다는 것을 알고 단어를 떠올렸습니다."

마틴 경감은 홉즈의 말을 열심히 노트에 적고 있었다. 특히 암호를 풀 때 쉬운 것부터 푼다는 말에는 강조의 의미로 밑줄을 긋기도 하였다.

"두 번째와 네 번째에 E가 들어가는 단어로 SEVER(끊다)와 NEVER(절대로 ~않다.)의 강한 느낌의 단어들이 떠올랐습니다. 이것은 암호를 보낸 사람에 대한 마지막 큐우빗 부인의 마지막 대답이 틀림없다고 생각했습니다."

"아, 그럼 큐우빗 씨가 그 자를 본 그 날밤이겠군요. 큐유빗 씨가 온 집안을 뒤져 그 자를 잡으려고 하다 실패하고 잠을 잤다고 했어. 그런데 아침에 일어나 보니 어젯밤에 본 그림의 아래 새로운 그림이 그려져 있다고 했는데, 큐우빗 씨가 잠든 사이에 큐우빗 부인이 몰래 헛간에 가서 그자에게 답장을 쓴 거로군."

"맞아, 잘 설명해 주었네. 왓슨 경감님, 저는 그 다섯 글자의 암호를 'NEVER'라고 단정하고 N, V, R을 나타내는 인형의 그림이 어떤 것인지 알게 되었습니다."

마틴 경감은 춤추는 인형이 글자로 변한 것이 마치 짙은 안개가 걷히는 것처럼 통쾌한 기분이 들었다.

"또한 제3의 암호에서 제5의 암호까지 세 번씩이나 되풀이되어 암호의 끝이 모두 E로 시작해서 E로 끝난다는 것을 알았습니다. 그럼 E로 시작해서 E로 끝나는 단어는 무엇입니까?"

홈즈의 갑작스러운 질문에 마틴 경감은 눈만 멀뚱멀뚱할 뿐 아무 말도 하지 못했다.

"그것은 바로 부인의 아들 엘시(ELSE)였습니다. 그렇게 찾아 낸 알파벳으로 풀어보니 '나와라, 엘시, 나와라, 엘시.'라는 간절한 외침의 글이었습니다.

"큐우빗 부인을 어디론가 데려가려고 했군요."

마틴 경감이 혼잣말처럼 중얼거렸다.

"첫번 째 암호는 풀기가 매우 힘들었습니다. 아무리 낱말을 만들어 보려고 해도 만들어지지가 않았습니다. 그래서 편지글임을 고려하여 맨 끝의 단어는 분명히 사람의 이름일 것이라고 예상하고 차근차근 암호를 풀었습니다."

홈즈는 흰 종이를 가져와 춤추는 인형을 보면서 단어를 하나 하나 써가면서 설명하기 시작했다.

"첫 번째 암호의 내용을 보면 다음과 같습니다. AM HERE, ABE SLANEY(내가 여기 왔다. 슬에니) 그렇다면 두 번째 암호 에서는 분명 자신이 어디에 있다는 것을 알리는 것이라 추측하고 다음과 같이 풀이했습니다. AT ELRIGS(엘리지 씨 댁에서)

이렇게 암호의 내용을 합치면 에이브 슬레이니라는 사람이 엘리지 씨 댁에 와 있으며, 큐우빗 부인인 엘시가 찾아 주기를 간절히 바라고 있다는 내용이었습니다."

왓슨과 마틴 경감은 홈즈의 암호풀이를 보고 나서 감탄을 금치 못했다.

"그래서 어떻게 하셨나요?"

마틴 경감의 눈빛이 빛나기 시작했다.

"저는 즉시 에이브 슬레이니라는 사람의 신원을 전보로 미국 경찰에 의뢰했습니다.

"홈즈 씨, 그가 어떻게 미국 사람이라는 것을 알았죠?"

"에이브라는 이름은 에이브라함이라는 이름을 미국식으로 줄인 것으로, 부인이 미국 태생입니다. 또한 그 전에 미국에서 온 편지를 받고 큐우빗 부인이 기절했다는 것을 큐우빗 씨로부터 들었습니다."

"아, 그랬군요."

"그렇게 저는 미국에서 회신이 오기를 기다리고 있는데, 큐우빗 씨로부터 마지막 편지가 왔습니다. 지금까지 방식대로 암호를 풀어보니 '하늘나라에 갈 준비가 다 되어 있다'는 내용이었습니다. 그래서 노오퍽 주로 가려고 했던 것입니다."

"맞아, 어제 홈즈는 무척 당황을 하면서 노오퍽 주로 가는 기차편을 알아보라고 했지. 하지만 이미 막차가 떠나고 없었어."

"미국에서 온 전문에 의하면 에이브 슬레이니는 시카고에서도 가장 위험한 조폭의 우두머리였습니다. 제발 아무 일이 없기를 바라고 이 고생을 해 왔는데……."

홈즈는 긴 한숨을 내쉬었다. 왓슨도 안타까운 마음으로 어쩔 줄 몰라 했다.

"슬레이니가 범인이군요. 그렇다면 엘리지 여관으로 가서 체포하면 되지 않습니까? 제가 가서 체포하도록 하겠습니다."

"아닙니다. 서두를 필요가 없습니다. 제가 초대장을 보냈으니 곧 이리로 올 겁니다."

"네? 초대장을 보내요? 그 녀석도 당신의 명성을 익히 알고 있을 텐데 이리로 오겠어요?"

마틴 경감은 홈즈가 실수를 했다는 표정을 지으며 홈즈를 바라 보았다.

그때 현관 앞에 마차가 서는 소리가 들렸다.

"호랑이도 제 말을 하면 나타난다더니……, 경감님, 슬레이니가 나타났습니다."

창밖으로 보이는 사나이는 건장한 체구로 지팡이를 휘휘 흔들면서 여유가 넘치는 표정으로 얼굴에는 엷은 미소가 드리웠다. 곧 초인종이 울렸다.

"저런 뻔뻔한 놈은 내가 체포하겠소."

마틴 경감이 일어섰다.

그러자 홈즈는 마틴 경감의 앞을 가로막았다.

"매우 위험한 놈입니다. 그러니 조심해야 합니다. 내가 저 놈을 이리로 유인할 테니 그때 체포하세요."

집사가 문을 열자 슬레이니가 들어왔다. 슬레이니는 홈즈와 집사를 보더니 못마땅한 표정이었다.

"뭐야, 엘시는 어디 있어?"

"들어오세요."

홈즈는 점잖게 말을 하고 슬레이니의 엉덩이를 확 걷어찼다.

"아이쿠!"

슬레이니는 앞으로 고꾸라질 듯이 허우적거리더니 방으로 들어왔다. 그 순간 마틴 경감은 잽싸게 수갑을 채우려고 하였다. 그러자 범인은 사태를 파악하고 마틴 경감을 밀치더니 두 사람은 몸싸움을 벌였다.

슬레이니의 저항은 예상한 대로 완강했다.

"이거 안 되겠군."

두 사람이 몸싸움을 하고 있는 모습을 보고 있던 홈즈는 덤벼들어 슬레이니의 팔을 잡아서 꺾어 버렸다. 그리고 그의 머리에 총을 갖다 대었다.

"슬레이니, 이제 다 끝났어. 잠자코 있어!"

왓슨도 달려들어 슬레이니의 팔을 잡아 비틀었다. 그 사이에 마틴 경감은 슬레이니의 손에 수갑을 채웠다.

"당신들은 누구야? 나는 이 집 부인의 편지를 받고 만나기 위해서 왔는데……."

"아하, 어리석은 놈, 우리가 모를 줄 알고!"

홈즈는 큰 소리로 말하면서 비웃었다.

"설마 사랑하는 엘시가 나를 배반한 것은 아니겠지?"

"지금 부인은 중태에 빠져 있다. 이놈아!"

"거짓말 하지 마. 나는 큐우빗을 쏘았지, 부인의 머릿카락도 안 건드렸어. 부인을 만나게 해줘. 교도소든 어디든지 갈 테니까."

"왜 우리가 거짓말을 하냐? 부인은 자살하려고 자신의 머리에 총을 쏜 거다."

홈즈의 말에 슬레이니는 의자에 털썩 주저앉았다. 그리고 신음소리를 냈다. 수갑이 채워진 양손에 얼굴을 파묻었다.

얼마 지난 후 슬레이니는 고개를 들었다. 그리고는 입을 열어 말하기 시작했다.

"나는 어릴 적부터 엘시와 함께 지냈소. 우리는 서로 사랑했고, 결혼까지 생각하고 있었소. 그런데 큐우빗이라는 영국 놈이 엘시를 빼앗아 갔소."

"너는 그런 말을 해서는 안 돼. 큐우빗 부인은 네놈이 싫어서 영국으로 건너와 버린 거야. 또한 큐우빗 씨는 너 같은 놈과는 비교도 안 되는 분이야."

홈즈는 말을 이어나갔다.

"큐우빗 씨와 부인은 정말로 서로를 사랑했네. 그런데 너는 그런 큐우빗 부인을 뺏으려고 암호를 보내 협박했지. 하지만 큐우빗 부인은 남편을 정말로 사랑했기 때문에 네 놈 말 따위는 듣지 않은 거야. 그런데 네 놈은 어제 이곳에 숨어들어와 부인이 보는 앞에서 큐우빗 씨를 죽이고 부인까지 죽음으로 몰아넣었어. 너는 도저히 용서할 수 없는 살인자야!"

홈즈가 지금까지 볼 수 없었던 무섭고 단호한 목소리로 말하자 슬레이니는 고개를 떨구었다.

한참 동안 있더니 고개를 들고 항변하였다.

"아니오, 저쪽이 먼저 총을 쏘았소. 그자가 먼저 쏘니 나는 대항한 것 뿐이오. 그러므로 나는 정당방위란 말이요."

"이런 뻔뻔한 놈 같으니……. 그따위 말은 법정에서나 해!"

마틴 경감이 소리치자 슬레이니는 고개를 숙였다.

"사랑하는 엘시가 죽으면 나는 어떻게 살아? 하지만 나는 오늘 죽어도 여한이 없소. 사랑하는 엘시로부터 빨리 오라는 편지를 받았으니……."

"미련한 놈 같으니? 그 편지는 엘시가 쓴 게 아니야!"

"그럴 리가 없어."

슬레이니는 수갑을 찬 손으로 지갑에서 편지를 꺼내었다.

"자, 보라구! 이것은 우리만 아는 암호야."

"그 암호 내가 쓴 거다. 이놈아! 춤추는 인형의 그림 속에 들어 있는 암호를 풀었지."

"아냐, 그럴 리가 없어!"

"이놈아! 암호도 인간이 생각해낸 거야. 그렇다면 다른 인간이 풀 수 있다는 건 당연한 이야기야!"

슬레이니는 깊은 한숨을 몰아쉬었다.

"자, 진실을 말해 봐. 네 놈의 말에 따라서 네가 그토록 사랑하는 엘시가 남편을 죽인 혐의로 재판을 받을 수 있어."

"네놈이 싫으면 관둬도 돼. 그러나 네놈이 진실을 솔직하게 말하면 참작할 수도 있어."

경감의 말에 슬레이니는 입을 열기 시작했다.

"일세의 아버지는 시카고에서 유명한 7인조 조폭 두목이었소. 나는 어렸을 적부터 두목의 귀여움을 받으며 자랐지. 엘시의 아버지는 부하들로부터 존경받는 두목이었소, 주먹도 세고, 배짱도 좋고, 또한 머리도 좋아서 춤추는 인형을 암호로 만들어서 사용했소."

"하지만, 큐우빗 부인은 아버지가 하는 일이 못마땅했구나. 그러니 이리로 도망을 왔지."

"맞아, 엘시는 착하게 살자고 했지. 나는 엘시를 너무 사랑하여 엘시를 찾아 나선 거요. 그리고 내가 왔다고 암호를 보냈소. 그러나 엘시는 자신을 잊고 단념해 달라고 했소. 그리곤 자기를 잊어 달라는 암호를 보내왔소. 그래서 내가 마지막 방법을 사용한 거요. 그랬더니 이런 편지를 보내왔소."

제발 부탁이니 하루 빨리 이곳을 떠나세요. 만일 그렇게 한다면 한 번 만나 줄 수 있어요. 남편이 잠이 들 내일 새벽 세 시에 이리로 와서 창너머로 대화를 나눕시다.

"그렇게 해서 만나게 되었는데, 엘시는 너를 벌레보듯이 대하면서 1천 파운드를 줄 테니 자기를 괴롭히지 말라고, 우빗 씨가 잠에서 깨어날 정도의 큰 소리로 말했겠지."

홈즈는 이제 다 알았다는 듯이 말했다.

슬레이니는 홈즈의 말에 고개를 떨구었다."

"그 때 큐우빗 씨가 권총을 들고 나타났군?"

"그래요. 그래서 나는 얼른 엘시의 손을 놓았어. 그 바람에 엘시는 바닥에 넘어졌고, 큐우빗과 나는 마주보게 되었소."

"그래서 큐우빗 씨에게 총을 쐈나?"

"아니오. 나는 큐우빗을 위협하기 위해서 권총을 겨누었을 뿐이오. 나는 큐우빗이 총을 쏘기에 나도 쏜 거요."

"시카고 악당치고는 변명이 궁색하군."

마틴 경감은 입을 실룩거리며 말했다.

"엘시는 내가 달아날 때 창문을 닫아 주었소, 나는 그게 엘시가 내 마음을 받아주는 걸로 알았소."

"큐우빗 부인은 마지막까지 큐우빗의 아내로 의무를 다한 거야. 네놈이 다시 찾아올까 봐 문을 닫은 거야."

홈즈가 말을 마쳤을 때 범인을 싣고 갈 마차가 도착해 있었다.

마틴 경감은 슬레이니를 일으켜 세웠다.

"자, 가자."

"잠깐 한 번만 엘시를 만나게 해주시오."

"쓸데없는 소리 집어치워! 부인은 네놈 때문에 스스로 목숨을 끊으려고 했던 거야."

마틴 경감은 냉정한 목소리로 언성을 높였다.

"홈즈 씨, 범인을 검거하는 데 결정적으로 도와주셔서 감사합니다. 이번 사건을 통해서 많은 것을 배웠습니다."

마틴 경감은 홈즈와 왓슨에게 인사를 한 후 가지 않겠다고 반항하는 슬레이니를 이끌고 밖으로 나갔다.

홈즈는 탁자 위에 놓여 있는 편지를 보고 왓슨에게 말했다.

"왓슨, 뭐라고 썼는지 알 수 있겠나?"

"글세……"

왓슨이 고개를 갸웃거리며 말했다.

"더 꾸물거리다가는 기차를 놓치겠어. 내가 이야기하지."

"COME HERE AT ONCE(당장 이곳으로 와주어요.)라고 썼네."

"자네는 역시 대단해."

"나는 이 암호 풀이가 꼭 맞다고 생각했어. 그런데 한 가지 걱정을 한 것은 부인이 중상을 입었다는 소식이 슬레이니에게 전해지지 않았을까 하는 것이었어."

베스트 단편
O3

빈 집

Sherlock Holmes

빈 집

오너러블 로널드 아데어가 이해할 수 없는 방법으로 살해되어, 런던 전체가 그 사건으로 떠들썩해지며 상류사회가 발칵 뒤집힌 것은 1894년 봄이었다. 경찰 수사 중에 드러난 사건의 내용은 이미 일반인들에게도 알려졌지만, 이 사건은 검찰이 확보한 증거가 너무 결정적이어서 제대로 된 사실을 공표하지 못한 채 상당 부분이 세상에 알려지지 않고 끝이 났다.

그로부터 거의 10년이 지난 지금에 이르러서야 비로소 그 기이한 사건의 공표되지 않은 부분을 왓슨이 발표할 수 있게 되었다. 그런데 이 사건 자체도 틀림없이 흥미로웠지만, 그 뒤에 일어난 일은 누구보다 모험적인 삶을 살아온 왓슨으로서도 지금까지 겪은 어느 사건보다도 더 뜻밖이었고 놀라웠다. 그로부터 오랜 세월이 흘렀지만, 지금도 그때를 생각하면 온몸이 짜릿하고,

당시 왓슨의 마음을 뒤덮었던 갑작스러운 환희와 놀라움과 꿈같았던 감정들이 생생하게 떠오른다.

지금까지 내가 가끔 발표한 아주 색다른 인물의 생각과 행동에 얼마쯤 흥미를 가져준 독자들에게 말하고 싶은 것이 있다. 이 사건에 관해 내가 알고 있던 모든 것들을 지금까지 여러분께 알리지 않았던 점을 부디 책망하지 않기 바란다. 그가 내게 굳게 함구령만 내리지 않았더라면 무엇보다도 먼저 그 일에 대해 여러분에게 알리는 것이 내 임무였겠지만 지난달 삼 일에야 그 함구령이 풀렸으니 나로서도 별도리가 없었다.

셜록 홈즈와 친구로 지내면서 나는 범죄에 깊은 관심을 가졌고, 그가 행방불명이 되고 난 후에도 세상에 발표되는 여러 가지 사건들을 주의 깊게 읽었다. 그건 나만의 만족을 위해서였고, 그리고 별로 성공을 거두지는 못했지만 실제로 그런 문제들을 해결하려고 그의 수법을 응용해본 적도 한두 번이 아니었다. 그러나 이 로널드 아데어의 비극적인 사건만큼 마음이 끌리는 사건은 없었다. 검시재판의 결과는 한 사람 내지 몇 사람에 의한 고의적인 살인이었지만 나는 증언 기록을 읽으면서 셜록 홈즈의 죽음이 얼마나 사회적 손실이었는지 새삼 실감했다. 이 이상한 사건에는 홈즈의 흥미를 끌 만한 점이 몇 가지 있어서, 유럽 최고의 명탐정의 훈련된 관찰력과 재빠른 두뇌로 경찰의 노력을 보충하거나 그 이상으로 도와주었을 것이다.

나는 환자들의 집을 하루 종일 마차로 회진하면서도 사건에 대해 생각했다. 하지만 끝내 만족할 만한 설명을 찾지 못했다. 이미 알고 있는 사실을 다시 말하는 것이지만 그 당시 세상 사람들에게 알려진 검시재판의 결과를 요점만 말하겠다.

오너러블 로널드 아데어는 오스트레일리아 식민지 총독의 한 명이었던 메이누스 백작의 둘째아들로 때마침 백내장 수술을 받기 위해 귀국해 있던 어머니와 여동생 힐다와 함께 그 무렵 파크 레인 427번 가에 살았다. 로널드는 상류층 사람들과 교제하며, 알려진 바에 의하면 원한을 품을 만한 적도 없었고 특별히 품행도 나쁘지 않았다. 그는 카스테어즈의 미스 이디스 우들리와 약혼했지만 사건이 일어나기 몇 달 전에 서로 합의하여 파혼했다. 그러나 그로 인해 깊은 감정의 골이 남았다는 징후는 어디에서도 찾아볼 수 없었다. 또한 그의 일상생활은 조용한 습관과 냉정한 성격으로 인해 한정된 범위 안의 평범한 사람들과 접촉했을 뿐이었다. 그러나 이 태평스러운 젊은 귀족이 1894년 3월 30일 밤 10시부터 11시 30분 사이에 갑작스럽게 살해된 것이다.

로널드 아데어는 카드를 즐겼지만 자신을 위태롭게 할 만큼 큰 도박은 결코 하지 않았다. 그는 볼드윈, 케븐디시, 배거텔 카드클럽의 회원이었다. 살해된 날 저녁에도 식사 후에 배거텔 클럽에서 휘스트를 했다는 것이 판명되었다. 그와 함께 판을 벌인 사람들인 머레이, 존 하디 경, 모런 대령의 진술에 의하면 그들은 휘스트를 했고, 승부는 격렬하지 않았다. 아데어는 5파운드쯤 잃었는지 모르나 그 이상은 아니었다고 한다. 그는 상당한 재산이 있었으니 5파운드쯤 잃었다고 해서 그에게는 아무런 영향도 끼치지 않았으리라. 그는 거의 하루도 빠지지 않고 어딘가의 클럽에서 카드를 했지만 그는 조심스러운 승부사였기 때문에 주로 따는 편에 속했다. 조서에 의하면 몇 주일 전에도 모런 대령과 편을 짜서 가드프리 밀너와 발모랄 경을 상대로 하룻밤에 420파운드나 땄다고 한다. 이상이 검시재판에서 밝혀진 피해자의 신변 정황이다.

사건이 있던 날 그는 밤 10시 정각에 클럽에서 돌아왔는데, 그의 어머니와 여동생은 친척집에 가고 집에 없었다. 그가 평소 거실로 사용하던 3층의 앞쪽 방으로 들어가는 기척을 분명히 들었다고 하녀가 증언했다. 하녀는 그 방 난로에 불을 피웠고 연기가 나서 창문을 열어두었다고 했다. 그리고 11시 20분에 노부인과 딸이 돌아올 때까지 3층에서는 아무 소리도 없었다고 한다.

집에 돌아온 노부인은 아들에게 밤 인사를 하기 위해 아들 방에 가보았지만 방은 안에서 잠겨 있었고, 문을 두드려도 대답이 없었다. 사람들을 불러 억지로 문을 부수고 방에 들어가 보았더니 불쌍한 젊은이는 테이블 옆에 쓰러져 있었다. 그의 머리는 탄두가 퍼지는 리볼버 탄환을 맞아 무참하게 박살나 있었지만 방

안에는 흉기라고 할 만한 것은 아무것도 없었다. 테이블 위에는 10파운드 지폐 두 장과 금화와 은화를 합쳐 17파운드 10실링의 돈이 각각 액면이 다른 여러 개의 무더기로 쌓여 있었다. 그리고 종이가 한 장 있었는데, 그 종이에는 몇몇 클럽 친구들의 이름이 적혀 있고 그 밑에는 숫자가 기록되어 있었다. 이것으로 보아, 그는 죽기 직전까지 카드에서 따고 잃은 돈을 계산하고 있었던 것으로 추측된다.

그러나 세밀하게 조사할수록 사건은 점점 더 복잡해질 뿐 사건의 실마리를 찾을 수 없었다.

첫째로 그가 무엇 때문에 문을 안에서 잠갔는지 이유가 명백하지 않았다. 가해자가 자물쇠를 안으로 채우고 창문을 통해 달아났을 가능성도 있었다. 그러나 창문은 높이가 20피트는 되고, 창문 밑에는 활짝 핀 크로커스 꽃밭이 있었다. 꽃밭은 꽃도 흙도 전혀 어질러진 데가 없었고, 집과 도로 사이에 있는 좁은 잔디밭에도 아무 이상이 없었다. 이런 점으로 볼 때 방문을 안에서 잠근 사람은 도널드 자신 같은데, 그렇다면 그는 누구에게 살해되었단 말인가?

어떤 사람도 흔적을 남기지 않고 벽을 기어올라가서 창문을 통해 방 안으로 들어갈 수는 없다. 그럼 창 너머로 총을 쏘았다고 한다면? 리볼버로 그렇게 치명적인 상처를 입힐 수 있다면 상당한 솜씨다. 게다가 파크레인은 사람들의 왕래가 많은 거리이고, 집에서부터 100야드도 떨어져 있지 않은 곳에 영업마차의 대기 장소가 있지만 누구 한 사람도 총소리를 듣지 못했다.

그러나 분명히 사람이 살해되고, 그곳에는 권총 탄환도 있었다. 로널드는 분명 총을 맞자마자 즉사했을 것이다. 파크레인 사건의 상황은 대략 이러한데, 내가 말했다시피 아데어에게는 적이 없으며, 또 방 안의 현금 및 그 밖의 귀중품에도 손을 대지 않아 살해 동기가 없어서 사건은 더욱 복잡해졌다.

나는 이 같은 사실들을 생각하면서 모든 정황에 맞는 합리적인 설명을 발견하려고 하루 종일 노력했다. 또 모든 수사는 가장 허술한 부분부터 시작해야 한다고 언제나 홈즈가 말하던 것을 상기하고, 그 허술한 부분이 어디일까 생각했지만 아무런 진전이 없었다. 저녁때 집을 나와 공원을 가로질러 어슬렁거리며 걷다가 6시쯤에는 파크레인 끝에 있는 옥스퍼드 가에 다달았다.

길에는 한 무리의 한가로운 사람들이 모여 모두가 어떤 집의 창문을 올려다보고 있었기 때문에 내가 보러 온 집이 그 집이라는 것을 곧 알았다.

사복형사가 틀림없다고 생각되는 색안경을 쓴 키가 멀쑥한 남자가 주위에 모인 사람들에게 사건에 대한 자기의 생각을 말하기에, 되도록 가까이 가서 들어보기로 했다. 그런데 그의 사건에 대한 관찰이 너무 엉터리라 나는 듣고 있자니 우스워져 뒤로 물러나고 말았다. 그 순간 뒤에 서 있던 늙은 장애인 노인에게 부딮쳤고 노인은 들고 있던 책을 몇 권 떨어뜨렸다.

나는 그 책들을 황급히 집어주었는데 책들 중에 있는 『나무 숭배의 기원』이라는 책이 흘긋 눈에 띄었다. 노인은 가난한 애서가로서 장삿속인지 취미인지는 모르나 세상에 파묻힌 이름도 없는 서적을 수집하는 것이 틀림없다고 나는 생각했다. 나는 실수를 정중히 사과했지만 노인은 떨어뜨린 책이 대단히 귀중했던지 저주가 섞인 욕설을 내뱉었다. 그러더니 휙 몸을 돌려 그 자리를 황급히 떠나 굽은 허리와 흰 구레나룻은 사람들 사이로 사라졌다.

파크레인 427번 가의 집을 관찰해 보아도 사건 해명의 단서는 아무것도 없었다. 집과 길 사이에는 낮은 담과 난간이 있었으나 담과 난간을 더해도 높이가 5피트가 안 되어 아무나 쉽게 뜰 안으로 들어갈 수 있었다. 그러나 3층 창문은 절대로 접근할 수 없었다. 수도관 등 잡고 올라갈 수 있는 게 아무것도 없어 아무리 날쌘 사람이라도 올라갈 수 없었다. 점점 더 알 수 없는 미궁속으로 걸어가는 듯하다. 나는 켄싱턴 집으로 발길을 돌렸다.

서재에 들어간 지 5분도 지나지 않아 하녀가 찾아온 사람이 있다고 알렸다. 놀랍게도 거실의 손님은 굽은 허리와 흰 구레나룻 노인이었다. 흰 수염의 노인은 날카로운 눈빛으로, 적어도 열 권은 됨직한 책들을 무슨 보물이라도 되는 양 소중히 오른쪽 옆구리에 끼고 서 있었다.

"깜짝 놀라셨나요?"

노인의 쉰 목소리는 음산하게 들려왔다.

나는 노인을 응시하며 고개를 천천히 끄덕였다.

"마음이 꺼림칙해서 왔습니다. 선생을 따라 길을 절름거리며 걷다 선생이 이 집으로 들어가는 것을 봤지요. 그래서 책을 주워 주신 친절하신 분을 찾아뵙고, 감사했다는 말을 해야겠기에 마음먹고 찾아왔습니다. 아까는 제가 너무 퉁명스러워……, 나쁜 감정이 있어서 그랬던 것은 아닙니다."

"별것도 아닌 일에 너무 신경을 쓰십니다. 그런데 어떻게 저를 아십니까?"

"저는 이웃에 살고 있습니다. 처치가 모퉁이에 있는 작은 책가게를 하고 있는데, 만나 뵙게 되어 반갑습니다. 선생도 책을 모으는 모양입니다? 저기 꽂혀져 있는 『영국의 조류』, 『캐툴러스 시집』, 『성전』등은 모두 희귀한 책들이지요. 저 책꽂이의 두 번째 빈칸은 다섯 권만 더 있으면 채워지겠군요. 저 상태로는 좀 보기 흉하지 않습니까?"

나는 고개를 돌려 책꽂이를 바라보았다. 그리고 다시 고개를 돌리자 셜록 홈즈가 테이블을 사이에 두고 미소를 머금고 서 있었다. 나는 깜짝 놀라 자리에서 벌떡 일어나 그를 잠깐 동안 멍하니 보다, 생전 처음이자 마지막으로 기절했다. 정신이 들었을 때는 옷깃이 열려져 있고 입술에는 브랜디의 찌르는 것 같은 뒷

맛이 남아 있었다. 홈즈가 술병을 들고 의자 위로 몸을 굽혀 나를 내려다보고 있었다.

"왓슨,"

귀에 익은 홈즈의 목소리였다.

"정말 미안해. 자네가 그렇게까지 충격을 받으리라고는 생각지 못했어."

나는 그의 팔을 잡고 소리쳤다.

"홈즈! 정말 홈즈인가? 자네가 정말 살아 있었어? 어떻게 그무서운 심연에서 기어 올라올 수 있었지?"

"잠깐 기다려. 이야기를 해도 괜찮겠나? 내가 극적으로 모습을 나타내는 쓸데없는 짓을 해서 자네를 정말 놀라게 했군."

"나는 괜찮지만 내 눈을 믿을 수 없어. 홈즈, 세상에! 다른 사람도 아닌 자네가 내 서재에 나타나다니!"

나는 다시 한 번 그의 팔을 잡았다. 가늘지만 힘이 센 그의 팔이 옷 밑에 느껴졌다.

"역시 유령은 아니군. 자네를 다시 보니 미칠 듯이 기쁘네. 어쨌든 앉아서 그 무서운 절벽에서 어떻게 살아나왔는지 얘기해주게."

홈즈는 나를 친절한 미소로 마주보고 앉아, 대범한 태도로 담배에 불을 붙였다.

입고 있는 옷은 노점상의 초라한 프록코트였고, 아까 변장했던 흰 가발과 변장용 수염과 책들은 테이블 위에 쌓여 있었다. 전보다 더 여윈 듯한 홈즈는 그래서인지 더 날카롭게 보였다. 독수리 같은 얼굴에 깃든 창백한 빛이 요즘 생활이 힘든 건 아닌가 짐작하게 했다.

"팔다리를 마음대로 뻗을 수 있어 아주 좋군, 왓슨. 키가 큰 내가 계속 1피트나 몸을 오그리고 있으니 얼마나 힘들었겠나. 오늘밤에는 위험이 따르는 어려운 일이 있는데 자네의 협조가 필요하네. 내가 왜 이런 짓을 했는지 모든 설명은 그 일이 끝나고 하는 것이 좋겠어."

"홈즈, 내가 얼마나 상심했는 줄 아나. 궁금해 참을 수가 없군. 지금 당장에 설명을 듣고 싶네."

"그럼, 오늘밤 같이 가겠나?"

"때와 장소를 막론하고 자네와 함께 하겠네."

"전에 우리가 같이 일하던 때와 똑같군. 출발하기 전까지 식사할 시간은 있으니 설명하지. 절벽을 기어 올라오는 일은 조금도 어렵지 않았어. 애당초 나는 절벽에서 떨어지지 않았으니까."

"떨어지지 않았다고?"

"그래, 떨어지지 않았어, 왓슨. 내가 자네에게 쓴 편지는 진짜야. 안전한 곳으로 통하는 좁은 길목을 모리아티 교수가 막고 서 있는 것을 보았을 때, 나는 내 생애도 이것으로 끝장이라는 것을 똑똑히 깨달았지. 그의 회색 눈에서 냉혹한 그의 목적을 읽을 수 있었어. 그래서 나는 그와 두서너 마디 말을 나눈 뒤, 유서를 쓸 수 있는 시간을 달라고 했지. 그는 친절하게도 허락해주더군. 그리고 나는 유서를 담뱃갑과 지팡이를 같이 그곳에 두고 좁은 길을 걸어갔어. 모리아티 교수는 내 뒤를 바짝 쫓아왔지. 막다른 골목에 다다르자 나는 궁지에 몰려 그곳에 섰어. 모리아티는 무기는 꺼내지 않고 내게 달려들어 긴 두 팔로 나를 껴안았어. 그는 자기의 악운이 다 되었음을 깨닫고 내게 복수할 일념만 갖고 있었지. 우리는 맞붙은 채로 폭포의 절벽 위에서 뒤엉켜 싸웠어. 나는 일본의 무술 바리츠를 배워서 그전에도 여러 번 유용하게 사용한 적이 있었네. 그래서 그의 팔을 빠져나올 수 있었고, 모리아티는 비명을 지르며 미친 듯이 헛발질을 하더군. 두 팔을 허공에 휘저었으나 그는 애쓴 보람도 없이 몸의 균형을 잃고 절벽 밑으로 떨어졌네. 나는 절벽 끝에 고개를 내밀고 내려다보았는데, 그는 아득한 밑으로 떨어지며 바위에 부딪쳐 퉁겨지더니 곧 물보라를 일으키며 물 속으로 빠졌어."

홈즈가 담배를 뻐끔뻐끔 피며 말하는 설명을 나는 놀라움 속에서 들었다.

"하지만 발자국은 어떻게 된 거야?"

나는 소리쳤다.

"두 사람이 좁은 길을 가기는 했지만 돌아오지 않은 발자국들을 나는 내 두 눈으로 똑똑히 봤어!"

"그것은 이렇게 된 거야. 모리아티 교수가 사라진 순간 나는 문득 운명의 신이 대단한 행운의 기회를 내게 마련해준 것이라는 생각이 들었어. 내 목숨을 노리는 것은 모리아티 한 사람뿐이 아니라는 사실을 나는 알고 있었어. 두목이 죽었다는 사실을 알고 나에 대한 복수를 더욱 염원하는 놈들이 적어도 세 명은 있어. 그들은 대단히 위험한 자들이어서 그 가운데 하나는 자신의 목적을 달성할 것이 틀림없다고 생각했지. 반면에 여기서 내가 죽은 것으로 세상 사람들이 믿도록 해두면 그들은 해방될 줄로 알고 못된 짓을 시작할 게 뻔했어. 그러면 언젠가 놈들은 약점을 보일 것이고, 그러면 그들을 파멸의 구덩이로 몰 수 있지. 그런 다음에야 내가 살아 있다고 모습을 나타내기로 마음먹은 거야. 내 두뇌는 정말 재빠르게 움직여서 모리아티가 라이헨바흐 폭포 바닥에 떨어지기도 전에 이런 일들을 생각했어.

나는 일어서서 뒤쪽의 암벽을 조사했지. 그때의 일을 쓴 자네의 생생한 기록은 몇 달이 지난 다음에야 흥미롭게 읽었는데, 자네는 그 암벽이 깎아지른 것 같다고 썼더군. 하지만 그것은 사실이 아니야. 거기에는 발을 디딜 만한 곳도 있었고, 돌이 약간 튀어나온 곳들도 있었어. 그러나 암벽은 대단히 높아서 기어 올라가는 것은 불가능하게 보였고, 눅눅한 좁은 길에 발자국을 남기지 않고 돌아가기도 불가능했어. 이런 비슷한 상황에서 전에 했듯이 구두를 거꾸로 신고 걷는 방법도 있지만, 그렇게 하면 세 사람의 발자국이 같은 방향으로 간 게 되므로 금방 속임수라는 것이 드러나겠다고 생각했지.

결국 나는 위험을 무릅쓰고 그 절벽을 기어오르기로 마음먹었어. 그것은 결코 쉬운 일은 아니었지. 밑에서는 폭포 소리가 크게 들렸는데, 나는 결코 공상가는 아니지만 모리아티의 목소리가 심연 속에서 나를 부르며 고함치는 것만 같았어. 조금만 잘못해도 끝장나는 판이었지. 붙잡고 있던 풀이 뽑히기도 하고 여러 번 젖은 바위 모서리에 걸치고 있던 발이 미끄러지기도 했는데, 그때마다 이제 죽었다는 생각이 들었어.

버둥거리고 흔들리며 기어올라와, 마침내 바위가 5, 6피트 움푹 파인 곳에 다다랐어. 그곳은 부드러운 녹색 이끼가 깔려 있었고, 남의 눈에 띄지 않고 편안하게 누워 있을 수 있는 곳이었지. 자네들이 나타나서 내가 죽었다는 것을 애석하게 생각하면서, 나의 죽음을 전혀 효과 없는 방법으로 조사하는 동안 나는 그곳에 누워 있었네.

결국 자네들이 완벽하게 틀린 결론을 내리고 나서 호텔로 돌아간 후 나는 그곳에 혼자 남게 되었지. 자네들은 그럴 수밖에 없었어. 그래서 나는 이것으로 모든 것이 잘 됐다 싶었는데, 전혀 뜻하지 않은 일이 생겼어. 커다란 바위 하나가 위에서 굴러 내 옆을 아슬아슬하게 스치고 좁은 길에 떨어져서 퉁긴 다음 폭포 아래로 떨어진 거야.

　처음에 나는 그것이 우연히 생긴 일이라고 생각했지. 그러나 흘끗 위를 올려다보았더니 어두운 하늘을 배경으로 사람의 머리가 보였어. 그리고 또다시 큰 바위가 떨어져서 내 머리에서 1피트도 되지 않는 곳에 떨어지는 게 아닌가. 나는 곧 사태 파악을 했지. 모리아티는 혼자가 아니었어. 그의 패거리 중 한 놈이 모든 것을 지켜보고 있었던 거야. 얼마나 무서운 놈인지는 한번 흘끗 보고서도 알 수 있었어. 그는 내게 들키지 않도록 멀리 숨어서 모리아티가 죽고 내가 살아남는 것을 목격했던 거야. 그래서 놈은 기회가 오기를 기다리다가 우회하여 절벽 끝으로 건너와 모리아티가 실패한 일을 성공시키려 했네.

　그렇게 됐다는 것을 생각하는 데는 그리 많은 시간이 걸리지 않았어, 왓슨. 나는 절벽 위에 있는 무서운 얼굴을 다시 보고, 바위가 또 떨어질 것이란 것을 알아차린 후 밑에 있는 좁은 길로 급히 기어 내려갔어. 내가 좀 더 냉정하게 생각했더라면 그 일은 할 수 없었을 거야. 내려가는 일은 올라가는 것보다 100배는 더 힘들었으니까. 그러나 내가 움푹 파인 곳 끝에 매달려 있을 때 다른 바위가 소리를 내며 내 옆을 지나가는 바람에 나는 위험에 대해서는 생각할 겨를이 없었어. 도중에 손발이 미끄러졌지만 운이 좋아서 살갗이 여기저기 벗겨지고 피가 나는 것으로 끝났지. 그렇게 나는 좁은 길에 내려선 뒤, 캄캄한 산 속을 10마일이

나 도망쳐 일주일 후에는 세상 누구도 모르게 이탈리아의 피렌체에 도착했네.

나는 단 한 사람에게 사정을 털어놓았어. 마이크로프트 형이야. 자네에게는 정말 미안하지만, 세상 사람들이 내가 죽었다고 믿는 것이 내게는 대단히 중요했어. 만일 자네가 나의 불행한 최후를 정말 믿지 않았다면 내가 조난당한 이야기를 그토록 설득력 있게 쓸 수는 없다고 생각하고 나는 자네에게 알리지 않았네.

지난 3년 동안 나는 자네에게 편지를 쓰려고 몇 번이나 펜을 잡았는지 몰라. 하지만 나에 대한 자네의 애정 때문에 자네가 이 비밀을 폭로하는 경솔한 짓을 하지나 않을까 염려하는 마음에 편지 쓰는 일을 그만두었네. 같은 이유로 자네가 오늘 내가 책을 떨어뜨리도록 했을 때도 나는 자네로부터 급히 떨어졌지. 그 시각 나는 아주 위험한 처지에 놓여 있었네. 때문에 자네가 나를 알아보고 놀라서 비명이라도 질렀다면 금세 나라는 게 발각될 터였고, 그러면 오늘 돌이킬 수 없는 대단히 비참한 일이 일어났을 거야.

마이크로프트 형에게는 돈이 필요해 부득이 털어놓을 수밖에 없었네. 런던에서의 사건 결과는 내가 희망했던 것처럼 되지 않았어. 모리아티 일행의 재판 결과, 놈들 일당 중에서 가장 위험하고, 나에 대한 복수심이 가장 강한 두 놈이 석방되었어. 그래서 나는 2년 동안 티베트를 여행하며 라사(티베트이 수도)도 방문하고 라마교의 성자도 만나면서 재미있게 세월을 보냈네. 시거슨이라는 노르웨이 사람의 훌륭한 탐험 기사를 자네도 읽었겠지만 그 사람이 나였다는 사실은 자네 역시도 짐작하지 못했을 걸세(껄껄껄).

그런 다음 나는 페르시아를 지나 메카를 방문하고, 하르툼에서 회교 교주를 잠시 접견했지. 이러한 일들의 결과는 외교부에 보고했어. 프랑스에 돌아와서는 남프랑스의 몽펠리에 있는 연구소에서 콜타르 유도체에 대한 연구를 몇 달 동안 했네. 그에 대한 만족할 만한 결과를 얻었네. 그리곤 런던에는 적이 한 사람밖에 없다는 것을 알고 런던으로 돌아오려고 하던 참에 파크레인 사건이 일어나서 급히 돌아왔지. 이 사건 자체에 마음이 끌린 것도 사실이지만, 사건은 나에게 어떤 개인적인 기회를 제공했네.

런던으로 즉시 돌아온 나는 베이커 가를 찾아가 허드슨 부인을 까무러칠 만큼 놀라게 했지. 옛 보금자리는 마이크로프트 형의 배려로 서류들을 포함해서 옛날과 같이 보존되어 있었어. 오늘 오후 2시에는 그 방에 있는 늘 앉았던 안락의자에 앉았고, 또 친구 왓슨도 옛날처럼 낯익은 의자에 앉아 있었으면 하고 간절히 생각했네."

이상이 4월 어느 저녁에 홈즈가 나에게 한 놀랄 만한 이야기다. 얘기하는 사람이 두 번 다시 만나리라고는 생각지도 못했던, 키가 크고 여윈 몸에 날카롭고 진지한 얼굴을 가진 그라는 걸 내 눈으로 똑똑히 확인하지 않았다면 도저히 믿을 수 없는 일이었다. 홈즈를 잃고 내가 얼마나 많은 슬픔에 상심했을 것을 잘 알기에, 그의 동정심은 말보다는 태도에 더 잘 나타나 있었다.

"왓슨, 슬픔에는 일이 가장 좋은 약이야. 오늘밤엔 둘이서 할 일이 있어. 그 일을 성공시킬 수만 있다면 우리가 지구상에 존재하고 있다는 것을 정당화할 수 있어."

나는 조금 더 자세한 얘기를 들려달라고 부탁했지만 홈즈는 응하지 않았다.

"아침까지는 모든 것을 보고 듣게 될 거야. 우리에게는 지난 3년 동안 쌓인 못 다한 이야기가 있지 않나. 9시 30분에는 우리가 빈집으로 모험을 떠나야 하니 그때까지는 쌓였던 이야기나 하세."

이윽고 9시 30분이 되었다. 나는 주머니에는 권총을 넣고, 모험에 대한 두근거리는 기대를 가슴에 품고서 옛날처럼 홈즈와 나란히 이륜마차에 올랐다. 홈즈는 냉랭한 표정으로 말이 없었다. 가로등 불빛으로 그는 엄한 표정으로 눈썹을 모으고, 입술은 굳게 다문 채 생각에 잠겨 있었다. 범죄 도시 런던의 검은 정글에서 어떤 맹수를 사냥하려는지 모르지만, 뛰어난 사냥꾼의 태도로 보아 오늘밤의 모험이 대단히 중요한 것이라는 건 미뤄보아 짐작할 수 있었다. 그러나 그간의 고행 흔적이 그의 야윈 얼굴에 때때로 떠오르는 쓸쓸한 미소가 오늘밤의 추적에 좋은 징

조라고는 가히 생각되지 않았다.

우리가 베이커 가로 가는 줄 알았지만, 홈즈는 캐번디시 가의 모퉁이에서 마차를 세웠다. 그는 마차를 내릴 때 세심한 주의를 기울였고, 걷기 시작한 후 모퉁이를 돌 때마다 미행자가 있는지 주위를 살폈다. 걷는 일도 쉽지 않았다.

홈즈는 런던 시내의 골목길을 놀라울 정도로 환히 알고 있었다. 이날 밤도 그는 아무 망설임 없이, 나는 그런 골목이 있는지조차 몰랐던 마구간 사이의 골목을 빠져 나와 재빨리 걸어갔다. 이윽고 우리는 낡고 음침한 집들이 늘어선 작은 길로 나왔고, 그길을 지나 맨체스터 가를 거쳐 블랜드포드 가에 도달했다. 그곳에서 홈즈는 재빨리 좁은 통로로 들어가더니 나무문을 통해 인기척이 없는 어느 뜰로 들어갔다. 그는 열쇠를 꺼내 어떤 집의 뒷문을 열었고, 나와 함께 안으로 들어선 뒤 급히 문을 닫았다.

안은 칠흑같이 깜깜했지만 빈집이라는 것을 금방 알 수 있었다. 바닥에는 두꺼운 판자가 깔려 있어 발을 움직일 때마다 삐걱거렸고, 앞으로 뻗은 내 손끝에 리본같이 찢어진 종이가 매달려 있는 벽면이 닿았다. 홈즈의 마르고 차가운 손이 내 손목을 잡고 긴 복도를 지나 문이 있는 곳으로 끌고 갔다. 그 문의 위쪽에 있는 채광창을 통해 희미한 불빛이 스며들었다. 그곳에서 홈즈는 갑자기 오른쪽으로 방향을 틀어 커다란 빈방으로 나를 데리고 갔다. 방의 네 귀퉁이는 캄캄했지만 방 가운데는 밖의 길에서 들어오는 불빛으로 어렴풋하게 물체가 보였다. 그러나 집 근처에는 가로등이 없고, 창문에는 먼지가 잔뜩 끼어 있어 가까스로 서로의 모습을 알아볼 정도였다.

홈즈가 내 어깨에 손을 얹고 속삭였다.

"여기가 어딘지 알겠나?"

"베이커 가가 틀림없겠지."

나는 먼지투성이 창문으로 밖을 내다보며 대답했다.

"맞아. 이곳은 캠던하우스로 우리 집 바로 맞은편에 있는 집이야."

"왜 여기에 왔어?"

"그 아름다운 건물이 여기서는 매우 잘 보이기 때문이야. 왓슨, 조금 더 창문 옆으로 다가가 봐. 그리고 자네 모습이 밖에 보이지 않도록 조심해서 우리의 방을 올려다봐. 자네의 그 많은 동화 같은 이야기들의 출발점인 그 방을 말이야. 내가 이곳에 없던 3년 동안에 자네를 놀라게 하는 내 힘을 잃었는지 알아보자고."

나는 창문으로 살살 다가가서 눈에 익은 창문을 올려다보았다. 창문이 눈에 들어오는 순간 나는 놀라서 낮은 비명을 질렀다. 창문에 커튼은 쳐져 있었지만 방 안은 대낮처럼 밝고, 그 커튼에 남자의 그림자가 비쳤다. 의자에 앉아 있는 그림자는 창문의 밝은 커튼에 검은빛을 또똑히 비쳤다. 머리를 들고 있는 모습이며 반듯한 어깨며 날카로운 얼굴 모습 등, 그것은 홈즈의 모습이 틀림없었다. 얼굴은 반쯤 옆으로 돌리고 있었는데, 나는 너무 놀라서 손을 들어 옆에 진짜 홈즈가 서 있는지 확인해보았다. 홈즈는 소리 내지 않고 배를 잡고 웃었다.

"어때?"

홈즈가 물었다.

"세상에! 정말 똑같군."

내가 소리쳤다.

"세월도 습관도 나의 끝없는 재능을 무디게 하지 못한 모양이야."

그의 목소리에는 예술가가 자신의 작품에 대해 갖는 환희와 자랑이 담겨 있었다.

"어때? 나와 꼭 같지 않나?"

"하늘에 맹세할 정도야."

"그르노블의 오스카 무니에 씨의 작품이지. 그는 내 사진 한 장을 보고 며칠에 걸려 저 주형을 만들었어. 저 흉상은 밀랍으로 만든 거야. 그 밖의 것들은 내가 오늘 오후에 집에 갔을 때 준비해 두었네."

"왜 이런 짓을 하지?"

"내가 다른 곳에 있을 때에도, 어느 놈들에게는 내가 방에 있다고 믿게 해야 할 강력한 이유가 있었기 때문이야."

"그럼, 누군가 자네 방을 지켜보고 있다고 생각하는 거야?"

"그렇다고 확신해."

"누구지?"

"내 오래된 적들. 두목이 라이헨바흐 폭포에 빠진 집단의 패거리들이지. 내가 아직도 살아 있다는 것을 알고 있는 사람들은 그들밖에 없어. 따라서 그들은 언젠가는 내가 베이커 가의 내 방으로 돌아오리라고 생각했을 거야. 그들은 내 방을 계속 감시했고, 오늘 아침에 내가 도착하는 것을 봤어."

"그걸 어떻게 알아?"

"내가 밖을 흘깃 내다봤을 때 내 방을 지켜보는 감시자를 봤거든. 파커라고 하는데 대단한 놈은 아니야. 주로 사람의 목을 죄고 강도짓을 하는 놈인데 유태 하프를 잘 다루지. 그를 두려워하지는 않지만 그의 배후에 있는 만만치 않은 놈이 대단히 신경 쓰여. 모리아티의 어릴 적부터 친구로, 라이헨바흐 절벽 위에서 나에게 바위를 떨어뜨린, 런던에서 가장 교활하고 위험한 놈이지. 놈은 오늘 밤 나를 노리고 있고, 반대로 우리가 자기를 노리고 있다는 사실은 몰라, 왓슨."

홈즈의 계획을 차츰 이해했다. 이 은신처는 감시자를 감시하고, 추적자를 반대로 추적하게 만들었다. 저 위쪽 창문의 여윈 그림자는 미끼였고 우리는 사냥꾼이었다.

우리는 말없이 어둠 속에 서서 바쁜 걸음으로 오고가는 창밖의 사람들을 보았다. 홈즈는 꼼짝도 않고 서 있었으나 잔뜩 긴장하고 있었다. 차가운 바람이 강하게 부는 밤이었고, 바람은 스산한 소리로 거리를 휩쓸었다. 많은 사람들이 거리를 오가고, 사람들은 외투와 머플러로 몸을 감싸 바삐 움직이고 있었다.

나는 그들 중 같은 사람이 몇 번이나 왔다 갔다 하는 것을 포착했다. 특히 조금 떨어진 곳의 집 현관에 바람을 피하려는 듯이 서 있는 두 사람이 눈에 띄었다. 홈즈에게 그 사실을 알려주려고 했지만, 홈즈는 조바심 나는 목소리를 내며 계속 거리를 응시하고 있었다. 그가 여러 번 발을 움직이고 손가락으로 벽을 빠르게 톡톡 치는 것으로 보아, 불안과 걱정이 엄습했고, 계획대로 되지 않는 것이 분명했다.

드디어 자정에 가까웠다. 거리에 사람들의 발길도 뜸해지자 홈즈는 마음의 동요를 억제할 수 없는지 방 안을 서성거렸다. 그에게 말을 걸려는 찰나, 나는 불이 켜져 있는 창문을 보고 조금 전에 경험한 것과 같은 놀라움을 맛보았다. 나는 홈즈의 팔을 꽉 잡고 위쪽의 창을 가리키며 소리쳤다.

"저 그림자가 움직였어!"

실제로 창문에 비친 홈즈의 그림자는 옆모습이 아니라 우리에게 등을 향하고 있었다.

"물론 움직였을 테지."

홈즈가 말했다.

"언뜻 보아도 인형이라고 알 수 있는 것을 세워 놓고 유럽에서 가장 날카로운 놈을 속일 수 있을 것 같아? 내가 그렇게 남을 웃기는 바보라고 자네는 생각했나, 왓슨?"

그의 무뚝뚝함과 자기보다 지능이 낮은 사람을 대할 때의 성급한 기질은 그를 보지 못한 3년 동안에도 변하지 않았다.

"우리는 이 방에 2시간 있었어. 그동안 허드슨 부인은 여덟 번이나 저 상반신을 돌려놨어. 15분마다 바꾼 셈이지. 부인은 방의 안쪽에서 돌렸기 때문에 부인의 모습이 창문에 비치지 않은 거야. 앗!"

홈즈가 갑자기 날카롭게 숨을 들이켰다. 어둠 속에서 홈즈가 긴장으로 온몸을 굳히며 머리를 앞으로 내미는 것이 보였다. 창밖의 거리에는 아무도 없었다. 아까 두 사람은 아직도 현관 출입구에 웅크리고 있을 것 같은데 보이지 않았다. 주위는 조용하고 어둡기만 했다. 다만 맞은편 창문만 밝은 노란 불빛 속에 홈즈의 모습을 보여 줄 뿐이었다.

완전한 정적 속에서 숨을 들이마시는 나지막한 소리만 들릴 뿐이다. 그것은 홈즈가 심한 흥분 상태를 애써 숨기려고 낸 소리였다. 잠시 후, 그는 방의 가장 어두운 구석으로 나를 끌고 가며, 소리 내지 말라고 손으로 내 입을 막았다. 그의 손가락은 떨고 있었다. 홈즈가 이토록 감정을 표면적으로 나타낸 적은 한 번도 본 적이 없었다.

창밖에 보이는 거리는 어둡고 쓸쓸했으며 움직이는 것은 아무

것도 없었다. 갑자기 나보다 날카로운 홈즈의 감각이 이미 감지한 것을 나도 듣게 되었다. 은밀하게 움직이는 희미한 소리가 내 귀에 들려 왔다. 그 소리는 베이커 가 쪽에서 나지 않고 우리가 숨어 있는 집의 뒤쪽에서 들렸다. 문이 열리고 닫히는 소리가 들렸다. 잠시 후, 사람의 발소리가 복도를 통해 우리 쪽으로 다가왔다. 발소리를 내지 않으려 했지만 빈집이라 소리는 선명하게 울려 퍼졌다.

홈즈가 벽에 기대어 몸을 웅크려 나도 권총을 단단히 쥐고 그의 행동을 따랐다. 어둠 속을 지켜보고 있으니 검은 문에 사람의 모습이 더 검게 나타났다. 그는 그곳에 잠시 서 있다가 몸을 구부린 채 위협적인 모습으로 살금살금 안으로 들어왔다. 그가 우리 앞 3야드쯤 시야로 다가왔다. 나는 그를 상대할 태세를 갖추었지만, 그는 우리가 있다는 사실을 모르는 듯했다. 그는 우리 바로 옆을 지나 창문으로 살금살금 다가가서 창문을 소리 없이 반 피트쯤 들어올렸다. 그가 열린 창문만큼 몸을 낮추자 창밖의 가로등 불빛이 그의 얼굴을 정면으로 비추었다.

그도 흥분으로 제정신이 아닌 모양이었다. 두 눈은 별처럼 반짝반짝 빛났고 얼굴은 꿈틀꿈틀 경련이 일어났다. 나이가 꽤 들었으며 가늘고 오똑한 코에 이마가 높았고 반백의 굵은 콧수염을 기르고 있다. 오페라 모자를 뒤로 젖혀 썼고, 열려 있는 외투 앞섶으로 하얀 야회복 셔츠가 보였다. 검고 수척한 얼굴에는 잔

인해 보이는 주름살이 깊게 새겨져 있었다. 손에는 지팡이 같은 것을 들고 있었는데 그것을 바닥에 놓자 금속 소리가 육중했다.

그는 외투 주머니에서 부피가 큰 물건을 꺼내어 작업에 열중했다. 이윽고 스프링이나 볼트가 제자리를 찾는 것 같은 찰칵 소리가 났고 그제야 일이 끝난 것 같았다. 그는 계속 바닥에 무릎을 꿇고 앞으로 몸을 굽혀 무슨 지렛대 같은 것에 온몸의 무게를 실어 힘을 가했다. 그러자 기계가 돌아가는 듯 삐걱거리는 소리가 났고, 다시 한 번 찰칵 소리가 크게 울려 퍼졌다.

그런 다음 그는 몸을 일으켰는데, 이상한 모양의 개머리판을 댄, 총으로 보이는 것을 들고 있었다. 그는 총열을 꺾은 다음 총신에 무언가를 넣고 총열을 닫았다. 그런 다음 바닥에 쭈그리고 앉아 총신 끝을 열려 있는 창턱에 걸쳤다. 그리고 총을 조준했는데 기다란 콧수염이 개머리판에 닿았고 눈은 광채를 내뿜었다. 그는 만족스럽다는 듯이 작은 한숨을 내쉬고 총대를 어깨에 대고 조준했다. 그가 노리는 것은 놀랍게도 밝은 창문에 비치고 있는 홈즈의 검은 그림자였다.

그는 잠깐 꼼짝도 하지 않다가 방아쇠를 당겼다. 쉭 하는 소리와 함께 곧장 유리창이 깨지더니 총성이 길게 울렸다. 그 순간 홈즈는 호랑이처럼 저격자의 등에 달려 들었다. 그의 얼굴이 바닥을 향하도록 메다꽂았으나, 그는 즉시 일어나 무서운 힘으로 홈즈의 목을 움켜잡았다. 내가 권총의 손잡이로 그의 머리를 후

려치자 그는 다시 바닥으로 고꾸라졌다. 나는 즉시 놈에게 몸을 던져 꼼짝 못하게 했고 홈즈는 날카롭게 호루라기를 불었다. 즉시 거리를 달려오는 발소리가 들리고, 이내 경관 두 명과 사복형사 한 명이 방으로 뛰어들었다.

"레스트레이드, 당신이군요."

홈즈가 말했다.

"홈즈 씨, 내가 직접 이 일을 처리하기로 했습니다. 런던에서 다시 뵙게 되어 반갑습니다."

"당신에게 비공식적인 도움이 필요할까 싶어 제가 나섰지요. 미궁에 빠진 사건이 일 년에 세 건이나 생기면 곤란하니까요. 당신은 몰세이 사건을 당신답지 않게…… 아니, 내 말은 훌륭하게 처리했단 말이지요."

우리는 모두 일어섰고, 우리에게 잡힌 남자는 건장한 두 경관 사이에서 숨을 몰아쉬고 있었다. 밖에는 구경꾼들이 벌써 몇 명 모여 있었다. 홈즈는 창문을 닫고 커튼을 쳤다. 레스트레이드가 초 두 자루를 켜고 경관들이 갖고 있던 랜턴의 덮개를 벗기자 내 눈에 붙잡힌 남자의 얼굴이 보였다.

그의 얼굴은 놀랄 만큼 남성적이었고 사악했다. 철학자 같은 이마와 호색한의 턱을 갖고 있는, 대단한 악인 아니면 선인으로 보였다. 그러나 냉소적으로 보이는 잔인한 푸른 눈, 무섭게 공격적인 코, 깊은 주름이 새겨진 위협적인 이마를 보고 있으면 두려움을 느끼지 않을 수 없었다. 그는 우리를 거들떠보지도 않고 증오와 경탄이 섞인 눈으로 홈즈를 쏘아보았다.

"너는 악마야!"

그는 계속 중얼거렸다.

"이 간사하고 교활한 악마 같은 놈!"

홈즈는 흐트러진 남자의 칼라를 고쳐 주면서 말했다.

"대령, 옛날 연극 대사에서 '나그네 길의 끝은 애인과의 만남이다'라고 했던가? 내가 라이헨바흐 폭포 중간에 있을 때 나를 공격한 이후로 처음 만났군요."

대령이라 불린 남자는 얼이 빠진 사람처럼 홈즈를 멍하니 보면서 '너는 간사한 악마야! 악마!' 하고 겨우 중얼거릴 뿐이었다.

"당신을 아직 소개하지 않았군요."

홈즈가 이어 말했다.

"이 분은 세바스찬 모런 대령으로 한때는 우리 대영제국 인도군의 장교였지요. 또한 맹수 사냥에서는 대영제국의 동방 여러 나라에서 가장 훌륭한 명사수였습니다. 호랑이 사냥에 있어서는 아직도 당신의 기록을 깬 사람이 없지요, 대령?"

사납게 생긴 남자는 아무 말도 하지 않고 홈즈만 노려보았다. 사납게 부릅뜬 눈과 뻣뻣한 수염의 노인은 마치 호랑이처럼 보였다.

"내 간단한 책략에 당신 같은 노련한 사냥꾼이 걸려들다니 이상하군."

홈즈가 계속했다.

"이런 책략은 당신도 많이 썼을 거야. 나무 아래에 어린양을 미끼로 붙들어 매놓고, 호랑이가 나타날 때까지 총을 갖고 나무 위에서 기다린 적이 있었겠지? 이 빈집은 내 미끼였고 당신은 내 호랑이었소. 그런 경우에 당신은 호랑이가 여러 마리 나타나거나 그럴 가능성은 적지만 혹시 호랑이를 맞추지 못했을 때를 대비해서 예비로 다른 총을 준비했겠지요?"

그는 우리를 가리키며 말했다.

"이들이 내 예비 총이었소. 당신이 호랑이 사냥 때 준비한 예비 총이나 이 사람들이나 같은 역할이오."

모런 대령은 분노의 욕설을 퍼부으며 홈즈에게 덤볐지만 경관들이 그를 제지했다. 노기를 띤 그의 얼굴은 무시무시했다.

"솔직히 말해서 나도 좀 놀랐소."

홈즈가 또 말했다.

"당신이 직접 이 빈집과 이 편리한 창문을 이용하리라고는 생각하지 못했소. 나는 당신이 집 밖에서 조종할 줄 알았소. 그래서 내 친구 레스트레이드와 그의 동료들이 밖에서 기다리고 있던 거요. 그 점만 빼면 모든 것은 내 예상했던 대로 움직였소."

모런 대령은 레스트레이드에게 말했다.

"당신은 나를 체포할 정당한 이유가 있는지 모르지만, 내가 이 남자의 빈정거림을 참아야 할 이유는 없어. 나를 체포했다면 법대로 하시오."

"이치에 닿는 말이군."

레스트레이드가 말했다.

"이 사람을 데리고 가기 전에 더 할 말은 없습니까, 홈즈 씨?"

홈즈는 바닥에 있던 강력한 공기총을 들고 살핀 다음 말했다.

"훌륭하고 진기한 무기군. 대단한 힘을 가졌을 뿐만 아니라 아주 조용한 무기야. 죽은 모리아티 교수가 독일의 폰 헤르데르는 시각장애 기술자에게 만들도록 한 것이지. 이 총이 있다는 것은 알고 있었지만 실물을 보는 것은 처음이오. 이 총과 총알을 조심해서 관리하세요, 레스트레이드."

"그 점은 걱정하지 마십시오. 홈즈 씨."

경관들이 모두 출입구 쪽으로 향하자 레스트레이드가 말했다.

"다른 하실 말은 없으십니까?"

"대령을 무슨 죄로 연행하는지 그 점을 알고 싶군요."

"무슨 죄를 졌느냐고요? 그야 물론 셜록 홈즈 씨 살인 미수죄 이죠."

"그렇지 않아요, 레스트레이드. 나는 이 일에 내 이름을 드러내고 싶지 않아요. 경감이 참여한 대령 체포에 대한 모든 명예는 경감에게 갈 것이오. 경감 혼자서 대령을 체포한 것입니다. 그래요, 레스트레이드, 축하합니다. 언제나 그랬듯이 경감의 교묘하고도 대단한 행동이 놈을 체포한 거요."

"체포해요? 누구를 체포했다는 말입니까, 홈즈 씨?"

"경찰이 온 힘을 기울이면서도 아직 못 잡고 있는 범인 즉, 지난달 30일에 파크레인 427번 가 건물 3층 앞쪽의 열려 있는 창문을 통해 공기총으로 목표를 맞추어 오너러블 로널드 아데어를 사살한 범인, 세바스찬 모런 대령을 말하는 거요. 이 사람의 진짜 죄명은 그것이오. 왓슨, 유리창이 깨져 바람이 들어오는 것을 참을 수 있다면 내 서재에서 시가를 피우면서 30분쯤 보내는 것도 자네에게는 유익한 즐거움이 될 거야."

과거의 우리의 방은 마이크로프트 홈즈의 감독과 허드슨 부인의 관리 덕분에 옛날 모습 그대로였다. 방에 들어간 순간 전과 다르게 지나치게 정리되었다는 느낌이 들었지만, 중요한 것은 모두 옛날 그대로의 장소에 있었다. 구석에는 산으로 더러워진 테이블과 화학실험설비. 선반 위에는 많은 런던 시민이 태워버리고 싶어하는 스크랩북과 참고 서류, 도표, 바이올린케이스, 파이프걸이, 담배를 넣은 페르시아, 슬리퍼에 이르기까지.

방을 둘러보니 모든 것이 눈에 들어왔다. 방에는 손님이 두 명 있었다. 한 사람은 허드슨 부인으로 우리를 싱글싱글 웃는 얼굴로 맞아 주었으며, 또 한 사람은 오늘 밤 모험에서 아주 중요한 역할을 한, 홈즈와 똑같이 만든 밀랍인형이었다. 인형은 홈즈의 옛날 가운을 입고, 작은 받침대 위에 놓여 있었다. 길에서 보면 틀림없이 진짜 홈즈처럼 보일 것이다.

"지시대로 잘했어요, 허드슨 부인."

홈즈가 말했다.

"말한 대로 무릎으로 걸었지요."

"좋아요. 정말 잘했어요. 총알이 어디에 맞았는지 보았나요?"

"보았죠. 이런 훌륭한 인형을 망가뜨리다니. 어쨌든 머리를 뚫고 벽에 맞았어요. 카펫에 떨어진 것을 주워두었습니다. 봐요, 이것이에요!"

홈즈는 손에 들고 나에게 보여주었다.

"왓슨, 역시 리볼버 탄이야. 정말 천재적이군. 공기총에서 이런 탄환이 날아간다고는 아무도 생각하지 않을 거야. 허드슨 부인, 정말 수고했어요. 왓슨, 옛날처럼 그 의자에 앉겠나? 몇 가지 얘기할 게 있네."

그는 초라한 프록코트를 벗더니 인형에게 입혔던 쥐색 가운을 입고 옛날 홈즈로 돌아왔다.

"노련한 사냥꾼은 배짱도 날카로운 눈도 옛날 그대로군."

홈즈는 밀랍 인형의 부서진 이마를 보고 웃으면서 말했다.

"후두부 정중앙에 명중해서 뇌를 날려 보냈군. 인도 최고의 사격의 명수였는데, 런던에서도 그와 겨룰 사람은 없을 거야. 그의 이름을 들은 적이 있나?"

"아니."

"그래, 명성이란 그런 거야! 자네는 금세기 최고의 두뇌를 가진 사람 중 하나인 제임스 모리아티 교수의 이름도 몰랐어. 그 선반에서 내가 만든 인명록을 꺼내줘."

그는 의자에 깊이 파묻혀, 담배연기를 내뿜으며 페이지를 넘겼다.

"M 항목은 정말 장관이야. 모리아티만으로도 화려한데 그 위에는 또 어떤가? 독살마 모건이 있고, 생각하기만 해도 가슴이 나빠지는 메리듀도 있어. 그리고 채링크로스 역 대합실에서 내 왼쪽 송곳니를 부러뜨린 매튜스, 그리고 마지막으로 오늘 밤, 모런! 정말 대단한 얼굴들이군."

홈즈가 인명록을 넘겨주어서 나는 그것을 읽어보았다.

"모런, 세바스찬, 대령, 무직. 벵갈군 제 1공병대 소속, 1840년 런던 출생. 아버지는 페르시아 공사로, 배스 훈작사 오거스터스 모런 경. 이튼 교와 옥스퍼드 대학에서 공부. 죠와키, 아프가니스탄 양 전투에 참가, 챠라시압(수훈자보고서에 이름을 올리다) 셔풀, 카불에 전전. 저서 『서부 히말라야의 맹수사냥』(1881), 『정글의 3개월』(1884). 주소 콘듀잇 가. 소속 클럽, 앵글로 인디언 클럽, 탱커빌 클럽, 바가텔 카드 클럽."

여백에 홈즈의 글씨로 '런던에서 두 번째 위험인물'이라고 쓰여 있었다.

"놀랍군."

내가 인명록을 홈즈에게 돌려주며 말했다.

"군인으로서 훌륭한 경력을 갖고 있어."

"그대로야. 어느 시기까지는 잘하고 있었지. 원래 강철 같은 신경을 가진 사람으로 식인 호랑이를 쫓아 배수구를 기어간 이야기 등은 지금도 인도에서 화제가 되고 있어. 왓슨, 어느 높이까지는 곧바로 뻗은 나무가 갑자기 추하게 구부러진 것을 본 적 있나? 인간도 때때로 그런 경우가 있지. 개인은 성장하면서 조상으로부터 받은 모든 인자를 재현하는 것 같아. 선과 악, 어느 쪽으로 향하든 그런 변화는 혈통에 흐르는 강력한 인자에서 생기는 거야. 즉 개인은 일가 역사의 축도라고 할 수 있어."

"어쩐지 공상적인 이야기 같군."

"나도 고집할 생각은 없어. 어쨌든 모런 대령은 나쁜 방향으로 가기 시작했지. 겉으로는 아무 스캔들도 없었지만 그는 인도에 살 수 없게 되었네. 전역한 후 런던에 돌아왔지만, 다시 나쁜 평판이 나기 시작했어. 이때 모리아티 교수를 만났고 한때는 보스 역할까지 했네. 모리아티는 그에게 아낌없이 돈을 주었고, 보통 악당이 할 수 없는 최고급 일만 시켰지. 1887년에 로더에서 스튜어트 부인이 죽은 사건을 기억하겠지? 생각 나? 그것은 분명히 모런의 짓이었는데 증거를 잡을 수 없었어. 전혀 증거를 남기지 않기 때문에 모리아티 일당이 괴멸했을 때도 그는 죄를 면했지. 언젠가 자네의 방을 방문했을 때, 내가 공기총을 두려워하며 덧문을 닫았던 걸 기억하나? 자네는 나의 망상이라고 생각했겠지만 나는 당연히 경계를 했어야 했네. 그 무서운 총의 존재를 알고 있었고, 세계에서도 손꼽는 사격의 달인이 그것을 사용하고 있는 것도 알고 있었기 때문이지. 우리가 스위스에 갔을 때도 그는 모리아티와 함께 우리를 쫓아왔어. 라이헨바흐 바위에서 나에게 공포의 5분을 맛보게 해준 것도 그가 틀림없어.

그를 감옥에 넣을 기회를 찾기 위해 나는 프랑스에 있을 때도 계속 주의해서 신문을 읽었지. 그가 활개 치며 런던을 돌아다니는 한, 나로서는 살아 있는 느낌이 아니었네. 밤이나 낮이나 그의 그림자에 위협당하다가 언젠가 꼭 당할 거라고 생각했지. 그러면 어떻게 하면 좋을까? 발견하자마자 그를 쏘아 죽일 수도 없었어. 그렇게 하면 내가 피고석에 서야 하기 때문이지. 치안판사에게 하소연해도 소용없는 일이야. 확실한 증거가 없는데 법의 힘을 행사할 수는 없었네. 결국 어떻게 할 수도 없었어. 하지만 언젠가는 내 손으로 잡을 것이라고 믿고, 범죄 뉴스를 열심히 체크했지. 그런데 로널드 아데어 살인사건이 일어났어. 드디어 기회가 온 거지! 모든 정보로 판단해보면 모런 대령의 짓이 틀림없었지. 그는 아데어와 카드를 하고 클럽에서 집까지 뒤를 쫓아와, 열린 창으로 쏜 거야. 의심의 여지가 없어. 증거품인 탄환으로도 그를 충분히 교수대로 보낼 수 있었네.

나는 런던으로 돌아왔지만 감시자에게 발견되었어. 대령은 내가 돌아온 것을 곧 알았을 거야. 그리고 나의 갑작스런 귀국을 자신의 범죄와 연결시켜 생각하고 당황한 것이 틀림없었어. 그는 곧 나를 말살하려고 계획했고, 그 목적을 위해 다시 그 무서운 총을 사용하려 했네. 나는 창에 멋진 표적을 준비하고 만일에 대비해 경찰에도 응원을 요청했어. 그런데 왓슨, 자네는 그 문에 있던 경관들을 알아본 것 같더군. 나는 감시하기에 아주 좋은 장소를 선택할 생각이었는데 설마 그가 같은 장소를 저격지점으로 선택하리라고는 꿈에도 생각하지 못했어. 왓슨, 아직 내가 더 설명할 것이 있어?"

"있어. 모런 대령이 오너러블 로널드 아데어를 살해한 동기에 대해 아직 아무 설명도 하지 않았어."

"그것은 아직 추측할 수밖에 없어. 지금 단계에서는 아무리 논리적인 두뇌를 가진 사람이라도 정확히 알 수 없지. 현재의 증거를 근거로 가설을 세워 보면, 자네나 나나 답을 맞힐 가능성은 동일해."

"자네는 벌써 생각했어?"

"사실은 설명은 그렇게 어렵지 않아. 모런 대령이 아데어와 같이 많은 돈을 딴 것은 증언으로 알고 있었어. 사건이 있던 날, 아데어가 모런의 속임수를 눈치챘을 거야. 그래서 아데어는 모런과 둘이서 이야기를 했겠지. 즉 모런이 자발적으로 클럽을 탈

퇴하고 앞으로 카드를 하지 않겠다고 약속하지 않으면, 부정을 폭로한다고 강하게 협박했을 거야. 아데어 같은 젊은 사람이 자신보다 훨씬 나이가 많고 유명한 인물의 스캔들을 갑자기 폭로하지는 못했을 거야. 아마 지금 말한 것 같은 행동을 했겠지. 한편 모런으로서는 클럽에서 추방당하면 파멸이야. 속임수 트럼프 수입으로 생활했기 때문이지. 그것이 아데어를 죽인 이유인데, 살해되었을 때 아데어는 돌려주어야 할 돈을 계산하고 있었어. 상대의 속임수로 딴 돈을 주머니에 넣을 수는 없었지. 방을 잠근 것은 어머니와 동생이 갑자기 들어와서, 종이에 쓴 이름과 현금을 보고 이유를 묻는 것이 싫어서였겠지. 자, 이제 됐어?"

"그래, 정말 그것이 진상이라고 생각해."

"사실 여부는 재판에서 밝혀지겠지. 어쨌든 모런 대령이 두 번 다시 우리를 괴롭히는 일은 없겠지. 폰 헤르데르의 유명한 공기총은 스코틀랜드 야드의 박물관을 장식할 거야. 셜록 홈즈는 다시 자유롭게 인생을, 런던의 복잡한 생활이 풍요롭게 제공해 주는 흥미 있는 작은 사건 수사에 바칠 수 있게 되었네."

Sherlock Holmes

죽어가는 탐정

Sherlock Holmes

죽어가는 탐정

사람은 언젠가는 한 번 죽게 마련이다. 한 나라를 다스리는 대통령이나 농사를 짓는 농부나 다 똑같이 한번의 죽음은 찾아온다.

그런데 홈즈가 하숙하고 있는 하숙집 주인인 허드슨 부인은 홈즈는 절대로 죽지 않는 인물로 나름 생각하고 있다.

명탐정 홈즈는 여러 번 죽을 뻔한 고비를 여러 번 넘겼으므로 절대로 죽지 않는 '불사조' 라고 생각하고 있다.

그렇게 믿고 있는 홈즈가 어느 날 갑자기 시름시름 앓기 시작한 것이다. 게다가 죽을 것처럼 신음 소리를 내고 며칠 동안 일어나지도 못하고 누워 있다.

허드슨 부인은 눈앞이 캄캄해 왔다. 도저히 믿을 수 없는 일이 일어난 것이다.

"오, 하나님! 홈즈 씨를 살려주세요."

허드슨 부인은 안절부절못하며 몇 번씩이나 방바닥에 꿇어 앉아 기도를 했다.

"홈즈 씨가 죽는다면 나는 무슨 의미로 살아야 합니까? 차라리 홈즈 씨를 대신해서 나를 데려 가세요."

평소 홈즈의 팬이라고 자청하고 홈즈를 아들 이상으로 생각하고 있는 허드슨 부인에게는 홈즈의 병은 도저히 감당할 수가 없었다.

"홈즈 씨, 제가 의사를 불러 오겠습니다."

그러자 홈즈는 사경을 헤매면서도 손을 들어 저으며 힘없는 목소리로 말하였다.

"의사는 절대 불러서는 안 됩니다."

허드슨 부인은 홈즈의 성격을 잘 알기 때문에 의사는 부르지 않기로 했다. 그래서 그녀는 할 수 있는 일이라고는 기도밖에 없다고 생각하고 기도를 열심히 했다.

"오, 하나님. 홈즈 씨의 병을 고쳐주십시오. 홈즈 씨를 데려가지 마십시오."

홈즈를 걱정하느라 허드슨 부인은 끼니를 제대로 채우지 못한 채 홈즈를 위해서 음식을 정성껏 만들었다.

"홈즈 씨, 좀 어떠세요?"

홈즈는 아무 말도 못하고 끙끙 앓기만 했다.

"자, 일어나서 이것 좀 드셔 보세요. 아무리 아파도 좀 드셔야 기운을 차리죠."

허드슨 부인은 직접 정성 들여서 만든 수프를 홈즈가 누워 있는 침대 옆으로 가져갔다.

그러자 홈즈가 벼락같이 소리쳤다.

"이리로 절대로 가까이 오지 마세요."

"……."

허드슨 부인은 놀란 나머지 하마터면 수프 그릇을 땅바닥에 떨어뜨릴 뻔했다.

"제발 가까이 오지 마시고 빨리 아래로 내려가세요."

"알았어요. 가까이 가지 않을 터이니 이 수프나 드세요."

허드슨 부인은 수프 그릇을 허겁지겁 탁자 위에 올려놓았다.

"수프 냄새도 맡기 싫으니 가져가세요."

홈즈는 짜증 섞인 목소리로 말하였다.

허드슨 부인은 너무 아파 심하게 짜증내는 홈즈가 오히려 불쌍한 생각이 들어 눈물이 절로 나왔다.

'얼마나 아프면 나에게 저렇게 짜증을 낼까?'

홈즈는 그렇게 끙끙 앓으면서 이틀을 보냈다.

그리고 사흘째가 되던 날, 그의 얼굴은 피골이 상접하여 눈은 푹 꺼지고 볼때기는 착 말라붙어 해골바가지가 따로 없다. 수프 한 모금도 입에 대지 않은 홈즈는 앙상한 몸이 큰 키로 인해 몹시 말라 보였다.

허드슨은 누워 있는 홈즈를 보고 이제 숨도 제대로 쉬지 못하게 되었다고 생각하였다. 이제 그의 죽음이 눈앞에 다가왔다고 생각한 허드슨 부인은 겁이 덜컥 났다. 부인은 더 이상 이대로 둘 수가 없다며 어떤 조치라도 취할 생각에 머리를 굴렸다.

허드슨 부인은 마지막으로 홈즈에게 간청을 해 보기로 작정하고 홈즈가 누워 있는 방문을 열었다.

홈즈는 눈꺼풀만 약간 움직이며 허드슨 부인을 힘겹게 올려다보았다.

"홈즈 씨, 이대로 있으면 안 돼요. 당신을 그대로 죽게 놔둘 수가 없소. 내가 당신을 얼마나 아끼는 줄을 알면서……. 고집을 꺾고 내 말을 들으세요. 이제 의사를 불러 오겠어요."

허드슨 부인은 마지막으로 각오하고 용기를 내어 홈즈에게 간청했다.

그러자 홈즈는 다 죽어가는 목소리로 말하였다.

"그러면 왓슨을 불러주세요."

홈즈가 또 의사는 무슨 의사냐고 하면서 소리칠 줄 알았는데 왓슨을 불러달라고 하는 말에 힘을 얻었다.

"홈즈 씨, 조금만 기다리세요. 왓슨을 불러 올께요. 정신 차리고 있어야 해요. 정신을 잃으면 안 돼요."

허드슨 부인은 계단을 구르듯 정신없이 뛰어 내려가 황급히 마차를 불러 왓슨의 집으로 내달렸다.

왓슨은 얼마 전 결혼을 하여 패딩턴 역 부근에 조그마한 병원을 차렸다. 그림자처럼 홈즈 옆에서 조수 역할을 하던 왓슨은 한동안 홈즈를 만나지 못했다.

"왓슨 선생님, 왓슨 선생님!"

화장실에서 책을 보고 있던 왓슨은 복도에서 들려오는 다급한 목소리에 놀라 뛰어나왔다.

복도 끝에서 허드슨 부인이 울먹이는 목소리로 왓슨을 부르면서 허겁지겁 달려오고 있었다.

"왓슨 선생님, 빨리 홈즈 씨에게 가보세요."

허드슨 부인의 얼굴은 창백했다.

"무슨 일입니까?"

왓슨은 허드슨 부인을 부축했다.

"홈즈 씨가 다 죽어가고 있어요. 어서 가세요."

"뭐, 뭐라고요?"

왓슨은 놀라서 병원 문을 박차고 나섰다.

"여기 내가 타고 온 마차가 기다리고 있어요. 어서 타세요."

"출발하세요. 어서요. 전속력으로요."

두 사람을 태운 마차는 전속력으로 하숙집을 향해 달렸다.

"홈즈가 병에 걸린 게 언제입니까?"

왓슨의 목소리가 떨렸다.

"사흘 전에요."

"사흘 전, 그런데 아주머니 왜 인제 알려주세요?"

왓슨은 허드슨 부인을 원망하는 눈초리로 바라보았다.

허드슨 부인은 자신이 큰 잘못이라도 한 것처럼 고개를 떨구었다.

왓슨은 공연히 허드슨 부인에게 잠시나마 화를 낸 게 미안한 마음에 목소리를 가다듬고 물었다.

"지금 병세는 어떠세요?"

"매우 심각한 것 같아요. 오죽이나 고통스러우면 나에게 화를 냈겠어요? 그리고 사흘 동안 물 외에는 아무 것도 먹지 못하셨어요. 수프를 끓여 갖다 드려도 냄새도 맡기 싫다고 하면서 한 모금도 입에 대지 않았어요."

"혹시 홈즈가 어쩌다가 그런 병에 걸렸는지 아세요?"

"수요일 아침에 덴즈 강 주변에 어떤 사건을 수사하러 갔었어요. 그때까지만 해도 건강했어요. 그런데 오후에 들어올 때는 몸이 아주 축 늘어져 있더라고요. 그때부터 시가도 하지 못하고 식은땀만 흘리며 끙끙 앓기 시작했어요."

왓슨은 허드슨 부인의 말을 듣는 순간 더욱 초조해졌다. 그래서 마부에게 재촉했다.

"좀더 빨리 달릴 수 없어요. 사람의 목숨이 경각에 달렸어요."

"제가 진작 왓슨 선생님에게 알렸어야 했는데……."

허드슨 부인은 자신 때문에 홈즈의 병이 더욱 심해진 것 같아 마음이 아팠다.

　"부인, 너무 걱정하지 마세요. 홈즈는 의지가 강한 사람이므로 곧 회복될 겁니다."

　왓슨은 말로는 허드슨 부인을 위로하면서도 마음속으로는 초조해서 미칠 것만 같아, 계속 마부에게 빨리 가자고 몇 번씩이나 재촉했다.

　마침내 마차가 하숙집 앞에 도착하자 왓슨은 단숨에 홈즈가 누워 있는 이층으로 달려갔다.

　"홈즈!"

　왓슨은 방문을 열자마자 홈즈를 쳐다보면서 숨넘어가는 목소리로 소리쳤다. 홈즈의 몰골이 너무 비참했다.

　'이대로 죽어서는 안 돼.'

　왓슨은 홈즈의 병이 얼마나 심각한 지 단숨에 알 수 있었다. 눈은 열로 충혈되어 있었고, 얼굴은 빨갛게 달아올라 있었다. 입술도 거칠게 마른 것이 마치 사막에 버려진 사람 같았다. 특히 왓슨의 마음을 아프게 한 것은 홈즈의 손이었다. 이불 위에 올려 놓은 손이 마구 떨리고 있었다.

　'이 사람이 정말 홈즈인가?'

　홈즈를 몰라볼 지경이었다.

　"왓슨……."

홈즈가 기어가는 목소리로 왓슨을 불렀다.

"홈즈, 내가 왔어. 이제 걱정 말게."

"나는 이 병으로 죽을 것 같아. 내 수명은 다한 것 같네."

홈즈는 가쁜 숨을 몰아 내쉬며 말했다.

"자네 홈즈답지 않게 왜 약한 소리를 하는가? 자네는 결코 죽지 않아. 자네에게는 유능한 주치의가 있지 않은가?"

그렇게 말하면서 왓슨이 홈즈의 손을 잡으려고 하자 홈즈가 소리쳤다.

"가까이 오지 마! 저 멀리 떨어져 있어."

왓슨은 놀라 잡았던 손을 놓고 우뚝 섰다.

"제발 가까이 오지 마!"

"홈즈, 왜 그러는가?"

"나에게 가까이 오지 마!" 왓슨은 홈즈가 느닷없이 소리치는 바람에 당황했지만, 곧 마음을 진정시켰다.

"홈즈, 나는 의사야. 자네는 중환자이고. 의사가 환자에게 가까이 가면 안 된다니 말이 되는가 이 사람아?"

"글쎄, 안 된다면 안 되는 거야. 가까이 오지 마."

홈즈는 계속해서 고함을 쳤다.

'홈즈가 어떻게 하다가 이렇게 정신이 나갔을까?'

왓슨은 안타까운 마음으로 홈즈를 내려다보았다. 그리고는 말 안 듣는 어린아이를 달래듯 부드럽게 말했다.

"홈즈, 자네가 나를 부르지 않았나? 그래서 나는 모든 일을 제쳐놓고 이렇게 달려온 거야. 우리는 친구가 아닌가? 자네를 위해서라면 무슨 일이든지 하겠네."

"그래, 그러면 이렇게 해줘. 내 옆에서 멀리 떨어져 줘."

홈즈는 고개를 돌려 말했다.

왓슨은 어떻게 해야 할지 몰라 그저 홈즈를 지켜보고 서 있었다.

홈즈는 계속 가쁜 숨을 몰아쉬었다.

"홈즈, 자네는 열병에 걸린 게 틀림없어. 내가 열을 재어 보겠네."

왓슨은 다시 의사로서의 의견을 얘기하며 다가서려고 했다.

"오지 마! 오지 말라니까."

홈즈는 조금 전보다 더 큰 소리로 말했다.

'치료도 못하게 할 거라면 왜 나를 불렀을까? 홈즈가 정말 이상해진 것은 아닐까?'

"왓슨, 미안하네. 자네를 위해서일세. 제발 가까이 오지 말게나."

"나를 위해서라고?"

"그래, 내 병은 그냥 열병이 아니야. 나는 수마트라 섬에 흔한 쿠울리병에 걸렸어. 이 병은 걸리기만 하면 절대로 살아날 가망이 없는 무서운 병이야."

홈즈는 손을 떨면서 왓슨에게 저리 가라고 표시했다.

"자네가 내게 가까이 오거나 내 몸에 손을 대면 자네도 병에 걸리게 될 거야. 그러니 그냥 저쪽에 앉아 있게나."

왓슨은 쿠울리 병에 대해서 잘 알고 있었다. 홈즈의 말대로 쿠울리 병에 한 번 걸리면 회복이 힘드는 무서운 병이다. 그것은 아직 그 병에 대해서 확실하게 연구된 바가 없기 때문이다.

하지만 왓슨은 홈즈를 구하기 위해서라면 쿠울리병도 두렵지 않았다.

"홈즈, 같은 말 되풀이하게 하지 말게. 나는 의사야. 다 죽어 가는 환자를 가만히 보고만 있을 수 없어. 병에 옮을까 봐 두려워하는 사람은 의사가 아니야."

왓슨은 의사로서의 사명감을 다하겠다는 굳은 의지로 말했다.

"그래도 안 돼. 자네는 의사이기 전에 내 친구가 아닌가? 소중한 친구에게 죽음의 병을 옮기게 할 수는 없어."

"왜 꼭 죽는다고 생각하나? 진찰을 해보면 살릴 방법도 찾을 수 있을 거야."

왓슨은 그렇게 말하면서 조금씩 홈즈의 침대로 다가갔다.

하지만 또다시 홈즈는 짐승이 절규하듯 소리쳤다.

"그만둬! 진정으로 내 친구라면 내가 죽을 때까지 나와 말벗이나 되어 주게. 하지만 나를 위하는 체하는 의사 노릇을 하고 싶다면 지금 그만두고 나가 줘."

홈즈는 몹시 흥분하여 씩씩거렸다.

이제껏 홈즈의 모든 부탁을 들어주었지만, 이번만은 홈즈의 부탁을 들어주지 않기로 작심한 왓슨은 큰 소리로, 그러나 간곡하게 말하였다.

"홈즈, 어리광 좀 그만 부리게. 환자는 당연히 의사의 말을 들어야 하네. 나는 자네가 아무리 소리쳐도 이번만은 자네의 말을 들을 수 없어. 그리고 나는 자네의 병을 고치고 말 거야. 자네가 내 말을 안 들으면 자네를 때려눕히는 한이 있더라도 자네의 병을 고치고 말 거야."

왓슨은 마치 군의관이 환자 사병을 다루듯이 강한 태도로 말했다.

"홈즈, 얌전히 있게."

왓슨은 침대로 성큼 걸어갔다.

그러자 홈즈가 애원하듯이 말했다.

"왓슨, 자네의 생각이 정 그렇다면 자네보다 실력 있는 의사를 데려 오게."

그 말에 왓슨은 화가 나서 주먹을 불끈 쥐고 소리쳤다.

"뭐야? 그럼 나는 돌팔이 의사란 말인가? 자네 나를 그렇게 못 믿나?"

왓슨은 몹시 화가 났는지 씩씩거리기까지 했다.

"아냐, 나는 친구로서 누구보다도 자네를 믿네. 하지만 자네는 겨우 개인병원 의사이지 않는가. 열병에 대해서 전문적으로 연구한 적이 없지 않은가?"

홈즈의 말에 왓슨은 더욱 화가 났지만 꾹 참았다.

"자네에게 이렇게까지 취급받을 줄 몰랐네. 좋아. 나를 못 믿는다면 런던에서 최고의 권위자인 의사인 마이크 박사나 피셔 박사를 모셔 오겠네."

"고맙네. 왓슨. 역시 나에게는 자네뿐이야."

홈즈는 감격한 목소리로 말했다. 하지만 또 다시 왓슨의 기분을 건드리는 말을 했다.

"하지만 마이크 박사나 피셔 박사도 내 병은 치료할 수 없을 거야. 내 병은 일단 열병이 아니라 열대지방 특유의 병이니까. 열대지방의 병을 전문으로 연구하지 않은 박사가 아니면 안 될 걸세."

"도대체 어떻게 하자는 거야?"

왓슨은 의자에 털썩 주저앉아 버렸다.

"자네는 타파누리 열병이라든가 타이완 홍패혈병 같은 병을 들어 본 적이 없지. 열대에는 상상도 하지 못할 무서운 병들이 많아."

"자네처럼 상세하게는 모르지만, 의사이니까 열을 내리게 주사 정도는 놓을 수가 있지."

의사로서의 자존심이 상한 왓슨은 화가 나서 홈즈를 노려보며 말했다.

"그런 막연한 말만 믿고 치료를 맡길 수 없네."

홈즈는 마른 입술을 침으로 적시며 말했다.

"막연하다니? 열병에서 열을 내리게 하는 것이 얼마나 중요한 일인지 자네는 제대로 아는가?"

하지만 홈즈는 그 말에 대답도 하지 않고 자기 말만 계속했다.

"나는 최근에 범죄의학을 조사하다가 이상하고 무서운 열대병 몇 가지를 알게 되었네. 그러다가 쿠울리병에 전염된 거야. 이 병은 어떤 의사라도 고칠 수가 없어. 한 번 걸리면 끝장이야."

"홈즈, 자네는 이제껏 어떤 죽음의 위험에 부딪쳐도 굴하지 않았네. 언제나 굳은 의지와 강한 정신력으로 죽음의 위험을 이겨냈네."

"그건 모두 눈에 보이는 적들이었으니까 나의 힘과 지혜로 이길 수 있었어."

"쿠울리병도 마찬가지야. 내가 자네를 도와 쿠울리병을 고칠 수 있다는 말일세. 우리는 멋진 한 팀이었잖아. 나를 믿어 보게."

"아니야. 이건 자네가 도와서 해결될 일이 아니야. 그리고 나도 어쩔 수 없는 일이야. 운명에 맡길 수밖에."

"쿠울리 병에 걸렸다고 이렇게 약한 마음을 먹다니. 참으로 실망일세."

왓슨은 이렇게 말하면서 어떻게 하면 홈즈의 마음을 돌이킬 수 있을까 생각했다.

그 때 마침 왓슨에게 좋은 아이디어가 떠올랐다.

"홈즈, 자네의 병을 고칠 수 있는 방법이 떠올랐네. 마침 열병에 관해서 세계적으로 인정받는 권위자인 에인스트리 박사가 런던에 와 있다는 소식을 들었네. 내가 당장 가서 그 분을 모셔 오겠네."

왓슨은 당장 달려갈 기세였다. 그러자 홈즈는 벌떡 일어나더니 재빠른 동작으로 방문을 잠그었다. 그 모습은 마치 다 죽어가는 호랑이가 마지막 힘을 다해 달려가는 모습과 흡사했다.

하지만 홈즈는 그리고 나서 곧바로 침대에 가서 쓰러져 누웠다.

"이게 무슨 짓인가?"

"왓슨, 제발 가만히 있어 주게. 조용히 내가 가라고 할 때까지 내 곁에 있어 주게."

홈즈는 떠듬떠듬 말했다.

"후유! 알다가도 모를 일이네."

왓슨은 친구로서 홈즈가 너무 안쓰러워서 눈물이 핑 돌았다.

"부탁이야. 그냥 내 곁에 있어 줘."

"알겠네. 그렇게 하지. 그러니까 안심하고 한 숨 푹 자게."

왓슨의 목소리는 부드러웠으나 어떻게 해야 좋을지 몰라 머리가 아플 정도였다.

'홈즈는 제 정신이 아니야. 저렇게 마음을 가다듬지 못하고 낙담하고 있으니 큰일이야.'

"왓슨, 지금 몇 시인가?"

"네 시야. 어서 한 숨 자게나. 자고 나면 몸도 마음도 한결 가벼워질 걸세. 나는 여기 앉아서 자네의 자는 모습을 지켜보겠네. 그리고 지금 이 순간만은 사건 같은 것에는 신경을 쓰지 말게나."

"좋아, 자네의 말대로 한숨 자야겠어. 여섯 시가 되면 자네는 돌아가도 좋아. 그럼 그때까지……."

"그래, 안심하고 푹 자게."

왓슨은 홈즈가 왜 시간에 신경을 쓰는지 이상했다. 하지만 홈즈는 잠을 자는 게 무엇보다도 급선무라고 생각하여 묻지를 않았다.

홈즈는 그렇게 하여 잠이 들었다. 하지만 잠을 자는 동안에도 무서운 꿈을 꾸는지 몸을 뒤척이며 때로는 괴상한 신음소리를 냈다.

"아무리 몸이 아플지라도 사람이 저렇게 약해지나."

아무리 무섭고 어려운 사건도 꿋꿋하게 버티며 해결해 나가는 홈즈, 범인을 잡는 일이라면 죽음의 길도 마다하지 않던 홈즈, 놀라운 집중력과 뛰어난 추리력과 판단력으로 미로 같은 사건을 해결하던 홈즈, 수많은 사건을 해결하면서도 한 번도 실망하지 않던 홈즈가 아닌가?

왓슨은 이 방에 사건을 의뢰하러 온 수많은 사람들의 모습을 떠올렸다. 그들은 하나같이 불안과 공포에 떨었다. 하지만 홈즈는 그런 사람들에게 신뢰와 희망을 주고 웃음을 되찾아주었던 사람이었다.

"이제는 안심하고 저를 믿으십시오."

이 말 한 마디에 사람들은 희망을 찾고 웃음을 되찾았던 것이다.

왓슨은 벽난로 옆에 있는 벽을 바라보았다. 그 벽에는 홈즈가 빛나는 추리력과 판단력으로 해결했던 수많은 범인들의 사진이 진열되어 있었다.

왓슨은 그 사진들을 찬찬히 바라보았다. 그러자 이상하게도 그들이 흉악한 범인이 아니라 그리운 친구처럼 다정하게 느껴졌다. 사진에 얽힌 사건들과 그 사건들을 해결한 홈즈의 모습이 떠올랐기 때문이다.

벽난로 위에는 홈즈가 피우던 파이프와 담배쌈지가 가지런히 놓여 있었다.

'이제 더 이상 홈즈는 저 파이프로 담배를 피울 수 없단 말인가?'

이런 생각이 떠오르자 왓슨은 콧잔등이 시큰해지는 것을 느꼈다.

'아냐, 절대로 그렇지 않아. 쓸데없는 생각은 하지 말자.'

왓슨은 고개를 저으며 시선을 돌렸다. 그러자 또다른 물건이 눈에 띄었다. 주머니칼, 권총, 탄창 등이 보였다. 모두 홈즈의 손때가 묻은 물건들이었다.

그런데 낯선 물건이 눈에 띄었다. 그것은 한가운데 검은 뚜껑이 붙어 있는 작은 상아상자였다.

'저게 뭘까?'

왓슨은 그것이 뭔지 궁금해서 그 상자를 뜯어보려고 손을 뻗었다.

그 순간 잠을 자는 줄 알았던 홈즈가 소리쳤다.

"안 돼! 만지지 마!"

왓슨은 깜짝 놀라 뒤로 주춤 물러섰다. 마치 도둑질하다가 들킨 꼴이 되었다. 홈즈는 얼굴을 실룩거리며 핏발이 선 눈으로 왓슨을 노려보았다.

"남의 물건을 함부로 만지려고 하다니! 의사라는 사람이 그래. 환자를 초조하게 하여 정신을 못 차리게 하려고 그러는가? 쓸데없이 움직이지 말고 저쪽에 가만히 앉아 있게."

왓슨은 홈즈의 말에 화가 났다.

'아무리 환자라지만 이건 너무 한 거 아니야.'

왓슨은 거칠게 의자에 앉았다. 얼굴에는 화가 그대로 드러나 있었다.

"휴우!"

숨을 크게 내쉬며 마음을 가라앉히려고 애를 썼다. 마음속에
는 '이 미치광이 놈아! 그래 네 맘대로 해!' 하고 소리치고 뛰쳐
나오고 싶은 마음이 굴뚝같았다.

'아냐, 참자.'

왓슨은 홈즈를 혼자 내버려 두었다가 무슨 일이 일어날 것만
같은 생각이 들었다. 왓슨이 볼 때 홈즈는 정말로 제정신이 아니
었다.

"왓슨, 동전이나 은화 하나 가지고 있나?"

갑자기 차분해진 홈즈는 엉뚱한 질문을 했다.

"은화 다섯 닢과 잔돈이 조금 있네. 왜 그러는가?"

"은화 다섯 닢이라면 부족하지만 할 수 없지. 됐네. 그걸 모두
조끼 주머니에 넣고 잔돈은 바지 주머니에 넣게."

"왜, 뭐하려고?"

"그러면 몸에 균형이 잡혀서 제대로 똑바로 걸을 수 있을 테
니까."

왓슨은 홈즈의 말을 알아들을 수 없었다. 이런 소리를 하는 것
은 정말로 정신이 나간 사람이 하는 소리라고 생각했다.

그러나 왓슨은 홈즈가 정신이 돌았다는 것을 부인하려고 고개
를 저었다.

그 때였다. 홈즈는 갑자기 흐느끼는 목소리로 다급히 왓슨에게 말했다.

"왓슨, 가스 등을 켜주게. 너무 밝게는 하지 말고. 아주 흐리게."

왓슨은 홈즈가 시키는 대로 해주었다.

"아주 잘했어. 그런데 이번에는 편지를 써야 하니까 편지를 쓸 수 있도록 준비를 좀 해 주게. 편지지와 봉투 그리고 펜을 책상 위에 올려놓고 이리로 밀어 주게."

"홈즈, 편지를 쓰려면 힘들 거야. 내가 대신 써 주지."

"아냐, 내가 직접 써야 해. 그래야 내 글씨를 알아볼 수 있으니까."

"누구에게 보내는 건데?"

"내 열병을 고쳐줄 사람에게 보내는 거야. 세상에서 오직 이 사람만이 내 병을 고칠 수가 있어."

"알았네."

왓슨은 더 묻지 않고 편지지와 봉투, 그리고 펜이 놓여 있는 탁자를 홈즈 앞으로 밀었다.

'의사를 부르지 못하게 하더니, 이제는 스스로 의사를 부르겠다고……. 그런데 다시 희망을 찾은 건가?'

왓슨은 이런 저런 의문을 품으며 홈즈가 편지 쓰는 것을 지켜보았다.

"왓슨, 이 편지를 다 쓴 다음에는 자네가 전해 주게나."

홈즈가 글을 쓰다 말고 마치 중요한 임무를 맡기는 것처럼 말했다.

"알았네. 그렇게 하지."

"그런데 6시에 이 편지를 갖다 주지 않으면 아무 소용이 없어. 알겠나? 6시야."

"알았네. 무엇이든지 자네가 시키는 그대로 할 테니까 염려 말게."

'홈즈는 왜 그렇게 6시를 강조할까?'

왓슨은 알겠다고 대답하면서도 머릿속에서는 의심이 들었다. 왓슨은 궁금한 것이 많아 물어 보고 싶었으나 홈즈를 자극할까 봐 더 이상 묻지를 않았다.

"왓슨, 저기 있는 집게로 상아상자를 집어서 이 탁자 위에 올려놓게. 조심해서 다루어야 하네. 아주아주 조심해서 다루어야 하네."

"저 상자 말인가?"

왓슨은 조금 전에 홈즈가 만지지도 못 하게 한 그 상아상자를 가리키며 물었다. 그러자 홈즈가 고개를 끄덕였다. 왓슨은 상자를 잡으려고 하자 웬일인지 기분이 섬뜩했다.

하지만 왓슨은 매우 침착하게 태연하게 집게로 상자를 집어 작은 탁자 위에 올려놓았다.

"잘했네. 이제 이 편지를 로우파크 거리 13번지의 칼버튼 스미스 씨에게 전해 주게."

"칼버튼이라는 의사가 있는가? 나는 처음 들어본 의사 이름인데?"

왓슨은 의아한 표정을 지으며 말했다.

"물론 처음 들어본 이름일 거야. 스미스 씨는 의사가 아니야. 그는 수마트라에서 커다란 농장을 하고 있는 농장주야."

"농장주라고?"

왓슨은 점점 이상한 말을 하는 홈즈를 뚫어져라 쳐다보았다.

'이 와중에 무슨 사건을 파헤치는 건가?'

"응, 야자나무나 열대과실 따위를 가꾸는 농장 주인이지. 지금 때마침 런던에 와 있어. 의사는 아니지만, 스미스 씨는 쿠울리 병에 관해 아주 해박한 사람이거든."

"하지만, 홈즈, 자네에게는 지금 의사가 필요해."

"아냐, 스미스 씨는 자기 농장에서 이 병이 발생했을 때 스스로 연구하여 많은 사람을 치료하였어. 아마도 지금도 이 병에 대해서 연구하고 있으니 이 편지를 가져가면 스미스 씨는 한 걸음에 달려올 거야."

"좋아, 자네를 살리는 일이라면 무엇이든지 하겠네."

"명심하게. 그 농장 주인은 6시 이외에는 집에 없어. 꼼꼼한 사람이니까 꼭 6시에 방문하여 그를 만나서 내 편지를 전해주어야 돼. 그렇지 않으면 나는 살 가망이 없어."

"알았네. 어서 눕게."

홈즈의 얼굴에는 다시 열꽃이 피어올랐고, 이마에는 식은땀이 흘러내렸다.

왓슨은 홈즈의 그런 모습을 보니 마음이 더욱 급해졌다. 그래서 농장 주인이든 돌팔이 의사이든 빨리 데려와야 되겠다고 생각했다.

"왓슨, 그 사람을 보거든 자네가 보고 느낀 내 병세를 자세하게 설명해주게. 내가 미쳐서 다 죽어 간다는 것 숨김없이 말해주게. 그렇지 않으면 스미스 씨는 결코 오지 않을 거야."

"걱정 말게. 그의 발밑에 무릎을 꿇고 비는 한이 있더라도 데려오겠네. 자네가 죽느냐 사느냐 하는데 그게 문제인가?"

"왓슨, 잘 부탁하네. 그는 나를 원망하고 있을 거야. 왜냐하면 스미스 씨 조카가 끔찍한 죽음을 당했는데, 내가 그 범인을 스미스 씨라고 의심을 했거든."

"그래? 하지만 걱정 말게. 빌어서 안 되면 때려눕혀서라도 데려오겠네."

"안 돼. 폭력은 절대 금물이야. 내 목숨을 살릴 수 있는 유일한 사람이니까 아주 정중하게 모셔오도록 하게."

"그리고 스미스 씨가 오겠다고 하거든 자네는 먼저 돌아오게. 그럴듯한 변명을 하고 스미스 씨보다 먼저 와야 해. 절대로 같이 오면 안 돼. 알았지? 명심하게."

"그건 왜?"

"그냥 내가 시키는 대로만 하게. 지금 자네는 내가 부탁하는 것은 무엇이든지 다 들어주었잖은가? 이번에도 그렇게 해주게."

왓슨은 고개를 끄덕였다.

홈즈는 하고 싶은 얘기를 다 했는지 방문 열쇠를 왓슨에게 휙 던져 주고는 자리에 누워버리고는 눈을 감았다.

왓슨은 시계를 보았다. 다섯 시가 조금 넘었다.

'아직 시간이 조금 남았군.'

로우파까지 가기에는 아직 시간적 여유가 있었다.

'아냐. 지금 가자.'

왓슨은 홈즈를 살려야겠다는 생각에 시간이 좀 있었으나 바로 방을 나섰다. 방문 앞 복도에서 허드슨 부인이 눈물을 흘리며 훌쩍거리고 있었다.

"허드슨 부인, 너무 슬퍼하지 마세요. 홈즈는 이대로 죽을 사람이 아닙니다. 제가 지금 홈즈를 고칠 수 있는 의사를 데리러 가는 중입니다. 그동안 홈즈를 잘 부탁드립니다."

"네, 그래요. 홈즈 씨를 살릴 수 있는 훌륭한 의사를 꼭 데리고 오세요."

허드슨 부인은 눈물을 닦으며 말했다.

왓슨은 허드슨 부인을 위로해 주고 밖으로 나갔다.

밖은 저녁때가 가까워서인지 기온이 내려가고 짙은 안개가 끼어 있었다.

왓슨은 거리에서 마차를 세우려고 이리저리 살피고 있었다.

그 때 한 사나이가 짙은 안개 속에서 불쑥 모습을 나타내었다.

"왓슨 선생, 홈즈 씨는 좀 어떠세요? 많이 아픈가요?"

"아, 모턴 경감님이시군요."

"홈즈 씨가 병에 걸렸다고 하기에 병문안을 가는 중입니다."

"그래요. 홈즈 씨는 중태에 빠져 있습니다. 살기가 힘들 것 같습니다."

"그렇게 위급합니까?"

왓슨이 고개를 끄덕였다.

"저런! 정말 안 됐군요. 무척 걱정이 되겠습니다."

모턴 경감은 걱정스러운 투로 말했지만, 표정에는 묘한 웃음이 번졌다.

"지금 가셔도 홈즈를 만날 수 없으니 그냥 돌아가세요."

"아, 예."

왓슨은 손을 들어 마차를 세우고 재빨리 마차에 몸을 실었다.

"그럼 경감님. 다음에 뵙기로 하고 급한 일이 있어서 그만 갑니다."

모턴 경감은 서둘러 마차에 오른 왓슨을 향해 모자를 살짝 들어 올리고 고개를 까닥이며 인사를 한 후 사라졌다.

왓슨은 마차에서 점점 희미해져 가는 모턴 경감의 모습을 바라보았다.

'왜 홈즈가 죽어간다는 말에 경감이 야릇한 미소를 지을까? 내가 잘못 봤겠지.'

왓슨은 이 생각 저 생각에 잠겨 스미스의 집을 향해 발걸음을 재촉하였다.

로우파크 거리는 신분이 높은 사람들이나 재벌들이 모여 사는 고급 주택가였다.

스미스 집 역시 호화롭게 꾸며져 있었다.

집 주위는 고풍을 풍기는 철책이 둘러져 있었고, 양쪽으로 널찍하게 열리는 대문에는 화려한 장식이 달려 있었다. 그리고 그 넓은 정원에는 푸르고 진귀해 보이는 식물들이 자라고 있었다.

왓슨은 넓은 정원을 지나 현관 앞에서 초인종을 울렸다.

곧 하인이 나타났다.

"어떻게 오셨습니까?"

하인은 정중하게 방문한 목적을 물었다.

왓슨은 명함과 홈즈의 편지를 내밀었다.

"스미스 씨를 만나러 왔소."

"네, 주인님은 지금 연구중입니다. 하지만 잠시 기다려 주십시오. 말씀드려 보겠습니다."

하인은 왓슨이 건넨 명함과 홈즈의 편지를 가지고 안으로 들어갔다.

왓슨은 현관 앞에서 스미스 씨가 나타나기를 초조하게 기다리고 있었다.

그런데 갑자기 날카로운 목소리가 들려왔다.

"난 지금 연구중이야. 연구중에는 어떤 사람도 만나지 않는다는 것을 잊어버렸나? 왓슨인지 뭔지 빨리 쫓아 버려."

연구실 문이 열려서인지 스미스의 목소리로 생각되는 듯한 목소리가 들려왔다.

"자네는 누구의 하인인가? 내가 시키면 시키는 대로 해야지 누굴 두둔하는 건가. 어서 쫓아버려."

왓슨이 스미스에 대해서 생각을 하고 있을 때 하인이 풀이 죽은 모습으로 나타났다.

"죄송합니다. 주인어른께서는 지금 연구중이라 아무도 만나고 싶지 않다고 합니다. 그러니 오늘은 돌아가시고 내일……."

왓슨은 더 이상 하인의 얘기를 듣고 있을 수가 없었다.

"잠깐 실례하겠소."

왓슨은 하인을 밀쳐버리고 집안으로 무작정 뛰어들어갔다. 내일이면 홈즈가 죽을지도 모른다는 생각에 더 이상 참을 수가 없었던 것이다. 그는 친구의 목숨이 걸린 문제라 더 이상 예의 따위는 지킬 수가 없었다.

"스미스 씨, 스미스 씨, 부탁드릴 일이 있습니다."

무례하게 집안으로 쳐들어온 왓슨을 보고 스미스 씨는 매우 언짢은 표정을 지었다.

"주인 허락도 없이 이게 뭐하는 짓입니까? 여보게, 빨리 이 사람을 끌어내."

스미스 씨는 버럭 소리를 지르며 삿대질까지 했다.

'기름기 흐르는 얼굴에 화를 내는 모습을 보니 살찐 돼지 같군 그래.'

스미스는 툭 튀어나온 두꺼비 같은 눈을 씰룩거렸다.

'이럴 땐 꼭 두꺼비야.'

스미스의 머리는 살이 쪄서 머리통이 컸으나 몸은 빼빼 말라 가늘게 늘어져 있었다. 등은 굽고 어깨는 축 처진 것이 예전에 몹쓸병이라도 앓은 듯, 전체적으로 균형이 잡히지 않아 괴물처럼 보였다. 특히 숱이 많은 적갈색의 눈썹과 어두운 잿빛의 눈은 적을 위협하고 있는 새의 눈처럼 매섭게 보였다.

"어서 썩 꺼지지 못 해!"

이제는 아예 반말투였다.

"스미스 씨, 저의 무례한 행동은 나중에 사과드리기로 하고 지금은 제 부탁을 들어 주십시오. 제 친구 홈즈가 몹쓸병에 걸려 죽어가고 있습니다. 아니 지금쯤 죽었을지도 모릅니다."

왓슨은 간절한 목소리로 말했다.

홈즈라는 말에 스미스는 눈을 번쩍 뜨고 무엇인가 캐내려는 듯한 표정으로 왓슨을 바라보았다.

"뭐라고? 홈즈라고? 그렇다면 당신은 홈즈의 심부름꾼인가?"

"저는 왓슨이라는 의사입니다. 홈즈가 보낸 편지를 안 읽어 보셨나요?"

스미스는 그제서야 호주머니에서 편지를 꺼내어 읽어 보았다.

"음, 이거로군. 그런데 편지에는 아무것도 안 적혀 있는데 중한 병에 걸렸다는 말도 없고."

"자세한 내용은 쓸 수가 없었습니다. 그것도 간신히 쓴 것이니까요."

"당신은 의사라고 했지요? 의사로서 고칠 수 없을 정도로 심각합니까?"

"심각할 정도가 아니라 아주 절망적입니다."

"음, 이거 참······."

스미스는 안 되었다는 듯이 혀를 차면서도, 어쩐지 잘 되었다는 듯한 묘한 표정을 지었다. 왓슨은 그러한 스미스의 태도가 좀 이상하다고 여겼으나 자신이 잘못 보았다고 생각했다.

"스미스 씨, 홈즈는 유명한 의사인 마이크 박사나 피셔박사도 믿지 않습니다. 오직 스미스 씨만이 자신의 병을 고칠 수 있다고 생각하고 있습니다. 그래서 이렇게 달려온 것입니다."

스미스는 조금 전과는 달리 매우 재미있는 이야기를 들을 때처럼 귀를 쫑긋 세우고 듣고 있다. 그의 눈빛마저 빛이 났다.

"홈즈는 쿠울리병에 걸렸습니다. 그는 정신력이 매우 강한 사람인데, 너무 괴로운 나머지 헛소리를 내고 있으며, 아마도 삶을 포기할 지도 모릅니다. 그래서 스미스 씨만을 찾고 있습니다."

"쿠울리병, 흠, 그토록 나를 의지하고 있다니. 정말 가엾군 그래."

스미스는 고개를 끄덕이더니 또 의미 있는 웃음이 그의 얼굴에 떠올랐다.

왓슨은 그런 스미스의 태도가 이상했지만 계속 말을 이어갔다.

"스미스 씨, 홈즈는 열대병의 권위자인 에인스트리트 박사도 거절하고, 오직 당신만을 찾고 있습니다. 당신 앞에 무릎을 꿇어서라도 당신을 꼭 모시고 오라고 했습니다."

"흠, 가엾군요."

"정말 볼 수가 없습니다. 금방이라도 죽을 것만 같습니다."

"홈즈 씨와 나는 어떤 일로 만난 적이 있소. 나도 홈즈 씨의 재능을 인정합니다. 정말 죽어서는 안 될 사람이죠. 그러나 나는 열병을 연구하는 학자가 아닙니다. 그저 아마추어 연구가일 뿐이죠. 내가 과연 홈즈 씨의 병을 고칠 수 있을까……."

스미스는 그렇게 말하면서 책상 위에 놓여 있는 작은 병들을 바라보았다. 그 병 속에는 무서운 세균들이 가득 들어 있었다.

"스미스 씨, 홈즈는 당신의 실력을 충분히 알고 있습니다. 꼭 고칠 수 있을 거라고 믿고 있습니다."

"그런데 왓슨 씨, 한 가지 물어보겠습니다. 홈즈 씨가 자신이 쿠울리병에 걸린 것을 어떻게 알지요?"

스미스는 고개를 갸웃거리며 뭔가 의심이 간다는 눈빛으로 물었다.

"예, 그건 홈즈가 부두에서 중국인 노동자와 수마트라 노동자와 함께 일하다가 병에 걸렸기 때문입니다. 홈즈는 여러 가지 방면에 대해서 해박한 지식이 있어서 쿠울리병 같은 열대병에 대해서도 잘 알고 있습니다."

"그랬군요. 언제 발병을 했어요?"

"사흘 전부터 몸의 상태가 이상한 것 같습니다."

"정신 상태는 어떤가요?"

"그게 가장 큰 일입니다. 홈즈는 원래 정신상태가 강한 사람인데, 지금은 아주 나약해져서 반미치광이같이 헛소리를 하고 있습니다."

왓슨은 홈즈의 상태를 자세히 설명해 주었다. 그리고 의사로서의 의견도 덧붙여 말했다. 그렇게 한참 듣고 있던 스미스는 고개를 끄덕거렸다.

"홈즈 씨가 매우 위독한 것 같군요. 한 시라도 지체할 수가 없군요. 당장 가겠습니다. 왓슨 씨."

"고맙습니다. 정말 고맙습니다."

왓슨은 너무 고마워 스미스에게 몇 번이고 고개를 숙여 인사를 했다.

"하인에게 마차를 준비시키겠소. 당신도 나와 함께 마차를 타고 갑시다."

"고맙습니다." 하고 대답했다.

대답을 하고 나자 홈즈가 말한 것이 생각났다.

'스미스 씨가 오겠다고 하면 어떤 그럴싸한 핑계를 대고 먼저 와야 한다.'

"아, 아닙니다. 저는 다른 일이 있어서 먼저 가야 합니다. 홈즈는 스미스 씨로부터 병을 고치게 되어 무척 고맙게 생각할 것입니다. 꼭 홈즈의 병을 낫게 해주십시오."

"그렇게 합시다. 홈즈의 주소는 내가 알고 있소. 30분이면 갈 수 있을 겁니다."

왓슨은 스미스에게 고맙다는 인사를 하고 서둘러 그 집을 나와 마차를 불러 탔다.

왓슨은 마차가 도착하자마자 부리나케 서둘러 홈즈의 방에 뛰어들어갔다.

"홈즈, 홈즈?"

왓슨은 방문을 연 채 숨이 가쁘게 홈즈를 불렀다. 꼼짝 않고 있는 홈즈의 모습이 숨을 쉬고 있는지 알 수 없었기 때문이다.

"자네가 왔군. 그래 스미스 씨를 만났는가?"

눈을 뜨고 말하는 홈즈를 본 왓슨은 안심이 되었다.

"만났네. 곧 올 걸세."

"잘 했군. 과연 자네밖에 없어. 꼭 스미스를 오게 할 거라고 믿고 있었네."

홈즈의 목소리에는 지금까지와는 달리 힘이 있었다. 전혀 아픈 사람의 목소리가 아니었다.

왓슨은 그런 홈즈의 태도가 이상하게 생각되었다.

왓슨은 홈즈의 침대 가까이로 다가갔다. 홈즈는 괴로운 얼굴을 하고 몸을 뒤척였다.

"스미스 씨가 함께 가자는 것을 핑계를 대고 먼저 부리나케 달려왔네."

"뭔가 수상하게 느끼는 것 같지 않았나?"

홈즈는 신경이 쓰인 듯 물었다.

"아니, 그런 것 같지는 않은데, 병에 대해서 자세히 묻더군."

"그래서 뭐라고 대답했나?"

"사실대로 얘기했지. 자네가 쿠울리병에 걸려 중태에 있다고……."

"좋아, 그럼 됐어. 의사인 자네의 설명을 들었으니 스미스 씨도 충분히 알아들었겠지."

홈즈의 얼굴에는 만족감이 떠올랐다.

"왓슨, 이제 자네는 아래층 허드슨 방에 가서 쉬고 있게."

왓슨은 홈즈의 말을 통해서 뭔가가 있다는 것을 감지했다. 그러고 보니 이상한 점이 한두 가지가 아니었다.

"중환자인 자네를 그냥 혼자 내버려 둘 수가 없네. 그리고 스미스 씨가 자네를 진찰하는 것을 지켜보겠네."

왓슨은 의심에 찬 눈초리로 홈즈를 바라보았다.

"아니야, 자네는 여기 없는 게 좋아."

홈즈는 말하면서 당황해하면서 눈길을 다른 곳으로 돌렸다.

왓슨은 홈즈가 이토록 당황한 모습을 보인 것은 처음이었다.

'뭔가 있다.'

왓슨은 뭔가를 캐내려는 듯 물었다.

"홈즈, 왜 내가 있으면 안 되지? 자네 나에게 뭔가 숨기고 있는 게 있군."

그 때 밖에서 마차가 도착하는 소리가 들렸다.

"왓슨, 어서 저 침대 밑으로 가서 숨어."

홈즈가 긴장된 목소리로 외쳤다.

"아니, 숨으라니?"

"묻지 말게. 부탁이야. 스미스와 단둘이서 해결해야 할 사건이야."

"사건이라니?"

왓슨의 얼굴은 더욱 놀란 표정이었다.

홈즈는 아무 말도 없이 다급한 표정으로 문을 바라보았다. 그리고 어서 빨리 숨으라고 손짓을 했다.

'뭔가 중대한 사건이 있구나.'

왓슨은 재빨리 침대 머리맡 뒤에 숨었다.

"왓슨, 어떤 일이 있어도 움직이면 안 돼. 숨소리도 내지 말게. 지금부터 아주 중요한 일이 벌어질 거야."

왓슨은 침대 뒤의 틈에 들어가 숨소리도 내지 않고 귀만 곤두세우고 있었다.

그 때 스미스가 방문을 열고 들어왔다.

스미스는 아무 말도 없이 홈즈의 얼굴을 내려다보았다. 그리고는 만족스러운 웃음을 지었다.

"홈즈 씨, 눈을 떠 보게."

스미스는 홈즈를 거칠게 흔들어댔다.

"홈즈 씨, 나를 모르겠소"

스미스의 목소리가 점점 커졌다.

"홈즈 씨!"

스미스가 한참 동안 홈즈를 흔들자, 그제서야 정신을 차린 듯 홈즈가 끙 하는 신음 소리를 내며 말했다.

"아, 스미스 씨……. 스미스 씨가 오셨군요."

"이제 정신이 들었군요. 나를 많이 찾았다면서……."

"예, 스미스 씨."

"흐흐흐, 잘 들어 홈즈, 내가 여기 온 것은 네가 죽어가는 꼴을 보기 위해서야. 용케도 네 병이 무슨 병인 줄 알고 있군……."

스미스는 갑자기 목소리를 낮추고, 먹이를 앞에 둔 늑대처럼 변했다.

"예, 분명히 그 병이오."

홈즈는 힘겹게 말했다.

"흐흐흐, 그 병에 걸린 기분이 어떠냐?"

스미스의 웃음소리는 소름이 끼쳤다.

"으, 스미스 씨, 지옥보다 견디기가 더 힘들어요."

홈즈는 무척 괴로워하며 힘들게 말했다.

"당신 조카인 빅터 박사가 이 병에 걸려서 얼마나 괴로워했는지 알겠어요……."

"음, 빅터 놈은 젊고 팔팔했는데, 나흘째에 죽어버렸지. 너도 빅터처럼 곧 죽겠지."

스미스의 웃음소리가 방안에 울렸다.

홈즈는 곧 정신을 잃은 것처럼 힘이 없는 목소리로 말했다.

"빅터 씨를 이 병에 걸리게 한 사람이 당신이라는 걸 대충은 알고 있었지요."

"오호, 그래. 과연 명탐정이군. 용케도 내가 한 것을 알아냈군 그래. 그러나 어쩌겠나? 자네도 곧 죽게 되겠으니. 자네가 죽으면 나를 의심하는 사람은 이제 아무도 없을 거야."

홈즈가 견딜 수 없는 표정으로 다 죽어가는 목소리로 말했다.

"아, 물 좀 주세요. 물 좀! 목이 타들어가는 것 같아요……."

"이렇게 열이 오르고 온 몸이 불덩이처럼 되는 것이 쿠울리 병의 특징이지. 실컷 괴로워하라고. 나를 위협한 네가 괴로워할 수록 나는 기분이 좋거든. 하지만 물은 주겠어, 자 마시라고."

스미스는 컵에 물을 따라 홈즈에게 건넸다. 고통에 몸부림치는 홈즈의 모습을 오랫동안 지켜보겠다는 태도를 취했다.

홈즈는 누운 채 물을 벌컥벌컥 마셨다. 하지만 물은 대부분 입에 들어가지 않고 흘러내렸다.

"스, 스미스 씨, 제발 살려주십시오. 살려준다면 당신의 범죄를 폭로하지 않겠습니다."

"흐흐흐, 그런 수작에 넘어갈 내가 아니지. 나로서는 너 같은 명탐정이 존재하는 게 부담스러워. 빅터 살인을 냄새 맡은 이상 살려둘 순 없지."

"스미스 씨. 나는 당신에게 완전히 졌소. 어떤 교활한 놈에게도 지지 않았던 내가 당신에게 멋지게 지고 말았소. 당신은 정말 천재적인 재능을 가진 악당이오."

"명탐정인 네가 아무리 나를 치켜세우고 애걸해도 이제는 소용이 없어."

스미스는 우쭐해져서 어깨를 으쓱해 보였다.

"나는 당신에 대한 일을 조사하지 말았어야 했는데, 당신의 살인 계획을 조사하기 위해 부둣가에 갔다가 이런 꼴이 되었소."

"흐흐흐, 무슨 잠꼬대 같은 소리. 나는 자네 머리가 꽤 좋은 줄 알았는데, 이제 보니 멍청이군. 그런 머리를 가지고 수많은 사건을 해결했다니 믿어지지 않는군.

스미스는 홈즈의 꼴이 우스워서 참지 못하겠다는 듯이 껄껄거리며 웃었다.

"이봐, 자네는 정말로 부둣가에서 쿠울리병에 걸렸다고 생각하나?"

홈즈는 대답하지 않고 물만 찾았다.

"스미스 씨, 나는 이제 아무것도 생각할 수 없소. 어서 살려주십시오. 물도 좀 더 주시고. 머리가 터질 것만 같아요."

"좋아, 좋아. 물을 주지."

스미스는 자신이 승자라고 생각하고 마음껏 여유를 부렸다.

"스미스 씨, 제발 약을 좀 주십시오. 몸이 견딜 수 없습니다."

"심한 고통으로 몸부림치다가 마침내 죽고 마는 것이 이 병의 특징이지. 이 병에 걸리면 고통으로 몸부림치다가 죽고 말아."

홈즈가 고통을 호소할수록 스미스는 통쾌함을 느끼며 신이 나서 말했다.

"제발 살려 주십시오. 몸이 마구 뒤틀린 것 같습니다."

"마침내 끝장에 왔군, 좋아 마지막으로 내 말을 들어줘. 너는 이 병에 걸리기 전에 조그마한 소포를 받았지?"

"소포?"

"그래, 작은 상아상자 말이야."

"아, 눈이 희미해져요. 소리가 잘 안 들려요."

홈즈는 계속 비명을 지르며 몸을 뒤틀었다.

"이봐, 홈즈. 정신 똑바로 차리고 잘 들어."

스미스는 홈즈를 마구 흔들며 말했다.

"천국에 가는 선물로 나의 멋진 계략을 말해주지."

"…………."

"너는 수요일에 상아로 만든 상자를 받았을 거야. 그리고 그걸 열어 보았을 테고……."

으음, 상아상자…… 그 안에는 강한 용수철 같은 것이 들어 있었어. 깜짝 놀라게 하는 장난감처럼…….

"이봐! 정신 차려!"

스미스는 죽어가는 홈즈의 뺨을 철썩철썩 때렸다.

"그건 장난감이 아냐. 그 상아 상자가 너에게 쿠울리병을 옮긴 거야. 부두에서 옮긴 것이 아니라고 이 바보야!"

스미스는 지팡이로 홈즈의 배를 툭툭 치며 말했다.

"네가 내 일에 방해만 하지 않았더라면 이런 병에 걸리지 않았을 텐데. 쯧쯧."

"아, 용수철에 찔려 내 손가락에 피가 났는데, 그 상자가 탁자 위에 있는데……."

"오, 이거야. 온 김에 이 상자를 가지고 가야 되겠어. 그대로 놓아두면 너를 죽인 증거가 될 터이니까. 이걸 가지고 가면 증거가 없으니까, 이제는 완전 범죄가 되는 거야. 킬킬킬."

스미스는 킬킬 웃으며 상아상자를 주머니에 넣었다.

"어떤가, 홈즈? 나에게 한탕 멋지게 얻어맞고 죽어가는 기분이…… 죽기 전에 네 머리가 좋다는 것을 알았으니 다행일세. 여기 앉아서 네가 죽어가는 모습을 지켜보는 것도 괜찮겠지."

"방안의 불을 좀 밝혀 줘."

홈즈가 다 꺼져가는 목소리로 말했다.

"뭐라고 불을 밝혀 달라고? 그러고 보니 방안이 좀 어둡군. 좋아. 죽어 가는 너의 이런 부탁이야 들어주지. 아주 환하게 해줄까? 네가 죽어 가는 모습을 똑똑히 볼 수 있게."

스미스는 가스 등불을 환하게 밝혔다.

홈즈는 불이 밝아지자 지금까지와는 달리 아주 똑똑한 목소리로 말했다.

"스미스, 성냥과 담배를 갖다 주게."

"뭐라고?"

지금까지와는 전혀 다른 태도와 음성으로 하는 말에 스미스는 깜짝 놀라 자리에서 벌떡 일어났다.

"왜 그렇게 놀라는가?"

승리감에 도취되어 마음대로 지껄이던 스미스는 당황하여 어쩔 줄 몰라 했다.

"아니, 그럼……."

"이런 연극은 너무 힘들었어."

홈즈는 침대에서 벌떡 일어나 앉았다.

"홈즈, 네놈은 쿠울리병에 걸린 게 아니구나."

스미스는 화를 참지 못하여 소리를 버럭 질렀다.

"물론 꾀병이었지. 그러나 진짜 병보다도 더 고통스러웠지. 지난 사흘 동안 나는 아무 것도 먹지 못하였지. 당신이 조금 전에 준 물이 사흘 동안 처음 마시는 물이라 꿀맛처럼 맛이 있더군."

홈즈는 탁자 위에 놓여 있는 파이프를 가지고 와서 침대에 걸 터앉았다.

"후유! 이제서야 살 것 같군."

홈즈는 담배 연기를 스미스를 향하여 내뿜었다.

그 때 노크 소리가 들렸다. 스미스는 깜짝 놀라며 문 쪽을 바라보았다.

"놀랄 것 없네. 또 한 명의 배우가 등장하네."

방문이 열리자 모턴 경감이 웃음을 머금고 들어왔다.

"모턴 경감님, 이 자가 바로 문제의 스미스란 놈이오."

홈즈가 힘 있는 목소리로 말했다.

모턴 경감이 뚜벅뚜벅 걸어서 스미스 앞에 떡 버티고 섰다.

"스미스 씨, 당신을 빅터 살인범으로 체포하겠소. 저항하면 총기를 사용하겠소."

모턴 경감은 수갑을 꺼내어 스미스에게 채웠다.

"경감님, 이 자는 빅터를 죽였을 뿐만 아니라 나를 또 죽이려고 했습니다. 그러니까 살인과 살인 미수 두 가지 범죄를 저질렀다는 것을 잊지 마시오."

홈즈는 승리의 미소를 지었다.

홈즈의 죽어가는 연기와 때맞춰 모턴 경감이 찾아오게 하는 것 등 치밀한 계획에 스미스는 할 말을 잃고 넋이 나가 말도 못하고 멍하니 있었다.

"스미스, 그렇게 놀랄 것 없네. 당신이 가스 불을 밝힌 것이 신호가 되어 경감님이 들어온 거지."

홈즈는 매우 재미있다는 듯이 말했다.

스미스는 끙 하는 신음 소리를 냈다.

"경감님, 이 놈의 주머니에 상아 상자가 들어 있습니다. 그것이 나를 죽이려 했었다는 증거입니다. 그 병 속에는 무서운 쿠울리병 세균이 가득 들어 있습니다. 위험한 물건이니 조심해서 다루어야 합니다."

이 때 스미스가 갑자기 문 쪽을 향해 몸을 날렸다. 그러자 모턴 경감이 민첩하게 달려들어 스미스를 붙잡았다.

"어디로 도망가려고. 허튼 수작 부리면 즉시 사살하겠소."

"아악!"

스미스는 몸부림치며 악을 썼다.

"얌전히 가만히 있으시오. 계속 그러면 경감님께서 당신의 다리뼈를 분질러 버릴지도 모를 테니."

홈즈는 농담하듯이 말하면서 껄껄 웃었다.

"이 사기꾼아! 삼류 배우 같은 연기에 내가 넘어가다니!"

스미스는 홈즈에게 온갖 욕설을 퍼부었다.

"넌 진짜 쿠울리병에 걸려 죽을 것이다. 교활하고 비열한 놈!"

스미스는 계속 발악을 했다.

"저명한 탐정께서 악랄한 살인범에게 사기꾼이라는 소리를 듣다니, 참으로 재미있습니다. 그려."

모턴 경감은 껄껄 웃으며 농담을 했다.

"이 나쁜 놈들, 시치미를 떼고 나를 부르러 온 의사놈도 한 패구나. 같은 패거리들이 작당을 해서 나를 속이다니? 아이고 분해라!"

홈즈는 그제서야 왓슨이 생각났다.

"아, 참 깜빡 잊었군. 왓슨, 이제 나와도 되네."

왓슨은 침대 밑에서 나왔다.

스미스는 왓슨을 보자 더욱 화가 나서 소리쳤다.

"이 사기꾼들아! 이 나쁜 놈들아! 나를 속여서 기분이 좋으냐?"

"스미스 씨, 고정하시오. 내 본의가 아니오."

"내 본의가 아니라고? 나를 점점 화나게 만드는구나!"

실제 왓슨이 스미스에게 간 것은 사건을 전혀 모른 상태에서 심부름으로 간 것이다. 따라서 왓슨의 본의가 아니라고 말할 수 있다.

"왓슨, 정말 수고 많았네. 그리고 미안하네."

홈즈는 왓슨의 어깨를 두드려 주었다.

"두 분 수고 많았습니다. 이제 저 살인자를 경찰서로 데리고 가겠습니다."

스미스는 마지막으로 홈즈를 노려보았다.

"사기꾼 탐정, 죽지 않으면 언젠가는 또 볼 것이다."

"물론 법정에서 만나게 될 거야."

"자, 이만 가겠습니다. 안녕히 계십시오."

모턴 경감은 홈즈에게 인사를 하고 스미스를 데리고 방을 나갔다.

"으악!"

"저 친구 무척이나 분한 모양이야."

왓슨은 웃으면서 홈즈를 보고 말했다.

홈즈는 예전의 매섭고 번득이는 눈으로 돌아와 있었다.

"아, 이제 끝났군. 먹을 것 좀 주게. 배가 고파 죽을 지경이네."

왓슨은 비스켓과 포도주를 가져다주었다.

홈즈는 비스켓을 맛있게 먹어 치웠다.

"왓슨, 비스켓을 같이 먹세. 비스켓이 이렇게 맛이 있는 줄 미처 몰랐네."

"정말 대단하네."

"왓슨, 자네나 허드슨 부인은 남을 속이지 못하지 않는가 그래서 내가 진짜로 아프다는 것을 믿게 하려면 어쩔 수 없었네. 그래야 자네가 나를 걱정해서 스미스를 이리로 오게끔 설득할게 아닌가. 만약 자네가 내가 연기한다는 것을 알았으면 자넨 스미스에게 가서 분명 서투른 연기탓에 설득에 실패했을 거야."

"하하, 맞아. 나는 연극 같은 것을 못 하니까. 나는 진짜 자네가 아픈 줄 알았지. 나는 돌팔이 의사인 모양이야. 자네가 가짜로 아픈 것을 몰라봤으니 말이야."

"아냐. 자네는 진짜 명의야. 그래서 자네가 나를 진찰하지 못하도록 그렇게 소란을 피운 거야. 그리고 아까 상아상자를 만지려고 할 때 정말 아찔했네. 만약에 만졌으면 빅터 모양이 되었을 테니까."

"그런데 빅터는 어떻게 죽었나?"

"무서운 병균이 들어 있는 줄도 모르고 그 상자를 열어봤다가 병에 걸려서 죽은 거지."

"그럼 스미스가 왜 조카 빅터를 죽였는가?"

"재산 때문이지. 재산에 눈이 멀어 조카에게 넘긴 재산을 독차지하려고 조카를 죽인 거지."

"스미스란 놈 재산 때문에 자네마저 죽이려고 하다가 거꾸로 자신이 당하고 말았군 그래."

"아무튼 이번 사건의 큰 공로자는 왓슨 자네일세. 자네의 순수한 우정이 스미스를 이곳까지 오게 만들었네."

"하여튼 내가 일등 공로자라니 기쁘네."

"내가 경시청에 갔다가 와서 한 턱 내겠네."

홈즈는 경시청에 가기 위해서 옷을 차려 입었다.

"잘 다녀오게. 명탐정님."

왓슨은 하인처럼 문 앞에서 깍듯이 인사를 하고 웃었다.

Sherlock Holmes

금테 코안경

1894년 한 해 동안 우리의 일을 기록한 두꺼운 노트 세 권을 보면서 나는 무척 곤란해졌다. 이 풍부한 자료에서 사건 자체도 재미있고, 동시에 내 친구의 특별한 재능을 가장 잘 보여줄 수 있는 사건을 골라내는 것은 아주 어려운 일이기 때문이다. 페이지를 넘길 때마다 참혹했던 붉은 거머리 사건과 은행가 크로스비의 죽음, 애들턴의 비극, 기이했던 고대 잉글랜드의 무덤 이야기 등 여러 가지 사건들에 대해 짤막하게 정리한 글들이 보인다. 그 유명했던 스미스 모티머 상속사건도 이 해에 일어났다. 블루발의 암살자 유래를 추적 체포하여, 그 공적으로 홈즈는 프랑스 대통령에게서 친필 서명이 담긴 감사 편지와 레종 도뇌르 훈장을 받은 것도 이 해였다. 그 중에서도 욕슬리의 옛날 저택에서 일어난 윌로비 스미스라는 젊은이의 안타까운 죽음과 이해할 수 없는 일련의 사건 과정들은 상당히 특이했다.

　그것은 폭풍우가 치던 11월의 어느 날 밤이었다. 홈즈는 돋보기를 갖고 오래된 문서에 쓰인 글자들을 해독하고 있었고 나는 최근에 발표된 의학 관련 논문을 읽고 있었다. 우리는 각자의 일에 열중하느라 저녁 내내 아무 말 없이 앉아 있었다. 밖에는 바람이 심하게 불고, 빗방울이 창문을 세차게 두드렸다. 온통 인간의 손길로 가득한 이 도시 한복판에서 강력한 자연현상을 경험하고, 그 거대하고 절대적인 힘을 인식한다는 건 정말 낯선 기분이었다. 런던이 마치 들판의 작은 흙더미처럼 보잘 것 없는 존재가 된 것 같았다. 나는 창가로 다가가 텅 빈 거리를 내려다보았다. 가끔 띄엄띄엄 서 있는 가로등 불빛이 진흙으로 뒤덮인 도로와 빗물로 반짝거리는 길 위를 희미하게 비추고 있다. 그때 옥스퍼드 가 쪽에서 마차 한 대가 빗물을 가르며 가로등 밑을 달려오는 것이 보였다.

　"왓슨. 오늘 같은 밤에는 외출하지 않는 게 좋겠어."

　홈즈가 돋보기를 내려놓고 양피지를 말면서 말했다.

　"오늘은 하루 종일 앉아만 있었어. 눈이 몹시 피로해. 지금까지 살펴본 이 문서는 15세기 후반의 아베이의 기록보다 흥미로울 게 없어. 저건 말 다루는 소리 같은데? 누가 이런 궂은 날에 마차를 몰고 가는군."

윙윙거리는 바람 소리와 함께 말발굽 소리와 달리는 마차바퀴가 보도에 긁히는 소리가 들려 왔다. 그 마차는 우리 집 앞에서 멈추었다.

"뭐 하러 온 걸까?"

나는 마차에서 한 남자가 내리는 것을 보고 홈즈에게 물었다.

"글쎄, 우리를 만나러 왔겠지? 왓슨, 날씨가 이러니 비 맞지 않으려면 이것저것 껴입고 마중을 나가야겠군. 잠깐, 마차가 다시 갔어. 정말 다행이야. 우리를 데려가려고 했다면 마차를 그냥 세워뒀겠지. 왓슨, 아래층 사람들이 모두 잠들었을 테니 자네가 내려가서 문을 열어주겠나?"

현관 불빛에 비친 모습을 보고 나는 그가 스탠리 홉킨스임을 금방 알았다. 그는 장래가 촉망되는 젊은 형사로 홈즈는 그의 경력에 여러 차례 관심을 보인 적이 있었다.

"홈즈 씨는 계십니까?"

그의 표정은 매우 진지했다.

"어서 올라오게. 설마 일부러 이런 궂은 날을 골라 찾아온 건 아니겠지?"

홈즈가 위층에서 말했다.

홉킨스가 계단을 걸어 올라갈 때마다 젖은 비옷이 희미한 불빛 아래 번들거렸다. 홈즈가 장작에 불을 붙이는 동안 나는 홉킨스 형사가 비옷을 벗는 것을 도와주었다.

"홉킨스, 이리 가까이 와서 몸을 녹여. 자, 담배도 한 대 피우고. 이런 날 감기에 걸리지 않으려면 뜨거운 레몬차를 마시는 게 좋아. 이 사나운 날씨에 여기까지 찾아온 걸 보니 중요한 일이 있나 보군."

"맞습니다. 홈즈 씨. 그 일 때문에 오후 내내 정신없었어요. 신문에서 욕슬리에서 일어난 사건을 읽으셨습니까?"

"아니, 오늘은 종일 15세기 문서에만 매달려 있었어."

"하긴 고작 한 줄 기사였고 내용도 엉터리였으니 안 읽는 편이 나았을 겁니다. 그래서 제가 가서 사건을 조사해 보았습니다. 사건은 켄트 아래쪽 지역에서 일어났습니다. 채텀에서 7마일 정도 떨어져 있고, 기차역에서는 3마일 더 들어가야 합니다. 경찰서에서 전보를 받은 것은 오늘 오후 3시 15분이었고 내가 욕슬리의 옛 저택에 도착한 시간은 5시쯤이었습니다. 조사를 끝내고 마지막 기차로 채링크로스에 도착하자마자 홈즈 씨를 찾아온 겁니다."

"어떤 부분이 문제인가?"

"처음부터 끝까지 도무지 감을 잡을 수 없어요. 제가 알 수 있는 건, 이 사건이 지금까지 제가 맡은 사건 중에서 가장 복잡하고 까다롭다는 겁니다. 처음에는 너무 단순해서 쉽게 풀릴 줄 알았어요. 홈즈 씨, 무엇보다도 이 사건엔 동기가 없어요. 동기를 찾을 수 없다는 게 문제죠. 한 남자가 죽었는데 그를 해치려 한 이유를 알아낼 수 없다니 정말 난감합니다."

"조금 더 자세히 말해보게."

"그러죠. 지금 저는 이 사건들이 무엇을 의미하는지 알고 싶습니다. 욕슬리 저택은 몇 해 전에 코람 교수라는 노인이 샀다고 하더군요. 그는 몸이 약해서 하루 중 절반은 침대에 누워서 지냅니다. 나머지 시간에는 지팡이를 짚고 직접 걷거나 정원사가 밀어주는 휠체어를 타고 다니지요. 이웃사람들 몇 명에게 그 노인에 대해 물어보니 평판은 좋더군요. 그는 매우 학식 있는 사람으로 알려져 있습니다. 저택에는 가정부 마커 부인과 하녀 수잔 탈튼이 있어요. 교수가 이 저택으로 이사 왔을 때 고용한 사람들인데, 둘 다 성격이 아주 좋아요. 교수는 책을 쓰고 있는데 혼자 일을 하기가 힘들었는지 1년 전부터 비서를 두고 있다는군요. 처음에 두 번이나 사람을 고용했지만 별로 신통치 않았나 봅니다. 세 번째 비서는 대학을 갓 졸업한 윌로비 스미스인데 일할 때 교수와 호흡이 잘 맞았다고 하네요. 그는 오전 내내 교수의 말을 받아 적고 오후에는 주로 다음날 일할 내용과 관련된 구절들을 찾는 데 시간을 보냈다고 합니다. 고등학교와 대학교에 다닐 때도 착실한 학생이었다고 하더군요. 대학에서 보낸 추천서에도 단정하고 조용하며 성실한 학생이라고 쓰여 있었어요. 전혀 흠잡을 데 없는 사람이었죠. 그런데 이 젊은이가 오늘 아침 교수의 서재에서 살해된 채 발견되었어요."

거센 바람이 윙윙대며 창문에 부딪쳤다. 홈즈와 나는 난로에 조금 더 가까이 앉아서 그 이상한 사건을 들었다.

"잉글랜드를 전부 뒤져도 여기처럼 외부와 접촉이 없는 집은 찾을 수 없을 겁니다. 몇 주가 지나도 집 밖으로 외출하는 사람이 없어요. 교수는 오로지 자기 일에만 파묻혀 있고, 스미스 역시 이웃에 아는 사람 하나 없이 집 안에만 있었다는군요. 여자들도 집 밖에 나가는 일이 없답니다. 정원 한쪽에 있는 방 세 개짜리 오두막에는 정원사 모티머가 살고 있는데 군인연금을 받고 있답니다. 그는 정원을 돌보고 교수가 산책할 때 휠체어도 밀어준다고 합니다. 성격이 매우 좋은 사람이지요. 욕슬리 저택에 살고 있는 사람들은 이들이 전부입니다. 저택의 정문은 런던에서 채텀으로 이어지는 길에서 100야드 정도 들어간 곳에 있습니다. 문엔 빗장 하나만 걸려 있어서 누구든지 쉽게 들어갈 수 있지요.

미스 수잔에게 들은 얘기를 하겠습니다. 그녀는 사건에 대해 증언할 수 있는 유일한 목격자니까요.

'사건이 일어난 때는 11시에서 12시 사이였어요. 저는 위층 침실에서 커튼을 달고 있었고 코램 교수는 아직 자리에서 일어나지 않았죠. 교수님은 날씨가 흐린 날에는 한낮이 돼서야 일어나거든요. 마커 부인은 뒷마당에서 일을 하느라 분주했고 스미스는 자기 방에 있었어요. 하지만 커튼을 달고 있을 때 스미스가 복도를 지나 제가 있던 방 바로 아래에 있는 서재로 내려가는 소리를 들었어요. 직접 본 건 아니지만 그분의 발걸음은 빠르고 간격이 일정해서 쉽게 구별할 수 있거든요. 서재 문을 닫는 소리는 듣지 못했는데 스미스가 내려가고 나서 1, 2분쯤 후에 갑자기 아래층에서 무시무시한 고함소리가 들렸어요. 여자인지 남자인지 분간할 수 없을 정도의 거칠고 기묘한 소리였죠. 그와 동시에 뭔가 무거운 물체가 쿵 하고 떨어지는 소리가 들렸어요. 온 집 안이 울릴 정도로 큰 소리였어요. 그러고는 아무 소리도 나지 않았어요.

저는 너무 놀라 멍하니 서 있다가 즉시 정신을 차리고 아래층으로 달려갔어요. 서재 문이 닫혀 있어서 문을 열고 안을 들여다보았더니 스미스가 바닥에 쓰러져 있더군요. 처음엔 아무런 상처도 없는 것 같았는데 그를 일으켜 세우려고 하자 목 아래쪽에서 피가 쏟아지고 있었어요. 상처는 작지만 매우 깊어서 경동맥이 완전히 끊어졌다는군요. 그가 누운 자리 옆에는 상아 손잡이가 달린 날카로운 작은 칼이 떨어져 있었어요. 범인은 그걸로 스미스를 찌른 것 같았어요. 편지봉투를 뜯을 때 쓰는 칼인데 원래는 교수님 책상 위에 있었죠.'

수잔은 스미스가 이미 죽었다고 생각했답니다. 그런데 이마를 찬물로 닦아내자 그가 눈을 뜨더니 힘없이 중얼거렸다는군요. '교수님, 그 여자였어요.' 확실히 그렇게 말했답니다. 스미스는 필사적으로 무언가 말하려고 하면서 오른손을 올렸지만 결국 그대로 숨이 끊어졌다는군요.

마커 부인도 비명소리를 듣고 급하게 뛰어왔지만, 스미스의 마지막 말을 듣지는 못했답니다. 그녀는 수잔을 서재에 남겨둔 채 교수에게로 달려갔습니다. 교수는 뭔가 끔찍한 일이 일어났다는 생각에 몹시 초조한 얼굴로 침대에 앉아 있었다고 합니다. 마커 부인의 말에 의하면 보통 12시쯤에 모티머가 와서 옷시중을 들기 때문에 교수는 여전히 잠옷차림이었다고 하더군요. 교수는 멀리서 비명소리를 듣긴 했지만 어떤 일이 일어났는지는 모르고 있었어요. 그는 스미스가 남긴 마지막 말에 대해 아무런 설명도 하지 않더군요. 단지 스미스가 정신이 없는 상태에서 아무 뜻 없이 한 말일 거라고 했습니다.

교수는 스미스가 절대로 원한을 살 만한 사람이 아니었기 때문에, 그런 사건이 왜 일어났는지 모르겠다고 말했어요. 그는 사건이 일어나자 먼저 모티머를 보내 경찰에 신고를 했답니다. 그리고 얼마 후에 경찰서장이 저에게 전보를 친 겁니다. 제가 그곳에 도착했을 때 사건 현장은 잘 보조되어 있었고, 경찰이 저택으로 이어지는 샛길을 모두 통제하고 있었습니다. 홈즈 씨, 당신이 그곳에 있었다면 당신의 추리력을 멋지게 발휘할 수 있었을 겁니다. 모든 것이 잘 갖춰져 있었으니까요."

"그곳에 내가 없었다는 것만 빼고는 모두 완벽했다는 말이군."

홈즈는 쓴웃음을 지었다.

"이 사건에 대한 자네 생각은 어떤가, 홉킨스?"

"그보다 먼저 이 그림을 보세요. 교수의 서재를 포함해 사건과 관련된 장소들을 간단하게 그린 것입니다. 이 그림을 보시면 제가 수사한 내용을 이해하는 데 도움이 될 겁니다."

홉킨스 형사는 구겨진 종이 한 장을 펴서 홈즈의 무릎 위에 얹어놓았다. 나는 일어나서 홈즈의 어깨 너머로 그림을 자세히 들여다보았다.

"물론 이 그림은 대강 그린 겁니다. 제가 보기에 중요하다고 생각되는 부분만 그려 넣은 거지요. 저택의 나머지 부분은 나중에 직접 볼 수 있을 겁니다. 먼저 범인이 밖에서 들어왔다고 가정한다면 그는 대체 어디를 통해 침입했을까요? 분명 범인은 정원의 샛길을 통해서 뒷문으로 들어왔겠지요. 보다시피 뒷문 바로 앞에는 서재가 있습니다. 다른 길을 통해 서재로 들어오기는 너무 복잡하지요. 그리고 범인이 왔던 길로 도망갔을 겁니다. 서재에는 그 외에도 출구가 두 개 더 있는데, 하나는 비명소리를 듣고 달려온 수잔이 막고 있었고 다른 하나는 교수의 침실로 이어져 있으니까요. 그래서 저는 곧바로 정원 샛길을 살펴보았습니다. 샛길은 얼마 전에 내린 비로 축축하게 젖어 있어서 누군가 지나갔다면 분명 발자국이 남게 됩니다.

저는 이 사건의 범인이 매우 지능적이고 노련한 사람이라고 생각합니다. 샛길에는 발자국이 전혀 없었어요. 하지만 누군가 샛길을 따라 나 있는 풀밭 위로 걸어갔던 흔적이 있었지요. 분명 발자국을 남기지 않으려고 그랬겠지요. 자국이 또렷한 건 아니지만 풀들이 뭉개진 걸로 봐서 누군가 그 위로 지나간 게 틀림없습니다. 그날 아침 샛길을 지나간 사람이 아무도 없었고, 전날 밤부터 비가 내렸기 때문에 그 자국은 분명 범인이 남긴 것이라고 생각합니다."

　"잠깐, 이 샛길이 어디로 이어진다고 했지?"

　홈즈가 말을 막으며 물었다.

　"도로로 이어져 있습니다."

　"샛길에서 거기까지의 거리는 얼마나 되나?"

　"100야드 정도 될 겁니다."

　"뒷문 안쪽으로 이어지는 샛길에서는 발자국을 발견했나?"

　"유감스럽게도 그 부분은 타일이 깔려 있더군요."

　"그럼 길에서는?"

　"찾지 못했습니다. 길 위에 진흙이 잔뜩 덮여 있어서 발자국을 구별할 수 없었어요."

　"이런, 그렇다면 풀밭 위에 난 발자국은 범인이 들어올 때 생긴 건가, 아니면 도망칠 때 생긴 건가?"

　"그건 알 수 없습니다. 자국이 선명하지 않거든요."

"발자국 크기는 어때? 큰가, 작은가?"

"그것도 알아보기가 어렵습니다."

홈즈가 안타까운 목소리로 탄식하듯 말했다.

"아직도 비가 내리고 바람이 심하게 부는군. 이 사건은 옛날 문서를 해독하는 것보다 더 어려운 것 같군. 어쨌든 자네가 조사한 건 별 도움이 안 될 것 같아. 홉킨스, 그 밖에 다른 것은 없나?"

"홈즈 씨, 저는 중요한 것을 알아냈다고 생각합니다. 저는 누군가 외부에서 치밀하게 계획을 세워 침입했다는 것을 알았습니다. 그리고 복도를 조사했지요. 복도 바닥에는 야자나무 매트가 깔려 있어서 발자국이 남지 않아요. 이번에는 복도를 지나 서재로 들어가 보았습니다. 서재에는 서랍장이 달린 커다란 책상이 하나 있을 뿐 가구라고 할 만한 것이 거의 없었습니다. 서랍장에는 서랍이 두 개 있고 그 가운데 작은 서랍이 하나 있었어요. 큰 서랍은 열린 상태였고 작은 서랍은 잠가두었더군요. 서랍은 중요한 물건이 없는지 늘 열어두는 것 같았어요. 작은 서랍 안에는 중요한 서류들이 있었지만 누가 손댄 흔적은 없었고, 교수 역시 도난당한 게 아무것도 없다고 했습니다. 그러니 강도사건이 아닌 것만은 분명합니다.

그 다음에 저는 스미스의 시체를 조사했습니다. 그림에 표시해 놓은 대로 시체는 서랍장 왼편에 있었습니다. 목 오른쪽 부분 뒤에서 앞으로 찔린 상처가 있는 걸로 보아 자살은 아니라고 생각했습니다."

"칼 위로 넘어지지 않는 한 그렇다고 할 수 있지."

"맞습니다. 저도 그 생각을 했지요. 하지만 칼은 시체에서 좀 떨어진 곳에서 발견되었어요. 그러니 자살이라고 하기에는 무리가 있어요. 스미스가 죽어가면서도 한 말도 있잖아요. 게다가 스미스가 오른손에 쥐고 있던 중요한 증거를 가져왔습니다."

스탠리 홉킨스는 주머니에서 작은 종이꾸러미를 하나 꺼냈다. 그 안에는 검은 비단 끈이 두 개 달린 금테 안경이 들어 있었다. 검은 끈은 원래 한 줄로 이어져 있다가 두 가닥으로 끊어진 것 같았다.

"스미스는 시력이 매우 좋았다고 합니다. 이 안경은 스미스가 범인의 얼굴에서 낚아챈 것 같습니다."

홉킨스가 덧붙였다.

홈즈는 안경을 받아 들고는 주의 깊게 살펴보았다. 그는 안경을 끼고 책을 읽어보기도 하고, 창가로 가서 한동안 거리를 내다보기도 했다. 그리고 안경을 다시 램프 불빛 아래로 가져와 꼼꼼하게 들여다보았다. 마침내 홈즈는 방긋이 미소를 짓고 책상 앞에 앉아 종이에 무언가를 적어 홉킨스에게 건네주었다.

"내가 해줄 수 있는 일은 이것뿐이지만 도움이 될 거야."

홉킨스는 놀란 표정으로 종이를 받아 들고는 소리 내어 읽었다. 다음과 같은 내용이었다.

> 말솜씨가 좋고 옷차림이 우아한 여인. 콧등이 매우 넓고 눈 사이가
> 좁음. 이마에 주름이 있고 사물을 자세히 들여다보는 표정이 특징임.
> 어깨가 앞쪽으로 약간 굽었을 가능성이 있음. 최근 몇 달 동안 두 번 정
> 도 안경점을 찾아간 일이 있음. 안경 도수가 상당히 높고 안경점이 많
> 지 않기 때문에 이 여인을 찾는 일은 어렵지 않을 것임.

홉킨스가 놀라는 것을 보고 홈즈는 살짝 웃으며 말했다.

"내 추리는 알고 보면 간단해. 이 안경에는 여러 가지 단서들
이 들어 있지. 모양이 섬세한 걸로 보면, 이건 여자용 안경이야.
물론 스미스가 마지막으로 한 말에서도 알 수 있지만. 자네도 알
겠지만 순금 안경테는 도금한 것이 아니야. 이런 안경을 쓴 여자
라면 고상하고 세련된 옷차림을 하고 있을 거야. 코에 닿은 클립
이 이렇게 넓은 걸 보니 콧등이 꽤 넓다는 걸 알 수 있어. 이런
코는 대개 길이가 짧고 콧날이 매끈하지 않아. 물론 반드시 그렇
다는 건 아니야. 나는 얼굴이 좁은 편인데도 이 안경이 맞지 않
더군. 이 안경은 렌즈 두 개가 아주 가깝게 붙어 있어. 그래서 안
경 주인은 눈 사이가 매우 좁은 여자일 거라고 생각했어. 왓슨,
보다시피 이 안경은 오목렌즈로 되어 있고 도수도 상당히 높아.
이런 시력을 가진 사람에게는 이마나 눈꺼풀, 어깨에 남과 다른

신체적인 특징이 나타나지."

"그렇군, 자네 말을 들으니 이해가 돼. 그런데 안경점에 두 번 갔다는 건 어떻게 알았지?"

내가 물었다.

홈즈는 안경을 손에 올려놓으며 말했다.

"잘 봐. 여기 코에 닿는 클립에는 얇은 코르크가 붙어 있어. 한 쪽 면은 색깔도 변하고 닳았지만 다른 한쪽은 새 거야. 코르크가 떨어져 나가서 새것으로 갈았다는 얘기지. 다른 한 쪽도 바꾼 지 몇 달 안 된 것 같아. 코르크 두 개가 일치하는 걸로 봐서 이 여자는 같은 안경점에 두 번 간 게 분명해."

"정말 대단해요!"

홉킨스가 흥분을 감추지 못하고 외쳤다.

"나는 모든 증거를 손 안에 갖고 있으면서도 그걸 알지 못했 군요! 전 런던에 있는 안경점을 모두 돌아볼 생각이었습니다."

"물론 그럴 수도 있겠지. 사건에 대해 더 할 얘기는 없나?"

"없습니다, 홈즈 씨. 제가 알고 있는 건 모두 말씀드렸어요. 아마 당신은 저보다 더 많은 걸 알고 계실 겁니다. 우리는 거리와 기차역 근처에 수상한 사람이 있는지 조사했지만 낯선 사람을 봤다는 얘기는 아직 듣지 못했습니다. 이해할 수 없는 건 범행 동기가 없다는 겁니다. 스미스는 살해당할 만한 이유가 전혀 없었어요."

"현장에 가보지 않았으니 지금은 자네에게 해줄 말이 없어. 내 생각엔 자네가 내일 욕슬리 저택에 함께 가 달라고 부탁하러 올 것 같은데. 안 그런가?"

"괜찮다면 꼭 함께 가주셨으면 합니다. 내일 아침 6시에 채링크로스에서 채텀으로 가는 기차가 있는데 그걸 타면 8시나 9시쯤에는 욕슬리 저택에 도착할 수 있습니다."

"그렇게 하지. 자네가 맡은 사건은 아주 흥미 있군. 나도 자네와 함께 조사하게 되어 기쁘네. 벌써 1시가 다 돼 가는군. 왓슨과 나는 몇 시간 푹 잤으니 괜찮지만 자네는 좀 쉬는 게 좋겠어. 난로 앞에 소파가 있는데 크게 불편하지는 않을 거야. 나는 사건에 대해 좀 생각을 해야겠어. 아침에 출발하기 전에 커피를 가져다주지."

아침이 되자 밤새 세차게 불던 바람이 완전히 가라앉았다. 하지만 출발하려고 집을 나섰을 때는 꽤 쌀쌀했다. 차가운 겨울 해가 황량한 템스 강 습지와 탁하고 긴 강줄기를 비추며 떠오르고 있었다. 이런 풍경을 보니 예전에 홈즈와 함께 엔다만 섬사람을 추적하던 때가 기억났다.

세 시간 동안 지루하고 피곤한 기차여행 끝에 우리는 채텀에서 몇 마일 떨어진 작은 역에 도착했다. 우리는 근처 여관에서 마차에 말을 매는 동안 간단하게 아침 식사를 해결했기 때문에 욕슬리 저택에 도착해서 바로 수사를 시작할 수 있었다. 경관 한 사람이 문 앞에서 우리를 맞았다.

"윌슨, 뭐 알아낸 거라도 있나?"

"아직 아무것도 없습니다."

"수상한 사람을 봤다는 제보는?"

"그렇다면 범인은 채텀까지 걸어갔다는 얘기가 되는군. 여관에 묵었거나 기차를 탔다면 틀림없이 누군가가 보았을 테니까. 홈즈 씨, 이곳이 제가 말씀드린 정원 샛길입니다. 어제 이곳을 조사했는데 아무런 자국도 없었습니다."

"발자국이 남았다는 풀밭은 어느 쪽이지?"

"이쪽입니다. 샛길과 화단 사이에 있는 좁은 풀밭입니다. 지금은 자국이 사라졌지만 어제는 분명히 있었습니다."

"그렇군. 누군가 이 풀밭을 따라 지나갔다는 말이지."

홈즈는 풀밭 가장자리에 몸을 구부리고 살펴보았다.

"매우 조심스럽게 걸은 모양이군. 그렇지 않았다면 분명 발자국이 남았을 거야. 그런데 흙 위에도 발자국이 전혀 남지 않았군."

"네, 범인은 꽤 영리한 것 같아요."

나는 홈즈의 표정에서 그가 무언가를 알아냈다는 걸 느꼈다.

"자네는 그 여자가 이 길로 도망쳤다고 생각하나?"

"그렇죠, 다른 길이 없었으니까요."

"이 좁은 풀밭으로 말인가?"

"이 길로 도망간 것이 확실합니다, 홈즈 씨."

"흠, 그렇다면 범인의 솜씨는 정말 대단하군. 정말 대단해! 샛길 조사는 이것으로 충분해. 다른 곳을 조사하지. 정원 문은 대체로 열려 있는 것 같은데, 그런가? 그렇다면 범인은 이 문으로 들어왔겠군. 책상 위에 있는 칼로 찌른 걸 봐서는 처음엔 사람을 죽일 의도가 없었을 거야. 안 그랬다면 흉기를 준비해 왔을 테니까. 여자는 이 복도를 들어왔어. 알다시피 이곳에는 야자나무 매트가 깔려 있어서 발자국이 남지 않아. 그리고 이 서재를 보았겠지. 여자가 서재에 얼마 동안 있었는지 혹시 아나?"

"기껏해야 몇 분 동안 있었을 겁니다. 깜빡 잊고 말씀드리지 않았는데 사건이 일어나기 15분쯤 전에 마커 부인이 서재를 청소했답니다."

"도움이 될 만한 얘기군. 범인은 서재에 들어와서 뭘 한 걸까? 여자는 책상 앞으로 갔는데 왜 그랬을까? 서랍 안에 있는 물건들을 훔치려고 한 건 아니었어. 서재에서 도난당할 만한 물건이 있었다면 틀림없이 잠가서 보관하겠지. 여자가 찾는 물건은 나무서랍장에 있었을 거야. 이것 봐, 여기 긁힌 자국이 있어. 왓슨, 성냥을 켜봐. 홉킨스, 왜 이런 자국이 있다고 말하지 않았나?"

그 자국은 열쇠구멍 오른쪽에 있는 청동 테두리에서 시작해 4

인치 정도 이어져 있었는데 긁히면서 니스가 벗겨져 나간 것 같았다.

"자국이 있다는 건 알았지만 어느 집에나 열쇠 구멍 주변에는 긁힌 자국이 한두 개쯤 있지 않습니까?"

"이건 아주 최근에 생긴 자국이야. 긁힌 자국이 있는 부분의 청동 빛깔이 어떤지 한 번 보게. 이 자국이 오래 전에 생겼다면 서랍 표면과 같은 색깔을 띠고 있었을 거야. 돋보기를 줄 테니 자세히 보게. 홈이 생긴 곳에 니스 칠이 벗겨진 자국이 보이지? 마커 부인, 거기 계시면 들어오시겠습니까?"

홈즈의 말에 슬픈 표정을 한 중년 부인이 방 안으로 들어왔다.

"어제 아침에도 이 서랍장을 닦았나요?"

"네."

"그때도 이 자국이 있었습니까?"

"아니오, 처음 보는 자국이에요."

"그렇군요. 책상을 닦았다면 니스 조각이 모두 떨어져나갔을 겁니다. 서랍장 열쇠는 누가 갖고 있지요?"

"교수님이 시곗줄에 달아서 갖고 다니세요."

"흔히 사용하는 간단한 열쇠입니까?"

"아니에요, 특별히 맞춘 처브 열쇠랍니다."

"잘 알겠어요. 머커 부인, 이제 가셔도 됩니다. 자, 이제 감이 잡히는군. 범인은 이 방에 들어와서 서랍장으로 걸어갔어. 스미스가 서재에 들어왔을 때 여자는 이미 서랍을 열었거나 아니면 열고 있는 중이었겠지. 여자는 놀라서 급하게 열쇠를 뺐을 거야. 그 바람에 열쇠구멍 옆에 긁힌 자국이 생긴 거지. 스미스가 여자를 붙잡자, 여자는 스미스에게서 벗어나려고 얼떨결에 가장 가까이 있는 물건을 집어서 휘둘렀을 거야. 안타깝게도 여자가 집은 물건은 이 칼이었어. 한 번 휘둘렀을 뿐이지만 스미스에게는 치명적인 상처를 남겼지. 스미스는 그 자리에 쓰러졌고 여자는 곧바로 도망쳤어. 여자가 찾으려고 했던 물건을 갖고 갔는지는 모르겠어. 수잔, 이리로 와보겠어요? 당신이 그 비명소리를 들은 후에 누군가 이 문을 통해 빠져나갈 수 있었을까요?"

"아니오, 그건 불가능해요. 제가 계단을 내려오기 전에 아래층을 내려다봤지만 복도에는 아무도 없었어요. 그리고 누군가 문을 열었다면 틀림없이 소리가 들렸을 거예요. 하지만 문이 열리는 소리는 나지 않았어요."

"그럼 이 문으로 나간 건 아니군. 그 여자가 왔던 길로 달아났다는 건 확실해. 다른 쪽 복도는 교수의 방으로 이어져 있다고 했으니까. 그런데 그 복도에는 다른 출구가 전혀 없습니까?"

"없어요."

"그럼 그쪽으로 가서 교수님을 만나볼까. 이봐, 홉킨스. 한 가지 중요한 사실이 있어. 아주 중요한 거야. 교수의 방으로 통하는 복도에도 야자나무 매트가 깔려 있어."

"그게 어떻다는 겁니까?"

"집히는 게 없나? 아니, 조금 더 지나면 이야기하지. 아직 정확한 건 아니니까. 하지만 어느 정도는 짐작이 가는군. 자, 교수님 방으로 안내하게."

교수의 방으로 이어진 복도는 정원으로 통하는 복도와 길이가 같았다. 복도 끝의 작은 계단은 교수의 방으로 연결되어 있었다. 우리는 홉킨스의 안내를 받아 그 방으로 들어갔다.

방은 매우 넓었고 책이 가득 꽂힌 책장이 여러 개 있었다. 방 구석과 책장 앞에도 책이 쌓여 있었다. 우리가 들어가자 방 한가운데에 놓인 침대에서 교수가 베개를 붙잡고 몸을 일으켰다. 그렇게 이상한 얼굴을 나는 처음 보았다. 교수는 바싹 마르고 얼굴이 뾰족했다. 숱이 많은 눈썹 아래에 드리워진 깊은 눈의 짙은 눈동자가 날카롭게 빛났다. 머리와 턱수염은 전부 하얗게 세었는데 이상하게도 입 주위에 있는 수염은 노란빛이었다.

교수는 수염으로 덮인 입에 담배를 물고 있었고 방 안에는 퀴퀴한 담배연기로 가득했다. 교수가 홈즈와 악수를 하려고 손을 내밀었을 때 나는 그의 손가락 끝이 니코틴으로 노랗게 얼룩진 것을 보았다.

"홈즈 씨, 당신도 담배를 좋아합니까?"

교수의 말투는 고상했지만 다소 거드름을 피우는 것 같았다.

"한 대 피우겠소? 알렉산드리아의 이오니데에서 특별 주문한 거요. 한 번에 천 개비씩 구입하지만 아쉽게도 2주면 바닥이 나지요. 담배가 건강에 몹시 나쁘다는 건 알지만 나이 먹은 사람에겐 별로 즐길 만한 것이 없지 않소. 담배와 일이 나의 유일한 즐거움이오."

홈즈는 담배에 불을 붙이며 방 안을 재빨리 둘러보았다.

"하지만 스미스가 죽었으니 지금 내가 남은 건 이 담배뿐이군. 정말 안타까운 일이오. 그런 끔찍한 일이 일어날 줄 누가 알았겠소. 참 재능 있는 젊은이었는데! 스미스는 불과 몇 달 만에 비서 일을 완전히 익혀서 훌륭하게 해냈지요. 홈즈 씨, 그에게 왜 이런 일이 일어난 거죠?"

"글쎄요, 아직은 뭐라 말씀드릴 수 없군요."

"당신이 이 사건을 해결해준다면 감사하겠소. 나 같이 병들고 책 속에 파묻혀 사는 늙은이에게 이런 사건은 정말 큰 충격이오. 나는 이제 사고력도 많이 떨어졌소. 하지만 당신은 이런 일을 해결하는 전문가이고, 이런 일을 늘 겪으며 살아가잖소. 그러니 위급한 일이 생겨도 침착할 수 있겠지요. 홈즈 씨가 여기 있으니 안심이 되는군요."

교수가 이야기하는 동안 홈즈는 한쪽에서 왔다갔다하며 담배를 피웠다. 홈즈는 평소보다 담배를 더 빨리 피웠다. 그도 교수처럼 알렉산드리아 담배가 몹시 마음에 드는 모양이었다.

"정말 맛있는 담배지요? 저쪽 탁자에 쌓아 놓은 서류더미가 그 동안 내가 연구한 거라오. '계시종교'의 근원을 추적하는 작업으로 시리아와 이집트의 수도원에서 발견된 문서들을 분석하고 있지요. 하지만 몸도 쇠약해진데다가 유능한 비서마저 잃었으니 혼자서 이 작업을 마칠 수 있을지 모르겠소. 저런, 홈즈 씨는 나보다 더 담배를 빨리 피우는군요."

교수의 말에 홈즈는 미소 지었다.

"저도 교수님 못지않은 애연가지요."

홈즈는 네 번째 담배를 꺼내더니 다 피운 담배꽁초에 대고 불을 붙였다.

"코램 교수님, 교수님을 심문할 생각은 없습니다만 사건이 일어났을 때 침대에 계셨고 그래서 사건에 대해 전혀 아는 바가 없다고 하셨지요? 그럼 하나만 여쭤보겠습니다. 이 가엾은 젊은이가 죽기 전에 '교수님, 그 여자였어요.' 라는 말을 남겼다는데 그게 무슨 뜻이었을까요?"

교수는 고개를 저었다.

"수잔은 시골에서 올라왔소. 당신도 알다시피 그런 사람들은 좀 어눌한 구석이 있지요. 난 스미스가 아무 뜻 없이 중얼거린 말을 수잔이 잘못 알아들은 거라고 생각하오."

"알겠습니다. 그 밖에 짚이는 건 없습니까?"

"우연한 사고였다고 생각하오. 어쩌면 자살일지도 모르지요. 젊은 사람에게는 남모르는 문제들이 있기 마련이니까. 연애문제일 수도 있겠죠. 난 스미스가 자살했을 가능성이 더 높다고 봅니다."

"그럼 안경은 어떻게 된 걸까요?"

"그렇군요. 난 학자일 뿐이오. 그렇게 실제적인 일들을 설명하는 데 익숙하지 않습니다. 물론 담배에 관해서라면 할 얘기가 많지만 말이오. 한 대 더 피우시지요. 다른 사람이 담배를 맛있게 피우는 걸 보면 기분이 좋아요. 어쨌든 홈즈 씨, 나는 누군가죽을 때 부채나 장갑, 안경 같은 물건을 기념품처럼 간직할 수 있다고 생각하오. 이 젊은 형사 분은 풀밭 위에 발자국이 있다고자꾸 말하는데 잘못 본 걸일지도 모르잖소. 칼은 스미스가 쓰러질 때 잘못해서 찔린 거라고 생각합니다. 논리적인 추리는 아니지만 어쨌든 내가 보기에 그는 스스로 목숨을 끊은 것 같소."

교수의 말에 홈즈는 무언가 떠오른 것 같은 표정으로 한동안방 안을 서성거렸다. 그는 생각에 잠긴 채 계속 담배를 피워 물더니 마침내 말했다.

"코램 교수님, 작은 서랍 안에는 뭐가 있습니까?"

"도둑이 노릴 만한 건 없소. 가족 문서와 아내가 보낸 편지,학위 증서들이 전부니까. 여기 열쇠가 있으니 직접 살펴보시오."

홈즈는 열쇠로 서랍을 열고 잠시 안을 살펴보더니 교수에게열쇠를 돌려주었다.

"맞습니다. 교수님 말대로 수사에 도움이 될 만한 것들은 아니군요. 저는 정원에 나가 산책이라도 하면서 사건을 정리해야겠습니다. 스미스가 자살했을 거라는 교수님의 의견에 대해서는 나중에 다시 얘기하지요. 이렇게 불쑥 찾아와서 실례가 많았습니다. 저희는 2시에 다시 오겠습니다. 그동안 점심식사를 하고 좀 쉬십시오. 돌아와서 정리한 내용을 알려드리지요."

홈즈는 매우 근심어린 표정으로 아래층으로 내려가 정원 샛길을 산책했다. 산책하는 동안 홈즈는 말이 없었다. 참다못한 내가 먼저 말을 꺼냈다.

"단서는 찾았어?"

"그건 아까 피웠던 담배에 달려 있어. 물론 내 짐작이 완전히 빗나갈 수도 있어. 담배를 보면 내 추리가 맞았는지 틀렸는지는 알 수 있겠지."

"홈즈, 도대체 무슨 말이지?"

"왓슨, 자네 혼자서도 충분히 알아낼 수 있는 일이야. 물론 꼭 그래야 한다는 건 아니야. 안경점을 조사해서 단서를 찾을 수도 있지만 조금 더 빠른 방법이 있을 땐 지름길을 택하는 게 낫지. 아, 저기 마커 부인이 오는군. 부인과 5분 정도 유익한 얘기를 나누는 건 어때?"

전에도 얘기한 적이 있지만 홈즈는 언제든지 여자들의 환심을 사고, 자신감 있는 태도로 여자들과 스스럼없이 대화를 나누는 재주가 있었다. 그가 말을 꺼내고 몇 분도 안 되어 마커 부인과 홈즈는 마치 오래 알고 지낸 사람처럼 이야기를 나누었다.

"그래요, 홈즈 씨. 당신이 말한 그대로예요. 교수님은 지독하게 담배를 많이 피운답니다. 하루 종일 피우는 건 기본이고 어떨 때는 밤새도록 피우기도 하지요. 아침에 교수님 방에 들어가 보면 마치 런던에 안개가 낀 것처럼 온통 뿌옇게 보인답니다. 스미스도 담배를 좋아했지요. 하지만 교수님만큼 심하게 피우지는 않았어요. 담배가 교수님에게 해로운지 어쩐지 이젠 그것조차 알 수 없지 뭐예요."

"담배를 피우면 식욕이 줄어들지요."

"그런가요?"

"제 생각엔 교수님도 식사를 잘 안 하실 것 같은데 어떻습니까?"

"네, 식사가 고르지 못한 편이에요."

"그렇다면 오늘 아침식사도 걸렀을 테고 아까도 계속 담배를 피웠으니까 점심도 물론 안 드셨겠죠?"

"아니에요. 오늘은 그렇지 않았어요. 웬일로 다른 날보다 아침을 훨씬 많이 드셨지요. 그렇게 식욕이 왕성한 적이 없었는데 말이에요. 게다가 점심으로 커틀릿을 크게 만들어달라고 했어요. 좀 놀랍긴 하더군요. 전 어제 스미스가 이 방에 쓰러져 있는 걸 본 이후로 전혀 식사를 못 하고 있으니까요. 정말 큰 사건이었지만 교수님은 그런 일로 식사를 못하거나 하는 분은 아닌 것 같아요."

우리는 오전 내내 정원을 산책하며 시간을 보냈다. 스탠리 홉킨스는 어제 아침 한 소녀가 채덤 가에서 안경을 쓴 낯선 여자를 보았다는 말을 듣고, 그 소녀를 만나기 위해 마을로 내려갔다. 홈즈는 평소와 달리 의욕이 없어보였다. 나는 홈즈가 이렇게 무심한 태도로 사건을 대하는 걸 한 번도 본 적이 없었다. 마을에서 돌아온 홉킨스는 조사해본 결과 아이가 본 여자와 홈즈가 얘기했던 여자의 인상착의가 동일하다고 말했다.

그러나 홈즈는 그의 말에 크게 관심을 기울이지 않았다 그보다는 수잔이 우리에게 점심을 준비해주면서 했던 말을 곰곰이 생각하는 눈치였다. 수잔은 스미스가 어제 아침에 산책을 나갔다가 사건이 일어나기 30분 전쯤에 집으로 돌아왔다고 말했다. 나는 이 사건에 대해 아무것도 짐작하지 못했지만 홈즈는 이미 대략적인 추리를 끝냈다는 것을 알았다.

"홈즈 씨, 사건을 해결하셨소?"

그는 탁자 위에서 담뱃갑을 집어 홈즈에게 내밀었다.

홈즈가 담뱃갑을 받아드는 순간 담뱃갑이 뒤집어지면서 안에 있던 담배들이 쏟아졌다. 그 때문에 우리는 바닥에 무릎을 꿇고 앉아 사방으로 흩어진 담배를 주워 담아야 했다. 다시 일어났을 때 나는 홈즈가 눈을 빛내며 뺨에 홍조를 띠고 있는 것을 알았다. 그건 홈즈가 결정적인 증거를 잡았을 때 나타나는 표시였다.

"네, 이제 모든 것을 알았습니다."

스탠리 홉킨스와 나는 놀란 얼굴로 홈즈를 보았다. 교수의 야윈 얼굴은 빈정거리는 표정이었다.

"정말이오? 정원에서 뭔가 찾아낸 모양이군요."

"아닙니다. 바로 이 방에서 찾았지요."

"이 방이라고? 언제 말이오?"

"바로 지금입니다."

"농담 마시오, 홈즈 씨. 이건 아주 중대한 사건이오. 그런데 농담하듯 사건을 대해서야 되겠소?"

"코램 교수님, 우리는 모두 이 사건이 매우 중대하다는 것을 잘 알고 있습니다. 그렇기 때문에 저는 신중하게 조사하고 추리한 내용을 여러 번 검토했지요. 교수님의 의도가 무엇인지 또는 교수님이 이 기이한 사건과 어떤 관련이 있는지 아직은 말할 수 없군요. 아마 교수님이 직접 얘기하리라 생각합니다. 그럼 먼저 제가 알아낸 것을 말씀드리지요.

어제 어떤 부인이 교수님의 서재에 들어왔습니다. 그녀의 목적은 작은 서랍 안에 보관된 어떤 서류를 훔치는 거였지요. 그녀는 자기 열쇠를 갖고 있었어요. 아까 교수님의 열쇠를 조사해 보았지만 니스 칠 위에 긁힌 자국이 생길 때 변색된 흔적을 찾을 수 없었으니까요. 그녀는 교수님 몰래 이 방에 들어와 서류를 훔치려 했던 겁니다."

교수는 담배 연기를 내뿜고 말했다.

"아주 흥미롭고 그럴 듯한 이야기군. 그래, 그 다음엔 어떻게 됐소? 그 정도까지 추리를 했다면 당신은 그녀가 어떻게 되었는지도 알 수 있겠군요."

"네, 차차 말하지요. 그녀는 서재에 있다가 비서에게 붙잡혔습니다. 그녀는 빠져나가려고 안간힘을 쓰다가 스미스를 찌르게 된 겁니다. 예상치 않았던 일이 일어난 거죠. 분명 그녀는 스미스를 죽일 의도가 전혀 없었을 겁니다. 흉기를 갖고 있지 않았으니까요. 그녀는 스미스를 찌르고 겁에 질린 나머지 방에서 정신없이 뛰어나왔습니다. 그런데 스미스와 몸싸움을 벌이다 그만 안경을 떨어뜨린 겁니다. 안경 없이는 사물을 분간할 수 없을 정도로 시력이 나빴지요. 그녀는 처음에 왔던 복도를 따라 도망쳤지만 사실 그곳은 코램 교수님의 방으로 통하는 복도였습니다. 그 복도에도 야자나무 매트가 깔려 있어서 부인은 그곳이 처음에 왔던 길이라고 생각한 거죠. 나중에 길을 잘못 들었다는 걸 알았지만 되돌아갈 수 없었을 겁니다. 도망갈 곳이라곤 교수님의 방밖에 없는 상황에서 그녀가 어떻게 했겠습니까? 되돌아갈 수도 없고 그렇다고 그 자리에 서 있을 수도 없었겠지요. 그녀는 그대로 뛰어갔습니다. 계단으로 올라가 문을 열고 이 방으로 들어왔던 겁니다."

교수는 입을 벌린 채 불쾌한 눈빛으로 홈즈를 보았다. 놀람과 불안한 기색이 역력했지만 그는 이내 어깨를 으쓱하더니 어색하게 웃었다.

"아주 훌륭해요, 홈즈 씨. 하지만 한 가지 잘못 생각한 게 있소. 나는 그날 하루 종일 이 방에 있었소."

"저도 알고 있습니다. 코램 교수님."

"그렇다면 내가 멀쩡하게 침대에 누워 있으면서도 그 여자가 들어오는 걸 몰랐단 말이오?"

"아닙니다. 교수님은 그 여자가 들어오는 걸 보았습니다. 그녀와 얘기도 했겠지요. 교수님은 그녀가 누군지 알고 있을 뿐 아니라 그녀를 숨겨주기까지 했습니다."

홈즈의 말에 교수는 다시 한 번 날카로운 목소리로 웃음을 터뜨렸다. 그리고 자리에서 일어났다. 그는 번뜩이는 눈빛으로 홈즈를 쏘아보며 말했다.

"당신 완전히 미쳤군! 그런 헛소리를 내뱉다니! 내가 그 여자를 숨겨주었다고? 그렇다면 그 여자는 지금 어디 있다는 거요? 증거를 한번 대보시오!"

"바로 저기에 있습니다."

홈즈는 방 한쪽 구석에 있는 커다란 책장을 가리켰다.

교수는 놀라서 양손을 치켜들었다. 교수의 얼굴이 경련으로 잠시 일그러졌다. 그리곤 갑자기 힘이 빠진 듯 자리에 털썩 주저앉았다. 그 순간 홈즈가 가리켰던 책장 문이 열리고 여자가 뛰쳐 나왔다.

"당신이 맞았어요! 그래요, 나는 여기에 숨어 있었어요."

여자는 외국어 억양이 섞인 특이한 목소리로 외쳤다. 그녀는 책장 속의 먼지와 거미줄을 뒤집어쓰고 있었다. 얼굴 역시 먼지 투성이였다. 홈즈가 예상했던 모습 그대로 미인이라고 할 수 없는 얼굴이었으며 턱은 길고 고집스러워 보였다. 어두운 곳에 있다가 갑자기 빛을 받는 그녀는 눈이 부신 듯 그 자리에 서서 우리를 보기 위해 계속 눈을 깜빡거렸다. 비록 모습은 볼품없었지만 그녀의 태도에는 어딘지 모르게 기품이 느껴졌다. 고개를 치켜든 모습은 용감해 보였고 턱 선에는 당당한 기운이 흘렀다.

스탠리 홉킨스는 범인을 체포하기 위해 팔을 붙들었으나 여자는 위엄 있는 표정으로 스탠리의 손을 뿌리쳤다. 교수는 의자에 앉아 일그러진 표정으로 걱정스럽게 여자를 보았다.

"그래요, 제가 범인이에요. 숨어서 당신이 하는 얘기를 다 들었어요. 당신 말이 맞아요. 전부 털어놓겠어요. 젊은이는 내가 죽였어요. 하지만 당신 말대로 정말 우연히 일어난 일이에요. 저는 손에 쥐고 있는 것이 칼이라는 것도 몰랐어요. 어떻게든 빠져나가야 했기 때문에 그냥 손에 잡히는 걸로 그를 쳤을 뿐이에요. 정말이에요."

"부인, 저도 그렇게 생각합니다. 하지만 불행히도 스미스는 죽었지요."

홈즈가 말했다.

그녀는 두려운 표정으로 우리를 돌아보았다. 그녀의 얼굴은 검은 먼지로 뒤덮여서 한층 더 무서워 보였다. 그녀는 침대 옆에 앉아서 말을 이었다.

"시간이 별로 없지만 모든 걸 말씀드리겠어요. 나는 이 남자의 아내예요. 이 사람은 잉글랜드 인이 아니라 러시아 사람이에요. 이름은 말하지 않겠어요."

그때 잠잠히 있던 교수가 갑자기 흥분한 목소리로 외쳤다.

"안나! 제발!"

그녀는 경멸에 가득 찬 시선으로 그를 보았다.

"세르기우스, 당신은 여전히 비열하게 살고 있군요. 당신은 많은 사람들에게 해를 입혔어요. 그 결과가 당신에게 돌아온다는 걸 몰라요? 그러고도 이렇게 버젓이 살아 있다니. 나는 모든 위험을 각오하고 이 저주받은 집에 들어왔어요. 하지만 너무 늦기 전에 말해야겠어요."

그녀는 홈즈를 보며 다시 말을 이었다.

"말씀드렸듯이 저는 이 사람의 아내예요. 어리석게도 스무 살의 어린 나이에 이 사람과 결혼했지요. 그때 이 사람은 쉰 살이었어요. 저는 러시아에서 대학을 다니고 있었어요. 하지만 어딘지는 말씀드리지 않겠습니다."

"안나, 제발!"

교수가 다시 말했다.

"우리는 개혁파였어요. 혁명가이고 허무주의자였지요. 남편과 저 말고도 많은 동지들이 있었어요. 그런데 어느 날 사건이 일어났어요. 경찰 한 명이 살해된 것이죠. 그리고 경찰이 들이닥쳐 많은 동지들을 체포해갔어요. 제 남편이 자기 목숨을 건지고 현상금을 타기 위해 저와 다른 동지들을 밀고한 거예요. 그래요, 이 사람은 우리 모두를 배신했어요. 동지들은 처형을 당하거나 시베리아로 유배되었어요. 저도 시베리아로 끌려갔지만 다행히 오래 있지는 않았어요. 남편은 그 더러운 돈을 갖고 잉글랜드로 건너와 지금까지 이곳에 숨어 살았어요. 동지들에게 발각되면 목숨을 부지하기 어렵다는 걸 잘 알고 있었으니까요."

노인은 떨리는 손으로 담배를 집어 들었다.

"안나, 이제 내 목숨은 당신에게 달려 있소. 당신은 언제나 나에게 잘해주었어."

"이 파렴치한 사람에 대해 한 가지 더 말하죠. 동료 중에 저와 친한 사람이 있었어요. 그는 성품이 반듯하고 다른 사람을 위하는 애정 깊은 사람이었지요. 제 남편과는 전혀 다른 사람이에요. 그는 폭력을 싫어했어요. 혁명을 일으키려는 것이 죄가 된다면 저와 동지들은 모두 죄인이겠지요. 하지만 그는 죄가 없었어요. 그는 우리에게 폭력적인 방법을 쓰면 안 된다고 설득하는 편지를 계속 보냈어요. 그 편지를 보여주면 그를 유배지에서 구할 수 있을 거예요. 저는 날마다 일기장에 그에 대한 개인적인 생각들과 동료들의 평가를 적어 놓았어요. 그런데 남편이 그걸 알고는 편지와 일기장을 훔쳐서 어딘가에 숨겼어요. 게다가 제 친구를 죽일 목적으로 거짓 증언을 했지요. 하지만 저 사람의 의도와는 달리 알렉스는 처형되지 않고 시베리아로 유배되었어요. 지금 그는 소금광산에서 일하고 있어요. 잘 생각해봐요, 이 악당! 당신 같은 사람은 감히 입에 올리지도 못할 이름이지만 지금 이 순간에도 알렉스는 노예처럼 일하며 살고 있어요. 당신도 그런 고통을 당해봐야 해요."

"당신은 언제나 훌륭한 사람이었어."

교수는 담배를 집으며 말했다.

그녀는 자리에서 일어났으나 곧 고통스러운 신음소리를 내며 다시 주저앉았다.

"마저 얘기해야겠어요. 저는 유배지에서 풀려나자마자 편지와 일기장을 다시 찾으려고 했어요. 그걸 러시아 정부에 보내면 알렉스의 무죄가 증명될 테니까요. 저는 남편이 잉글랜드로 건너갔다는 걸 알았어요. 몇 달 동안 수소문한 끝에 그가 있는 곳을 알아냈지요. 제가 시베리아에 있을 때 남편은 저를 비난하는 편지를 보냈어요. 제가 쓴 글을 들먹이면서 말이에요. 그래서 남편이 제 편지와 일기장을 갖고 있다는 걸 알았어요. 하지만 남편은 부탁한다고 해서 순순히 돌려줄 사람이 아니지요. 그래서 제가 직접 찾아오기로 결심했어요.

저는 탐정을 한 명 고용했어요. 그 사람이 바로 남편의 두 번째 비서였지요. 세르기우스, 그가 갑자기 그만둔 이유를 이제 알겠어요? 그는 편지와 일기장이 작은 서랍 안에 있다고 알려주면서 열쇠를 하나 본떠 갖고 왔어요. 내부 약도도 건네주었지요. 그의 말이, 오전에는 서재에 아무도 없을 거라고 하더군요. 그래서 저는 용기를 내어 이 집에 들어왔던 거예요. 편지와 일기장은 찾았지만 이렇게 큰 대가를 치르게 될 줄은 정말 몰랐어요.

서류를 꺼내고 다시 서랍을 잠그고 있을 때 그 젊은이에게 붙잡힌 거예요. 저는 그날 아침에 그 젊은이를 봤어요. 우리는 길에서 마주쳤고 저는 그가 이 집에서 일한다는 것도 모른 채 코램 교수의 집이 어디냐고 물었죠."

"그랬군요. 그는 돌아와서 교수에게 당신에 대해 애기했을 겁니다. 그래서 당신이 범인이라는 것을 알리려고 마지막에 그런 말을 했던 거지요."

"제 애기는 아직 끝나지 않았어요."

그녀는 단호한 말투로 홈즈의 말을 막았다. 그리고 고통스러운 표정으로 얼굴을 찌푸렸다.

"그가 쓰러지자 저는 방에서 뛰어나갔어요. 하지만 길을 잘못 들어서 남편 방까지 오게 됐죠. 남편은 저를 신고하려고 했어요.

그래서 만일 그렇게 하면 남편도 무사하지 못할 거라고 말했지요. 그가 저를 경찰에 넘기면 저는 그를 제 동료들에게 넘길 테니까요. 단순히 살기 위해서 남편과 타협했던 게 아니었어요. 저에게는 중요한 목적이 있었으니까요. 하지만 남편은 순전히 자신이 위험해질까봐 저를 숨겨준 거지요. 그는 저 어두운 책장 안으로 저를 밀어넣었어요. 그리고 저에게 음식을 나눠주기 위해 방에서 혼자 식사를 했어요. 저는 경찰이 가고 나면 밤에 몰래 빠져나가기로 했어요. 물론 다시 오지 않겠다는 약속도 잊지 않더군요. 하지만 이렇게 발각되고 말았어요."

그녀는 품 안에서 조그만 서류 묶음을 꺼내며 말했다.

"마지막으로 할 말이 있어요. 이 편지가 알렉스를 구해줄 거예요. 당신의 이름과 정의를 존중하는 마음을 믿고 이 편지를 드리겠어요. 부디 러시아 대사관에 전해주세요. 이제 제 할 일은 끝났어요. 그럼."

"안 돼. 멈춰요!"

홈즈가 소리쳤다. 그는 그녀에게로 뛰어 가서 작은 유리병을 빼앗았다.

"너무 늦었어요."

그녀는 침대에 몸을 기대며 힘없이 말했다.

"너무 늦었어요. 책장 안에 있을 때 이미 약을 먹었어요. 너무 어지럽군요. 전 곧 죽을 거예요. 그 편지를 부탁해요."

"단순한 사건이었지만 교훈적인 면도 있었어."

집으로 돌아오는 길에 홈즈가 말했다.

"안경이 중요한 단서가 되었어. 젊은이가 죽으면서 안경을 붙잡지 않았다면 사건을 해결하기 어려웠을지도 몰라. 그렇게 도수가 높은 안경을 낀 사람은 안경을 잃어버릴 경우 앞이 잘 보이지 않아 헤매게 되거든. 그런 사람이 발도 헛디디지 않고 좁은 풀밭 위를 따라 걸어갈 수 있었을까? 이미 말했듯이 난 그 점을 이상하다고 생각했어. 그녀가 다른 안경을 갖고 있지 않는 한 도저히 불가능한 일이지. 그래서 나는 그녀가 집 안에 있을지도 모른다고 생각했어. 두 복도가 비슷하다는 걸 알고, 그녀가 실수로 길을 잘 못 들었을 거라고 확신했지. 그렇다면 그녀가 교수의 방으로 들어갔을 거라는 결론이 나오지.

나는 이 가정을 뒷받침할 만한 증거를 찾으려고 교수의 방을 찾아갔을 때 숨을 만한 장소를 자세히 관찰했지. 카펫은 하나로 이어진데다가 못으로 고정되어 있어서 그 아래 다른 곳으로 통하는 문이 있을 가능성은 없었어. 그래서 책장 뒤에 숨을 만한 공간이 있을 거라고 생각했지. 옛날에는 책장 뒤에 비밀장소를 만드는 것이 흔한 일이었으니까. 나는 책을 쌓아 둔 바닥을 전부 살펴보았어. 그런데 책을 쌓아 두지 않은 책장이 하나 있더군. 그래서 그 책장이 비밀장소로 통하는 문이라고 생각했지. 하지만 확인할 방법은 없었어. 그러다가 문득 카펫이 갈색이라는 걸 알았어. 카펫을 이용하면 증거를 찾을 수 있을 것 같았지. 그 때문에 줄담배를 피워댄 거야. 나는 담뱃재를 책장 앞에 골고루 뿌려놓았지. 간단한 일이었지만 효과는 뛰어났어. 그리고 아래층에서 교수의 식사량이 전보다 많아졌다는 얘길 듣고, 나는 교수가 다른 사람에게 음식을 나눠주고 있다는 생각을 굳히게 됐지.

다시 교수를 찾아갔을 때 나는 일부러 담뱃갑을 쏟았고, 담배를 주우면서 책장 앞을 살폈더니 담뱃재 위에 발자국이 나 있더군. 우리가 아래층으로 내려가자 범인이 숨어 있던 곳에서 나왔던 거야. 홉킨스, 벌써 채링크로스에 도착했군. 축하하네, 자네가 이번 사건을 훌륭하게 해결했어. 자네는 경찰서로 갈 테지. 왓슨, 우리는 러시아 대사관으로 가야지."

노란
얼굴의
비밀

Sherlock Holmes

노란 얼굴의 비밀

홈즈 역시 보통 사람처럼 심심하고 따분함을 느끼는 사람이다. 그는 사건이 있을 때는 두 눈이 뭔가를 찾기 위해 빛나지만, 사건이 없을 때에는 집안에서 게으름뱅이처럼 꼼짝도 하지 않고 틀어박혀 있다.

그에게는 모든 사람들이 소망하는 큰 저택이나, 멋지고 화려한 의복도 관심이 없으며, 잠잘 때에도 침대서든 바닥이든 아랑곳하지 않고 잘 잔다. 또한 음식도 가리지 않고 잘 먹으나 과식을 하는 편은 아니다. 그저 간단하게 소식을 하는 편이다.

"왓슨, 오늘따라 햇빛이 눈부시군. 우리 산책이나 가세."

홈즈의 말에 왓슨은 놀랐다. 왜냐하면 사건과 관계되는 일 외에는 밖에 나가는 것을 자제하기 때문이다.

어쩌다가 왓슨이 여행을 가자고 하면 항상,

"불필요한 일이나 의미가 없는 일을 하면 난 몸이 훨씬 더 피곤해지고 재미가 없어." 하곤 거절했었다.

"홈즈, 지금 산책이라고 했나?"

"음, 저 눈부신 햇살을 좀 보게나. 밖에 나가서 햇살을 마음껏 쐬고 싶군."

"허허허, 오래 살고 볼 일이야. 자네가 산책을 먼저 가자고 하다니……."

왓슨은 홈즈와 함께 산책을 하기로 하고 거리로 나섰다.

봄을 맞은 나무에서 파릇파릇 새싹들이 솟아나고 있었다. 공원의 호수는 따사로운 햇살을 받아 은빛으로 물들었고, 사람들은 자전거를 타거나 산책을 하며, 봄날의 따스함을 마음껏 즐기고 있었다.

하지만, 언제나 그렇듯이 걸으면서 홈즈는 말 한 마디도 하지 않았다. 천천히 그저 걷기만 할 뿐이다.

홈즈는 사건을 해결할 때에도, 남의 말에 귀를 기울이고 경청하는 편이지, 자신의 말만 하는 스타일은 아니었다.

홈즈와 왓슨이 산책을 하러 거리에 나선 지 한 시간이 채 안되었을 때였다.

"아, 따분하군. 뭔가 재미있는 게 없을까? 이렇게 걷기만 하는 것은 아무런 의미가 없어."

"역시 자네가 산책을 하자고 할 때부터 뭔가 이상하다고 생각했지. 자네는 그저 사건에만 흥미를 느끼지."

"맞아! 나에게는 그저 오로지 흥미로운 사건만 필요해. 어서 집으로 돌아가세. 혹시 사건을 가지고 누가 찾아왔는지도 모르니까."

홈즈는 사건이라는 말에 힘을 주어 몇 번씩이나 말하면서 눈빛을 반짝거렸다.

"홈즈, 하지만 이렇게 간혹 산책을 하는 것도 좋은 일이야. 봄을 맞아 파릇파릇 돋아나는 저 새싹 들을 좀 보게. 얼마나 아름답고 신비로운가. 또 운동도 할 수 있어서 얼마나 좋은가."

오랜만에 산책을 하고 있던 왓슨은 이대로 집으로 돌아가기 싫어서 홈즈를 설득했다. 그러나 홈즈는 딱 잘라 말했다.

"왓슨, 그만 돌아가세."

"자네는 너무나도 따분한 탐정이야. 정말로 따분한 탐정 홈즈."

왓슨은 투덜거리며 홈즈의 뒤를 쫓아갔다.

두 사람이 홈즈의 하숙집에 도착한 것은 오후 다섯 시 정도였다. 초인종을 누르자 허드슨 부인이 재빨리 문을 열어 주면서 말했다.

"홈즈 씨, 조금 전에 손님이 왔다 갔어요."

"손님이 왔었다고요?"

홈즈는 약간 화가 난 표정으로 왓슨을 돌아다보면서 허드슨 부인에게 물었다. 그러면서 왓슨에게 한 마디 했다.

"거 보게. 산책 따위는 하지 않는 게 좋았어."

"허허, 홈즈. 내가 산책가자고 안 했네. 자네가 가자고 했지. 그러니 나를 원망 말게."

홈즈는 왓슨의 말에 팔을 살짝 흔들어 보이면서 허드슨 부인에게 말했다.

"부인, 손님을 방으로 안내하지 않았어요?"

"물론 안내했죠. 그러나 한 30분 동안 방안을 서성거리다가 그냥 돌아갔어요."

"아까운 손님 하나 놓쳤군. 손님이 없어 따분해 미칠 지경이었는데……. 아무튼 그 사람은 중요한 사건을 의뢰하러 왔을 거야. 그래서 그 중요한 사건 때문에 안절부절하다가 그냥 돌아갔을 것이고."

홈즈는 혼자서 중얼거리며 힘없이 방안으로 걸음을 옮겼다. 그런데 방안에 들어선 홈즈는 들뜬 목소리로 소리쳤다.

"아니 저건, 파이프 아닌가? 저건 자네 것은 아니지?"

홈즈가 가리킨 탁자 위에는 낡은 파이프 하나가 놓여 있었다.

"응, 내 파이프는 아니야. 손님이 잊고 놓고 간 물건이네."

홈즈는 중요한 단서라도 발견하듯이 파이프를 유심히 살펴보았다.

"하하하, 손님이 분명 다시 올 걸세. 이 파이프는 그 손님에게는 매우 중요한 물건일세. 꼭 파이프를 찾으러 올 걸세."

홈즈는 파이프를 들고 이리저리 살펴보았다.

"홈즈, 그 파이프가 그 사람에게 매우 중요한 물건이라는 것을 어떻게 아는가?"

왓슨이 물었다.

홈즈는 파이프를 왓슨에게 보이면서 말했다.

"이걸 보게. 이건 7실링 6펜스만 주면 얼마든지 살 수 있는 싸구려 파이프가 아니야. 그런데 물부리 부분과 여기를 두 번이나 수선한 흔적이 있지?"

왓슨이 파이프를 살펴보았다.

"응, 정말 그렇군."

"이 정도의 수선비라면 새 파이프를 사고도 남는데도 이 낡은 파이프를 수선해서 계속 사용했다면 분명 그에게는 이 파이프가 매우 소중한 물건이 아니겠는가."

홈즈는 파이프를 요리조리 살펴보며 무언가를 찾고 있었다.

사건과 관계 있는 것이라면 지금까지 관심을 두지 않았던 새싹이나 땅에 굴러다니는 낙엽조차도 유심히 관찰하는 것이 홈즈의 성격이다. 이런 그의 성격이 지금 이순간에도 다시금 나타나기 시작한 것이다.

"홈즈, 그 파이프에 뭔가 또 있나?"

왓슨이 흥미를 느끼며 물었다.

홈즈는 파이프를 톡톡 치면서 대답했다.

"응, 여러 가지를 알아냈어. 파이프는 우리에게 참으로 재미있는 여러 가지 일들을 가르쳐 주지. 사람의 개성을 나타내는 것으로 구두와 회중시계 다음으로 파이프라네."

"음, 파이프를 보면 그 사람의 개성을 알 수 있다 이거지?"

"그렇지, 아마 이 사람은 상당히 건강한 사나이로서 튼튼한 이를 가졌을 거야. 그리고 왼손잡이고, 돈에 구애를 받지 않는 부자임에는 틀림없어,"

"허허, 그 싸구려 파이프의 주인공이 부자라고?"

왓슨은 놀라서 파이프와 홈즈를 번갈아 보았다.

그러자 홈즈는 파이프 속에 있는 담배 찌꺼기를 손바닥에 털어 보이며 말했다.

"파이프에 담긴 담배는 그로브나야. 이 담배는 30그램에 8펜스나 하는 고급담배야. 이 정도의 담배를 피우는 사람이라면 부자라고 할 수 있지."

"그렇겠군. 그리고 또 다른 점은?"

"이 사람은 성냥을 쓰지 않아. 램프나 가스불로 담뱃불을 붙이지. 여길 보라구. 성냥불로 불을 붙였다면 여기가 새까맣게 그을려 있지 않았을 거야."

"그렇군, 여기 오른쪽이 몹시 그을려 있군. 그래서 이 사람은 왼손잡이라는 것을 알아냈군. 왼손으로 파이프를 잡고 가스불이

나 램프에 파이프를 갖다대면 오른쪽이 그을리니까."

"그렇지, 물론 오른손잡이라도 왼손으로 불을 붙이지 말라는 법은 없지만, 그건 어쩌다 일어나는 일이고, 보통은 오른손으로 쓰게 마련이지."

"역시 홈즈의 추리는 무섭군."

"그리고 성격은 좀 덤벙거리고 급한 편이라고 할 수 있지. 차분하고 꼼꼼한 사람이라면 성냥불로 담배에만 불이 붙게 하겠지. 소중한 파이프가 그을리지 않게 말이야. 안 그런가?"

홈즈가 동의를 구했다.

"역시 명탐정 홈즈일세. 추리하는 과정이 너무나 재미있네."

"또 있네. 여기 물부리를 보게. 물부리에 이빨로 씹은 흔적이 많이 있지. 이것으로 보아 그는 건장하고, 이가 튼튼한 사람이라는 것을 알 수 있어. 이가 건장한 사람은 대개 몸이 크고 건장하거든."

그 때 계단을 올라오는 발자국 소리가 들렸다.

"홈즈, 누가 오는 모양일세. 아무래도 그 파이프의 주인인 것 같네."

홈즈와 왓슨은 방문을 향해 고개를 돌렸다. 바로 노크 소리와 함께 방문이 열렸다.

빙문이 열리며 방문객은 주인이 들어오시라는 말도 하기도 전에 방안으로 들어왔다. 그것은 성질이 급해서인지 아니면 사건이 너무 중대해서인지 둘 중의 하나일 것이다.

"실례하겠습니다."

회색의 고급 양복을 입고, 갈색의 중절모자를 손에 든 그 남자는 고개를 숙여 정중하게 인사를 했다.

"대답도 듣지 않고 들어와서 실례했습니다. 지금 제 마음이 불안하고 제 정신이 아니라 그만 실례를 범했습니다. 이해해 주십시오."

"괜찮습니다. 그랜트 씨, 놓고 간 파이프 여기 있습니다."

홈즈의 말에 그 남자는 눈이 휘둥그레졌다.

"아니 어떻게 저의 이름을 아십니까? 메모를 남긴 적이 없는데요."

그랜트는 흥분된 목소리로 말하였다.

홈즈는 그랜트에게 의자를 권하면서 말하였다.

"당신의 모자에 그랜트라는 이름이 새겨져 있는 걸 방금 봤습니다."

"아, 그랬군요. 과연 들은 대로 대단하신 분입니다. 홈즈 씨 앞에서는 조금도 숨길 수가 없군요."

그랜트는 의자에 앉으면서 말했다.

"그러고 보니 제가 홈즈 씨를 찾아온 것은 잘한 일 같습니다."

"며칠 동안 잠도 제대로 못 주무셨군요. 얼굴빛이 몹시 좋지 않습니다. 신경 또한 매우 날카로워 계시군요."

"그렇습니다."

"그런데 무슨 일로 나를 찾아오셨습니까?"

홈즈는 부드러운 목소리로 물었다.

그러자 그랜트는 약간 떨리는 목소리로 말하였다.

"홈즈 씨의 의견을 듣고 싶어서 왔습니다. 제 생활이 엉망이 되고 있습니다. 어떻게 해야 될지 모르겠습니다."

"사건을 의뢰하시는 겁니까?"

"네, 뿐만 아니라 고견을 듣고 싶습니다. 제가 어떻게 해야 하는지 가르쳐 주십시오."

그랜트는 흥분하여 말도 더듬거렸으며 숨도 차서 헐떡거렸다.

홈즈는 그랜트의 표정을 유심히 관찰하면서 말했다.

"그랜트 씨, 여기 있는 왓슨 박사와 나는 이 방에서 많은 사람들의 비밀이나 사생활에 대한 문제를 들어왔으며, 또 많은 고민도 해결해 주었습니다. 그러므로 염려 마시고 사실대로 말씀하세요. 그러면 우리가 도울 수 있을 겁니다."

그랜트는 마음을 진정시키기 위해 심호흡을 한 번 하고 나서 말문을 열었다.

"사실 아무에게도 말하고 싶지 않은 우리 가정에 대한 이야기입니다만, 해결해 주실 것을 믿고 말씀드리겠습니다."

그랜트는 자존심이 매우 강한 사람이라 그렇게 말해놓고서도 쉽게 입을 열지 못하였다.

홈즈와 왓슨은 인내심을 가지고 그랜트가 입을 열기를 얼마 동안 기다리고 있었다.

그렇게 얼마 동안 시간이 지난 후 그랜트는 드디어 결심을 굳히고 입을 열기 시작했다.

"제게는 3년 전 결혼한 아내가 있습니다. 이름은 에피입니다. 저희는 평범한 부부들처럼 서로를 믿으며 행복하게 살았습니다. 그런데 지난 월요일부터 우리 두 사람 사이에 알 수 없는 벽이 생겼습니다. 그렇게 다정한 아내가 어색한 사람처럼 느껴지게 되었습니다."

"왜 갑자기 그렇게 되었지요?"

"우리는 서로 비밀이 없었습니다. 그런데 아내가 제게 뭔가를 숨기고 있는데 도무지 말을 하려 하지 않습니다."

그렌트의 얼굴이 일그러졌다.

"그랜트 씨, 부인에 대해 좀더 상세히 얘기해 보십시오."

그랜트는 잠시 뜸을 들인 후 천천히 얘기를 다시 시작했다.

"제가 아내를 처음 만났을 때, 아내는 스물여섯 살의 과부였습니다. 아내는 어렸을 때 미국으로 건너가 그 곳에서 자란 여성입니다. 저를 만나기 전에 헤프론이라는 변호사와 결혼도 했고, 아이도 있었다고 합니다. 그러나 어느 해, 남편과 아이가 황열병에 걸려 죽었다고 합니다. 그래서 아내는 미국에 살기 싫어 영국으로 오게 되었다더군요."

"그리고 당신을 만났군요?"

"예, 그렇습니다. 아내의 과거에 대해서는 더 이상 아는 것이 없습니다. 제게 아내의 과거는 별로 중요하지 않습니다. 아내 또한 옛날 일을 떠올리는 것을 무척이나 괴로워하니까요."

"음, 그 점이 좀 걸리는군."

홈즈는 혼잣말처럼 중얼거렸습니다.

"전남편은 아내에게 4,500파운드나 되는 유산을 남겨주었습니다. 아내는 그 돈을 모두 제게 맡겼습니다. 하지만 저는 그 돈을 한 푼도 쓰지 않았습니다. 앞으로도 안 쓸 거고요."

"왜죠?"

"아내가 원할 때 돌려주기 위해서입니다. 또한 저는 장사를 하고 있는데, 1년에 800파운드의 수입이 있습니다. 그러니 아내의 돈은 바라지 않아도 됩니다."

"800파운드나 되는 수입이면 꽤 넉넉한 생활을 할 수 있겠군요."

"네, 사는 데 불편함이 없죠. 우리는 런던에서 조금 떨어진 교외의 별장 같은 집을 한 채 얻어서 살고 있습니다."

"교외 어디입니까?"

"'노블리'라는 곳입니다. 런던에서 한 시간 정도밖에 안 걸리고, 조용하고 깨끗하며 시골 정취를 맘껏 누릴수 있죠. 저희 집 외에 여인숙이 하나, 집이 두 채, 그리고 밭을 사이에 두고 건너편에 작은 별장이 한 채 있을 뿐입니다."

"네, 아주 살기 좋은 곳이겠군요."

"공기도 맑고 그림처럼 아름다운 곳이지요. 계절에 따라 런던에서 생활하는 일이 많지만 요즘은 한가로워서 시골 생활하기 딱 좋습니다."

"그렇게 좋은 곳에서 어떤 문제가 일어난 건가요?"

홈즈는 눈을 반짝이며 이야기를 재촉했다.

"아내의 행동이 수상하게 느껴진 것은 6주 전 어느 날이었습니다."

"여보, 내가 당신에게 돈을 맡길 때, 당신은 내가 필요하면 언제든지 그 돈을 갖다 쓰라고 했죠?"

"그랬지. 그건 모두 당신 돈이니까."

"그래서 말인데요, 지금 제게 100파운드가 필요해요."

그랜트는 놀란 눈으로 아내를 바라보았습니다. 100파운드라면 새 옷을 해 입거나, 용돈으로 쓰기에는 너무나 많은 돈이었기 때문입니다.

"그렇게 큰 돈을 어디에다 쓰려고?"

"어머! 당신은 내 돈을 맡은 은행이라고 했잖아요. 손님에게 그런 질문을 하는 은행이 어디 있어요."

아내는 웃으며 농담으로 남편의 대답을 회피했습니다.

"꼭 필요한 돈이라면 물론 내줘야지."

"꼭 필요해요."

아내는 단호하게 말했다.

"그런데 어디에 쓰는지는 밝힐 수 없다 그거요?"

"언젠가는 모든 걸 얘기하겠어요. 하지만 지금은 말할 수 없어요."

그랜트와 아내 사이에 처음으로 비밀이 생겼다.

그랜트는 결국 아내에게 100파운드를 내주었지만 마음이 편치 않았다.

그랜트는 틈만 나면 집 부근을 산책하는 것을 즐겼습니다. 특히 집 건너편에 있는 전나무 숲을 산책하길 제일 좋아했다. 그의 집에서 그 전나무 숲을 가려면 맞은편 별장을 지나 오솔길을 따라 가야만 했다. 그 별장은 아담하고 깨끗한 2층 건물로 대문에는 인동덩굴이 얽혀 있는 옛스럽고 예쁜 집이다. 하지만 세 드는 사람이 없어 몇 달 동안 계속 비어 있었다.

그랜트는 그 별장이 마음에 쏘옥 들었다. 그래서 그 별장을 지날 때마다,

'차라리 이 집을 빌릴걸. 뒤에 전나무 숲이 있어 경치가 너무 좋아……'

라고 생각했다.

그러던 월요일 저녁이었다.

그랜트는 평소처럼 전나무 숲으로 산책을 나갔다. 그러다 그 별장 앞에 짐마차가 서 있는 것을 보았다. 그리고 문 옆에 잔디밭에 의자, 양탄자 등의 가구가 놓여 있는 것이 보였다.

'마침내 누가 세든 모양이군. 어떤 사람이 왔을까?'

이런 생각을 하며 그랜트는 현관 쪽으로 고개를 돌렸다.

그 때 문득 2층 창가에서 누군가가 자신을 내려다보고 있는 것을 느꼈다. 그래서 무심코 이층 창을 쳐다본 순간, 그랜트는 자기도 모르게 소리를 지를 뻔했다.

2층에서 내려다본 사람은 그랜트가 쳐다보는 순간 얼른 창문 안으로 사려져 버렸다. 하지만 그랜트는 그 얼굴을 본 순간 소름 끼치도록 무서운 느낌을 받았다.

그것은 여자의 얼굴인지, 남자의 얼굴인지도 구별이 되지 않는 괴상한 노란 얼굴이었다.

그랜트는 다시 한 번 보고 싶은 호기심에 5분 가량 2층 창문을 바라보았지만 그 얼굴은 다시 나타나지 않았다. 그리고 그 시간 이후로 별장 안에서 누구도 나오지 않았다.

'곧 날이 어두워질 텐데, 왜 빨리 짐을 옮기지 않지?'

걱정이 된 그랜트는 이삿짐을 옮겨 주기 위해 현관으로 다가가 문을 두드렸다.

그러자 문이 열리고 날카롭고 험악하게 생긴 키 큰 여자가 퉁명스럽게 말했다.

"뭐죠?"

"안녕하십니까, 저는 이웃에 사는 사람입니다. 새로 이사를 오신 것 같은데, 도와 드릴 일이 없을까 해서요."

"필요 없어요."

상냥한 그랜트의 말에도 불구하고 그 여자는 쌀쌀맞게 말하고 문을 쾅 닫아 버렸다.

"참 이상한 사람이네."

예의를 모르는 여자의 태도에 그랜트는 불쾌한 기분이 되어 집으로 돌아왔다.

그랜트는 아내에게 건너편 별장에 새로운 사람들이 이사를 왔다고 말은 했지만, 이상한 얼굴의 사람이며, 예의도 모르는 여자에 대해서는 말을 하지 않았다. 아내도 별장 사람들에 대해 별 관심을 보이지 않고 자기 할 일만 했다.

그날 밤이었다. 평소 같으면 천둥 번개가 쳐도 모를 정도로 깊이 잠을 자던 그랜트는 새로 이사 온 별장 사람들 때문에 신경이 쓰여 깊은 잠을 이루지 못했다. 그래서 이리 뒤척이고 저리 뒤척이다가 겨우 잠이 들기 시작했다.

그런데 잠결에 뭔가 방 안에서 움직이는 것을 느꼈다. 그랜트는 눈을 살며시 떴고 촛불이 희미하게 켜져 있는 방안에선 아내가 옷을 입고 있었다.

'아니, 에피가 뭐하는 거지?'

'외출을 할 모양이군.'

그랜트는 당장 일어나 아내를 불러 볼까도 생각했지만 아내가 한밤중에 자신 몰래 외출을 한 적이 한 번도 없었으므로 그냥 아내를 지켜봤다.

아내의 얼굴을 보니 긴장하는 낯빛이 역력했다.

아내는 외투를 챙겨 입고 발소리를 죽이며 방을 빠져 나갔다. 그리고 곧 현관문이 삐걱이며 아내가 집을 빠져 나가는 소리가 들렸다.

그랜트는 침대에서 벌떡 일어나 앉았다. 새벽 세 시였다.

그랜트는 여러 가지로 아내의 행동에 대해 생각해 봤다. 그러나 짐작 가는 일이 없었다.

그렇게 답답하고 불안한 시간이 한 시간쯤 흘렀을 때, 아내가 다시 돌아왔다.

"에피! 이 밤중에 어딜 갔다 오는 거요?"

그랜트는 더 이상 참을 수 없어 소리쳤다.

아내는 놀라 아무 말도 하지 못했다.

"아니 어딜 갔다 오는 건지 묻지 않소?"

잠시 아무 말도 못하던 아내가 애써 태연한 표정을 지으며 말했다.

"그냥 가슴이 답답해서 차가운 바깥 공기를 마시고 왔을 뿐이에요. 아무 일도 아니니까 걱정하지 말아요."

아내는 그랜트를 똑바로 쳐다보지 못하고 목소리가 조금씩 떨리는 것이 느껴졌다.

그랜트는 거짓말까지 하는 아내에게 사실을 말하라고 따져 묻고 싶었지만 꾹 참았다

'아내는 무얼 숨기는 걸까? 내게 털어놓지 못하는 비밀이 뭘까?'

그랜트는 이런저런 생각을 해 보았지만 도무지 아내의 마음을 알 길이 없었다.

다음 날, 아침 식사를 하는 동안에 두 사람은 아무 이야기도 나누지 않았다.

그 날 그랜트는 런던에 가야 할 일이 있었으므로 아침 식사를 마치자마자 집을 나섰다.

그랜트는 아무도 없는 시골길을 걸었다. 일을 하러 집을 나서긴 했지만 마음이 무거워 도저히 일할 마음이 들지 않았다.

그랜트는 마을 밖 풀밭에 앉아 잠시 생각에 잠겼다.

'어떻게 하면 좋을까? 남편인 내게조차 말 못할 비밀에 괴로워하고 있다면, 어떻게 해서든지 그 괴로움을 덜어주어야 할 텐데.'

그랜트는 아내의 비밀을 어떻게 하면 해결할 수 있을지 여러 가지로 생각했다.

'에피가 어떤 어려운 일이라도 숨김없이 털어놓는다면 우리

는 이겨 낼 수 있을 거야. 그래, 그 방법이 제일 간단한 방법일 거야.'

그랜트는 한낮이 지나도록 생각에 생각을 거듭했다.

'그래, 되도록 부드럽게 대해 주자. 아내를 위해서는 어떤 어려움도 극복할 수 있어. 이런 내 마음을 아내도 알게 되겠지. 그러면 분명 비밀을 털어놓을 거야.'

오래도록 풀밭에 앉아 생각하다 보니 그랜트의 마음은 아내의 비밀로 부터 한결 가벼워졌다.

그랜트는 집으로 돌아가 아내와 어색함을 풀어야겠다는 생각에 발걸음을 재촉했다.

그랜트는 별장 앞을 지나며 무심코 2층 창문을 쳐다봤다. 어제의 그 괴상한 얼굴이 자기를 내려다보고 있을 것 같은 생각이 별안간 들었다.

하지만 창문은 닫혀 있었고, 이상한 점도 보이지 않았다.

"나도 참 호기심이 많군. 별장보다는 아내의 일이 더 급한데 말야."

그랜트는 혼잣말처럼 중얼거리며 발길을 떼었다.

그런데 그 때였다. 갑자기 별장의 현관문이 열리며 아내가 나오는 것이었다.

그랜트는 너무도 뜻밖의 일에 아무 말도 못하고 멍하니 서 있었다.

아내 또한 그랜트를 발견하고 새파랗게 질려서 다시 집 안으로 뛰어들어갈 듯 당황하다 억지로 미소를 지으며 그랜트 쪽으로 다가왔다.

"어머, 벌써 왔어요. 저는 이사 온 분들을 좀 도와 주려고 왔어요. 어젯밤 당신이 이 별장에 새로 사람들이 이사 왔다고 해서……. 그래서 인사도 할 겸 도와주러 들렸어요. 앞으로 이웃끼리 잘 지내야 하잖아요."

아내가 거짓말을 늘어놓고 있다는 것을 느낀 그랜트는 심한 배신감을 느꼈다. 왜 자꾸 자기에게 거짓말을 늘어놓는 것인지, 왜 사실대로 말해주지 않는지 화가 나서 정말 견딜 수가 없었다.

"여보, 왜 그렇게 무서운 얼굴로 쳐다보는 거예요. 무슨 기분 나쁜 일이라도 있었나요?"

아내는 그랜트의 눈치를 살피며 조심스럽게 물었다. 그랜트는 더 이상 화를 참을 수 없어 버럭 소리를 질렀다.

"말도 안 되는 거짓말 이젠 그만 둬요. 어젯밤에도 당신은 집을 빠져 나와 여기 왔었지. 나는 다 알고 있소."

온순하고 이해심 많은 그랜트가 이처럼 아내에게 화를 낸 적은 없었다. 아내는 그런 그랜트의 모습에 놀라고 있었다.

"여보, 아니에요. 제가 여기 온 것은 오늘이 처음이에요. 제 말을 믿어 주세요."

"에피, 왜 자꾸 나를 속이려는 거요. 거짓말하는 당신을 보는 것이 정말 슬프고 괴로워. 당신은 지금 누군가에게 협박을 당하고 있는 게 분명해. 내가 당신을 위해 싸워주겠어. 내가 이 별장 안에 들어가 직접 조사해 봐야겠어."

그랜트가 별장 안으로 들어가려 하자 아내가 떨리는 목소리로 외쳤다.

"안 돼요. 제발 부탁이니 그러지 말아요."

"비켜요."

"제발, 이 집에 들어가지 말아요."

아내는 그랜트에게 울부짖으며 애원했습니다.

"저는 절대로 당신을 배신하지 않아요. 하느님께 맹세할 수 있어요."

"좋아. 당신 말을 믿지. 저 집 안을 조사하지 않겠어. 그리고 당신의 비밀도 억지로 말하라고 하지 않겠어."

"고마워요. 고마워요, 여보."

"대신 당신도 오늘부터 밤중에 몰래 외출을 한다거나 내 눈을 피해 비밀스런 행동을 하지 마시오. 여기서 약속해요."

"그러면 나도 오늘 일을 잊고, 당신과 전처럼 행복할 수 있을 거요."

그랜트는 한 마디 한 마디에 힘을 주어 다짐을 하듯 말했다. 아내도 그 말에 조금 진정이 되었는지 고개를 끄덕였다.

"고마워요. 무엇이든 당신 말에 따르겠어요. 약속해요. 그리고 예전처럼 행복한 생활이 될 수 있도록 노력하겠어요. 이제 집으로 돌아가요."

아내는 그랜트를 잡아끌었다. 그랜트와 아내는 집을 향해 걸었다. 하지만 별장이 계속 마음에 걸린 그랜트는 자기도 모르게 뒤를 돌아보았다. 그 때, 이층 창문에 다시 괴상한 노란 얼굴이 보였다.

'저 소름끼치는 노란 얼굴과 아내는 어떤 관계가 있을까? 또 어제 그 키다리 여인과는 어떤 관계일까?'

그랜트는 알 수 없는 수수께끼를 안고 집으로 돌아왔다. 그랜트는 별장의 일을 잊어버리려 해도 노란 얼굴이 계속 머릿속에 떠올라 마음이 편치 못했다.

그로부터 이틀 동안, 그랜트는 아내를 지키느라 집 안에만 틀어박혀 있었다.

'아내는 협박을 받고 있는 게 분명해. 나에게 폐를 끼치지 않고 혼자서 해결하려고 애쓰고 있는 거야. 아주 무서운 위험이 아내에게 닥쳐오고 있는 걸 거야. 내가 잘 지켜봐야 해.'

그러나 그 후 아내는 수상한 행동을 전혀 하지 않았습니다. 평소처럼 집안일도 열심히 하고 몰래 외출도 하지 않았다.

'내가 오해했었나 봐. 정말 아내에게는 아무 일도 없었을지도 몰라. 어쩌면 아내 말대로 별로 대단한 일이 아니었을 거야. 괜히 내가 신경이 날카로워져서 아내를 괴롭혔나 봐.'

사흘이 지나도록 수상한 행동을 하지 않는 아내를 보며 그랜트는 기분이 다소 나아졌다.

그랜트는 다시 활기를 되찾아 런던으로 장사를 하러 떠났다.

그는 런던에서 볼일을 일찍 끝내고 서둘러 2시 49분 기차를 탔다. 여느 때 같으면 3시 36분 기차를 탔겠지만 이 날은 한 시간쯤 빨리 집으로 돌아온 셈이다.

그랜트는 아내를 위해 달콤한 초콜릿을 사는 것을 잊지 않았다.

"에피, 에피!"

현관문을 연 것은 아내가 아니고 하녀였다.

"주인님, 오셨어요. 차 준비할까요?"

하녀는 몹시 당황한 얼굴로 그랜트를 맞았다.

"에피는 집에 없어?"

그랜트는 불안감을 억눌러 가슴이 두근거리는 것을 애써 참으며 침착하게 물었다.

"예, 저어, 잠시 산책을 나가신 모양이에요. 금방 돌아오시겠지요. 아니, 벌써 돌아오셨을 지도 몰라요. 제가 2층에 가 보겠습니다."

하녀는 말을 어물거리며 마치 죄지은 사람처럼 허둥댔다.

"아니, 내가 올라가 보겠어."

그랜트는 단숨에 계단을 뛰어 올라갔다.

"에피!"

2층에는 방이 세 개 있다. 그랜트는 방 세 개를 모조리 열어 보며 아내를 불렀다. 그러나 역시 아내의 모습은 보이지 않았다.

그랜트는 허탈한 마음에 침실로 들어섰다. 그 때, 창밖으로 넘어질 듯 어디론가 달려가는 하녀의 모습이 보였다.

'아내는 틀림없이 별장으로 갔어. 약속을 어긴 거야.'

그랜트의 마음은 분노로 달아올랐습니다.

'이게 도대체 무슨 짓이야. 절대로 용서할 수 없어. 어떤 일이 있어도 아내에게 모든 걸 털어놓게 만들겠어.'

그랜트는 2층에서 단숨에 뛰어내려와 별장을 향해 정신없이 달리기 시작했다. 밭을 가로지르고 오솔길을 내달렸다. 숨 가쁘게 달리던 그랜트는 오솔길 중간에 다달았을 때, 저쪽에서 아내와 하녀가 숨을 헐떡거리며 달려오는 것을 보았다.

하지만 그랜트는 아내와 하녀를 거들떠보지도 않고 별장으로 달려갔다. 조금 전까지만 해도 아내를 다그쳐 별장을 찾아가 그 이유를 알려고 했지만, 생각을 바꾸었다. 울먹이며 거짓말만 늘어놓는 아내의 변명을 듣는 것보다 차라리 직접 별장을 찾아가 보는 것이 낫겠다고 생각했기 때문이다.

'저 이상한 별장에는 아내의 비밀이 숨어 있는 게 틀림없어. 반드시 밝혀내야지.'

그랜트는 멈추지 않고 계속 별장으로 달렸다. 그리고 문을 확 열어젖히고 안으로 들어갔다.

그랜트는 어느 누구와도 싸워야 한다면 피하지 않고 싸우겠다고 마음을 다짐했다. 그리곤 별장의 이곳저곳을 살펴보았다. 하지만 별장 안은 조용했다. 그런데 무슨 소리인지 알 수 없는 소리가 희미하게 들려왔다.

그랜트는 숨을 죽이고 소리 나는 곳으로 가봤다. 그 소리는 주전자의 물 끓는 소리였다. 그것은 조금 전까지 이 별장 안에 사람이 있었다는 증거였다.

'예의도 모르는 그 무뚝뚝한 키다리 여인이 여기에 있을 텐데……, 그 노란 얼굴도…….'

그때 구석에 있는 광주리 안에서 무엇이 움직이는 듯 바스락거리는 소리가 들려왔다. 그랜트는 의혹의 눈초리로 그곳을 노려보았다.

그 때 '야옹' 하는 고양이 소리와 함께 광주리 안에서 고양이 한 마리가 나타났다.

'그래 이왕에 이렇게 된 바에야 별장을 한 번 철저하게 조사해 보자.'

그랜트는 비상한 마음으로 집안의 구석구석까지 뒤졌다. 부엌, 목욕탕, 서재, 거실 등 집안의 어느 한 곳도 빼놓지 않고 철저하게 조사하였다.

하지만 조금 전까지 사람이 있었던 것은 분명한데, 모두 어디로 사라졌는지 사람의 그림자도 발견할 수 없었다.

'도대체 어디로 간 거야?'

그랜트는 이층으로 올라갔다. 이층에는 방이 두 개가 있었다. 그러나 그 곳에도 아무도 없었고, 텅 비어 있을 뿐이다. 마치 유령의 집을 찾아온 것 같은 기분이 되었다.

그랜트는 마음이 허탈했다. 다시 한번 방을 휘둘러 보는데, 벽난로 위에 사진 하나가 보였다. 그 사진을 본 순간 그 사진이 어디서 본 것 같은 예감이 들었다.

'누굴까?'

그랜트는 좀더 가까이 가서 사진을 들여다보았다.

"아니?"

사진을 가까이서 본 그랜트는 놀라고 말았다. 그것은 바로 자기 아내의 사진이었기 때문이다.

너무나도 예상치 못한 일이라 그랜트는 뛰는 심장과 놀란 눈으로 사진을 집어들었다.

'아니 이 사진은 얼마 전에 나와 함께 런던에 갔을 때 사진관에서 찍은 사진이 아닌가? 그런데 어떻게 이 사진이 이곳에 있지.'

그랜트는 아내가 점점 더 의심스러워졌다.

'앗! 그러고 보니 이 방은 그 기분 나쁜 노란 얼굴이 내다보던 방이었어.'

그랜트는 창문을 통해서 밖을 내다보다가 이 방이 노란얼굴의 방임에 틀림없다는 것을 확인했다.

'이 방에 사는 수수께끼의 인물과 아내와는 어떤 관계가 있는 게 분명해.'

그랜트에게는 충격적인 발견이었다. 어떤 증거를 잡는 것보다 더 확실한 증거로서, 이 증거로 아내의 비밀을 충분히 파헤칠 수 있을 것이라고 생각했다.

그랜트는 무거운 마음으로 집으로 돌아왔다.

그랜트를 맞이한 아내의 표정이 밝지 못했다. 무언가 극도로 조심하는 듯한 태도였다. 그랜트는 그런 아내와 아무런 말도 하고 싶지 않아 문앞에 서 있는 아내를 밀치고 서재로 들어가 버렸다. 그러자 아내가 뒤따라 들어왔다.

"여보, 미안해요. 약속을 지키지 못해서."

아내는 울먹이는 목소리로 말했다.

"듣기 싫소."

"여보, 정말 미안해요. 이제 당신이 숨기고 있는 비밀을 말하시오."

그랜트는 굳은 표정으로 말했다.

"죄송해요. 지금은 말할 수 없어요. 곧 모든 걸 말씀드리지요. 조금만 참아주세요."

아내는 고개를 떨구며 괴로움에 깊은 한숨을 쉬었다.

"당신이 사진까지 준 사람은 도대체 누구요? 저 별장 안에 있는 사람은 누구요? 어서 사실대로 말하시오."

아내는 금방이라도 쓰러질 듯 휘청거렸으면서도 입을 굳게 다물었다.

"좋소, 당신이 끝까지 말을 하지 않겠다면 나도 생각이 있소, 당신이 사실대로 말할 때까지 내가 이 집을 나가 있겠소."

그랜트는 서재 문을 분노의 쾅 소리로 힘차게 닫아 버리고 나가 버렸다.

"여보, 저를 믿고 제발 조금만 기다려 주세요."

아내가 뒤를 따라오며 울면서 말했지만, 그랜트는 아내의 사라진 믿음에 들은 척도 하지 않았다. 그는 아내의 간절한 목소리를 뒤로 하고 그 길로 집을 나오고 말았다.

그 날 밤 그랜트는 런던으로 가서 한 호텔에 묵었다. 하지만 잠을 이룰 수가 없었다. 그랜트는 비록 자신의 비밀을 말하지 않은 아내가 미웠지만, 아직도 아내를 사랑하고 있기 때문에 아내의 걱정이 앞서는 밤이다. 그날 밤 잠을 한 잠도 이루지 못하고 뜬눈으로 새운 그랜트는 그길로 홈즈를 찾아왔던 것이다.

홈즈는 그랜트의 말을 모두 듣고 나서 얼마 동안 뭔가를 생각하더니 말을 꺼내었다.

"분명 이상합니다. 특별한 사건이라고는 볼 수 없지만, 좀 이상한 사건임에는 분명합니다."

"저를 도와주시겠지요?"

"네, 힘닿는 데까지 도와드리겠습니다."

"정말 감사합니다."

그랜트의 표정이 밝아졌다.

"그럼 몇 가지 질문을 드릴 테니 솔직하게 말씀해주세요."

"네, 무엇이든지요."

"별장 이층에서 본 얼굴은 남자의 얼굴이었습니까, 아니면 여자의 얼굴이었습니까?"

"남자인지 여자인지 확실하게 알 수 없었습니다. 볼 때마다 멀리서 보았기 때문에 남자인지 여자인지 구별할 수가 없었어요. 또 자세히 보려고 다가가면 창문 뒤로 숨어버렸으니까요."

"남자인지 여자인지는 모르지만 볼 때마다 소름이 끼쳤단 말씀이죠. 마치 귀신을 보는 것 같았다고요?"

"귀신이라고 할 정도는 아니지만 얼굴빛이 노란 것이 무엇을 칠해 놓은 것처럼 부자연스러운 느낌이었어요. 또한 얼굴 전체가 매우 딱딱해 보였습니다."

그랜트는 자신이 본 노란 얼굴의 환상이 떠올랐는지 잠시 얼굴을 찡그렸다.

"음, 부인께서 갑자기 100파운드를 달라고 한 것이 언제쯤이죠?"

"6주 전 쯤입니다."

"부인의 전남편 사진을 본 적이 있습니까?"

홈즈는 점점 빠른 말로 질문을 하고 있다. 마치 수사관이 범죄 용의자를 심문하듯이.

"없습니다. 전남편이 죽은 지 얼마 되지 않아 이웃에 큰 불이 나서 사진, 서류 같은 것들이 모두 불타 버렸다고 합니다."

"그럼 어린아이의 사진도 없겠군요."

홈즈는 중얼거리듯이 말하였다.

"부인이 미국에서 살 때의 일을 잘 알고 있는 사람을 만난 적이 있습니까?"

"없습니다."

"부인이 다시 미국에 가고 싶다고 말한 적은 있습니까?"

"없습니다. 아내는 미국에 관한 이야기를 입밖에도 내지 않습니다."

"하지만 미국에서 오래 살았으니까 친구들이라도 있을 텐데…… 혹시 편지라도 온 일은 없습니까?"

"제가 알기로는 없습니다."

홈즈는 다시 한 번 뭔가를 생각하는 모습이었다. 그리고 얼마 후 다시 입을 열었다.

"그랜트 씨, 별장 사람들이 모두 사라졌다면 문제를 해결하기 힘듭니다. 아마 그랜트 씨가 별장으로 뛰어들어갔을 때 잠시 어디로 숨어 있었을 겁니다."

"저도 그렇게 생각합니다만……."

"지금 쯤 별장에 그들이 와 있을 겁니다. 집으로 돌아가셔서 별장을 확인해 보십시오. 만약 사람들이 다시 돌아와 있다면 제게 연락해 주십시오. 그러면 저희가 달려가 단숨에 해결해 드리겠습니다."

"정말입니까? 감사합니다."

그랜트는 세계 제일의 명탐정이 해결해 주겠다는 말에 쏴악 내려가는 듯 기뻤다.

"다만 주의할 것은 별장에 사람들이 있다는 것을 알더라도 바로 별장으로 뛰어 들어가서는 안 됩니다. 저쪽에서 눈치채지 못하도록 해야 합니다. 조심해서 행동해야 합니다. 안 그러면 저들이 또 도망을 가거나 몸을 숨길지도 모르니까요."

"네, 조심하겠습니다."

그랜트는 마음이 놓였는지 환한 얼굴로 돌아갔다.

그러나 홈즈는 이마에 주름살을 가득 새기고는 뭔가 골똘하게 생각속에 잠겨 있었다.

"왜 그러나 홈즈."

"이 사건은 매우 복잡한 것 같아."

"귀찮게 됐군. 부부관계 문제는 살인이나 강도 사건보다도 미묘하지."

홈즈는 한참 생각하더니 한숨을 내쉬었다.

"왓슨, 자네는 아내가 비밀이 있다면 어떻게 생각하겠나?"

"글쎄, 비밀을 알고 있다면 걱정할 게 없겠지."

"내 생각에는 그랜트 씨 사건은 협박 사건 같아."

"협박 사건? 왜 그렇게 생각하나?"

"수상한 별장의 이층에 깨끗한 방이 있고, 그 방의 벽난로 위에 부인의 사진이 있다고 했어. 그렇다면 그 방의 주인이 부인을 협박하고 있는 게 아닐까?"

"듣고 보니 그렇군. 괴상한 노란 얼굴의 사람이 있던 방이니 말이야."

"괴상하게 생긴 사람인지 괴물인지 그 노란 얼굴의 사람이 아무래도 가장 수상쩍지."

홈즈는 용의자를 지목했지만, 예전처럼 자신있게 말하지는 않았다.

"그런데 부인이 노란 얼굴의 괴인으로부터 협박받을 만한 약점을 가지고 있는 건가? 그랜트 말에 의하면 부인은 좋은 사람 같은데, 그런 사람에게 누가 어떻게 협박을 하는 걸까?"

왓슨이 의아심이 생겨 홈즈에게 물었다. 오늘따라 홈즈의 추리가 마음에 들지 않았기 때문이다.

"왓슨, 별장에는 부인의 전남편이 있을 거야. 미국에서 살고 있는 그가 별장으로 옮긴 거지."

"전남편은 죽었다고 했잖아?"

"그건 거짓말이야. 부인은 어떤 이유로든 남편이 싫어진 거야. 그래서 미국에서 도망쳐 이곳으로 와서 그랜트 씨와 결혼한 거야. 그랜트 씨와 결혼하여 행복하게 살고 있는데, 그것을 전남편이 알고 부인을 협박하기 시작한 거야. 자신의 말을 듣지 않으면 폭로해 버리겠다고."

"마치 소설 같군, 자네는 분명히 소설가의 기질이 있어."

"잘 생각해. 부인은 그랜트가 별장으로 뛰어 가려고 했을 때 한사코 말렸어. 왜 그랬을까? 그것은 그랜트에게 옛날 일을 숨기고 싶었기 때문이야."

"하지만 홈즈, 부인이 현명한 여자라면 남편에게 사실대로 말했을 거야. 그랜트는 이해심이 많은 사람이라 충분히 이해했을 거야."

자신의 의견에 동의하지 않는 왓슨에게 홈즈는 짜증 섞인 목소리로 말했다.

"영리한 부인이기에 혼자서 해결하려고 한 거지. 그랜트 몰래 밤중에 나간 것은 전남편을 만나서 돈을 주고 지금의 행복을 깨뜨리지 말아달라고 부탁하러 간 거야. 하지만 그 자가 자신의 말을 듣지 않아서 다음날 또 찾아가게 된 거고, 결국 별장에서 그랜트와 마주치게 된 거라고."

"부인이 그랜트로부터 100파운드를 받은 것은 6주 전이야. 별장에 사람이 온 것은 지난 월요일이고. 아무래도 자네의 추리는 이번에는 맞지 않은 것 같군."

왓슨의 말에 홈즈는 불만이 있는지 입을 다물고 말았다.

"노블리에 가면 새로운 사실을 알게 되겠지. 조급하게 생각하지 말고. 나는 자네의 추리력과 판단력을 믿으니까."

왓슨은 고개를 숙인 홈즈의 어깨를 다정스럽게 두들기며 격려했지만 홈즈의 기분은 별로 좋아지지 않았다.

얼마 후 홈즈와 왓슨이 차를 마시고 있을 때. 그랜트로부터 전보가 왔다.

"그랜트 씨가 집에 도착하자마자 별장에 간 모양이군."

홈즈는 감탄하여 전보를 펼쳤다.

'별장에 사람이 있음. 이층 창문에 노란 얼굴이 나타났음. 7시 기차로 오기를 바람.

전보에는 그랜트의 다급하고 긴장된 마음이 들어 있었다.

"자, 출발하지. 왓슨."

"그러지. 그랜트 씨가 우리를 기다리고 있을 거야."

홈즈와 왓슨은 서둘러 기차역으로 달려갔다.

한적한 노블리 역에 두 사람은 내렸다. 그 역에 내린 사람은 그 두 사람 외에는 아무도 없었다. 그리고 그랜트 씨가 마중을 나와 있었다.

"놈들이 지금 별장에 들어와 있어요. 이리로 오면서 한 번 더 살펴봤는데, 저녁 식사를 하고 있는 것 같았습니다. 여기서 멀지 않으니 빨리 서둘러 가면 그들은 볼 수 있을 겁니다."

그렇게 말하는 그랜트의 표정은 그렇게 밝지 못했다. 오히려 어둡고 우울해 보였으며, 몹시 흥분한 상태에 몸을 부르르 떨고 있었다.

"자, 어서 갑시다. 별로 먼 거리는 아닙니다. 우리는 셋이니 단번에 밀고 들어가 해치웁시다."

"들어가서 어떻게 하려고요?"

흥분해 있는 그랜트에게 홈즈는 언짢은 기색을 보이며 말했다.

"그래선 안 됩니다. 먼저 저쪽 사람들을 조사해야 합니다."

하지만 그랜트는 홈즈의 언짢은 표정을 눈치채지 못하고 흥분하며 말했다.

"그러니까 단숨에 쳐들어가서 그들이 어떤 자들인지 직접 눈으로 보고 조사하면 되지 않습니까. 내가 앞장설 테니까 두 분은 도와 주십시오. 이건 제 일이니까요."

"글쎄요……. 그렇게 한다면 부인을 더욱 곤란하게 만드는 게 아닐까요? 조용히 해결하는 게 좋을 것 같은데요."

홈즈가 고개를 저었다.

"홈즈 씨, 저는 결심했습니다. 녀석들의 정체를 밝혀 내지 못하면 문제는 해결되지 않습니다. 사실이 분명해지면 아내에 대한 불만과 의심도 모두 풀릴 것입니다. 저는 꼭 그렇게 해야겠습니다."

그랜트는 강한 어조로 말했다.

"좋습니다. 그렇게 하지요. 결과가 어떻게 나오든지, 부인을 의심하고 불안해하며 살아가는 것보다는 사실을 모두 알고 지내는 것이 마음 편하겠지요."

세 사람이 큰길을 벗어나 오솔길로 접어들자 부슬부슬 비가 내리기 시작했다.

"저기 보이는 불빛은 우리 집 불빛입니다. 우리가 쳐들어갈 집은 이 쪽으로 가야 됩니다."

그랜트는 한껏 격양된 어조로 들뜬 목소리로 말했다.

오솔길을 얼마 가지 않아 왼쪽으로 꺾어들자 한 채의 집이 나타났다.

어두컴컴한 정원에 한 줄기 노란 불빛이 현관을 통해 흘러나오고 있었다. 2층에는 한 개의 창문만 밝게 비치고 있었다.

그 때, 창문에 검은 그림자 하나가 어른거렸다.

"저기 보십시오. 저 녀석입니다."

그랜트가 홈즈의 소매를 잡아당기며 작은 소리로 말했다.

"지금이 좋은 기회입니다. 지금 당장 쳐들어갑시다."

홈즈와 왓슨은 알 수 없는 정체를 상대해야 하기 때문에 몹시 긴장했지만, 그랜트는 분을 참지 못해 조금도 지체할 수 없다는 말투였다.

"그렌트 씨, 진정하십시오. 서두르면 안 됩니다. 그러다가 지난번처럼 저들이 도망가면 어쩌려고 합니까?"

"안 돼요. 지금이 아니면 기회를 놓칠지 몰라요. 기회가 왔을 때 한 번에 끝내는 게 좋습니다. 저들은 우리가 쳐들어오리라고는 꿈에도 생각지 못하고 있을 겁니다."

그랜트는 홈즈의 말을 듣지 않았다. 이미 마음의 결정을 내린 강한 모습에 홈즈도 더 이상 말릴 수가 없었다.

"그랜트 씨, 난폭한 짓을 하면 안 됩니다. 상대가 어떤 인물인지 모르니 조심해야 합니다. 모든 일은 나와 왓슨에게 맡겨 주십시오."

"네, 그러지요. 그러니 어서 갑시다."

홈즈와 왓슨, 그랜트는 조심스럽게 별장의 현관 앞으로 걸어갔다.

그 때, 갑자기 현관문이 열리더니 한 여자가 뛰어나와 앞을 가로막았다.

"여보, 제발 이러지 말아요. 저를 믿고 조금만 기다려 준다면 절대로 후회하지 않으실 거예요."

바로 그랜트의 아내 에피였다.

"아니, 에피. 아직도 그런 소리를 하는 거요. 나도 이제 지칠 대로 지쳤소. 당신은 여기 가만히 있어요. 모든 건 내가 해결할 테니."

그랜트는 거칠게 아내를 밀치고 별장 안으로 뛰어들어갔다.

"그랜트 씨, 거칠게 행동하면 안 됩니다."

홈즈와 왓슨도 함께 뛰어들어가며 외쳤다.

"안 돼요."

또다시 그랜트의 앞을 키큰 여자가 무서운 얼굴을 하고 가로
막았다.

"비켜."

그랜트는 키큰 여자도 거칠게 밀어 내고는 2층으로 뛰어 올라
갔다.

"그랜트 씨, 난폭한 짓을 하면 안 돼요."

홈즈는 이성을 잃은 그랜트를 향해 소리치며 왓슨과 함께 따
라 올라갔다.

그랜트는 아내의 사진이 있던 방의 문을 확 열어젖혔다.

그런데 당장이라도 노란 얼굴을 향해 뛰어들 것 같던 그랜트
가 방문만 열어젖힌 채 움직이지도 않고 멍하니 서 있었다.

"무슨 일입니까?"

함께 뒤따라 올라온 홈즈와 왓슨이 방 안을 살펴보았다.

침대와 탁자가 잘 갖추어져 있는 따뜻하고 아늑한 방 안에, 빨
간 옷을 입은 흑인소녀가 작은 눈동자를 또록또록 굴리며 그랜
트와 홈즈, 왓슨을 바라보고 있었다.

인형같이 귀여운 흑인 소녀는 곧 하얀 이를 드러내며 세 사람
을 향해 방긋이 웃음을 지어보였다. 참으로 상냥하고 깜찍한 소

녀였다.

"안녕, 꼬마 아가씨!"

왓슨은 자기도 모르게 상냥하게 웃고 있는 흑인 소녀를 향해 다정하게 인사를 했다. 홈즈도 부드러운 미소를 지으며 눈인사를 했다.

"홈즈 씨, 이게 어떻게 된 일이죠?"

"제가 말씀드리죠."

놀란 토끼 눈을 하고 있는 그랜트의 질문에 어느 새 올라온 그랜트의 부인은 말을 이어갔다.

"어차피 언젠가는 당신도 알게 될 일이었어요. 지금부터 제 얘기를 잘 들으시고 거리낌없이 말씀해 주세요. 저는 당신이 하자는 대로 다 하겠어요. 헤어지자고 하면 기꺼이 헤어지겠어요."

에피의 태도는 침착하고 당당했다.

"에피, 무슨 소리요? 내가 당신과 헤어지다니. 그런 일은 없을 거요."

"아니오. 제 얘기를 끝까지 듣고 말씀하세요. 될 수 있으면 하지 않는 게 좋겠다고 생각했지만, 이젠 어쩔 수 없군요."

에피는 호흡을 가다듬고 얘기를 시작했다.

"제 남편은 미국에서 죽었어요."

"그건 알고 있는 일 아니오."

"하지만 아이는 죽지 않았죠."

"뭐, 당신의 아이가 살아 있다고?"

그랜트는 놀라 소리쳤다. 에피는 목걸이에 달린 은으로 만든 로켓(사진 등을 넣어 목에 매다는 조그만 상자)을 꺼냈습니다.

"당신은 이걸 열어 본 적이 없죠."

에피는 작은 단추를 눌러 로켓의 뚜껑을 열었다.

"보세요. 제 전남편 헤프론이에요."

"아니……."

그랜트는 깜짝 놀라 눈을 동그랗게 떴다. 그 안에는 매력적이고 총명해 보이는 흑인 남자의 사진이 들어 있었다.

"헤프론은 훌륭한 사람이었어요. 그래서 저는 인종적 편견에 얽매이지 않고 당당히 결혼했죠. 저를 손가락질하는 사람도 있었지만, 그와 결혼한 것을 부끄럽게 생각하지 않았어요. 피부색에 따라 삶의 귀천이 정해진다고 생각하지 않으니까요. 사람은 누구나 평등하잖아요."

"그렇습니다. 그렇고말고요. 부인의 말씀이 참으로 맞는 말씀입니다."

왓슨은 자기도 모르게 흥분된 목소리로 말했다.

"제 아이도 아버지의 핏줄을 받아 검은 피부를 가지고 세상에 태어났습니다. 여기 있는 루시가 제 딸입니다. 루시야, 엄마한테 오렴!"

어머니의 부름에 흑인 소녀가 달려와 어머니의 무릎에 매달렸다.

"루시는 사랑스런 제 딸입니다. 피부색이 검든 희든, 이 아이는 무엇과도 바꿀 수 없는 저의 보물이에요."

에피는 눈물을 글썽이며 루시를 꼭 껴안았다.

홈즈와 왓슨도 에피의 이야기를 들으며 눈시울이 뜨거워졌다.

"그런데 왜 데려오지 않았소?"

"제가 이 아이를 미국에 두고 온 것은, 아이가 너무 어렸기 때문이에요. 게다가 아이는 몸이 튼튼하지 못했어요. 그래서 기후와 풍토가 다른 영국으로 갑자기 데려오면 건강을 해칠 것 같았어요."

"그럼 미국에서는 누가 이 아이를 길러 주었소?"

그랜트가 부드러운 목소리로 물었다.

"착한 하녀에게 맡겨 두었죠. 밖에 있는 그 키 큰 하녀요. 그녀는 루시를 튼튼하고 좋은 아이로 길러 주었어요. 저는 귀여운 소녀가 된 루시를 보고 싶어 견딜 수가 없었어요."

"당신에게 이렇게 귀여운 아이가 있는 줄 몰랐소."

그랜트가 다정하게 루시를 바라봤다. 루시는 부끄러운지 엄마 뒤로 숨었다가 얼굴을 살며시 내밀며 빙그레 웃었다.

"저는 당신과 결혼해서 행복하게 생활을 하게 되자 아이에 대한 얘기를 할 수가 없었어요."

"왜요?"

"당신이 루시를 좋아할지 의문이 들었어요."

"아니오. 난 아이들을 좋아하오."

"당신에게 루시에 대해 말을 해야 될지, 말아야 될지 고민하고 있던 차에 루시로부터 보고 싶다는 편지가 온 거예요. 저는 그 때 아무것도 생각할 수가 없었어요. 그저 몇 주일만이라도 루시와 즐거운 시간을 보내야겠다는 생각뿐이었죠."

"100파운드도 그래서 필요했던 거구려?"

"네. 루시와 하녀를 미국에서 이곳 영국까지 데려와야 했으니까요."

"그럼 그 때 모든 걸 털어놓지 그랬소."

그랜트가 원망스럽다는 듯 말했다.

"미안해요. 당신에게 쓸데없는 걱정을 끼쳐 드리고 싶지 않았어요."

"쓸데없는 걱정이라니? 당신과 나는 부부잖소."

"미안해요. 하지만 그 때는 그런 마음이었어요."

"그럼 노란 얼굴은 어떻게 된 것이오?"

"혹시라도 이 곳에 흑인 아이가 이사 왔다는 소문이 날까 봐 낮에는 밖에도 못 나가게 하고, 창 밖을 볼 때는 꼭 노란 가면을 쓰도록 했던 거예요. 그런데 루시와 하녀가 이사 온 날 하필 당신이 루시와 하녀를 보게 됐어요. 그래서 저는 자꾸 당황하게 되었고, 결국 당신을 걱정시켰어요."

"그랬구려."

홈즈는 왓슨의 소매를 잡아끌며 그만 돌아가자고 했다. 하지만 왓슨은 에피의 이야기에 흠뻑 빠져 계속 이야기를 듣고 있었다.

"미안해요. 당신을 너무 많이 힘들게 했어요. 이제 루시와 저는 떠나겠어요."

"무, 무슨 소리요?"

그랜트는 급히 에피의 말을 막으며, 루시를 안아 볼에 입을 맞추었다.

"우리는 부부요. 그러니 당신 아이는 곧 내 아이요. 루시, 내가 네 아빠란다. 이제 아빠랑 엄마랑 한집에 살자."

그랜트는 루시의 눈을 바라보며 진심 어린 목소리로 말했다.

그랜트가 무섭지 않다는 것을 안 루시도 그랜트에게 환한 웃음을 지어 보였다.

"고맙다 루시야! 에피, 이제 모든 게 끝났소. 나도 무척 아이를 갖고 싶었는데, 이렇게 예쁜 딸을 얻게 되어 무척 기쁘오."

"당신이 이해해 주니 정말 고마워요."

"나는 좀 성질이 급해서 덤벙거리는 편이지만, 이제부터 좋은 남편, 좋은 아빠가 되도록 노력하겠소."

에피의 뺨에 기쁨의 눈물이 흘러내렸다.

"자, 에피! 여기 있는 짐은 내일 옮기고, 어서 우리 집으로 돌아갑시다. 사랑스런 딸과 나란히 식탁에 앉아 식사를 하고 싶구려. 참, 착한 하녀도 함께 갑시다."

기쁨과 행복에 넘치는 그랜트 가족에게 방해가 안 되도록, 홈즈와 왓슨은 조용히 별장을 빠져 나오려 했다.

"홈즈 씨, 왓슨 씨! 이렇게 좋은 날, 저희 집에 가서 저녁 식사라도 함께 하시죠."

그랜트가 루시를 번쩍 안아 올리며 말했다.

"아, 아닙니다! 일이 있어서 가 봐야겠습니다. 그럼 행복하게 지내시길 바랍니다. 루시야, 안녕!"

홈즈와 왓슨은 한동안 아무 말 없이 터벅터벅 시골길을 걸었다.

"왓슨, 이번에는 분명히 내가 실수했어. 난 협박 사건인 줄 알았거든 정말 엉뚱한 오해였어."

홈즈가 침묵을 깨고 말했다.

"아냐. 그랜트 집안에 어두운 그림자가 사라지고, 다시 행복이 찾아왔으니 된 거야."

왓슨이 홈즈의 어깨를 두드리며 말했다.

"하지만 어쩐지 개운치가 않군."

"허허허. 그럼 이번 사건은 '홈즈의 실패작'이라고 부르기로 하세."

왓슨이 농담을 하며 웃자, 홈즈도 따라 웃었다.

두 사람은 기차를 타기 위해서 걸음을 재촉했다.

파란
루비

파란 루비

크리스마스가 지나고 이틀째 되는 날 아침, 나는 축하의 말을 전하기 위해 친구 셜록 홈즈를 방문했다. 보라색 가운을 입고 소파에 기대앉던 그는, 오른손이 닿는 곳에 파이프 걸이를 당겨 놓고 있었다. 바로 옆에는 지금까지 읽은 신문들이 수북이 쌓여 있었다. 소파 옆에는 나무의자가 있는데, 의자등받이 모서리에는 손때 묻고 낡아 볼품없어진 펠트 모자가 걸려 있었다. 의자 위에 돋보기와 핀셋이 있는 것으로 보아 그 모자는 분명 검사하기 위해 그곳에 걸어둔 것 같았다.

"일하고 있는 중이야? 방해한 것 같군."

내가 말했다.

"천만에. 연구결과에 대해 의논할 상대가 와서 기쁜걸."

홈즈는 낡은 모자를 가리켰다.

"이건 대단한 사건은 아니지만 이런 것도 조사해 보면 흥미가 생기고 배울 만한 게 있지."

나는 친구가 애용하는 안락의자에 앉아 활활 타오르는 난롯불에 손을 내밀었다. 강한 추위가 찾아와 유리창에 성에가 두껍게 낀 날이다.

"어느 집에나 있음직한 이 모자에 무서운 비밀이 숨겨 있는 모양이군. 자네는 이 모자를 단서로 미스터리를 풀어서 어떤 범죄를 해결하겠다는 말이군."

"그게 아냐. 범죄와 관계없어. 몇 평방 마일밖에 안 되는 땅에 400만 명이 북적대면서 살고 있으니, 기묘한 사건이 끊이지 않는 것도 무리가 아니지. 이것도 그중 하나야. 이렇게 많은 사람이 한 곳에 밀집해 살아가고 있으니 어떤 일이라도 일어날 수 있어. 그래서 범죄와 관계없이 정말 기괴한 사건이 우리 주위에 생기는 거야. 우리도 지금까지 그런 사건들을 꽤 다루어왔어."

"그래. 내가 최근에 노트에 기록한 여섯 사건 중에서도 절반은 범죄와 전혀 관련 없으니까."

"맞아. 자네가 말하는 것은, 아이린 애들러에게서 사진을 찾으려던 사건, 메리 서덜랜드의 기묘한 사건, 입술이 비뚤어진 남자의 사건이겠지? 그래, 이번의 작은 사건도 분명히 범죄와 관계없어. 자네 피터슨을 알지?"

"음~. 알지. 알고마다……."

"이 모자는 그가 갖고 왔어."

"그의 모자야?"

"아니, 주워온 거야. 주인은 몰라. 왓슨, 이것을 단순히 낡은 모자가 아닌 하나의 지적인 문제로 생각해봐. 먼저 이 모자가 어떻게 여기로 오게 되었는지 이야기하지. 이 모자는 크리스마스날 아침에 살이 토실토실하게 찐 거위 한 마리와 함께 이곳으로 왔어. 거위는 피터슨의 집에서 요리가 되었겠지. 이유는 다음과 같아."

나는 말없이 홈즈의 말에 귀 기울였다.

"피터슨은 자네도 알다시피 정직하고 착한 사람이지. 크리스마스날 새벽 4시경, 그는 어디선가 얌전히 놀다가 집으로 돌아가는 길에 토트넘 코트를 지나게 되었어. 그런데 가스등 불빛에, 하얀 거위를 어깨에 멘 키큰 남자가 비틀거리며 걷고 있는 거야. 굿지 가의 모퉁이에 이르렀을 때 술 취한 남자와 건달 몇 명은 싸움이 붙었어. 건달 한 명이 남자의 모자를 쳐서 모자가 땅에 떨어졌지. 남자는 지팡이를 휘둘러 몸을 지키려고 했는데, 그 순간 등 뒤의 쇼윈도를 깨고 말았어.

피터슨은 이 낯선 남자를 구하려고 뛰어갔지. 남자는 유리를 깬 것을 알고는 깜짝 놀랐다가, 마침 경관 비슷한 제복을 입은 사람이 달려오는 것을 보고 거위를 팽개치고는 토트넘 코트가 뒤로 미로 같이 이어진 좁은 골목으로 도망갔어.

건달들도 피터슨을 보고 모두 흩어져서 피터슨은 혼자 싸움터를 점령한 꼴이 되었고, 이 낡은 모자와 크리스마스용으로는 나무랄 데 없는 거위까지 전리품으로 얻었어."

　"물론 주인에게 돌려줘야겠지?"

　"문제는 바로 그거야. 분명히 '헨리 베이커 부인에게'라고 쓴 작은 카드가 거위 왼발에 매어져 있었고, 모자 안쪽에도 H. B.라는 머리글자가 있었어. 그러나 런던에는 베이커라는 사람이 몇천 명이 있고, 헨리 베이커도 몇백 명은 될 거야. 그 많은 사람 중에서 주인을 찾아내 분실물을 돌려주기란 쉬운 일이 이냐."

　"그렇겠군, 그래서 피터슨은 어떻게 했어?"

　"그는 내가 아무리 사소한 사건이라도 흥미를 갖고 있다는 걸 알기 때문에, 크리스마스날 아침에 모자와 거위를 갖고 이곳으로 왔지. 거위는 오늘 아침까지 이곳에 있었지만 상당히 추워진다고 하니 한시바삐 먹어치우는 편이 좋을 것 같았어. 그래서 그걸 주운 피터슨이 거위의 사명을 완수시키고자 가져갔고, 크리스마스 요리를 먹지 못한 그 낯선 신사의 모자는 지금 내가 보관하고 있어."

　"신문광고도 나지 않았어?"

　"안 났어."

　"그럼, 어디 사는 누군지 알 길이 없군."

　"추리로 짐작할 뿐이지."

"이 모자로?"

"그래."

"농담하지 마. 이런 낡은 모자로 대체 뭘 알 수 있어?"

"여기에 돋보기가 있고 자네는 내 방법을 알고 있어. 자네라면 이 모자를 썼던 신사의 특징에 대해 어떤 추리를 할 수 있겠나?"

나는 그 낡은 모자를 들고 약간 막막한 심정으로 이리저리 살펴보았다. 흔히 볼 수 있는 검은 펠트모자인데 오래 사용해서 몹시 낡아 있었다. 또 부드럽지도 않았다. 안감은 붉은 실크인데 완전히 빛이 바래 있었다. 제조회사의 이름은 없지만 홈즈가 말한 바와 같이 한쪽에 H. B.라는 머리글자가 새겨져 있었다. 챙에는 고정 끈을 꿰는 구멍이 있지만 고무줄은 없었다. 그 밖에 금이 가고, 먼지가 많이 끼어 있고, 몇 군데 얼룩이 있다는 것이 특징이었다. 또한 그 퇴색한 부분에 잉크를 칠해 숨기려고 한 흔적도 보였다.

"아무것도 모르겠어."

나는 홈즈에게 모자를 돌려주었다.

"왓슨, 모를 리 없어. 자네는 모두 봤잖아. 다만 본 것을 추리하지 않을 뿐이야. 너무 조심스러워서 추리를 못하는 거지."

"그렇다면 자네는 이 모자에서 어떤 것을 추리했어?"

홈즈는 모자를 들고 그만의 독특한 관조적인 눈길로 자세히 보았다.

"모자가 너무 낡아서 잘 모르겠지만, 그래도 두세 가지 점에서 명확한 추론을 할 수 있어. 그 밖에도 거의 확실하다고 할 수 있는 추측을 몇 개 할 수 있지. 우선 언뜻 보아도 알 수 있듯이, 이 모자의 주인은 아주 지성이 뛰어난 남자로 이삼 년 전까지는 꽤 부유했었지만 지금은 상황이 어려워. 예전에는 생각이 깊었지만 지금은 그렇지 못하고 도의심도 떨어지기 시작했어. 그것과 상황이 어려운 것을 생각해보면 어떤 나쁜 습관, 이를테면 술버릇이라도 생긴 모양이야. 아내가 그를 사랑하지 않게 된 명백한 사실도 더불어 설명할 수 있어."

"홈즈, 적당히 해!"

"그래도 아직 조금은 자존심이 남아 있어. 그는 앉아서 하는 일을 해서 좀처럼 외출하지 않아. 완전한 운동부족이지. 중년으로 흰머리가 있어. 이삼 일 전에 이발했고 라임향 헤어크림을 바르고 있어. 이 모자에서 확실히 추리할 수 있는 사실은 이런 거야. 그리고 이 남자의 집에는 가스가 들어오지 않는 것도 확실해."

"농담이겠지, 홈즈."

"농담이 아니야. 이렇게나 자세히 결론을 내렸는데도 아직 이유를 모르겠어?"

"확실히 내 머리는 좋지 않아. 하지만 누구라도 자네가 말한 걸 이해할 수는 없을 거야. 예를 들면 이 남자의 지성이 뛰어나다는 것을 어떻게 알지?"

홈즈는 대답 대신 모자를 자기의 머리에 슬쩍 얹었다. 그것은 이마까지 덮고 콧등까지 내려왔다.

"용적의 문제야. 이렇게 머리가 큰 남자라면 알맹이도 상당할 거야."

"그렇다면 상황이 어렵다는 것은?"

"이 모자는 3년 전에 샀어. 챙이 넓고 앞이 이렇게 말려 있는 것을 보면 알아. 당시 이런 모자가 유행이었거든. 이것은 고급품이야. 리본은 무늬가 있는 비단이고 안감도 고급이야. 3년 전에 이런 고급 모자를 샀고 그 이후로는 모자를 사지 않았으니 내리막길에 들어선 것이 분명해."

"듣고 보니 그럴듯하군. 그러나 생각이 깊다느니, 도의심이 떨어지기 시작했다느니 하는 것은?"

셜록 홈즈는 웃으면서 손가락으로 고정 끈을 꿰는 작은 고리를 건드렸다.

"생각이 깊다는 것은 이거야. 이건 처음부터 달려 있던 것이 아니었어. 이 남자가 살 때 모자가 바람에 날리지 않도록 단 거니까 꽤 생각이 깊다고 추측했지. 그러나 이렇게 끈이 끊어졌는데도 다시 달지 않은 것을 보면, 최근에는 자포자기가 되었고 의지도 약해졌다는 확실한 증거야. 하지만 잉크를 칠해서 모자의 얼룩을 감추려 한 걸 보면, 자존심까지 완전히 없어졌다고 생각하기는 어려워."

"그럴 듯한 설명이군."

"중년 남자에 흰머리가 있고 최근에 이발을 했으며 라임향 헤어크림을 사용하고 있다는 점에 대해서는, 안감 아래를 잘 살펴보면 알 수 있지. 돋보기로 보면, 이발소의 가위로 곱게 다듬은 짧은 머리카락이 무수히 있어. 게다가 끈적끈적하고 라임이 함유된 크림 특유의 냄새가 나. 그리고 이 먼지는 자세히 보면 길에서 묻은 거친 회색 모래먼지가 아니라 집 안에 있는 미세한 갈색 먼지라는 걸 알 수 있어. 그렇다면 이 모자는 온종일 거의 집 안에만 걸어두었다는 거야. 그리고 안쪽 얼룩에 대해서인데, 이 남자는 땀을 많이 흘리는 체질인데다가 평소 몸을 단련하지 않은 상태라고 할 수 있어."

"그러나 그의 아내…… 자네는 이 모자 주인의 부인이 애정이 식었다고 했어."

"이 모자는 벌써 몇 주 동안 솔질을 하지 않았어. 만일 자네의 모자에 일주일 분의 먼지가 쌓여 있고 부인이 그런 상태로 자네를 외출시켰다면, 자네는 가엾게도 부인의 미움을 받기 시작했다는 증거야."

"하지만 이 남자는 독신일지도 몰라."

"아니. 이 남자는 화해하기 위해 아내에게 거위를 선물하려고 했어. 거위 다리에 카드가 달려 있었다고 말한 걸 기억하지?"

"자네는 모르는 게 없군. 그러나 이 집에 가스가 들어오지 않는다고 추측한 근거는 뭐야?"

"동물기름의 얼룩도 한둘이라면 우연히 묻었다고 생각할 수 있지만 이렇게 다섯 군데가 넘으면 늘 동물기름 양초의 신세를 지는 남자…… 밤에 한 손에 모자를, 다른 한 손에는 촛농이 떨어지는 촛불을 들고서 계단을 오르는 남자라고 보아도 틀리지 않을 거야. 어쨌든 가스관에서 촛농은 떨어지지 않으니까, 그렇지?"

"과연 멋진 솜씨야."

나는 웃으며 말했다.

"하지만 자네가 말한 것처럼, 범죄와 관계가 없고 피해가 거위 한 마리뿐이라면, 자네의 그 훌륭한 추리도 결국은 에너지만 낭비한 것 아닌가?"

셜록 홈즈가 대답하려고 할 때, 문이 활짝 열리면서 놀란 듯 붉게 상기된 모습으로 피터슨이 뛰어들어왔다.

"거위가! 홈즈 선생님, 거위가!"

"왜 그래? 죽은 거위가 살아나 주방 창문으로 날아가기라도 했나?"

홈즈는 소파에서 몸을 돌려 흥분한 남자의 얼굴을 관찰했다.

"이걸 보세요! 집사람이 거위 식도에서 발견했어요."

그는 손을 내밀었다. 그 손바닥 위에는 파란 돌이 눈부시게 빛나고 있었다. 크기는 콩보다 조금 작았지만 그 영롱한 반짝임은 우묵하고 어두운 손바닥 위에서 전광처럼 빛났다.

셜록 홈즈는 휘파람을 불고는 앉은 자세를 바꾸었다.

"피터슨, 보물을 발견했군. 이게 뭔지 알겠지?"

"다이아몬드입니다. 값비싼 보석이죠. 유리가 퍼티처럼 잘리니까요."

"보통 보석이 아냐. 문제의 보석이지."

"모카 백작부인의 파란 루비 아닌가?"

"맞아. 요즘같이 〈타임즈〉광고에 나와서 실물을 보지 않아도 그 크기와 모양이 저절로 머리에 떠오를 정도야. 둘도 없는 명품으로 그 가치는 아무도 몰라. 상금 1,000파운드는 이 보석 가격의 20분의 1도 안 되는 액수야."

"1,000파운드?"

피터슨은 의자에 털썩 앉으면서 번갈아 우리를 보았다.

"그것이 상금이야. 그리고 이 보석에는 깊은 사연이 있어. 백작 부인은 이것을 찾기 위해서라면 재산의 반이라도 내놓을걸."

"코스모폴리턴 호텔에서 분실했다고 했나?"

"그래, 12월 22일이었으니 꼭 5일 전이야. 배관공 존 호너가 부인의 보석상자에서 훔쳤다는 혐의로 체포됐어. 더구나 그에게는 불리한 증거까지 나와 사건은 지금 순회재판에 회부되어 있어. 여기에도 그 기사가 나왔을 텐데."

홈즈는 날짜를 보면서 신문을 뒤져 그 가운데서 한 장을 찾아
내었다. 그는 신문의 구겨진 주름을 편 다음 반으로 접어 다음과
같은 기사를 읽었다.

코스모폴리턴 호텔 보석 도난사건

배관공 존 호너(26세)는 이달 22일, 모카 백작부인의 보석상
자에서 파란 루비로 알려진 값비싼 보석을 훔친 혐의로 체포되
었다. 호텔 매니저 제임스 라이더의 증언에 의하면, 부인 방에
있는 난로의 두 번째 쇠살대가 떨어져 있어 그것을 납땜하기 위
해 당일날 그는 호너를 백작부인의 드레스 룸으로 데리고 들어
갔다. 그는 볼일이 있어 잠시 방에서 나갔다. 돌아와 보니 호너
는 보이지 않았고 옷장이 열려 있었다. 나중에 밝혀지기로, 화장
대 위에는 평소 부인이 보석상자로 사용해 왔다는 작은 모로코
가죽 상자가 텅 빈 채 놓여 있었다. 라이더는 즉시 이 일을 신고
하고 오후에 호너는 체포되었다.

그러나 보석은 갖고 있지 않았고 또한 그의 방에 숨긴 흔적도
없었다. 방에 들어온 순간 라이더는 당황하여 큰 소리를 질렀는
데, 그 소리를 듣고 백작부인의 하녀 캐서린 쿠색이 방으로 달려
왔다. 그때의 실내 상황은 라이더가 진술한 그대로였다고 그녀
는 증언했다. 또한 B구역 경찰서의 브랫스트리트 경감의 증언
에 의하면, 호너는 체포될 때 격렬하게 저항하면서 보석도난에

대해 자기는 아무것도 모른다고 항변했다고 한다. 하지만 그에게 절도전과가 있다는 사실이 드러나 혐의는 더욱 굳어졌고, 치안판사는 즉결재판을 거부하고 이 사건을 순회재판에 회부했다. 조사받는 동안 몹시 흥분한 호너는 조사가 끝남과 동시에 정신을 잃고 쓰러져 법정 밖으로 실려 나갔다.

"흠! 경찰재판소에 관한 기사는 이것뿐이야."

홈즈는 신문을 던지고 생각에 잠기면서 말했다.

"지금 우리가 해결해야 할 문제는, 도난당한 보석상자에서 시작해서 토트넘 코트에 있었던 거위의 식도에 이르기까지 사건이 어떻게 연결되어 있느냐를 알아내는 거야. 왓슨, 우리의 별 것 아닌 추리가 갑자기 범죄와 깊은 관계를 맺어가는군. 여기에 보석이 있어. 이것은 거위 식도에서 나왔어. 그리고 그 거위는 헨리 베이커라는, 이 더러운 모자를 쓰고 또한 아까 자네가 싫증이 나도록 들은 그런 특징이 있는 남자가 갖고 온 거야. 그러므로 우선 그를 찾아서 그가 이 사건에 사소하게라도 어떤 역할을 했는지 확인해야 해. 그러려면 먼저 가장 간단한 방법부터 실천에 옮겨볼 필요가 있어. 석간에 광고를 내야 해. 실패한다면 그때 다른 방법을 생각하고."

"어떤 내용으로?"

"연필과 종이를 준비해. 잘 들어. '굿지 가에서 거위와 검은 펠트모자 습득. 헨리 베이커 씨는 오늘 오후 6시 30분에 베이커가 221B로 찾으러 오시오.' 간단명료하지."

"응. 그러나 본인이 이 광고를 볼까?"

"볼 거야. 신문에 신경을 쓰고 있을 테니까. 가난한 사람에게는 상당한 손해지. 재수 없게 유리창을 깨고 피터슨이 나타나는 바람에 황급히 도망가기는 했지만, 지금쯤은 당황해서 거위까지 버리고 온 것을 몹시 후회하겠지. 그리고 또한 이렇게 이름까지 밝혀 놓으면, 친지들이 귀띔을 해주어서라도 볼 수 있어. 피터슨, 빨리 광고취급소에 가서 이것을 석간에 나오도록 해줘."

"어떤 신문에 내는 겁니까?"

"음, 글로브. 스타. 펠멜. 세인트 제임스 가제트. 이브닝 뉴스. 스탠더드. 에코, 그 밖에 자네가 알고 있는 모든 신문에 내."

"알았습니다. 이 보석은?"

"아, 그건 내가 보관하지. 수고했어. 피터슨, 집에 돌아갈 때 거위 한 마리 사다줘. 습득한 거위를 자네 집에서 먹는 중이니까, 다른 거위라도 주인에게 돌려줘야지."

피터슨이 나가자 홈즈는 보석을 들고 불빛에 비춰 보았다.

"훌륭해. 멋지게 반짝이는군. 범죄의 핵심이 되고 초점이 될 만도 해. 좋은 보석은 모두 그래. 악마가 즐겨 먹이로 사용하지. 이것보다 더 크고 오래된 보석이라면 피비린내 나는 사건이 그 컷팅 수만큼은 일어날 거야. 이 돌은 발견된 지 20년이 되지 않앉어. 중국의 남쪽 아모니 강기슭에서 채굴되었는데, 이 보석이 유명해진 이유는 색이 루비처럼 빨갛지 않고 파랗기 때문이야. 게다가 여러 점에서 루비의 특징을 그대로 갖추고 있기도 하지. 발견된 지 얼마 안 되는데도 이미 뒤숭숭한 역사가 있어. 살인이 두 번, 황산을 끼얹은 사건이 한 번, 자살 한 번, 그리고 절도 몇 번, 모두 이 40그레인의 탄소결정 때문에 일어난 거야. 이렇게 예쁜 장난감이 사람을 감옥이나 교수대로 보내다니. 자, 이것을 금고에 넣고 백작부인에게 편지로 알려야지."

"호너는 죄가 없을까?"

"글쎄, 아직 뭐라고 말할 수 없어."

"그렇다면 헨리 베이커는 사건에 관계가 있을까?"

"헨리 베이커는 자기가 갖고 있는 거위가 금으로 된 새보다 더 값진 새라는 걸 모르고 있었으니, 범죄와 관련이 없는 것 같아. 광고를 보고 본인이 찾아온다면 그 점은 아주 간단한 테스트로 밝혀낼 수 있어."

"그렇다면 그때까지 우두커니 기다리고 있어야 해?"

"그렇지."

"그럼 나는 잠깐 왕진하고 오지. 이렇게 복잡한 사건은 결과가 궁금하니 저녁때 다시 오겠네."

"기다리지. 그런데 7시는 식사시간이야. 아마 도요새 요리가 나올걸. 그렇군, 이런 사건도 있고 하니 허드슨 부인에게 도요새의 모이주머니를 잘 살펴보라고 할까?"

환자를 보느라 시간이 걸려서 내가 베이커 가에 돌아간 것은 6시 30분이 조금 지나서였다. 홈즈의 집에 도착하니, 챙이 없는 스코틀랜드 모자를 쓴 키 큰 남자가 현관의 유리에서 새어나오는 반원형 불빛 속에 서 있는 것이 보였다. 남자는 외투의 단추를 턱밑까지 채우고 있었다. 내가 그의 옆까지 갔을 때, 홈즈는 현관문을 열고 우리를 자신의 방으로 안내했다.

"헨리 베이커 씨죠? 자, 난로 옆으로 오세요. 추운 밤이로군요. 당신의 얼굴을 보니 여름은 괜찮지만 겨울에는 약하신 것 같네요. 왓슨, 알맞게 왔군. 베이커 씨, 여기 모자가 있는데 당신 것입니까?"

"그렇습니다. 분명히 내 모자입니다."

그는 몸집이 매우 크고 등이 굽은 사내였는데, 머리가 크고 얼굴의 폭이 넓어 지적인 분위기를 풍겼으나, 끝이 뾰족하고 흰털이 섞인 갈색 턱수염 쪽으로는 아래턱이 나와 있었다. 코끝과 두 뺨이 약간 붉으며 내미는 손이 가늘게 떨리는 것으로 보아, 홈즈가 말한 것처럼 술버릇이 분명했다. 그는 빛바랜 검은 프록코트의 깃을 세우고 앞단추를 모두 잠그고 있었다. 가느다란 손목이 나와 있는 옷소매는 칼라도 커프스도 없었다. 한마디 한마디 신중하고 나직한 목소리로 침착하게 말하는 것을 보면 교육도 받고 교양도 있는 남자가 분명했다. 하지만 알 수 없는 운명의 손에 희롱당해 추락해버린 것 같았다.

"이것을 어제부터 맡아 갖고 있었습니다."

홈즈가 말했다.

"당신이 먼저 광고를 내리라 생각했거든요. 왜 광고를 내지 않았는지 이유를 설명할 수 있습니까?"

손님은 약간 겸연쩍은 듯이 웃었다.

"옛날과 달리 돈이 궁해요. 게다가 모자와 거위는 내게 덤벼들었던 그 건달들이 갖고 간 줄로만 알았지요. 그래서 찾을 가망도 없는데 쓸데없이 광고를 내어 헛돈을 쓸 필요가 없다고 생각했습니다."

"당연한 말입니다. 그런데 거위는…… 하는 수 없이 먹었습니다."

"먹었다고요?"

손님은 낙심한 얼굴로 의자에서 반쯤 일어섰다.

"그렇습니다. 먹지 않으면 상할 게 뻔해 그야말로 모두 헛수고만 하는 꼴이 되니까요. 그러나 저 찬장에 다른 거위가 있습니다. 무게도 비슷하고 고기도 훨씬 연할 것입니다. 그러니 대신 저걸 갖고 가시면 안 될까요?"

"오, 좋고말고요. 좋습니다."

베이커는 마음이 놓였다는 듯이 한숨을 내쉬었다.

"당신 거위의 깃털이며 다리며 모이주머니 따위는 아직 남아 있습니다. 서운하시면 저거라도……."

상대방은 그런 싱거운 소리가 어디 있냐는 듯이 웃음을 터뜨렸다.

"지난 크리스마스날의 기념품이 될지는 모르지만 지금은 죽고 없는 친구의 유해를 어디다 쓰겠습니까? 그보다 감사히 호의를 받아들여 저 찬장에 있는 훌륭한 거위를 얻어가도록 하겠습니다."

셜록 홈즈는 내게 날카로운 시선을 보내며 어깨를 으쓱했다.

"그럼 이 모자와 거위를 갖고 가세요. 그런데 먼저 거위를 어디서 샀는지 가르쳐주세요. 나는 거위를 좋아합니다. 그런데 저 거위는 아무 곳에서나 살 수 있는 거위가 아니더군요."

"어렵지 않지요. 내 친구 중에 박물관에서 가까운 술집 알파인에 자주 드나드는 사람이 네다섯 명 있어요. 우리는 낮에는 박물관에서 근무합니다. 알파인의 주인 윈디게이트가 올해 거위클럽을 만들었는데, 매주 몇 펜스씩 돈을 적립하고 크리스마스에 거위를 한 마리씩을 타는 것입니다. 나는 꼬박꼬박 회비를 낸 덕분에 거위를 탈 수 있었죠. 어쨌거나 모자를 찾아주셔서 정말 고맙습니다. 지금 쓰고 온 스코틀랜드 모자는 내 나이에 어울리지 않고 품위를 높여주지도 않아 속이 많이 상했었습니다."

그는 우스꽝스러울 정도로 점잔을 빼며 우리에게 공손히 인사하고 성큼성큼 돌아갔다. 손님을 보내고 홈즈는 문을 닫았다.

"헨리 베이커는 이것으로 끝이야. 그는 사건과 관계가 없어. 자네, 배고파?"

"아니, 별로."

"그럼 저녁식사는 야식을 먹을 때까지 보류하기로 하고, 열기가 식기 전에 이 사건의 실마리를 더듬어보자고!"

"좋아."

몹시 추운 밤이어서 우리는 긴 외투를 걸치고 목도리까지 둘렀다. 밤하늘에는 구름 한 조각 없이 별들만이 차갑게 빛났고, 오가는 사람들의 호흡이 하얀 연기가 되어 뿜어졌다. 우리는 얼어붙은 길을 뚜벅뚜벅 크게 발소리를 울리며 걸었다. 병원 거리인 윔폴 가, 할리 가를 빠져나와 위그모아 가를 지나 옥스퍼드 가로 나갔다. 그리고 15분 후에는 브룸스버리의 알파인에 도착했는데, 그곳은 홀번으로 통하는 거리 모퉁이에 위치한 선술집이었다. 홈즈는 가게에 들어서더니 안쪽에 있는 작은 방에 자리를 정하고는, 하얀 앞치마를 두른 얼굴이 붉은 주인에게 맥주 두 잔을 주문했다.

"이 집 맥주가 그 거위만큼이나 고급이라면 정말 훌륭하겠는데."

"거위라고요?"

남자는 의아한 듯 물었다.

"그렇소. 30분 전에 헨리 베이커 씨와 이야기했어요. 그는 이

곳 거위클럽의 회원이죠?"

"아, 알겠어요. 그러나 손님, 그 거위는 우리 가게의 물건이
아닙니다."

"아니라고요? 그럼 어디서 구입했나요?"

"코벤트 가든의 세일즈맨한테서 2타스 구입했어요."

"그랬었군. 그곳 가게라면 나도 몇 군데 알고 있는데, 어떤 가
게죠?"

"브레킨리지가 하는 가게요."

"그 사람은 몰라요. 어쨌든 자, 당신의 건강과 이 가게의 번영
을 위해 건배!"

추운 바깥으로 나오자 홈즈는 외투 단추를 채우면서 말했다.

"이번에는 브레킨리지야. 왓슨, 이 사건의 한쪽 끝에는 지극
히 평범한 거위 한 마리가 걸려 있지만, 다른 한쪽 끝에는 우리
가 무죄를 입증해주지 않으면 징역 7년의 중형에 처해질 남자의
운명이 걸려 있어. 어쩌면 그의 유죄를 확증하는 결과가 될지도
모르지만 어쨌든 우리는 묘한 우연으로 경찰이 놓친 수사의 실
마리를 잡고 있어. 이것을 끝까지 추적해야지. 자, 남쪽으로! 빠
른 걸음으로 출발!"

홀번을 가로질러 엔델 가를 지나 꼬불꼬불한 빈민가를 통과해
서 코벤트 가든 마켓으로 나갔다. 커다란 가게에 브레킨리지의

간판이 붙어 있었는데, 날카로운 외모에 턱수염을 예쁘게 기른, 어쩐지 경마를 좋아할 것처럼 보이는 주인이 소년과 함께 덧문을 닫고 있는 중이었다.

"안녕하시오, 날이 꽤나 춥군요."

홈즈가 말했다.

주인은 고개를 끄덕이며 의심스러운 눈초리로 홈즈를 보았다.

"거위는 다 팔렸군요."

홈즈는 아무것도 없는 대리석 판매대를 손으로 가리켰다.

"내일 아침이면 500마리라도 준비할 수 있습니다."

"하는 수 없군."

"저 가스등이 켜 있는 가게에 가면 몇 마리는 있을 겁니다."

"하지만 당신 가게의 물건이 좋다는 얘기를 들었거든요."

"그래요? 어디서요?"

"알파인 주인한테서."

"그렇군요. 그곳에 2타스 배달했으니까요."

"좋은 거위였는데, 어디서 구입했죠?"

뜻밖에도 가게 주인은 이 질문에 몹시 화를 냈다. 그는 고개를 번쩍 들고는 허리에 두 손을 짚고 소리쳤다.

"이봐요, 손님. 용건이 뭔지 분명히 말하세요."

"분명하게 말하지 않소. 당신이 알파인에 도매한 거위를 어디서 구입했는지, 그걸 알고 싶은 거요."

"흥, 그것은 말할 수 없소. 당장 돌아가시오!"

"왜 이래요? 별 것도 아닌 일을 갖고 화내는 이유를 알 수 없군요."

"별 것도 아닌 일이라고? 당신도 누가 이렇게 물으면 화가 안 날 것 같소? 맘에 드는 상품을 사고 정당하게 돈을 지불하면 그 것으로 거래는 끝이야. 그것을 제장 '거위는 어디서 났지?' '어디에 팔았어?' '얼마에 팔았지?' 하는 식으로 파고드니 그 수다를 남이 들으면 거위는 우리 집밖에는 없는 줄 알겠소."

"나보다 먼저 거위에 대해 물어보러 온 사람들과 나는 전혀 관계가 없소. 만일 당신이 가르쳐주지 않는다면 내기가 깨질 뿐이오. 나는 식용 조류에 대해 내기하는 것을 좋아하거든. 요전에 먹은 거위도 시골에서 기른 맛이 났기 때문에 5파운드를 걸고 내기를 했단 말이오."

"흥, 그렇다면 당신은 5파운드 뺏겼소. 그 거위는 도시에서 기른 것이오."

가게 주인이 소리쳤다.

"설마."

"틀림없소."

"아니, 그렇지 않을 거야."

"코흘리개 시절부터 거위를 다루어 온 나보다 당신이 거위에 대해 더 잘 안다는 거요? 알파인에 보낸 거위는 모두 도시에서 기른 거요."

"아무리 그래도 내 주장에는 변함없소."

"그럼 나와 내기하겠소?"

"보나마나 당신은 손해를 볼 뿐이오. 그러나 당신의 고집을 꺾는 의미에서 1파운드만 걸어보겠소."

"빌, 장부를 갖고 와."

가게 주인은 약삭빠른 미소를 지었다.

키 작은 소년이 얇고 작은 장부와 표지가 검게 때 묻은 또 다른 장부 하나를 갖고 왔다. 그러고선 천정에 매단 램프 밑에 나란히 놓았다.

"오늘 장사를 끝내는가 싶었는데 가게 문을 닫는 순간에 또 한 마리 날아들었군. 자, 보세요, 자신만만한 손님. 이 작은 장부를 말이오."

"흥, 그 작은 장부가 어떻다는 거요."

"우리 가게에 물건을 납품하는 농장의 일람표요, 알겠어요? 이 페이지에 쓰여 있는 것이 시골에서 우리에게 납품한 곳인데, 이름 다음에 적힌 숫자는 큰 장부의 페이지요. 거길 찾으면 자세히 나와 있소. 그럼 이번에는 이쪽 페이지의 빨간 잉크로 쓴 글씨를 보시오. 이것은 우리 집에 납품한 사람의 명부요. 그 세 번째 이름을 읽어보시구려. 분명 도시지명이지요."

"옥숏 부인, 브릭스턴 로즈 117-249."

홈즈가 읽었다.

"맞소. 이번에는 249페이지를 들춰보시오."

홈즈는 시키는 대로 페이지를 들추었다.

"이거군. 옥숏 부인, 브릭스턴 로드 117. 계란, 가금 구입처."

"그럼 손님, 마지막 기입은 어떻게 되어 있습니까?"

"12월 22일, 거위 24마리, 7실링 6펜스."

"그것 보시오. 그 밑에 뭐라고 쓰여 있소?"

"알파인의 윈디게이트에게 12실링에 판매."

"이래도 할 말이 있습니까?"

홈즈는 몹시 분한 표정을 지었다. 주머니에서 소블린 금화 한 개를 꺼내 판매대 위에 던지고, 말하는 것조차 약이 오른다는 듯이 몸을 돌렸다. 그리고 점포에서 몇 야드 떨어진 가스등 밑에서 걸음을 멈추었다. 홈즈는 그 특유의, 소리를 내지 않는 제스처로 아주 우스워 죽겠다는 듯 배를 잡고 깔깔댔다.

"턱수염을 그렇게 기르고 경마신문을 꺼내는 남자를 보면, 어떤 내기에 걸든 이기는 게 뻔해. 내기가 아니었다면 그 앞에 100파운드를 쌓아놓았대도 이렇게 자세히 가르쳐주지 않았을 거야. 그 친구, 내 돈을 따먹는 것이 기분 좋아서 모두 지껄였어. 왓슨, 이쯤 되면 수사도 막바지에 접어든 것 같은걸? 이제 남은 문제는 지금부터 옥숏 부인을 찾아가느냐 아니면 내일로 미루느냐를 결정하는 일이야. 그 퉁명스런 가게주인의 말을 분석해보면 이 사건에 신경을 쓰는 사람이 또 있는 것 같으니, 가능하……."

홈즈의 말이 갑자기 중단된 것은 방금 전 그 가게에서 고함치듯 욕지거리를 늘어놓는 소리가 들렸기 때문이다. 돌아보니 램프 불빛 아래 생쥐 같은 얼굴의 한 작은 남자가 서 있고, 주인 브레킨리지는 입구에 버티고 서서 굽실거리는 상대를 향해 사납게 삿대질하고 있었다.

"당신도 거위도 이제는 넌더리가 나오. 이놈 저놈 할 것 없이 모두 지옥에나 떨어져! 한 마디만 더 시시껄렁한 말을 씨부렁거리면 개를 끌고 와 물어뜯게 할 테야. 옥숏 부인을 데리고 와. 그 부인이라면 가르쳐주겠어. 그러나 당신은 아무 관계도 없어. 당신이 그 거위를 팔았어? 팔았냐고!"

"아니오. 그 중에 내 거위가 한 마리 섞여 있어……."

작은 남자는 울음 섞인 목소리로 호소했다.

"흥, 그렇다면 옥숏 부인에게 말하시오."

"그렇게 했지요. 그랬더니 옥숏 부인이 댁으로 찾아가라고 하지 않습니……."

"그런 걸 내가 알게 뭐야. 프루시아 왕한테나 가서 물어봐. 나는 이제 그 거위라면 넌더리가 나오. 썩 꺼져!"

가게 주인이 맹렬한 기세로 으르렁대자 작은 남자는 몸을 돌려 어둠 속으로 도망쳤다.

"이젠 브릭스턴 로드까지 가지 않아도 될 것 같군. 자, 가서 저 남자에게 조금 더 알아볼까."

사람들은 아직도 불이 켜져 있는 가게 앞을 서성거리고 있었다. 홈즈는 그 사이를 성큼성큼 빠져나가 곧 그 작은 남자한테로 다가갔다. 그리고 어깨에 손을 얹었다. 남자는 움찔 놀라며 돌아보았는데 해쓱한 얼굴에 핏기 잃은 모습이 가스등 불빛으로도 보였다.

"누구죠. 왜 이러십니까?"

그는 떨리는 소리로 물었다.

"실례입니다만, 방금 당신이 거위 장수와 주고받는 이야기를 우연히 들었습니다. 어쩌면 도움이 될지도 모르겠군요."

홈즈가 말했다.

"당신은 누구입니까? 내 용무를 어떻게 알았습니까?"

"나는 셜록 홈즈입니다. 남들이 모르는 일을 아는 것이 바로 내 직업이죠."

"내 사정을 알아요?"

"실례지만 다 알고 있습니다. 당신이 찾는 것은 브릭스턴 로드의 옥숏 부인이 브레킨리지라는 세일즈맨에게 팔았다가 거기서 다시 알파인의 주인 윈디케이트에게 팔렸고, 그 다음엔 거위 클럽 회원에게 넘어간 거위의 행방이지요? 그 클럽에는 헨리 베이커라는 회원이 있습니다만."

"아, 당신이야말로 내가 만나고 싶었던 사람입니다."

작은 남자는 두 손을 내밀며 소리쳤다. 흥분으로 손가락이 떨리고 있었다.

"내가 이번 일로 얼마나 애를 태우는지는 아무도 모릅니다."

홈즈는 지나가는 사륜마차를 불러 세웠다.

"바람이 몰아치는 을씨년스러운 시장 바닥에서 이럴 게 아니라 따뜻한 방으로 들어가 이야기합시다. 어차피 당신을 도와드릴 생각이니 그 전에 이름이나 알았으면 좋겠군요."

남자가 잠깐 망설였다. 그러다가 곁눈질을 하면서 말했다.

"존 로빈슨입니다."

"본명을 말해요."

홈즈가 부드럽게 말했다.

"그럼 말하죠. 내 진짜 이름은 제임스 라이더입니다."

"그럴 겁니다. 코스모폴리턴 호텔의 매니저. 자, 마차에 오르시오, 당신이 알고 싶어 하는 것을 알려드리지요."

생각지도 않은 행운을 맞은 것인지 아니면 파멸의 불행을 맞은 것인지, 얼른 판단할 수 없어 어리둥절하던 남자는 불안과 희망이 뒤섞인 시선으로 우리를 번갈아 보았다. 그리고 마차에 올라타 세 사람은 30분 후, 베이커 가의 거실에 있었다. 오는 도중엔 아무도 말을 하지 않았다. 다만 우리의 새 친구가 나직하게 가쁜 숨을 몰아쉬면서 손을 폈다가 오무렸다가 했는데, 그 모습으로 홈즈와 나는 그가 얼마나 초조와 긴장에 싸여 있는지 알 수 있었다.

"비로소 돌아왔군. 이런 밤엔 모닥불이 아쉽지. 라이더 씨, 춥지 않으세요? 이 등의자에 앉아요. 당신 문제를 의논하기 전에 잠깐 덧신을 신겠습니다. 이제 됐소. 거위의 행방을 알고 싶다고 하셨습니다만?"

"네."

"반드시 그 거위겠죠. 당신이 관심을 갖고 있는 그 거위는 아마도…… 몸통이 희고 꼬리에 검은 줄이 있을 겁니다."

라이더는 흥분으로 떨기 시작했다.

"그렇습니다! 그것이 어떻게 되었는지 아십니까?"

"여기로 왔었습니다."

"여기에?"

"그래요. 정말 훌륭하더군요. 그 거위에 관심을 가질 만도 합니다. 죽은 뒤에 알을 낳았지요. 지금까지 본 일이 없을 만큼 아름답고 광채가 나는 푸른 알을 말입니다. 지금 내 박물관에 보관돼 있습니다."

우리의 손님은 비틀거리며 일어서더니, 오른손으로 난로 위 선반을 붙잡았다. 홈즈는 금고를 열고 파란 루비를 꺼냈다. 그러자 루비의 결정면에서 눈부신 광채가 사방으로 퍼져 별처럼 빛났다. 라이더는 그 소유권을 주장해야 할지 포기해야 할지 얼른 판단이 서지 않는 듯 얼굴을 찌푸리며 보석을 지켜보았다.

"게임은 끝났어, 라이더."

홈즈가 재빨리 말했다.

"정신 차려, 불 속에 쓰러지겠어. 왓슨, 의자에 앉혀. 이 사람은 엄청난 범죄를 성공시키기에는 혈기가 모자라. 브랜디를 조금 따라줘. 옳지, 이제야 정신이 돌아오는 것 같군. 정말 시시한 친구야!"

라이더는 잠깐 동안 거의 쓰러질 듯이 비틀거렸지만 브랜디 덕으로 기운을 차리고 의자에 앉았다. 그는 자기의 죄를 규탄하는 홈즈를 겁에 질린 눈으로 지켜보았다.

"나는 사건의 줄거리를 대강 알고 있고, 필요한 증거도 갖고 있어. 때문에 당신한테서 더 들을 건 없어. 하지만 두세 가지 석연치 않은 점을 분명히 밝혀 두는 건 괜찮겠지. 라이더, 당신은 모카 백작부인의 이 파란 루비에 대해 알고 있었지?"

"쿠색에게 들었습니다."

그는 날카롭게 말했다.

"그렇군. 부인의 하녀. 알만 해. 자네보다 더 훌륭한 사람이라도 큰 돈을 손쉽게 잡을 수 있다는 유혹에는 약한 법이니 당신이 넘어갈 만도 해. 하지만 방법에 구멍이 뚫려 있었어. 라이더, 당신에게는 악인의 소질이 꽤 있었던 것 같아. 배관공 호너가 절도 전과자여서 쉽게 혐의를 받을 것이라 생각했겠지. 그래서 어떻게 일을 벌였을지 짐작해보자면, 우선 부인의 방에다 약간의 손재간을 부렸어. 공범 쿠색과 모의하여 호너를 부르도록 만들었겠지. 그리고 그가 돌아간 다음 보석상자에서 파란 루비를 훔치고 온통 소란을 피워서 호너를 경찰에 잡히게 했어. 그 다음에……."

라이더는 갑자기 카펫 위에 주저앉아 홈즈의 무릎을 얼싸안고는 자지러질 듯이 소리쳤다.

"부탁입니다! 제발 살려주세요. 아버지를 생각해주세요! 어머니를 생각해주세요! 얼마나 슬퍼하겠습니까! 지금까지 나쁜 짓은 한 번도 하지 않았습니다. 앞으로 다시는 이런 짓 않겠습니다. 맹세합니다. 성경에 손을 얹고 맹세하겠습니다. 경찰에 고발하지 말아요. 부탁입니다."

"의자에 앉게. 지금이라도 죄를 뉘우치고 반성하니 다행이지만 불쌍하게도 죄 없이 법정에 끌려가 있는 호너를 생각해봐."

"저는 도망치겠습니다. 외국으로 나가겠습니다. 그렇게 하면 호너의 혐의는 풀릴 겁니다."

"흥, 그 의논은 나중에 하지. 지금은 자네가 그 다음에 어떻게 했는지 솔직히 이야기해야 해. 왜 보석이 거위의 모이주머니 속으로 들어갔으며 그 거위가 어떻게 시장에 나갔는가. 만일 조금이라도 거짓을 섞어 말한다면 자네 신상에 그만큼 해가 될 거야."

라이더는 바짝 마른 입술에 침을 바르고 말했다.

"호녀가 체포되었을 때, 경찰이 나에게도 혐의를 둬 내 몸과 방안을 수색할지도 모른다고 생각했지요. 얼른 보석을 숨겨야 한다고 생각했어요. 하지만 호텔에는 안전하게 숨겨둘 장소가 없었어요. 그래서 볼일이 있는 것처럼 외출해서 누나 집으로 갔어요. 누나는 옥슛 부인인데, 브릭스턴 로드에 살면서 시장에 내다 파는 동물을 기르고 있어요. 몹시 추운 밤이었지만 도중에 만나는 사람이 모두 경관이나 형사처럼 느껴져서, 누나 집에 도착하기까지 땀을 비 오듯이 흘렸지요. 누나는 내 창백한 얼굴을 보고 왜 그러느냐고 물었어요. 그래서 난 호텔에 보석 도난사건이 일어나 너무 당황했기 때문이라고 대답했지요. 그리고 뒷마당으로 가서 파이프 담배를 피우며 대책을 강구했습니다.

이전에 나는 모즐리라는 남자와 알고 지냈는데, 그는 나쁜 길에 빠져들어 최근까지 펜튼빌에서 복역했지요. 언젠가 우연히 그를 만났었는데 그는 나한테 도둑질하는 방법과 훔친 물건을 처분하는 방법 등을 이야기했어요. 나도 그의 약점을 쥐고 있는 터라 그라면 안심할 수 있을 것 같았어요. 그래서 곧 킬번에 있는 그에게 가서 사정을 털어놓기로 결심했어요. 그는 보석을 돈으로 바꾸는 방법도 알고 있을 테니까요. 그러나 어떻게 해야 무사히 그에게 갈 수 있을까 고민했습니다. 호텔에서 여기까지 오는 데도 간이 졸아붙는 것 같았는데 말입니다. 이젠 어디서 붙들려 몸수색을 받고 조끼 주머니에 들어 있는 보석이 탄로 날지 모를 일이었습니다. 벽에 기대어 거위가 뒤뚱뒤뚱 걷는 것을 보며 이런 생각을 하다가 문득 묘안이 떠올랐어요. 그 방법이라면 어떤 탐정도 속일 수 있을 것 같았습니다.

훨씬 전에 누나는 크리스마스 때 내게 가장 좋은 거위를 한 마리 선물하겠다고 했죠. 그 말에 번뜩 생각난 겁니다. 누나는 그 약속을 틀림없이 지킬 거예요. 그래서 지금 그 거위를 미리 받아 거위에게 보석을 삼키게 한 뒤 킬번까지 갖고 가면 안전하리라 생각했어요. 나는 몸통이 희고 꼬리에 검은 줄이 있는 통통하게 살찐 거위 한 마리를 뒷마당의 작은 오두막 뒤쪽까지 몰고 갔어요. 그 거위를 잡아 억지로 부리를 열고 될 수 있는 한 목구멍 깊숙이 손가락으로 보석을 밀어 넣었어요. 거위가 그걸 삼킨 뒤에 만져 보니, 보석은 식도에서 모이주머니로 내려가고 있었어요. 그런데 그때 거위가 몸부림치며 날갯짓을 하는 바람에 누나는 무슨 일이 있느냐며 달려왔지요. 누나에게 그 거위를 달라고 말하려고 돌아보는 틈에 거위는 도망쳐서 거위 떼 속으로 달려갔어요.

'저 거위가 왜 저러지, 젬?'

'크리스마스 때 한 마리 주겠다고 했잖아. 어떤 거위가 살이 많이 쪘는지 조사하고 있었어.'

'어머. 네게 줄 것은 따로 있어. 내가 젬의 거위라고 부르고 있지. 그래, 저기 희고 큰 놈 있지? 지금 모두 26마리인데 네 몫

으로 한 마리, 우리 집 몫으로 한 마리, 나머지는 시장에 내다 팔 거야.'

'고마워, 매기 누나. 그런데 괜찮다면 지금 내가 잡았던 거위를 주면 좋겠어.'

'하지만 네 것으로 정해놓은 게 3파운드는 더 무거워. 너에게 주려고 특별히 살을 찌웠으니까.'

'상관없어. 아까 그 거위도 맘에 들어. 지금 갖고 갈게.'

'그렇다면 좋을 대로 해.'

누나는 약간 시무룩했으나 곧 '그래, 원하는 것이 어떤 거지?' 하고 물었습니다.

'저거야. 가운데 있는 몸통이 희고 꼬리에 검은 줄이 있는 놈.'

'좋아. 지금 갖고 가.'

그래서 나는 누나가 시키는 대로 그 거위의 목을 졸라 죽여 킬번까지 갖고 갔습니다. 그리고 모즐리에게 이러저러한 일이 있다고 털어놓았죠. 그는 이런 의논을 하는 데는 아주 안성맞춤인 상대였습니다. 그는 내 얘기에 너무 웃어서 흑흑 흐느낄 정도였죠. 어쨌든 우리는 칼을 들고 와서 거위의 배를 갈라 펼쳤습니다. 그런데 홈즈 씨, 나는 하얗게 질렸습니다. 보석은 고사하고 모래알 하나도 없었으니 잘못되어도 이만저만 잘못된 게 아닙니다. 나는 거위를 그대로 팽개치고 부리나케 누나 집으로 다시 달려가 뒷마당으로 갔지요. 그런데 거위는 한 마리도 없었어요.

'누나, 거위는 다 어디 갔어?'

'도매상에 넘겼다.'

'어느 도매상에?'

'코벤트 가든의 브레킨리지.'

'그 중에서 꼬리에 검은 줄이 있는 거위가 또 한 마리 있었지? 내가 얻어간 것과 똑같은.'

'그래, 있었어. 젬, 꼬리에 검은 줄이 있는 것이 두 마리라 우리도 가끔 혼동했지.'

바로 이렇게 된 것입니다. 나는 죽자 살자 달려서 브레킨리지에게 갔지요. 그러나 벌써 여러 마리 팔린 뒤였고 그는 어디에 팔았는지 가르쳐주지 않았어요. 오늘밤 들으셨지요? 언제나 그런 식이에요. 누나는 내가 미쳤나 하고 걱정했지요. 사실 나도 가끔 그런 생각이 들어요. 아, 게다가…… 이젠 꼼짝없이 도둑놈입니다. 원하던 보석은 갖지도 못한 채 인격을 팔고 말았어요. 아, 하느님, 저를 살려주세요!"

그는 두 손으로 얼굴을 감싸고 울음을 터뜨렸다.

오랫동안 침묵이 계속되었다. 그의 가쁜 숨소리에 홈즈가 테이블 가장자리를 손가락으로 톡톡 두드리는 소리만 들렸다.

잠시 후 홈즈는 일어나 문을 활짝 열었다.

"나가!"

홈즈가 말했다.

"네? 아, 고맙습니다."

"여러 말 하지 말고 나가!"

그 이상은 더 말할 필요도 없었다. 출입구로 돌진하는 소리, 계단을 달려 내려가는 소리, 문이 닫히는 소리, 그리고 얼어붙은 길을 부지런히 달리는 발소리가 멀어져갔다.

"다시 말하지만 왓슨, 나는 경찰의 서툰 솜씨를 보충하기 위해 고용된 게 아니야. 호너가 유죄판결을 받는다면 모르지만 라이더도 법정에서 더 이상 그에게 불리한 증언을 하지 않을 것 같으니, 이 사건은 별일 없이 끝날 거야. 내가 중범을 눈감아준 게 되었지만 이로써 영혼 하나가 구제받는 것이 아닐까? 그는 혼이 났으니까 이제 다시는 나쁜 짓을 하지 않겠지. 지금 여기서 교도소로 보내면 그는 상습범이 돼. 게다가 지금은 크리스마스 시즌이야. 용서하는 계절이지. 우연한 기회에 아주 진기한 사건을 만났지만 해결이 되었으니 이것으로 됐어. 왓슨, 미안하지만 주방에 벨을 울려줘. 이제부터 다른 것을 맛보도록 할까. 이것도 새 요리야…… 도요새지만."

Sherlock Holmes

입원
환자

Sherlock Holmes

입원 환자

친구 셜록 홈즈의 뛰어난 추리 능력을 세상에 알리기 위해, 나는 실제 사건들을 모아 여러 편의 회고록을 써왔다. 하지만 그 것을 다시 읽다 보면, 어느 사건을 채택해야 할지 결정하는 게 얼마나 어려웠나를 새삼 실감한다. 나는 훌륭한 분석력과 추리 력을 발휘한 홈즈의 독특한 수사방법이 얼마나 뛰어난지를 증명 해왔다. 그러나 홈즈의 실력과는 상관없이 사건 자체가 시시해 서, 혹은 너무 평범해서 독자들에게 소개하지 못한 적도 여러 번 있었다.

반면 특이하고 극적인 사건이긴 했지만 홈즈가 그 사건에 관 여한 비중이 크지 않아 공개하지 않은 경우도 많았다. 홈즈의 전 기 작가로서 나는 그의 활약이 두드러진 사건을 소개하고 싶은 마음이 크다. 이러한 어려움은 『주홍색 연구』, 그리고 『글로리아 스콧호의 실종」과 관련된 이야기를 쓸 때도 실라와 카리브디스처럼 나를 괴롭혔다. 지금 여러분에게 들려주려는 이야기는 홈즈가 큰 활약을 했다고는 할 수 없을지 모른다. 하지만 사건의 내용이 너무도 특이해서 그저 기록으로만 남겨두기엔 아까워 선택한 것이다.

비 오는 10월의 어느 날이었다.

"날씨가 나쁘군, 왓슨."

홈즈가 말했다.

"하지만 저녁이 되니 바람이 부는 것 같아. 산책이나 할까?"

작은 거실에 틀어박혀 아무 할 일도 없었기 때문에 나는 기쁘게 찬성했다. 그리고 홈즈와 나는 3시간 정도 플릿 가에서 스트랜드 가로 펼쳐지는 만화경 같은 사람들의 생활을 바라보면서 거닐었다. 그 사람들의 생활상태를 홈즈는 섬세한 관찰력과 예민한 추리력으로 설명해주었다. 홈즈만이 할 수 있는 이 독특한 이야기는 산책하는 동안 나를 즐겁게 했다.

10시가 조금 넘어 베이커 가로 돌아왔을 때 문 앞에 사륜마차가 대기하고 있었다.

"흠! 의사의 마차야. 일반 개업의 같아."

홈즈가 말했다.

"개업을 한 지는 얼마 안 됐지만 진료는 상당히 많이 하는군. 우리와 의논할 일이 있어서 왔나본데 늦지 않게 돌아와서 다행이야!"

나는 홈즈의 방식에 상당히 익숙해서 그의 추리를 짐작할 수
있었다. 램프가 켜진 마차 안에는 버드나무 바구니가 걸려 있었
는데, 홈즈는 바구니에 담긴 의료기구들의 종류와 상태를 보고
재빨리 추리한 것이다. 위층 방에 불이 켜져 있는 것으로, 밤늦
게 찾아 온 이 손님이 우리를 만나러 왔다는 걸 알았다. 이런 시
간에 무슨 일로 의사가 찾아왔을까 궁금해하면서 홈즈를 따라
서재로 올라갔다. 방에 들어서자 벽난로 옆에 앉아 있던 남자가
일어났다. 그는 얼굴이 창백했고 뾰족한 턱에 억센 턱수염을 기
르고 있었으며, 서른서넛 살 정도로 보였다. 초췌한 얼굴과 혈색
이 안 좋은 것으로 보아 생활 때문에 힘과 젊음을 모두 잃었음을
알 수 있었다. 그의 태도는 감수성이 예민한 사람들이 그렇듯 신
경질적이고 숫기가 없었다. 몸을 일으키며 벽난로 장식 위에 얹
은 그의 손은 의사보다는 예술가에게 더 어울릴 듯 하얗고 가늘
었다. 검은 프록코트와 어두운 색의 바지, 약간의 색이 들어간
넥타이 차림이었는데 전체적으로 어둡고 수수한 느낌을 주었다.

"안녕하십니까. 오래 기다리지 않으셨다니 다행입니다."

홈즈가 쾌활한 목소리로 말했다.

"마부에게 얘기를 들었군요."

"아닙니다. 사이드테이블 위에 있는 촛불을 보고 알았습니다.
앉아서 무슨 일로 오셨는지 말해 보세요."

"저는 퍼시 트리벨리언 의사입니다. 브룩 가 403번지에 살고 있지요."

"원인불명의 신경장애에 관한 논문을 쓰신 분이십니까?"

내가 물었다.

자신의 연구에 대해 알고 있다는 말에 그는 기뻐하며 수줍은 듯 얼굴을 붉혔다.

"그 논문에 관한 얘기를 들어본 적이 거의 없어서 아는 사람이 아무도 없다고 생각했어요. 출판한 분도 책이 너무 안 팔린다고 하더군요. 당신도 의사인가요?"

"군의관 출신입니다."

"저는 신경성질병에 관심이 있어서, 그 분야에서 전문가가 되고 싶었어요. 하지만 한계가 있더군요. 물론 이 얘길 하러 온 건 아닙니다. 홈즈 씨, 밤늦게 시간을 내주셔서 정말 감사합니다. 브룩 가에 있는 제 집에서 최근 아주 이상한 일들이 일어나고 있습니다. 그런데 오늘밤에 일어난 일은 제 힘으로 해결할 수 없을 만큼 심각했습니다. 그래서 당신에게 조언을 구하려고 급히 달려온 겁니다."

홈즈는 의자에 앉아 파이프에 불을 붙였다.

"잘 오셨습니다. 무슨 일이 있었는지 자세히 말해보세요."

"한두 가지는 말하기 부끄러울 정도로 사소한 일입니다. 하지만 원인도 알 수 없고 갈수록 문제가 복잡해지고 있어서요. 어쨌든 무슨 일이 있었는지 전부 말씀드릴 테니 어떤 게 중요한 것인지는 직접 판단해주세요. 먼저 제 대학시절 얘기부터 해야겠군요. 저는 런던대학 출신입니다. 제 입으로 말하긴 그렇지만 교수님들에게 성적이 매우 뛰어나다는 평가를 받았지요. 졸업 후에는 킹스 칼리지 병원에 근무하면서 연구를 계속했어요. 운 좋게도 강직증에 대한 연구로 학계에서 큰 관심을 얻었고, 마침내 친구분이 방금 전에 말했던 신경장애 논문으로 브루스 핀커튼 상과 메달을 받았습니다. 그 당시에 저는 장래가 촉망되는 의사로 많은 사람들의 기대를 받았지요. 하지만 돈이 없다는 게 가장 큰 걸림돌이었습니다. 아시다시피 전문의로 성공하려면 캐번디시 광장에 있는 열두 거리 중 한 곳에서 개업을 해야 합니다. 임대료와 시설비가 엄청 비싼 지역이지요. 게다가 수입이 안정될 때까지 몇 년 동안 버틸 수 있는 돈도 준비해야 하고, 그럴듯해 보이는 말과 마차도 갖춰야 합니다. 하지만 제 형편으로는 터무니없는 일이었습니다. 그래서 저는 10년 동안 저축한 뒤에나 개업을 해야겠다고 마음먹었습니다. 그런데 갑자기 예상치 못한 일이 일어나면서 개업할 수 있는 길이 열리게 된 겁니다.

어느 날 블레싱턴이라는 낯선 신사가 저를 찾아온 것이 일의 시작이었습니다. 그는 아침 일찍 사무실에 찾아와서는 곧바로 사업 얘기를 꺼냈지요.

'당신이 최근에 주목할 만한 연구로 상을 받은 퍼시 트리벨리언입니까?' 하고 물었지요.

저는 정중하게 인사를 하고는 그렇다고 대답했습니다.

"제 질문에 솔직하게 말해보시오. 그렇게 하는 것이 당신에게도 유리할 겁니다. 당신이 성공할 수 있는 자질을 충분히 갖고 있다는 건 알고 있소. 그런데 그 자질을 활용할 줄은 아나요?"

상대의 난데없는 질문에 저도 모르게 웃고 말았지요. 그리고 이렇게 대답했습니다.

"그렇다고 생각합니다."

"나쁜 습관은 없소? 술에 빠져 있는 건 아니오?"

"아닙니다!"

"아주 좋소! 그 정도면 됐소. 그런데 그 정도 능력이 있으면서 왜 개업을 하지 않습니까?"

저는 어깨를 으쓱하고는 아무 말도 하지 않았습니다.

"어서 얘기해 봐요."

그는 침착하지 못한 태도로 대답을 재촉했어요. 그러더니, '흔히 있는 얘기지 않소. 지식은 있는데 돈이 궁한 거 아닙니까? 내가 브룩 가에 개업하도록 도와준다면 어떻겠소?' 하고 제의하더군요.

저는 놀라서 그를 쳐다보았습니다.

"아, 당신을 위해서가 아니라 나를 위해서 그러는 거요. 터놓고 얘기하자면 누이 좋고 매부 좋은 거지요. 나한테 몇천 파운드가 있는데 그 돈을 당신에게 투자하고 싶소."

"이유가 뭡니까?" 나는 너무 놀라서 더듬거리며 물었습니다.

"물론 돈을 벌기 위해서죠. 다른 데 투자하는 것보다 이편이 훨씬 안전해요."

"그렇다면 제가 할 일은 뭡니까?"

"말씀드리죠. 내가 사무실을 빌려서 설비를 갖추고 하녀를 고용하겠소. 그 밖에 진료소 운영이 필요한 일은 내가 다 알아서 할 겁니다. 당신은 진찰실에 앉아서 환자 진료만 하면 되는 거요. 용돈과 그 밖의 다른 비용은 전부 내가 대겠소. 그 대신 수입의 4분의 3을 나한테 주고 나머지는 당신이 갖는 걸로 합시다."

홈즈 씨, 블레싱턴이 가져온 기묘한 제안이라는 게 바로 이겁니다. 어떻게 협상하고 계약을 맺었는지에 대해서는 자세히 얘기하지 않겠습니다. 저는 다음 성모 대축일에 그 집으로 이사했고 그가 제시한 조건대로 진료를 시작했습니다. 블레싱턴 자신도 입원환자로 병원에서 저와 함께 지내게 되었습니다. 그는 심장이 약해서 항상 의사의 보호를 받아야 했습니다. 2층에서 제일 좋은 방 두 개는 진찰실과 그의 침실로 사용했지요. 그는 특이한 습관이 있었고 사람들과 어울리는 걸 좋아하지 않았어요. 외출하는 일도 거의 없었습니다. 매일 밤 같은 시간에 진찰실로 들어가 장부를 살펴보고, 그날 수입 가운데 5실링 3펜스를 제한 나머지를 자기 침실에 있는 금고에 넣는 것이었지요.

블레싱턴은 제가 투자한 걸 한 번도 후회하지 않았어요. 개업하자마자 병원에는 환자가 몰려들었지요. 환자 중에 지위가 높은 사람들이 두서너 명 찾게 되었다는 것과 나름대로 저의 평판이 좋았기 때문에 저는 곧 유명해졌어요. 그래서 블레싱턴은 최근 몇 년 사이에 큰 부자가 된 겁니다. 홈즈 씨, 제 과거와 블레싱턴과의 관계는 이게 전부입니다. 이제 오늘밤에 일어난 일을 말해야겠군요.

몇 주 전에 블레싱턴이 몹시 흥분해서 제 방으로 찾아왔어요. 그는 웨스트엔드에서 주택 침입 사건이 있었다면서 그날 안으로 창문과 출입문에 튼튼한 빗장을 달아야 한다고 하더군요. 사실 그렇게까지 흥분할 일은 아니었지요. 일주일 동안 그는 이상할 정도로 불안해하면서 틈만 나면 창밖을 내다봤고, 저녁식사 전에 즐기던 짧은 산책도 그만두었어요. 이런 태도 때문에 그가 무언가를 혹은 누군가를 몹시 두려워한다는 걸 알았지요. 하지만 제가 그 점에 대해서 물어보면 몹시 화를 냈기 때문에 더 이상 얘기를 꺼낼 수 없었어요. 시간이 지나자 두려움은 점차 사라지는 것 같았고, 그는 예전의 생활로 돌아갔어요. 그런데 갑작스레 일어난 사건으로 몸이 약해져 지금 병석에 누워 있습니다.

그 사건이란 바로 이렇습니다. 이틀 전에 저는 주소도 날짜도 적혀 있지 않은 편지 한 통을 받았습니다. 여기 가져왔으니 읽어드리지요.

지금 잉글랜드에 살고 있는 한 러시아 귀족이 퍼시 트리벨리언 의사의 진료를 받고 싶어합니다. 그 분은 수년 동안 강직증에 시달리고 있습니다. 트리벨리언 의사님이 그 분야의 권위자라고 들었습니다. 괜찮으시다면 내일 저녁 6시 15분쯤에 찾아 뵙겠습니다.

저는 편지내용에 큰 흥미를 느꼈지요. 강직증은 희귀한 병이었기 때문에 연구하는 데 어려움이 많았으니까요. 다음날 저는 진료실에 앉아 환자를 기다렸습니다. 그리고 약속 시간이 되자 안내 직원이 환자를 데리고 들어왔습니다.

그는 마르고 점잖은 노인이었습니다. 귀족이라고 하기에는 너무 평범해 보이더군요. 그런데 그와 함께 온 젊은이를 보고는 몹시 놀랐어요. 큰 키에 아주 잘생긴 젊은이었지만 어딘가 어둡고 날카로운 얼굴을 하고 있었지요. 가슴과 팔 다리는 헤라클레스처럼 건장했어요. 젊은이는 한 손으로 노인의 팔을 부축하고 들어와서는 겉모습과 전혀 다른 부드러운 태도로 노인이 의자에 앉도록 도와주더군요.

"선생님, 허락 없이 들어 온 걸 용서하세요."

그는 약간 혀 짧은 발음의 영어로 말했습니다.

"이 분이 저의 아버지입니다. 아버지의 건강은 제게 더할 나위 없이 중요합니다."

저는 아버지를 걱정하는 아들의 모습에 가슴에 뭉클했지요.

"아버님이 진찰을 받는 동안 함께 계시겠습니까?"

"아닙니다."

"그건 말할 수 없을 만큼 두려운 일입니다. 만일 아버님이 발작을 일으키는 걸 본다면 전 분명 놀라서 죽을 거예요. 제 신경은 아주 예민합니다. 괜찮다면 진찰을 받을 동안 대기실에서 기다리겠습니다."

그는 제 동의를 얻고서 진찰실 밖으로 나갔어요. 환자와 이야기를 나누면서 병에 대해 자세히 기록했지요. 노인은 그다지 지적인 사람이 아니라, 애매한 대답을 자주 했지만 영어에 익숙하지 않기 때문에 그런 거라고 생각했어요. 그렇게 기록하고 있는데 갑자기 제 질문에 아무런 대답도 하지 않아 고개를 들어보니 노인이 의자에 똑바로 앉은 채 완전히 넋이 나간 경직된 얼굴로 저를 보고 있었어요. 또 다시 발작이 일어난 거지요.

처음엔 환자에 대한 동정심과 공포감이 뒤섞인 느낌을 받았지요. 그 다음에는 의사로서의 만족감 같은 것이 느껴지더군요. 저는 환자의 맥박과 체온을 기록하고 근육의 경직상태와 반사작용을 검사했어요. 특별한 이상증세는 나타나지 않았고, 제가 전에 진료했던 강직증과 다른 점이 없었어요. 전에 강직증 환자에게 아밀나이트라이트 흡입제를 써서 좋은 효과를 본 적이 있어서, 지금이야말로 흡입제의 효능을 실험할 수 있는 좋은 기회라고 생각했지요. 약병이 아래층 실험실에 있어, 환자를 의자에 앉혀 둔 채 약을 가지러 달려내려갔어요. 약을 찾는 데 시간이 걸려 5분쯤 후에 진찰실로 돌아왔는데 놀랍게도 진찰실은 텅 비어 있었고 환자는 온데간데 없었어요.

급히 대기실로 달려갔지만 아들 모습도 보이지 않았어요. 그리고 현관문은 빗장이 올려진 채로 닫혀 있었죠. 환자를 진찰실로 안내하는 소년은 새로 들어온 데다 행동이 민첩하지 못했어요. 그 아이가 하는 일은 아래층에서 대기하고 있다가 제가 벨을 울리면 달려와 환자를 진찰실 밖으로 안내하는 것이지요. 그 아이는 아무 소리도 듣지 못했다고 하더군요. 정말 수수께끼 같은 일이 벌어진 겁니다. 잠시 후에 블레싱턴이 산책에서 돌아왔지만 저는 그 일에 대해 아무 말도 하지 않았어요. 사실은 최근 들어 가능하면 그와 얘기하지 않겠다고 마음먹었거든요.

저는 그 러시아 귀족과 아들을 다시 만나게 될 거라고는 생각지 못했어요. 그런데 오늘 밤, 같은 시간에 두 사람이 또다시 진찰실로 찾아왔어요. 제가 얼마나 놀랐는지 짐작하시겠지요.

"선생님, 어제는 갑자기 그렇게 가버려서 정말 죄송합니다."

노인이 말했지요.

"전 너무 놀랐습니다. 사실 발작에서 깨어나면 전에 있었던 일을 기억하지 못해요. 깨어나 보니 제가 낯선 방에 혼자 누워 있더군요. 정신이 없던 저는 그 상태에서 거리로 나간 겁니다."

"저는 아버님이 대기실 문 앞을 지나가기에 치료가 끝났다고 생각했습니다. 집에 도착한 후에야 무슨 일이 있었는지 알게 되었죠."

그의 말에 전 웃으며 대답했습니다.

"그랬군요. 어제는 정말 당황했지만 이젠 괜찮습니다. 그럼 어제 못한 진찰을 마저 해야 하니까 대기실로 가서 기다리세요."

저는 30분 정도 노인의 증상에 대해 이야기를 나눈 다음 처방전을 써주었습니다. 그리고 노인이 아들의 부축을 받고 진찰실에서 나가는 모습을 지켜봤어요. 이미 말씀드렸듯이 블레싱턴은 매일 이 시간에 산책을 나갑니다. 두 사람이 돌아가고 얼마 지나지 않아 블레싱턴이 돌아와 2층으로 올라가더군요. 그런데 잠시 후 급히 내려오는 소리가 들리더니 그가 공포에 질린 얼굴로 뛰어들어왔어요.

"누가 내 방에 들어갔었지요?"

그가 소리쳤습니다.

"아무도 들어가지 않았어요."

"거짓말하지 마시오! 올라와서 직접 보란 말이오!"

그는 몹시 흥분한 듯 고함을 쳤어요. 굉장히 불쾌했지만 두려움으로 정신이 반쯤 나간 것처럼 보여서 말없이 이층으로 올라가보았지요. 블레싱턴이 밝은 색 카펫 위에 흩어진 발자국들을 가리키며 말했어요.

"그럼 이게 내 발자국이란 말이오?"

그가 버럭 소리쳤어요.

그 발자국들은 확실히 블레싱턴의 것보다 컸고 조금 전에 생긴 것들이었어요. 오후에는 비가 많이 내렸고 찾아온 사람은 둘뿐이었습니다. 그렇다면 제가 노인을 진찰하는 동안 대기실에 있던 젊은이가 블레싱턴의 방에 들어갔다는 얘기가 됩니다. 어떤 이유에서 그랬는지는 모르겠어요. 아무것에도 손댄 흔적이 없었지만 발자국이 있는 걸로 보아 누군가 침입한 게 분명했지요.

물론 그런 일을 당하면 누구나 불안감을 느끼겠지만 블레싱턴은 제가 생각했던 것 이상으로 흥분했어요. 그는 안락의자에 앉아 눈물까지 흘렸지요. 그 상태에서는 말을 걸기가 어렵더군요. 당신을 찾아가라고 권유한 사람도 블레싱턴이에요. 물론 저도 그의 말이 옳다고 생각했어요. 블레싱턴이 너무 심각하게 받아들이는 면도 없지 않지만 어쨌든 정말 기이한 사건 같습니다. 사실, 당신이 이 사건을 설명할 수 있을 거라는 기대를 갖고 찾아온 건 아닙니다. 저와 함께 가주신다면 최소한 그의 마음을 진정시킬 수 있을 거라 생각합니다."

홈즈는 그의 긴 이야기를 집중해서 들었다. 나는 홈즈가 이 사건에 깊은 관심을 가진 걸 눈치챘다. 홈즈는 여전히 침착한 표정이었지만 눈꺼풀이 무겁게 드리워져 있었고 사건이 흥미로운 대목에 이를 때마다 파이프에서 짙은 연기가 피어올랐다. 의사의 얘기가 끝나자 홈즈는 아무 말 없이 벌떡 일어나더니 내게 모자를 건네주고 자신도 책상 위에서 모자를 집어 들었다. 그러고는 트리벨리언 의사를 따라 문 쪽으로 걸어갔다.

15분 가량 지나서 우리는 브룩 가에 있는 그의 진료소 출입문 앞에 서 있었다. 그것은 웨스트엔드에 있는 다른 개인 진료소들처럼 어둡고 음산한 집이었다. 우리는 키 작은 소년의 안내를 받으며 훌륭한 카펫이 깔린 넓은 계단을 올라갔다.

그러나 기묘한 일이 일어나는 바람에 멈춰설 수밖에 없었다. 계단 위에 있는 램프가 갑자기 꺼진 것이다. 어둠 속에서 날카롭고 떨리는 목소리가 들려왔다.

"난 권총을 갖고 있다. 더 이상 가까이 오면 쏘겠다."

"블레싱턴 씨, 이게 무슨 짓입니까?"

트리벨리언 의사가 소리쳤다.

"아, 선생님이었군요."

그는 안도한 듯이 한숨을 쉬었다.

"다른 사람들은 누구요?"

그가 어둠 속에서 우리를 뚫어지게 쳐다보는 걸 느낄 수 있었다.

마침내 블레싱턴이 말했다.

"아, 누군지 알겠소. 올라오세요. 제가 너무 조심스럽게 굴었군요. 미안합니다."

그는 램프에 다시 불을 붙였다. 불빛에 드러난 그의 모습은 기괴했고 목소리와 표정에는 불안감이 역력했다. 꽤나 비대한 체구였는데 전에는 더 비대했었는지 블러드하운드의 뺨처럼 살갗이 작은 주머니 모양으로 축 늘어져 있었다. 안색이 좋지 않았고, 가늘고 빛깔이 엷은 머리카락은 긴장감으로 곤두서 있었다. 그는 손에 권총을 들고 있다가 우리가 다가서자 권총을 주머니에 쑤셔 넣었다.

"홈즈 씨, 안녕하십니까. 와주셔서 감사합니다. 저만큼 당신의 조언을 필요로 하는 사람은 없을 겁니다. 트리벨리언 의사에게 누군가 제 방에 불법으로 침입했다는 얘기를 들으셨을 겁니다."

"그렇습니다. 블레싱턴 씨, 그 두 사람은 누구죠? 왜 당신을 괴롭히려는 겁니까?"

"참으로 말씀드리기가 어렵군요. 홈즈 씨, 어떻게 대답해야 할지……."

그가 난감한 듯 대답했다.

"그럼 모르는 사람이라는 말입니까?"

"아무튼 이쪽으로 오세요. 안으로 들어갑시다."

그는 우리를 넓고 편안해 보이는 침실로 안내했다.

"저걸 보십시오."

그는 침대 끝에 놓인 커다란 검은색 상자를 가리켰다.

"홈즈 씨, 전 큰 부자가 아닙니다. 트리벨리언 의사에게 들었겠지만 투자라고는 이번이 처음입니다. 전 은행을 믿지 않아요. 절대로 신뢰하지 않지요. 여러분에게만 말하는 거지만, 저 금고 안에는 얼마 안 되는 저의 전재산이 들어 있어요. 누군가 침입했다는 말을 들었을 때 제가 그토록 흥분했던 이유를 이제야 아시겠지요."

홈즈는 미심쩍은 태도로 블레싱턴을 보며 고개를 가로저었다.

"저를 속이려 한다면 아무 조언도 해드릴 수 없습니다."

"홈즈 씨, 전 모든 걸 사실대로 말했습니다."

홈즈는 기분이 상한 표정으로 등을 돌렸다.

"트리벨리언 씨, 안녕히 계십시오."

"아무 말씀도 없이 그냥 가시겠다는 겁니까?"

블레싱턴은 당황한 듯 갈라진 목소리로 소리쳤다.

"제 충고는 하나뿐입니다. 진실을 말하라는 거죠."

잠시 후에 우리는 거리로 나와 집을 향해 걸었다. 옥스퍼드 가를 가로질러서 할리 가를 반쯤 지났을 때 마침내 홈즈가 말을 꺼냈다.

"왓슨, 쓸데없는 일에 자네를 데리고 가서 미안해. 알고 보면 꽤 흥미로운 사건인데."

"솔직히 무슨 얘긴지 모르겠어."

"두 사람이 찾아왔다는 건 확실해. 또 다른 사람들이 있을 지도 모르지만 최소한 두 명이 이 일에 가담했어. 그들은 어떤 이유 때문에 블레싱턴의 방에 침입하기로 결정했겠지. 첫 번째 와 두 번째 경우 모두 젊은 남자가 블레싱턴의 방에 들어갔어. 그동안 다른 공범은 교묘한 수법으로 의사가 일을 방해하지 못 하도록 진찰을 받았던 거야."

"그러면 강직증은 어떻게 된 거야?"

"거짓으로 연기한 거지. 트리벨리언 의사에게는 말할 수 없었 지만 그런 병은 흉내내기 쉽지. 내가 직접 해봐서 알아."

"그러면 어떻게 된 거지?"

"그 사람들이 찾아올 때마다 공교롭게도 블레싱턴은 외출 중 이었어. 그들은 진료가 없는 시간을 골라 찾아왔어. 그 시간에는 대기실에 다른 환자들이 없다는 걸 알았기 때문이지. 그런데 사 건이 일어난 시간이 블레싱턴의 산책 시간과 일치한 걸 보면, 그 들은 블레싱턴의 일과를 잘 모르는 것 같아. 뭔가를 훔치러 들어 갔다면 적어도 그 물건을 찾으려고 방 안을 뒤졌겠지. 더욱이 자 신의 신변이 위태롭다고 여기고 있을 땐 그 눈빛만 봐도 알 수 있어. 블레싱턴이 그렇게 앙심을 품은 적들을 모른다는 건 말도 안돼. 그는 두 사람이 누군지 알고 있을 거야. 개인적인 이유 때문에 그 사실을 감춘 것뿐이지. 내일이면 아마 솔직하게 말하고 싶은 마음이 생길 거야."

"혹시 이런 건 아닐까? 터무니없는 소리처럼 들릴지도 모르지 만 있을 법한 일이라고 생각해. 트리벨리언 의사가 어떤 목적을 가지고 강직증에 걸린 러시아 노인과 그 아들 얘기를 전부 꾸며 낸 다음 블레싱턴의 방에 직접 침입했다면?"

나로서는 그야말로 멋진 추리라고 생각했는데 가스등 불빛을 받은 홈즈의 얼굴에 즐거운 미소가 떠오르는 걸 보았다.

"왓슨, 나도 처음엔 그렇게 생각했네. 하지만 곧 의사의 말이 맞다는 걸 알았지. 그 젊은 남자가 계단 카펫 위에 발자국을 많이 남겼기 때문에 방 안에 있는 발자국을 살펴볼 필요가 없었네. 구두 끝은 블레싱턴의 구두처럼 뾰족하지 않고 네모난 모양이야. 그리고 의사의 신발보다 1인치 3분의 1정도 더 컸어. 두말할 것도 없이 그 발자국은 젊은 남자가 남긴 거야. 어쨌든 그 생각은 잠시 접어두게. 내일 아침이면 브룩 가에서 분명 소식이 있을 테니까."

몇 시간 뒤 홈즈의 예상이 적중했다는 걸 확인할 수 있었다. 그것은 매우 극적인 방식으로 이루어졌다. 다음날 아침, 잠에서 깨어 보니 홈즈가 가운을 입고 내 침대 곁에 서 있었다. 시계는 7시 반을 가리키고 있었으며, 지평선 너머로 아침 햇살이 희미하게 고개를 내밀고 있었다.

"왓슨, 마차가 기다리고 있네."

"무슨 일이야?"

"브룩 가 사건."

"새로운 소식이라도 있나?"

"좋지 않은 소식이야. 하지만 확실한 건 아니야."

홈즈가 블라인드를 올리며 말했다.

"이걸 봐. '제발 빨리 와주십시오. P. T'라고 노트에 연필로 휘갈겨 쓴 게 보이지? 의사가 이걸 쓸 때 몹시 괴로웠던 모양이야. 왓슨, 급한 전갈이니 빨리 가야 해."

30분쯤 후에 우리는 진료소 현관 앞에 서 있었다. 트리벨리언 의사가 겁에 질린 얼굴로 달려나와 문을 열었다.

"어떻게 이런 일이 일어날 수 있죠?"

그는 두 손으로 머리를 감싸며 소리쳤다.

"무슨 일입니까?"

"블레싱턴이 자살했어요!"

"저런!"

홈즈가 안타깝다는 표정으로 혀를 찼다.

"어젯밤에 목을 맸어요."

집 안으로 들어가자 의사가 앞장서서 대기실로 안내했다.

"어떻게 해야 할지 정말 모르겠어요. 위층에 경찰이 와 있어요. 너무 무서워요."

"언제 발견했습니까?"

"그는 매일 아침 차를 마셔요. 7시쯤에 하녀가 방에 들어가 보니 방 가운데에서 그 사람이 목을 맨 채 숨져 있더랍니다. 무거운 램프를 걸어 두는 고리에 밧줄을 걸고 어제 우리에게 보여 주었던 저 상자 위에서 뛰어내린 거예요."

홈즈는 잠시 깊은 생각에 잠긴 채 서 있었다.

"실례가 안 된다면 위층에 올라가서 살펴봤으면 합니다."

우리가 위층으로 올라가자 의사가 뒤따라왔다.

침실에는 참혹한 광경이 펼쳐 있었다. 블레싱턴의 비대한 체구에 대해서는 이미 설명한 바가 있다. 그것이 고리에 매달려 있으니 뚱뚱한 몸집이 더욱 과장되고 두드러져 보여 사람이라고 여겨지지 않았다. 목은 털 뽑힌 닭처럼 축 늘어져 있었고, 그 때문에 몸집이 더 비대하고 부자연스러워 보였다. 그는 잠옷만 입고 있었는데 긴 잠옷 밑으로 부어오른 발목과 뻣뻣하게 굳어 볼품없어진 발이 보였다. 영리해 보이는 경감이 시체 옆에 서서 수첩에 뭔가를 적고 있었다.

"홈즈 씨, 만나서 정말 반갑습니다."

우리가 방에 들어서자 그가 진심으로 반기며 말했다.

"래너 군, 안녕하십니까? 이렇게 불쑥 찾아와서 미안합니다. 어떻게 된 일인지 들었겠죠?"

"네, 조금 들었습니다."

"당신 생각은 어때요?"

"제가 보기에 이 사람은 공포에 질려 제 정신이 아니었던 것 같습니다. 보시다시피 이 사람은 침대에서 자고 있었어요. 침대 위에 누운 자국이 깊게 나 있어요. 일반적으로 자살은 새벽 5시쯤에 많이 일어나지요. 이 사람도 그 시간에 목을 맸어요. 상당히 치밀하게 자살을 준비한 것 같아요."

"근육이 경직된 상태를 보니 사망한 지 세 시간쯤 지났군요." 내가 말했다.

"방 안에서 이상한 점은 발견하지 못했소?"

"세면대에 나사 몇 개와 드라이버가 있었어요. 간밤에 담배를 많이 피운 것 같아요. 벽난로에서 담배꽁초 네 개를 주웠습니다."

"담배 파이프도 찾았나요?"

"파이프는 없었습니다."

"담배 상자는?"

"코트 주머니에 있었어요."

홈즈는 담배 상자를 열고 하나 남은 담배 냄새를 맡아보았다.

"오, 이건 아바나군. 네덜란드가 동인도 식민지에서 수입해오는 독특한 담배지요. 알다시피 보통 짚으로 싸여 있고 다른 담배보다 가늘고 깁니다."

홈즈는 꽁초 네 개를 집어 들고 돋보기로 자세히 살펴보았다.

"두 개는 파이프에 끼워서 피웠고 나머지는 그냥 피운 것 같 군요. 두 개는 무딘 칼로 잘랐고 다른 두 개는 튼튼한 치아로 씹 어서 자른 겁니다. 래너 씨, 이건 자살이 아니오. 누군가 아주 잔 인하고 계획적으로 살해한 겁니다."

"그럴 리가!"

경감이 소리쳤다.

"왜 아니라고 생각하지요?"

"왜 쓸데없이 사람을 매달아서 살해합니까?"

"그건 이제부터 알아내야지요."

"범인은 어디로 들어왔을까요?"

"현관으로 들어왔을 겁니다."

"현관문은 아침에 잠겨 있었는데요."

"범인이 나간 다음에 문을 잠근 겁니다."

"그걸 어떻게 아시죠?"

"발자국을 봤으니까요. 잠시만 기다리면 더 자세히 말해줄 수 있을 것 같군요."

그는 현관 쪽으로 가더니 자물쇠를 돌리면서 꼼꼼하게 살폈 다. 그런 다음 안쪽에 꽂혀 있던 열쇠를 뽑아서 자세히 들여다보 았다. 홈즈는 침대와 카펫, 의자들, 벽난로, 시체, 밧줄을 차례 대로 조사했다.

"이 정도면 됐어."

마침내 홈즈가 만족스럽다는 듯이 말했다. 우리 세 사람은 밧줄을 끊고 시체를 조심스럽게 눕힌 다음 흰 천을 덮었다.

"이 밧줄은 어디서 나온 겁니까?"

홈즈가 물었다.

"여기서 잘라 낸 겁니다."

트리벨리언 의사가 침대 밑에서 둘둘 말은 커다란 밧줄 뭉치를 끌어냈다.

"그는 병적일 만큼 화재를 두려워해 항상 침대 아래에 밧줄을 두었어요. 불이 나서 계단이 타면 밧줄을 타고 창문으로 내려갈 생각이었겠죠."

"그래서 범인들이 수고를 던 거로군."

홈즈가 생각에 잠긴 표정으로 말했다.

"그래요, 이제 분명히 알겠습니다. 오후가 되기 전에 사건의 실체를 모두 파악할 수 있을 겁니다. 벽난로 위에 있던 블레싱턴의 사진은 제가 가져가지요. 수사에 도움이 될 겁니다."

"하지만 아직 아무것도 설명하지 않았잖아요!"

의사가 소리쳤다.

"사건의 순서는 분명해요. 세 사람이 모두 이 사건에 연루돼 있어요. 젊은 남자와 노인 그리고 세 번째 인물. 그 사람이 누군지 아직 모르겠어요. 러시아 백작과 그의 아들로 가장한 두 사람에 대해서는 더 이상 설명할 필요가 없을 것 같군요. 그들은 집

안에 있는 누군가의 도움으로 안에 들어올 수 있었어요. 경감, 안내직원을 체포하는 게 좋을 거요. 트리벨리언 씨, 최근에 그 소년을 고용했다고 했지요?"

"그 녀석이 없어졌어요. 조금 전에 하녀와 요리사가 찾으러 나갔습니다."

홈즈는 어깨를 으쓱했다.

"그 아이는 이 사건에서 중요한 역할을 했어요. 노인과 젊은 남자 그리고 알려지지 않은 제 3의 인물이 차례로 살그머니 계단을 올라갔겠지요."

"뭐라고?"

나는 놀라서 갑자기 소리쳤다.

"틀림없이 발자국이 겹쳐져 있었어. 어젯밤에 왔을 때 발자국이 누구 것인지 살펴봤지. 그들은 계단을 올라가서 블레싱턴의 방으로 들어가려 했어. 방문이 잠겨 있었지만 철사로 문을 열었지. 돋보기를 사용하지 않아도 열쇠 홈에 긁힌 자국이 보여. 이건 힘을 가할 때 생긴 자국이지. 문이 열리자 그들은 방으로 들어가 블레싱턴의 입에 재갈을 물렸어. 그는 잠들어 있었거나 겁에 질려 있었던 탓에 꼼짝도 할 수 없었을 거야. 게다가 벽이 두꺼워서 비명을 질렀대도 들리지 않았을 테지. 그를 묶어 두고 얘기를 했겠지. 어떻게 처벌할 것인가에 대해서 말이야. 담배꽁초를 보니 한동안 얘기를 나눈 것 같아. 노인은 버드나무 의자에 앉아 파이프로 담배를 피웠고, 젊은이는 저쪽에 앉아서 서랍장에 담뱃재를 털었어. 세 번째 남자는 방 안을 왔다 갔다 했을 거고, 확실하진 않지만 블레싱턴은 침대 위에 똑바로 앉아 있었을 거야. 마침내 그들은 블레싱턴을 목매달기로 결정했지. 사전에 계획된 일이었기 때문에 교수대를 대신할 도르래를 가져왔을 거야. 나사와 드라이버는 도르래를 고정시키는 데 사용했겠지. 그런데 벽에 있는 고리를 본 순간 쓸데없이 고생할 필요가 없다는 걸 알았어. 그리고 그들은 일을 마치고 서둘러 집 밖으로 도망치고 난 후, 공범은 안에서 문을 잠갔지."

우리는 큰 흥미를 갖고 어젯밤에 일어났던 일에 대해 열심히 귀 기울여 홈즈의 설명을 들었다. 홈즈가 너무도 미묘하고 세밀한 단서들을 바탕으로 추리해갔기 때문에, 그가 단서를 하나하나 지적하며 추리해 나갈 때마다 감탄하지 않을 수 없었다. 경감은 안내 직원에 대한 수사 때문에 서둘러 갔고 홈즈와 나는 아침을 먹으러 베이커 가로 돌아왔다.

"3시까지 오겠네."

아침식사를 마치고 홈즈가 말했다.

"3시에 여기서 경감과 의사를 만나기로 했어. 그때까지 풀리지 않은 의혹들을 자세히 밝혀낼 수 있었으면 좋겠네."

경감과 트리벨리언이 약속시간에 맞춰 도착했지만, 홈즈는 3시 45분이 돼서야 돌아왔다. 방 안에 들어서는 홈즈의 표정을 보고 나는 모든 일이 잘 해결되었다는 걸 알았다.

"경감, 새로운 소식이라도 있습니까?"

"그 소년을 체포했어요."

"잘됐군요. 나도 그 남자를 잡았소."

"범인을 잡았단 말입니까?"

세 사람이 동시에 외쳤다.

"최소한 누군지는 알아냈지요. 내 예상대로 블레싱턴과 범인들은 경찰에 잘 알려진 인물들이었소. 그들의 이름은 비들, 헤이워드, 모펫이었소."

"워싱턴은행 강도들이군요!"

경감이 놀란 목소리로 외쳤다.

"맞아요."

"그렇다면 모든 게 분명해지는군요."

경감이 말했다.

트리벨리언과 나는 어리둥절한 표정으로 서로를 보았다.

"그 유명한 워싱턴 은행 강도사건을 기억하고 있겠지요. 은행에 침투한 사람은 모두 다섯 명이었지요. 이번 사건에 연루된 네 사람 외에 카트라이트가 있었지요. 그들은 금고관리인 토빈을 살해하고 7천 파운드를 훔쳐 달아났어요. 1875년에 일어난 사건이지요. 다섯 명 모두 붙잡았지만 결정적인 증거를 찾지 못했어요. 그런데 그중에서 가장 악랄한 블레싱턴이 동료들을 밀고 했고, 그가 제시한 증거 때문에 카트라이트는 교수형을 당했으며 나머지 세 사람은 각각 15년형을 선고받았어요. 최근 만기를 몇 년 앞두고 출소했는데, 그들은 감옥에서 나오자마자 배신자를 찾아내 죽은 동료를 대신해 복수한 겁니다. 그들은 두 번이나 블레싱턴을 처치하려고 했지만 실패했고, 세 번째 시도에서 마침내 성공한 겁니다. 트리벨리언 씨, 더 설명할 게 있을까요?"

"당신 덕분에 모든 게 분명해졌습니다. 블레싱턴은 그날 신문에서 그들이 석방되었다는 기사를 읽고 그렇게 불안감에 흥분했던 겁니다."

"맞아요. 웨스트엔드 강도 얘기는 우리를 속이려고 지어낸 거였어요."

"그런데 왜 당신에게 이런 얘기를 하지 않았을까요?"

"옛 동료들의 복수심이 얼마나 큰지 알고 있어서 가능한 한 모든 사람에게 자신의 정체를 숨기려 했던 겁니다. 자신의 수치스런 비밀 때문에 누구인지 밝힐 수 없었던 거죠. 그는 비열한 사람이었지만 영국법의 보호를 받으며 살아왔어요. 하지만 경감, 법이 제 역할을 못해도 정의의 칼이 복수를 하지요."

이것이 러시아 환자와 브룩 가의 의사가 연관된 기괴한 사건의 전말이다. 그날 밤 이후로 세 살인자는 경찰 수사망에서 자취를 감췄다. 스코틀랜드 야드는 그들이 불운한 증기선 노라 크레이나호에 탑승했다고 여겼다. 그 배는 몇 년 전에 포르투갈 해안 오포토 북쪽에서 몇 리그 떨어진 해역에서 침몰해 승객 전원이 사망했다. 안내직원에 대한 재판은 증거불충분으로 중단되었고 '브룩가의 미스터리'라고 불리는 이 사건을 정식으로 다룬 출판물은 아직까지 발표되지 않았다.

종이
상자

Sherlock Holmes

종이상자

　내 친구 셜록 홈즈의 뛰어난 추리력을 보여주는 전형적인 사건들 중에, 나는 되도록 그의 재능을 잘 나타낼 수 있으면서 너무 자극적이지 않은 사건들을 고르려고 애썼다. 그러나 불행히도 범죄에서 자극적인 부분을 완전히 제거하기란 불가능하다. 기록하는 사람으로서, 사건의 자극적인 요소들을 생략해서 이야기를 변형시켜야 할지 아니면 있는 그대로 써야 할지 어려운 처지에 놓이게 된다. 이런 이야기는 이쯤에서 접고 아주 끔찍하고 기이한 사건에 관한 이야기로 들어가야겠다.

　8월의 햇살이 작열하는 무더운 날이었다. 베이커 가는 찜통처럼 후텁지근했고 햇빛마저 길가에 늘어선 노란 벽돌집에 반사되어 눈을 따갑게 했다. 이 거리가 겨울 안개 속에서 그렇게 우울

하고 희미하게 보이던 바로 그곳이라고는 믿지지 않았다. 블라인드는 반쯤 내려져 있었고 홈즈는 소파에 앉아서 그날 아침에 받은 편지를 되풀이해서 읽고 있었다. 인도에서 군복무를 한 탓에 더위에 단련된 나는 추위보다 더위를 잘 견뎠고, 섭씨 32도 정도의 더위는 내게 그리 대단치 않았다. 아침 신문은 별 내용이 없었다. 의회도 폐회 중이고 사람들은 모두 휴가를 떠났다. 나도 뉴포리스트 숲이나 사우스시 해변으로 당장 달려가고 싶었지만 은행 잔고가 모자라 휴가를 미루고 있었다. 하지만 내 친구 홈즈는 산이나 바다에 조금도 관심이 없었다. 다만 500만 명이 사는 이 도시 한복판에 남아서 갖가지 해결되지 않은 범죄들을 직접 알아보고 조사하기를 즐겼다. 그의 많은 재능 가운데 안타깝게도 자연을 감상하는 취미 따위는 전혀 없었다. 홈즈는 이 도시의 범죄자들과 관련된 다른 지역의 범죄자들을 추적할 때에만 여행을 했다.

홈즈가 너무 편지에 열중해 있어서 말을 붙이기가 어려웠다. 나는 별로 읽을 것도 없는 신문을 옆에 던져놓고 의자 뒤로 기대어 깊은 생각에 빠져 들었다. 그러다 갑자기 홈즈의 목소리에 생각을 멈추었다.

"왓슨, 자네 생각이 옳아. 분쟁을 해결하는 방법으로는 정말 어리석은 일이지."

"그래, 정말 어리석은 짓이야!"

나는 소리쳤다. 그리고 내가 마음속으로 생각한 것을 홈즈가 그대로 얘기했다는 사실을 깨닫고는 몸을 일으켜 앉아 영문을 모른 채 놀라서 그를 보았다.

"홈즈, 어떻게 된 거야? 내 머리로는 도저히 상상할 수 없네."

내가 당황해 놀라는 모양을 보고 홈즈는 낄낄거렸다.

"자네도 기억할걸. 얼마 전에 내가 에드거 앨런 포의 단편에서 뒤팽이 치밀한 추리로 친구의 생각을 알아맞히는 대목을 읽었을 때, 자넨 그저 작가의 놀라는 상상력이라고 했어. 나도 평소에 그런 습관이 있다고 하자, 자네는 못 믿겠다고 하더군."

"그렇게 말하지 않았어."

"자네가 말하지 않았어도 눈을 동그랗게 떴어. 그래서 나는 조금 전에 자네가 신문을 내던지고 생각에 잠기는 것을 보고는 자네의 생각을 읽을 수 있는 기회를 포착했지."

그러나 나는 아직 완전히 이해되지 않았다.

"자네 말대로라면 뒤팽은 상대의 행동을 보고 결론을 내렸어. 하지만 나는 조용히 의자에 앉아 있었어. 어떤 원인 제공도 하지 않았어."

"인간의 얼굴에는 갖가지 감정이 담겨 있지. 특히 자네 얼굴은 그 감정을 드러내는 데 아주 충실하고."

"내 얼굴에서 생각을 읽었다는 거야?"

"자네 얼굴, 특히 자네의 눈에서 어떻게 몽상이 시작되었는지 모르는 모양이군."

"전혀."

"그럼 말하지. 자네는 신문을 던졌어. 그 다음엔 30초쯤 멍하니 앉아 있더니 새로 액자에 넣은 고든 장군의 초상화를 보더군. 자네의 표정이 바뀌는 것을 보고는 어떤 생각에 잠겼다는 것을 알았지. 하지만 자네의 그 표정은 오래가지 않았어. 자네의 시선은 곧 책무더기 속에 있는 헨리 워드 비처의 초상화로 옮겨갔어. 그 다음에 벽을 흘끗 보았는데, 그 행동의 의미는 아주 명확해. 비처의 초상화를 액자에 넣어 벽에 걸어둔다면 고든 장군의 초상화와 잘 어울리고 장식도 될 거라고 생각한 거야."

"아주 정확해!"

나는 큰소리로 말했다.

"여기까지는 틀림없을 거야. 하지만 자네 생각은 다시 비처에게로 갔어. 자네는 눈을 가늘게 뜨고 그의 사진을 유심히 보았어. 비처가 남북전쟁 때 북부를 대표해서 맡은 임무에 대해 자네가 생각한다는 것을 알았어. 왜냐하면 비처를 향한 일부 영국의 과격분자들의 언행에 대해 자네가 격분했던 일을 기억하기 때문이지. 잠시 후 자네는 초상화에서 눈을 떼더니 두 주먹을 불끈 쥐더군. 나는 자네가 남북전쟁에 대해 생각하는 거라고 결론 내렸지. 하지만 자네는 점점 슬픈 얼굴이 되더니 고개를 설레설레 흔들었어. 전쟁의 비극에 대해 생각한 것이겠지. 그러다가 쓴웃음을 지으면서 옛날에 부상당한 부위로 슬그머니 손이 가더군. 그것은 국제적인 분쟁을 해결하는 전쟁이라는 방식의 어리석음에 생각이 미쳤다는 것을 보여주는 행동이었지. 바로 그때 나는 자네의 생각에 대한 동의의 표시로, 내 뜻을 말한 거야."

"정말 아주 정확해! 놀라울 뿐이야. 자네가 설명하는 걸 듣고 보니 정말 놀라워."

"왓슨, 이 정도는 별 거 아니야. 자네가 내 말을 못 믿어서 잠깐 자네 생각을 얘기해준 것뿐이지. 하지만 지금 내 손에 있는 문제는 좀처럼 풀기 어려울 듯싶네. 크로이던의 크로스 가에 사는 미스 커싱에게 이상한 물건이 담긴 소포가 배달되었다는 기사를 신문에서 읽었나?"

"아니, 못 봤어."

"이런! 신문을 대충 보았군. 자, 여기 경제난 밑에 있어. 큰소리로 한 번 읽어 보게."

나는 홈즈가 건네준 신문을 받아 그가 말한 기사를 읽었다. 제목은 '무서운 소포'였다.

크로이던의 크로스 가에 사는 미스 수잔 커싱에게 불쾌하고 이상한 일이 벌어졌다. 지금으로서는 짓궂은 장난이라고 판단되며 아직 범죄와 관계가 있는지는 밝혀지지 않았다. 어제 오후 2시에 미스 커싱은 집배원으로부터 갈색종이로 포장한 작은 소포를 받았다. 종이상자 안에는 굵은 소금이 가득 채워져 있었다. 그 속에 사람 귀가 두 개 들어 있는 것을 보고 미스 커싱은 소스라치게 놀랐다. 자른 지 얼마 되지 않은 것이 분명했다. 상자는 그 전날 아침, 벨파스트 우체국에서 발송된 것이었다. 발신인은 적혀 있지 않았다. 더 이상한 점은 미스 커싱은 50살의 독신으로 조용히 혼자 살고 있으며 아는 사람도 얼마 없고 서신을 주고받는 사람도 흔치 않아서 우체국을 통해 무언가를 받는 것은 아주 드문 일이었다. 미스 커싱은 몇 년 전 펜지에 살 때 의대생 세 명에게 방을 빌려준 적이 있는데, 너무 시끄럽고 생활이 불규칙해서 나가게 했었다. 경찰은 그 의대생들이 사건을 저질렀을 수도 있다고 했다. 미스 커싱에게 원한을 품고 그녀를 놀라게 하려고 해부실에서 귀를 잘라 보냈으리라 추측했다. 이 의대생들이 북 아일랜드 출신이라는 사실이 이 이론의 신빙성을 더했다. 미스 커싱의 기억으로는 그들이 켈파스트 출신이었다고 한다. 사건은 현재 가장 뛰어난 경감 레스트레이드의 지휘 아래 조사 중이다.

"〈데일리 크로니클〉은 그 정도면 됐어."

내가 다 읽자 홈즈가 말했다.

"다음은 우리의 레스트레이드 차례야. 오늘 아침 그가 편지를 보냈네. 내가 읽지.

홈즈 씨가 아주 흥미롭게 여길 사건이 발생했습니다. 어렵지 않은 사건이지만 단서를 찾는 데 어려움이 있습니다. 벨파스트 우체국에는 이미 연락했습니다. 그러나 그날 접수된 소포가 워낙 많아서 그 소포를 확인할 방법도 없고 발신인이 누구인지도 기억할 수 없다고 합니다. 상자는 허니듀 반 파운드 담배상자로 단서가 될 만한 것은 없습니다. 저는 의대생들이 가장 유력하다고 생각합니다. 잠시 시간을 내셔서 오신다면 정말 감사하겠습니다. 저는 오늘 미스 커싱의 집이나 경찰서에 있을 것입니다.

"어때, 왓슨? 덥지만 나와 함께 크로이던으로 가겠나? 자네 사건기록에 도움이 될 수도 있네."

"할 일이 없어 심심하던 참이야."

"그럼 할 일을 하나 주지. 벨을 울린 뒤 신발을 준비하고 마차를 부르라고 해. 잠시 후 나는 옷을 갈아입고 담배상자를 채운 뒤에 내려가지."

기차를 타고 가는 동안 소나기가 내려서인지 크로이던에 도착하자 더위가 좀 누그러졌다. 홈즈가 미리 전보를 보내서 레스트레이드가 역에서 기다리고 있었다. 그는 마른 체구에 말쑥했으며 누가 봐도 형사다웠다. 5분 정도 걸어가자 미스 커싱의 집이 있는 크로스 가에 도착했다.

긴 거리 양쪽에는 하얀 돌계단이 있는 깨끗하고 단정한 이층 벽돌집들이 길게 늘어서 있고, 앞치마를 한 여자들이 문에 모여 잡담을 하고 있었다. 거리의 중간에 이르러 걸음을 멈추더니 레스트레이드가 문을 두드렸다. 그러자 자그마한 하녀가 문을 열어주었다. 안내를 받아 거실로 들어가니 미스 커싱이 앉아 있었다. 그녀의 얼굴은 온화했고 눈은 크고 부드러웠으며 희끗희끗한 곱슬머리는 양쪽 관자놀이까지 내려와 있었다. 다리 위에는 뜨개질 하던 의자 덮개가 놓여 있었고 색색의 천이 담긴 바구니가 옆 의자에 놓여 있었다.

　"그 끔찍한 물건은 창고에 있어요."

　레스트레이드가 들어가자 미스 커싱이 말했다.

　"보고 가져가시면 좋겠어요."

　"그렇게 하지요. 미스 커싱. 당신이 있을 때 그 물건을 홈즈 씨에게 보여드리기 위해 여기에 둔 것뿐입니다."

　"왜 제가 있어야 하지요?"

　"홈즈 씨가 질문을 할지도 모르니까요."

　"제가 그 물건에 대해 전혀 아는 것이 없다고 말했는데도 저에게 질문을 하는 이유는 뭐예요?"

　"물론 그렇게 생각하겠지요. 마담."

　홈즈가 달래듯이 말했다.

　"이 일 때문에 많이 귀찮겠습니다."

"정말 귀찮아요. 저는 조용하게 사는 사람이에요. 제 이름이 신문에 나고 집에 경찰이 찾아오기는 처음이에요. 다시 그 물건들을 여기에 들여놓고 싶지 않아요. 레스트레이드 씨, 보고 싶으면 창고에 가서 보세요."

좁은 뒤뜰로 가니 작은 창고가 있었다. 레스트레이드가 안으로 들어가 노란 종이상자와 갈색 종이, 끈을 들고 나왔다. 우리는 정원 끝에 있는 긴 의자에 앉았다. 홈즈는 경감이 건네준 물건을 하나씩 검토했다.

"끈이 아주 흥미롭군."

홈즈가 끈을 빛에 비추어보고 냄새를 맡으면서 말했다.

"이 끈을 어떻게 생각합니다, 레스트레이드?"

"타르가 칠해져 있어요."

"그래요. 타르 칠을 한 끈입니다. 미스 커싱이 가위로 끈을 잘랐다고 했지요. 양 끝에 올이 풀려 있는 걸 보니 사실이군요. 아주 중요한 겁니다."

"뭐가 중요하다는 건지 모르겠습니다."

레스트레이드가 말했다.

"매듭이 그대로 남아 있고 매듭이 아주 독특해요. 이 점이 중요하지요."

"아주 깔끔하게 묶여 있습니다. 저도 이미 그 점을 메모했습니다."

경감은 흐뭇해하며 말했다.

"끈은 이 정도면 됐습니다."

홈즈는 웃으면서 말했다.

"다음은 포장지. 커피 냄새가 나는 갈색종이군. 뭐라고, 그걸 몰랐다고요? 분명히 커피냄새가 납니다. 아주 꾸불꾸불한 글씨로 주소를 썼군. 'S. 커싱, 크로스 가, 크로이던.' 굵은 펜으로 썼는데 아마 J펜일 겁니다. 잉크는 질이 나쁜 것입니다. 크로이던의 'y'를 처음에 'i'로 고쳤고. 글씨를 보니 남자가 분명해. 교육을 많이 받지 못했고 크로이던을 잘 모르는 사람입니다. 지금까지는 아주 좋군! 노란 상자는 반 파운드 담배상자고 왼쪽바닥 구석에 엄지자국이 두 개 있는 것 외에는 별다른 특징이 없어. 가죽을 보관하거나 상업용으로 사용하는 싼 굵은 소금을 채웠고 그 안에 이 이상한 물건을 넣었군."

홈즈는 귀를 두 개 꺼내서 무릎에 펼쳐 놓고 세밀히 검토했다. 홈즈를 사이에 두고 양옆에 앉은 나와 레스트레이드는 앞으로 고개를 숙여, 그 끔찍한 귀와 생각에 잠겨 열중해 있는 홈즈의 얼굴을 번갈아 보았다. 마침내 홈즈는 귀를 상자에 넣고 다시 깊은 생각에 잠겨 잠시 앉아 있었다.

"물론, 알고 있습니다. 하지만 해부실에 있는 의대생들의 짓궂은 장난이라면 두 사람의 귀를 보내는 것은 어렵지 않습니다."

"정말입니까?"

"짓궂은 장난이라는 견해에는 문제점이 많아요. 해부실에 있는 시체에는 방부제를 주입하지요. 하지만 이 귀는 방부제가 처리된 게 아닙니다. 자른 지도 얼마 되지 않았고 칼로 잘랐어요. 의대생들이라면 그렇게 하지 않아요. 또 의대생들이라면 굵은 소금이 아니라 석탄산이나 정제 알코올 보존제를 사용했을 겁니다. 다시 말하지만 단순한 장난이 아닙니다. 우리는 심각한 범죄를 조사하는 중입니다."

홈즈의 말을 들으며 심각하게 굳은 그의 얼굴을 보고 있으니 나는 알 수 없는 전율을 느꼈다. 이 끔찍한 일 뒤에는 불가사의한 사건이 숨겨져 있는 것 같았다. 그러나 레스트레이드는 완전히 믿지 못하겠다는 것처럼 고개를 저었다.

"물론 장난이라는 견해에 대한 반대도 있어요. 하지만 범죄가 아니라는 견해가 더 설득력이 있지요. 미스 커싱은 펜지와 크로이던에서 최근 20년 동안 아주 조용하고 점잖게 살아왔어요. 거의 하루도 집을 비운 적이 없어요. 그런데 도대체 왜 범인이 범행의 증거를 그녀에게 보냈겠습니까? 부인이 완전히 연기를 하는 거라면 몰라도 그녀는 우리와 마찬가지로 그 일에 대해 전혀 모르지 않습니까?"

"그게 우리가 해결해야 할 문제입니다. 나는 내 추리가 정확하며 두 사람이 살해되었다는 가정 아래 조사를 시작하겠습니다. 하나는 여자의 귀입니다. 섬세하게 생겼고 귀고리를 하기 위한 구멍이 뚫려 있는 걸 보면 알 수 있어요. 또 하나는 남자의 귀로 햇볕에 그을렀고 역시 귀고리 구멍이 있어요. 이 두 사람은 죽었을 겁니다. 살아 있다면 귀가 잘린 그들에 대한 이야기를 벌써 들었을 테니까요. 오늘이 금요일, 소포는 목요일 아침에 보냈으니 사건은 수요일이나 그 이전에 발생했지요. 두 사람이 살해되었다면 살인자 말고 누가 범죄의 증거를 미스 커싱에게 보냈을까요? 소포 발송인을 찾아야 해요. 하지만 이 소포를 미스 커싱에게 보낸 데는 분명 무슨 이유가 있어요. 무슨 이유로? 아마 살인을 했다는 사실을 부인에게 알리거나 부인을 괴롭히기 위해서일 겁니다. 흔히 이런 경우라면 미스 커싱은 누구의 짓인 줄 알 겁니다. 그렇다면 미스 커싱은 범인이 누군지 알고 있을까요? 아닌 것 같습니다. 알았다면 왜 경찰을 불렀을까요? 귀를 없애는 게 가장 현명한 처사였겠지요. 범인을 숨기려고 했다면 그렇게 했을 겁니다. 하지만 범인을 숨겨줄 생각이 아니기 때문에 그 이름을 밝혔을 겁니다. 이 점이 우리가 해결해야 할 문제입니다."

홈즈는 정원 울타리 위를 표정 없이 보며 높은 목소리로 빠르게 말하더니 갑자기 벌떡 일어나 집으로 걸어갔다.

"미스 커싱에게 몇 가지 물어 볼 게 있습니다."

홈즈가 말했다.

"그렇다면 저는 먼저 가겠습니다. 지금 처리해야 할 일이 있어서요. 저는 더 이상 미스 커싱에게 들은 이야기도 없을 것 같습니다. 그럼 경찰서에서 뵙겠습니다."

레스트레이드가 말했다.

"역으로 가는 길에 경찰서에 들르겠습니다."

홈즈가 대답했다.

잠시 후에 나와 홈즈는 거실로 다시 돌아왔다. 커싱 부인은 덤덤한 표정으로 여전히 의자덮개를 짜고 있었다. 우리가 들어가자 뜨개질감을 무릎에 놓고 순진하고 파란 눈으로 우리를 쳐다보았다.

"이 사건은 확실히 잘못된 거예요. 소포는 저에게 보낸 게 아니에요. 스코틀랜드 야드에서 나온 경감에게 여러 차례 말했지만 그저 웃기만 하더군요. 제가 아는 한 저는 세상에 적이 없어요. 그런데 무엇 때문에 누가 제게 이런 장난을 하겠어요?"

"저도 같은 생각입니다."

미스 커싱 옆에 앉으면서 홈즈가 말했다.

"확실합니다."

그런데 홈즈가 갑자기 말을 멈췄다. 내가 놀라서 돌아보니 그는 부인의 옆얼굴을 아주 주의 깊게 보고 있었다. 한순간 무언가에 열중한 홈즈의 얼굴에 놀라움과 안도감이 나타났다. 하지만 부인이 무슨 일인지 의아해하며 돌아보자 홈즈는 다시 원래대로 침착한 표정을 지었다. 나도 부인의 납작하고 희끗희끗한 머리, 깨끗한 모자, 작은 금 귀걸이, 얌전한 얼굴 등을 열심히 보았으나 홈즈가 무엇 때문에 그렇게 놀랐는지 전혀 알 수 없었다.

"질문이 몇 개 있습니다."

"질문이라면 지긋지긋해요."

미스 커싱이 짜증스럽게 소리쳤다.

"여동생이 두 명 있죠?"

"그걸 어떻게 아셨어요?"

"이 방에 들어왔을 때 벽난로 선반에 부인 세 사람이 함께 찍은 사진이 있는 걸 보았습니다. 그중 한 분은 틀림없이 부인이고 다른 두 분은 부인과 아주 닮았더군요. 그래서 자매라고 생각했습니다."

"맞아요. 정말 정확하군요. 제 동생 새라와 메리에요."

"제 옆에 있는 사진은 부인과 여동생과 한 남자가 리버풀에서 찍은 거군요. 제복을 보니 남자는 선원 같습니다. 당시는 아직 결혼 전이고요."

"정말 관찰력이 좋군요."

"그게 제 직업이니까요."

"참, 그렇군요. 홈즈 씨 말이 맞아요. 그 며칠 뒤 동생은 짐 브라우너와 결혼했어요. 결혼할 당시 그는 남미 노선의 배에서 일했는데, 동생을 너무 사랑한 나머지 오래 떨어져 있기 싫다면서 리버풀과 런던을 왕복하는 배로 일자리를 옮겼지요."

"그럼 컨커러 호입니까?"

"아니요. 지난번에 들으니 메이데이 호더군요. 짐이 여기로 저를 찾아온 적이 한 번 있어요. 그때는 다시 술을 마시기 전이었지요. 하지만 그 후 육지에 있을 때는 항상 술을 마셨고 술만 마시면 완전히 제정신이 아니었어요. 다시 술을 마신 후로는 안 좋은 일만 있었지요. 처음에는 저와 인연을 끊었고 그 후 새라와도 싸웠는데 이제는 메리의 편지도 끊겨 그들이 어떻게 사는지도 몰라요."

미스 커싱은 마음이 아플 듯했다. 외로운 삶을 사는 사람들이 대개 그렇듯이 미스 커싱도 처음에는 수줍어하더니 점점 말이 많아져 수다스러웠다. 여동생의 남편인 선원에 대해 여러 가지 얘기를 하더니 전에 하숙했던 의대생들에게로 화제를 바꾸어 그들의 무질서한 생활에 대하여 길게 얘기했다. 그리고 이름과 병원도 알려주었다. 홈즈는 처음부터 끝까지 주의 깊게 들으면서 가끔 질문했다.

"동생 새라도 독신인데, 왜 부인과 함께 살지 않는지 궁금하군요."

"오! 새라의 성질을 안다면 전혀 이상하게 생각하지 않을 겁니다. 제가 크로이던에 왔을 때부터 같이 살다가 두 달 전에 헤어졌어요. 동생의 험담을 하고 싶지는 않아요. 하지만 새라는 항상 남의 일에 간섭하기 좋아하고 비위를 맞추기도 힘들어요."

"새라가 리버풀에 있는 동생 부부와도 싸웠다는 말인가요?"

"그래요. 한때 그들은 가장 좋은 친구였어요, 그래서 새라가 그들 가까이 있으려고 그곳으로 이사를 갔어요. 그런데 지금은 브라우너에 대해 아주 심한 말만 해요. 여기 있었던 지난 여섯 달 동안 새라는 브라우너의 술버릇에 대한 험담만 늘어놓았어요. 새라가 참견을 하자 브라우너가 잔소리를 해서 사이가 그렇게 틀어진 게 아닌가 생각해요."

"감사합니다. 미스 커싱."

홈즈는 일어나서 인사했다.

"새라는 뉴 스트리트 월링턴에 산다고 말씀하셨죠? 안녕히 계세요, 부인의 말대로 부인과는 관계없는 일로 불편을 끼쳐서 정말 죄송합니다."

마침 우리가 나갔을 때 마차가 한 대 지나가고 있었다. 홈즈는 마차를 불러 세웠다.

"월링턴까지 거리가 얼마나 되오?"

"1마일 정도 됩니다."

"잘됐군. 왓슨, 마차에 타게. 쇠도 달았을 때 때리라고 했어, 간단한 사건이지만 이 사건과 관련된 아주 흥미로운 사실을 몇 가지 알아봐야겠네. 마부, 전신국에 잠깐 들러요."

홈즈는 짧은 전보를 보낸 후 마차를 타고 가는 동안 뒤로 기대고 있었다. 햇빛을 가리기 위해 모자를 코 위까지 앞으로 내린 채였다. 우리가 방금 떠난 집과는 전혀 다른 집에 마차가 섰다. 홈즈는 마부에게 기다리라고 한 후 문고리에 손을 가져갔다. 그때 문이 열리고 검은 옷에 반짝이는 모자를 쓴 점잖은 젊은 신사가 밖으로 나왔다.

"커싱 부인은 집에 있습니까?"

홈즈가 물었다.

"새라는 많이 아픕니다. 어제부터 심한 두통으로 고생하고 있어요. 그녀의 주치의로서 말씀드리는데 아무도 새라를 만날 수 없어요. 열흘 후에 다시 방문하시기 바랍니다."

그는 장갑을 끼고 문을 닫더니 거리로 걸어갔다.

"음, 안 된다니 할 수 없지."

홈즈는 명랑하게 말했다.

"아마 새라는 크게 도움이 안 됐을 거야."

내가 말했다.

"그녀에게 무슨 말을 들으려는 건 아니었어. 단지 그녀를 한 번 보고 싶었지. 어쨌든 내가 원하는 건 다 얻었어. 마부, 괜찮은 호텔로 우리를 안내하게. 점심을 먹은 뒤 경찰서에 들러 레스트레이드를 만나야겠어."

우리는 간단하게 점심을 먹었다. 그동안 홈즈는 바이올린에 대해서만 얘기했다. 아주 즐거워하며 그가 스트라디바리우스를 어떻게 샀는지 얘기했다. 적어도 500기니는 됨직한 바이올린을 토트넘 코트 로드에 있는 유태인 전당포에서 55실링에 샀다는 것이었다. 그리고 파가니니 이야기를 시작했다. 1시간 동안 우리는 포도주 한 병을 마셨고 홈즈는 나에게 파가니니의 일화를 끊임없이 들려주었다. 오후가 거의 다 가고 뜨거운 햇빛이 부드러워질 때쯤 우리는 스코틀랜드 야드에 갔다. 레스트레이드가 문에서 우리를 기다리고 있었다.

"홈즈 씨, 당신에게 전보가 왔습니다."

"오! 답장이 왔군!"

홈즈는 봉투를 뜯어 휙 훑어보더니 주머니에 구겨 넣었다.

"다 됐어."

왓슨이 궁금해 하며 물었다.

"뭔가 알아낸 거군?"

레스트레이드는 놀라 홈즈를 쳐다보았다.

"뭐라고요! 농담이죠?"

"난 아주 진지합니다. 충격적인 범죄가 발생했고 내가 지금 모든 사실을 밝혔습니다."

"그럼 범인은?"

홈즈는 명함을 꺼내 뒤에 몇 자 휘갈겨 쓰더니 레스트레이드에게 건네주었다.

"범인의 이름입니다. 빨라야 내일 저녁에 체포할 수 있을 겁니다. 이 사건에 대해서 내 이름은 밝히지 않길 바랍니다. 나는 해결이 어려운 범죄에만 관여하고 싶으니까요. 왓슨, 이제 가야 하네."

레스트레이드는 홈즈가 건네준 명함을 기쁜 얼굴로 계속 바라보았고, 우리는 그를 뒤로한 채 역으로 성큼성큼 걸어갔다.

그날 저녁 베이커 가에 있는 우리 방에서 홈즈와 나는 담배를 피우며 이야기를 나누었다.

"이 사건은 자네가 『주홍색 연구』나 『세 개의 서명』이란 제목으로 썼던 사건들처럼 결과에서 원인을 찾아가며 추리해야 할 듯 하네. 지금은 상세히 밝혀지지 않았지만 레스트레이드가 범인을 체포하면 모든 게 밝혀질 거야. 우리에게도 알려달라고 했네. 레스트레이드는 머리가 둔하지만 일단 자기가 할 일을 알면 불독처럼 끈질긴 사람이니 문제없이 범인을 체포할 거야. 사실 그 끈질김 때문에 스코틀랜드 야드 최고로 인정받고 있지."

"그럼 사건은 아직 완전히 해결되지 않았나?"

"중요한 부분은 완전히 해결됐어. 이 끔찍한 일을 벌인 사람이 누구인지 알았어. 자네도 나름대로 결론을 내렸겠지."

"자네는 리버풀 선박의 선원 짐 브라우너를 범인으로 의심하고 있지 않는가?"

"이런~! 의심 정도가 아니야. 그가 확실한 범인이지."

"하지만 아직 뚜렷한 증거가 없는데?"

"그 반대야. 내 생각으로는 아주 명확하네, 처음부터 하나씩 살펴볼까. 자네도 알다시피 우리는 아무 정보 없이 이 사건을 조사하게 되었네. 정보가 없는 편이 언제나 더 유리하지. 우리는 가설을 세우지 않았어. 미스 커싱의 집에 가서 조사하고 그 조사를 바탕으로 추리했지. 우리는 처음 무엇을 보았지? 전혀 감추는 게 없는 것 같은 아주 온화하고 얌전한 미스 커싱과, 그녀에게 여동생이 둘 있다는 사실을 알려주는 사진을 한 장 보았네.

그 순간 문제의 상자는 부인의 여동생에게 보낸 것이 아닌가 하는 생각이 문득 들었지. 하지만 우리가 조사하기 전에 편견을 가질 수 있는 생각은 우선 접어두었지. 그리고 정원으로 가서 작은 노란상자에 담긴 흉측한 내용물을 봤지.

그 내용물을 담은 상자의 끈은 배에서 돛을 꿰매는 선원들이 사용하는 거야. 곧 이 사건이 선원과 관련되었다는 걸 알았지. 매듭은 선원들이 사용하는 방식으로 묶여 있었고 소포는 항구에서 보낸 거야. 남자의 귀에는 귀고리 구멍이 있었는데 이는 선원들이 많이 하는 짓이지. 따라서 이 사건의 범인은 뱃사람이라는 확신이 들었어.

소포에는 미스 S. 커싱이라고 쓰여 있더군. 미스 커싱도 수잔이니 S자로 시작되지만 동생 새라도 S자로 시작돼. 그렇다면 우리는 새롭게 조사해야 해. 그래서 이 사실을 확실히 알아보려고 집으로 들어간 거야. 착오가 있었던 게 분명하다고 미스 커싱에게 말하려던 참이었어. 그런데 내가 갑자기 말을 멈췄던 걸 자네도 기억하지? 내가 아주 놀랄 만한 것을 보았기 때문이었지. 그 즉시 조사의 폭은 상당히 좁혀졌어.

자네는 의사니까 잘 알 거야. 사람의 귀처럼 사람마다 다양한 신체기관은 없어. 사람의 귀는 저마다 색다른 특징을 갖고 있지. 작년 인류학 잡지에 있던 짧은 기사 두 개에 내가 줄을 쳐 놓은 걸 봤을 거야. 나는 상자 안에 있었던 귀를 전문가의 눈으로 검토했고 주의 깊게 해부학적 특징들을 기억해두었어. 그런데 미스 커싱을 보니 그녀의 귀가 내가 방금 관찰했던 여자의 귀와 정확히 일치하더군. 그러니 내가 놀랄 수밖에 없지. 우연이 아니었어. 귓바퀴가 짧고 위 귓불은 넓게 구부러졌으며 안의 연골조직은 동일한 나선형을 그리고 있었지. 주요한 점으로 보면 똑같은 귀였어.

그게 뭘 의미하는지 바로 알았지. 피해자가 혈연관계이며, 그것도 아주 가까운 혈연이라는 게 분명했어. 미스 커싱의 가족에 대해 내가 얘기했고, 그녀는 곧 중요한 얘기들을 우리에게 해주었네.

첫째, 여동생의 이름이 새라이며 최근까지 같이 살았어. 그것으로 소포를 누구에게 발송한 것인지 아주 분명해졌어. 둘째, 막내 동생과 결혼한 선원에 대해서도 얘기를 들었지. 한때는 새라와 아주 친해서, 리버풀에 가서 동생 부부 근처에 살았다는 걸 알았어. 하지만 나중에 사이가 틀어져 헤어졌다고 들었지. 그 싸움이 있고 몇 달 동안 서로 소식이 끊겼고 브라우너가 새라에게 소포를 보내려 했다면 분명히 옛 주소로 보냈겠지.

그러니 저절로 사건의 실마리가 풀린 거야. 우리는 충동적이고 열정적인 그 선원의 생활방식에 대해 들었어. 부인과 가까이 있기 위해 훨씬 더 좋은 직업을 버렸다는 걸 기억하지? 또 때때로 술을 마셨다고 했네. 그의 부인은 살해되었을 거고 뱃사람이라고 추측되는 한 남자도 동시에 살해되었을 거야. 물론 질투심이 바로 범죄의 동기겠지. 그런데 왜 범죄의 증거를 새라에게 보냈을까? 아마 그녀가 리버풀에 있을 때 이 살인사건의 원인을 제공했기 때문일 거야. 선박은 벨파스트, 더블린, 워터포드를 경유해. 따라서 브라우너가 범죄를 저지르고 바로 메이데이 호를 탔다면 그가 문제의 소포를 부칠 수 있는 첫 번째 장소는 벨파스트야.

이 과정에서 다른 설명도 물론 가능해. 거의 가능성이 없다고 생각하지만 더 조사를 하기 전에 그 문제를 확인해 보기로 했어. 버림받은 애인이 브라우너 부부를 죽였고 남자의 귀는 남편의 것일 수도 있을 거라는 생각이었지. 이 가설에는 여러 가지 커다란 문제가 있어. 하지만 고려해볼 가치는 있지. 그래서 리버풀 경찰서에 있는 내 친구 앨가에게 전보를 보내서 브라우너 부인이 집에 있는지, 브라우너가 메이데이 호를 타고 떠났는지 알아봐 달라고 부탁했지. 그리고 우리는 새라를 마나러 월링턴으로 갔던 거야.

처음에 나는 새라의 귀가 다른 가족들과 얼마나 닮았는지 궁금했어. 물론 우리에게 아주 중요한 정보를 줄지도 모를 일이었지. 하지만 별로 기대하지 않았어. 크로이던이 온통 그 사건으로 떠들썩했으니 새라도 전날 그 사건을 들었을 거야. 그리고 그 소포가 누구에게 보내진 것인지 그녀만이 알았을 거야. 경찰에 도움을 요청할 생각이었다면 벌써 연락했겠지. 그녀를 만나는 게 우리가 해야 할 일이니 그곳에 갔던 거야. 그때부터 아팠던 걸 보면 소포에 대한 뉴스가 머리에 열이 오를 정도로 그녀에게 큰 충격을 주었던 모양이지. 이 점으로 미루어 그녀는 소포의 의미를 아주 잘 알고 있다는 게 명확해졌고, 그녀의 도움을 기다리려면 시간이 꽤 걸려야 한다는 사실도 확실해졌네.

하지만 우리는 그녀의 도움이 필요 없었어. 경찰서에 이미 우리의 대답이 도착해 있었기 때문이지. 내가 앨가에게 그리로 연락을 하라고 했지. 그 일이 아주 결정적이었어. 하지만 브라우너의 집은 3일 이상 닫혀 있었고 이웃의 말로는 브라우너의 부인이 친척을 만나서 남쪽으로 갔을 거라고 했어. 그리고 선박 사무실에서 확인한 바에 따르면 브라우너는 메이데이 호를 타고 떠났다고 하더군. 내 계산으로는 내일 밤이면 배가 템스 강에 도착할 거야. 그가 도착하면 둔하지만 결단력 있는 레스트레이드를 만나겠지. 그러면 모든 사실이 자세히 밝혀지겠지."

홈즈가 예상한 대로였다. 이틀 후 홈즈는 레스트레이드가 쓴 짧은 쪽지와 타이프 친 서류가 여러 장 들어 있는 두꺼운 봉투를 받았다.

"레스트레이드가 범인을 제대로 잡았군."

홈즈가 나를 흘끔 보았다.

"자네도 그가 뭐라고 썼는지 궁금할 거야.

홈즈 씨에게

우리의 가설을 시험하기 위해 짠 계획에 따라(우리? 정말 웃기는군, 왓슨.) 어제 저녁 6시에 앨버트 선착장에 가서 리버풀, 더블린, 런던 기선 회사 소유의 메이데이 호에 올랐습니다. 알아 보니 제임스 브라우너라는 선원이 승선했고, 그는 이번 항해 중 이상한 행동으로 인해 선장이 일을 하지 못하게 했다고 하더군요.

그의 방에 들어가 보니 브라우너는 소지품 상자에 앉아 머리를 손에 푹 파묻고 앞뒤로 몸을 흔들고 있었습니다. 크고 건장한 체구에 말끔히 면도를 했고, 거짓 세탁 사건에서 우리를 도왔던 앨드리지처럼 피부가 아주 검게 그을려 있었습니다. 제가 체포하겠다고 하자 그는 벌떡 일어났고 저는 근처에 있는 해양경찰 두 명을 부르기 위해 호루라기를 입으로 가져갔습니다. 하지만 그는 저항할 생각이 없는 듯 조용히 손을 내밀어 수갑을 찼습니다.

브라우너를 감옥에 가두고 증거가 될 만한 것이 있을까 하는 생각에 그의 소지품 상자도 가지고 왔습니다. 하지만 보통 선원들이 소지하는 커다랗고 날카로운 칼 외에는 특별한 것이 없었습니다. 우리는 더 이상 증거가 필요하지 않았습니다. 브라우너가 형감 앞에서 조사를 받으며 모든 사건 경위에 대해 진술과 더불어 자백을 했고, 그가 진술한 대로 속기사가 받아 적었습니다. 타이프 친 복사본 세 장 가운데 하나를 동봉합니다. 제가 예상했던 것처럼 사건은 아주 간단한 것이었습니다. 그래도 수사에 협조해 주셔서 감사합니다. 안녕히 계십시오.

G. 레스트레이드

"뭐! 이 사건이 아주 간단하다고? 처음에 나에게 도움을 요청했을 때는 그렇게 생각하지 않았을 텐데. 그건 그렇고 브라우너가 뭐라고 변명했는지 궁금하군. 이게 쉐드웰 경찰서의 몽고메리 경감 앞에서 작성한 진술서군. 원문 그대로이니 한결 낫군."

"할 말이 있냐고요? 네, 아주 많습니다. 모두 털어놓겠습니다. 교수형에 처하든지 독방에 처넣든지 마음대로 하세요. 어떤 처벌이든 전 관심이 없어요. 그 일 이후 전 한숨도 제대로 못 잤어요. 과거를 되돌리기 전에는 다시는 편히 잠을 잘 수 없을 겁니다. 때로는 그의 얼굴도 보이지만 대부분은 아내의 얼굴입니다. 그 둘의 얼굴이 저를 떠나지 않아요. 그는 얼굴을 일그러뜨리고 화난 표정을 지었지요. 하지만 아내는 놀란 얼굴을 하고 있어요. 아, 가엾은 사람. 전에는 사랑만 가득하던 내 얼굴에서 살기를 느꼈을 테니 당연히 놀랐을 겁니다.

하지만 모든 건 새라의 잘못입니다. 파멸한 남자의 저주를 그녀에게 내리게 하소서! 그녀의 피가 썩도록 하소서! 나를 변명하려고 하는 말이 아닙니다. 내가 짐승처럼 다시 술을 마시기 시작했다는 걸 잘 알아요. 그래도 아내는 절 용서했을 겁니다. 그 여자가 우리의 앞길을 방해하지 않았더라면 아내는 바위에 묶인 줄처럼 내 곁에 꼭 붙어 있었을 겁니다. 새라 커싱은 저를 사랑했어요. 그게 사건의 발단이죠. 내가 새라의 몸과 마음보다 진흙에 찍힌 아내의 발자국을 더 생각한다는 걸 알고는 새라의 사랑은 악의에 찬 증오로 바뀌었어요.

그들은 세 자매입니다. 첫째는 마음씨 좋은 사람이고 둘째는 악마며 셋째는 천사였습니다. 내가 결혼할 때 새라는 서른셋, 메리는 스물아홉이었어요. 살림을 차렸을 때 나는 영원한 행복을 느꼈지요. 리버풀에서 아내보다 나은 여성은 없었어요. 우리는 그때 새라에게 일주일 동안 놀러오라고 했어요. 그러나 일주일이 한 달이 되고 다시 여러 달이 되더니 마침내 새라는 우리와 함께 살게 되었지요.

그 당시 저는 금주를 해서 돈도 약간 모았고 모든 게 아주 낙관적이었어요. 맙소사, 이런 일이 생길 줄 누가 생각했겠습니까? 누가 상상이나 했겠습니까?

저는 주말엔 주로 집에 있었어요. 때때로 선적하기 위해 배가 정박하면 일주일 내내 있기도 했지요. 이렇게 해서 새라를 자주 보았어요. 그녀는 검은머리에 날씬하고 키가 컸으며 눈치 빠르고 공격적이었지요. 거만하게 머리를 들고 다니며 부싯돌의 불꽃처럼 눈이 반짝였어요. 하지만 메리가 있을 때 한 번도 새라를 생각한 적이 없어요. 신에게 맹세합니다.

때로는 새라가 저와 단둘이 있고 싶어하거나 자신과 산책을 하자고 유혹을 하는 것 같기도 했어요. 하지만 저는 그럴 생각이 전혀 없었어요. 그러던 어느 날 밤 저는 사실을 알게 되었지요. 배에서 돌아왔더니 아내는 없고 집에 새라만 있었어요. "메리는 어디 갔나요?" 하고 내가 묻자 "계산할 일이 있어 나갔어." 하고 말하더군요. 저는 조바심이 나서 방을 서성댔죠. "짐, 메리가 없으면 단 5분도 마음이 편치 않나요? 잠시라도 나와 있는 건 불편하다는 뜻이군요." "그런 게 아니에요. 새라." 나는 말하면서 손을 그녀 쪽으로 부드럽게 내밀었어요. 그 순간 새라가 두 손으로 제 팔을 잡았지요. 열이 있는 듯 그녀의 손은 불덩이 같았죠. 새라의 눈을 보고 그녀가 무얼 원하는지 알았어요. 서로 말이 필요 없었지요. 저는 얼굴을 찌푸리며 손을 뺏어요. 그러자 그녀는 잠시 아무 말 없이 제 옆에 서 있더니 손을 들어 내 어깨를 두드렸어요. "정말 착실하네요, 짐!" 하고 비웃더니 밖으로 뛰어나갔습니다.

그때부터 새라는 저를 미친 듯이 증오했어요. 새라가 계속 우리 집에 머무르게 놔두다니 저는 정말 바보였지요. 하지만 메리에게 한마디도 하지 않았어요. 사실을 알면 메리가 몹시 마음 아파할 테니까요. 모든 게 전과 다름없었어요. 그러나 시간이 흐르면서 메리에게 변화가 생겼다는 사실을 알았지요. 메리는 사람을 의심할 줄 모르는 순진한 사람이었어요. 그런데 의심이 많아지면서 내가 어디에 있었는지 무얼 했는지 누구에게 온 편지인지, 내 주머니에 뭐가 들어 있는지 등 쓸데없는 여러 가지 것들을 알고 싶어 했어요. 날이 갈수록 메리는 점점 이상하고 신경질적이 되었고 우리는 사소한 일로 끊임없이 말다툼을 했어요. 저는 도대체 무슨 영문인지 알 수 없었지요. 새라는 저를 피하고 메리와 아주 단짝이 되었어요. 그제야 새라가 계획적으로 아내의 마음이 저에게서 멀어지도록 조종했다는 사실을 알았지요. 하지만 그 당시 저는 눈 뜬 장님처럼 무슨 일이 일어나고 있는지 이해할 수 없었어요. 그 후 인정받던 제 일도 엉망이 되었고 다시 술을 입에 대기 시작했지요. 하지만 메리가 변하지 않았다면 그런 일은 없었을 겁니다. 그 일로 메리는 저를 더 혐오하게 되었고 우리 사이는 점점 더 멀어졌어요. 그때 알렉 페어베언이 끼어들어 일이 몇천 배 더 악화되었지요.

처음에 페어베언이 우리 집에 온 것은 새라를 만나기 위해서였어요. 하지만 그는 매력적이어서 어딜 가나 사람들과 잘 친했고 우리와도 바로 친해졌지요. 페어베언은 씩씩하고 재치 있으며 으스대길 좋아합니다. 세계 여러 곳을 여행했으며 그가 본 것을 재미있게 얘기하곤 했어요. 그는 괜찮은 친구였어요. 저도 인정해요. 선원치고는 예의도 발라서 그가 고생을 많이 했나 보다 하고 생각했지요. 한 달 동안 그는 제 집을 들락거렸고 저는 그의 부드럽고 쾌활한 태도가 해를 끼치리라고는 한 번도 생각하지 않았어요. 그러던 중 마침내 뭔가 미심쩍은 일이 일어났고 그 날 이후로 제 마음의 평화는 영영 사라졌지요.

그리 대단한 일은 아니었어요. 뜻밖의 휴가를 얻어 집에 들어가자 아내가 아주 반기는 표정이었지요. 그러나 저라는 사실을 알자 반기는 기색은 사라지고 실망한 표정이더군요. 그걸로 충분했어요. 저의 발소리를 페어베언의 것으로 착각했던 게 분명했어요. 그를 만났다면 그 자리에서 죽였을 겁니다. 저는 흥분하면 미친 사람처럼 되니까요. 내 눈에 비친 살기를 보자 메리는 달려와 저의 팔을 잡았어요.

'안돼요, 짐' 메리가 말했지요.

'새라는 어디 있소?' 제가 물었어요.

'주방이요' 메리가 대답했습니다.

'새라!' 주방으로 들어가면서 나는 소리쳤어요. '페어베언 그 자식이 다시는 내 집에 발을 들여놓지 못하게 해요.'

'왜 안 되죠?'

'그렇게 하라면 해요.'

'맙소사! 내 친구가 이 집에 들어올 수 없다면 나도 마찬가지겠군요.'

'당신 마음대로 해요. 하지만 페어베언이 다시 여기 나타난다면 한쪽 귀를 잘라 당신에게 보내겠소.' 제 얼굴을 보고 새라는 놀란 듯했습니다. 그녀는 아무 말도 못하더니 그날 밤 제 집을 떠났어요.

지금 생각하면 새라가 단지 우리를 괴롭히려 했던 건지 아니면 아내에게 부정한 행동을 하게 해서 내가 자신에게 마음을 주게 하려 했던 건지 알 수 없어요. 어쨌든 새라는 우리 집 근처에 집을 얻어 선원들에게 방을 빌려주었지요. 페어베언은 그곳에 묵고 있었고요. 메리는 새라와 함께 페어베언에게 차를 마시러 가곤 했어요. 얼마나 자주 메리가 그곳에 갔는지 모릅니다.

그러나 어느 날 제가 메리의 뒤를 쫓아 갑자기 문을 열고 들어서자 페어베언은 뒤뜰 담을 넘어 겁쟁이처럼 도망갔습니다. 다시 그와 함께 있는 걸 본다면 새라를 죽이겠다고 아내에게 다짐했지요. 그리고 백지처럼 하얗게 질려 울면서 떨고 있는 아내를 끌고 왔어요. 더 이상 우리 사이에 사랑은 남아 있지 않았어요. 아내는 저를 증오했고 두려워했어요. 그 생각만 하면 저는 술을 마시게 되었고 그럴 때면 아내는 저를 더 경멸했지요.

리버풀에서 장사가 잘 안 되자 새라는 그곳을 떠나 크로이던으로 가서 언니와 함께 살았어요. 아내와 제 사이는 별 변화가 없었어요. 그러던 지난주에 모든 비극이 일어났지요.

저는 7일 예정으로 메이데이 호에 승선했는데 기관이 고장났어요. 배를 수리하려고 다시 항구로 돌아와 24시간 정박하게 되었지요. 저는 배에서 내려 아내가 저를 보면 놀랄 거라고 생각하면서 집으로 돌아갔어요. 저를 보고 반가워하기를 기대했습니다. 그 생각을 하며 집 근처를 가는데 마차 한 대가 지나갔어요. 마차 안에는 아내가 페어베언과 함께 앉아 얘기를 나누며 웃고 있었지요. 제가 길에서 그들을 보며 서 있는 줄은 꿈에도 생각지 못했을 겁니다.

그때부터 저는 정말 제정신이 아니었어요. 돌이켜 생각해보면 모든 게 희미한 꿈같군요. 최근에는 술을 더 많이 마셨어요. 두 사람 때문에 저는 완전히 미쳤지요. 지금도 머리를 망치 같은 것으로 계속 두드리는 것만 같아요. 하지만 그날 아침에는 귀가 온통 윙윙거렸어요.

저는 얼른 달려가 마차를 쫓아갔지요. 손에는 무거운 참나무 방망이를 들고 있었고 처음에는 무척 흥분했어요. 그러나 달리면서 생각하게 됐고 그들이 눈치 채지 못하게 그들을 따라가려고 약간 거리를 두었지요. 그 마차는 곧 기차역에서 멈추었어요. 매표소에는 사람이 많아서 그들이 눈치 채지 않게 가까이 따라

갈 수 있었지요. 그들은 뉴브라이튼행 표를 샀고 저도 세 칸 뒤 좌석으로 같은 표를 샀어요. 기차에서 내리자 그들은 광장을 따라 걸었고 저는 100야드 정도 뒤에서 그들을 미행했지요. 마침내 그들이 보트를 빌려서 배를 저어 나갔어요. 날씨가 매우 더워서 배를 타는 게 더 시원할 거라고 생각했을 겁니다.

그들은 제 손에 들어온 거나 마찬가지였어요. 그날따라 안개가 끼어 있어서 200야드쯤 앞도 잘 보이지 않았어요. 저도 배를 하나 빌려 그들 뒤를 따랐지요. 희미하게 그들의 배를 볼 수 있었지만 그들도 저와 비슷한 속도로 가고 있어서 해변에서 한참 떨어져서야 그들을 따라잡을 수 있었어요.

안개가 우리 둘레를 커튼처럼 둘러쌌고 그 안에는 우리 세 사람이 있었지요. 아, 제가 가까이 다가가자, 저를 보고 놀라던 그들의 얼굴을 제가 어떻게 잊을 수 있겠습니까? 메리는 비명을 질렀어요. 내 눈에 비친 살의를 보았는지 페어베언은 미친놈처럼 욕을 퍼붓더니 노를 들어 저를 향해 내리쳤지요. 저는 그걸 피하면서 제 방망이를 내리쳐 그의 머리를 부숴버렸지요. 메리가 울면서 페어베언을 안고는 '알렉'이라고 부르더군요. 제가 아무리 미쳤어도, 메리가 그렇게만 하지 않으면 그녀를 살려주었을 겁니다. 저는 다시 방망이를 내리쳤고 그녀는 페어베언 옆에 쓰러졌어요. 저는 피맛을 본 맹수 같았지요. 새라가 거기 있었다면 같이 때려눕혔을 겁니다.

저는 나이프를 꺼냈지요. 이 정도면 충분하겠죠. 새라가 자신 때문에 벌어진 결과의 증거를 보면 어떤 기분일까 생각하니 희열이 느껴지더군요. 그 다음 시체를 배에 묶고 배에 구멍을 낸 뒤 가라앉는 것을 지켜보았죠. 배 주인은 안개에 길을 잃고 바다로 떠내려갔다고 생각할 게 분명했습니다. 저는 몸을 씻은 후 돌아와 아무 일도 없었다는 듯이 제 배에 탔어요. 그리고 그날 저녁 새라 커싱에게 보낼 소포를 만들어 다음날 벨파스트에서 보냈습니다.

이게 전부입니다. 교수형에 처하든 마음대로 하세요. 이미 저는 벌을 받고 있습니다. 눈만 감으면 저를 쳐다보는 두 얼굴이 보여요. 제 배가 안개 속에서 나타났을 때 그들이 바라보던 그 모습 그대로요. 저는 단번에 그들을 죽였지만 그들은 저를 서서히 죽이고 있어요. 또다시 그런 밤을 보낸다면 아침이 오기 전에 미치거나 죽을 겁니다. 저를 독방에 가두는 건 아니겠죠? 제발 그러지 마세요. 그렇게 하면 당신도 언젠가는 나와 같은 고통을 당할 겁니다."

"이걸 보고 무얼 느꼈나, 왓슨?"

서류를 내려놓으면서 홈즈가 진지하게 말했다.

"불행과 살인, 공포의 반복을 통해 우리는 도대체 무얼 얻지? 그 인간이 두려워하는 감정에도 의미하는 바가 크다고 보네. 그렇지 않다면 우주는 우연의 지배를 받고 있다는 건데……."

"그건 아닐 거야."

너털웃음으로 왓슨은 자신의 생각을 정리했다.

"어떤 의미냐고?"

인간의 이성으로는 해결할 수 없는 영원불변의 커다란 문제가 있다는 것을 이 사건은 말하고 있는 듯하네."

홈즈 또한 쓴웃음을 지며 왓슨을 바라보았다.

베스트 단편

10

붉은
머리
클럽

Sherlock Holmes

붉은 머리 클럽

어느 화창한 아침이었다. 왓슨은 한동안 만나지 못했던 홈 즈를 만나러 홈즈의 하숙집으로 갔다.

왓슨이 홈즈의 하숙집을 갔을 때 홈즈는 어떤 손님과 대화를 나누고 있었다. 홈즈와 대화를 나누고 있는 손님은 머리카락이 홍당무처럼 붉은색이었으며, 사십 대 중반 정도로 보이는 중년 사나이였다.

"아, 손님이 계셨군."

"왓슨, 마침 잘 왔네. 이리 와서 손님의 얘기를 좀 들어보게. 흥미를 느끼는 얘기네."

홈즈는 왓슨을 보자 반가운 표정을 하면서 왓슨에게 의자를 권했다.

머리카락이 붉은 색의 손님은 의심의 눈초리로 왓슨을 바라보았다. 그러자 홈즈가 왓슨을 소개했다.

"윌슨 씨, 이 사람은 내 친구로 의사입니다. 제가 사건을 해결할 때 많은 도움을 주는 조수이기도 합니다."

홈즈의 말에 손님은 마음을 놓는 표정이었다.

"윌슨 씨 그럼 이제 당신이 겪은 이상한 이야기를 상세하게 말해 주세요."

붉은 머리카락의 손님은 홈즈가 이야기할 것을 권하자 주머니에서 다 구겨진 낡은 신문조각을 끄집어냈다.

"이 광고를 읽어 보세요."

그 신문은 지금으로부터 2개월 전인 4월 27일자 '모닝클로닝' 신문이었다.

왓슨은 그 신문에 실린 광고를 소리 내어 읽었다.

'머리가 붉은 사람들에게 알림

우리 붉은 머리 클럽에 정원에서 한 명의 회원이 부족하여 회원을 모집함. 회원이 되면 일주 주급으로 4파운드 보수를 드림. 희망자는 오는 월요일 오전 7시까지 포프스 토우트 7번지에 있는 붉은 머리 클럽에 오시기 바람. 붉은 머리의 소유자는 20세 이상의 남자이면 누구나 회원이 될 자격이 있음. 로스 덩컨 회장과 직접 면담 후 채용 여부를 결정함.'

"붉은 머리 클럽, 이런 클럽도 있나?"

왓슨은 신문을 탁자 위에 내려놓으며 말했다.

홈즈는 오늘따라 기분이 좋은지 얼굴에는 웃음이 떠나지 않았다.

"참 재미있는 광고다."

그 때 손님이 입을 열었다.

"사실 제가 오늘 이렇게 찾아온 것은 그 광고에 적힌 일자리 때문에 찾아온 것입니다."

윌슨은 이마에 땀을 닦으면서 말을 계속했다.

"나는 코바이크 거리에서 전당포를 하고 있습니다. 스포올딩 과 저 이렇게 두 사람이 전당포를 운영하고 있는데, 스포올딩은 이제 서른이 넘었으나 월급을 다른 사람에 비해서 절반 정도밖에 받지 못하고 있습니다."

"월급을 절반 정도밖에 못 받는다고요?".

홈즈가 윌슨이 말하는 사이에 물었다.

"스포올딩은 다른 사람보다 반밖에 받지 못하면서도 불평 한 마디 없이 성실하게 일하고 있습니다."

"참 좋은 직원을 두셨군요."

"예, 그런데 그에게는 결점이 하나 있습니다."

"결점이라니요?"

"스포올딩은 카메라에 푹 빠져 있습니다. 시간만 나면 지하실로 내려가서 카메라를 만집니다."

"그 점원이 지금도 일하고 있습니까?"

홈즈가 물었다.

"예, 지금도 일하고 있습니다."

윌슨은 이마에 흐르는 땀을 닦으며 홈즈의 질문에 대답했다.

"윌슨 씨, 이제 나를 찾아오게 된 사건을 말씀해 보세요."

윌슨은 고개를 끄덕이며 이야기를 시작했다.

점원에게 유혹당한 전당포 주인

지금으로부터 꼭 2개월 전이었다.

점원인 스포올딩은 그날 아침 신문을 내려놓으며 흥분된 목소리로 주인에게 말했다.

"주인님, 내가 만약 주인처럼 붉은 머리를 가진 사람이라면 얼마나 좋겠어요?"

"무슨 소리야? 붉은 머리를 가졌으면 좋겠다는 게 무슨 말이야?"

"'붉은 머리' 클럽이라는 것이 있는데요, 그 클럽에 회원 한 명이 부족해서 뽑는다고 합니다. 그런데 회원만 되면 일주일에 주급이 4파운드나 된답니다. 일도 하지 않고 회원만 되면 4파운드 받으니 얼마나 좋습니까? 제가 만약 주인님처럼 붉은 머리를 가졌다면 당장 달려가서 회원에 가입하겠습니다."

"붉은 머리 클럽이란 도대체 뭐하는 클럽인데?"

"아직 모르셨습니까?"

"들어 본 적이 없는데……."

전당포 일로 밖에 나가는 일이 별로 없는 주인이라 세상일에 어두웠다.

"참으로 이상합니다. 붉은 머리를 가지고 계신 주인님이 그 클럽에 대해서 모른다니…… 이 클럽에 회원이 되면 주급으로 4파운드나 준답니다. 일주일에 4파운드니 1년이면 200파운드가 넘는 수입이 생깁니다. 한 번 이 클럽에 가 보시는 게 어떠세요?"

스포올딩의 말에 윌슨은 흥미를 느꼈다.

그 당시 전당포 사업이 잘 되지 않았다. 그런 와중에 1주일에 4파운드라니 그것도 특별히 어떤 일도 하지 않고 4파운드라니 주인의 입장에서 마음이 끌리는 이야기였다. 그래서 윌슨은 스포올딩에게 상세하게 물었다.

"좀더 상세하게 말해봐."

그러자 스포올딩은 말했다.

"이 붉은 머리 클럽은 이미 고인이 된 미국의 억만장자 홉킨즈라는 사람이 처음 만든 클럽입니다. 홉킨즈는 영국에서 태어났는데, 붉은 머리를 가지고 태어나서 어려서부터 동네 아이들로부터 '붉은 머리, 붉은 머리.' 하고 놀림을 받았습니다. 그래서 그 일로 마음에 상처를 입은 그는 돈을 부지런히 벌어 부자가 된 다음 자신처럼 붉은 머리를 가진 사람들에게 연민의 정을 느꼈는데, 그가 죽으면서 자신이 은행에 예치한 돈의 이자를 붉은 머리를 가진 사람들을 위하여 써달라고 유언을 남겼다고 합니다. 그래서 붉은 머리를 가진 사람은 그 회원에 가입하면 아주 간단한 일만 해도 주급으로 4파운드를 준다고 합니다."

"아주 간단한 일이란 무슨 일인데?"

하고 주인이 묻자 점원은 말했다.

"제가 확실히는 모르지만 책을 베끼는 일이라고 합니다. 아무튼 주인님도 한 번 가보세요."

스포올딩의 말에 윌슨은 잠시 망설였다. 그러자 스포올딩은 더욱 열심히 설명했다.

"주인님은 영국에 사시고 또 붉은 머리이시고 누구보다도 훌륭한 자격이 있습니다."

"그럼 한 번 지원해볼까?"

스포올딩의 말에 자신감을 얻은 윌슨은 가기로 결심하였다.

"주인님, 저도 함께 가겠습니다. 데려가 주세요. 한 번 구경하고 싶습니다."

결국 윌슨은 스포올딩의 권유에 못 이겨 붉은 머리 회원이 되기 위해 지원하기로 하였다.

"윌슨 씨, 흥미가 가는 얘기입니다. 계속하세요."

홈즈는 열심히 듣고 있다가 마른 입술을 적신 윌슨에게 재촉했다.

붉은 머리 클럽

다음날 아침 윌슨은 스포올딩과 함께 붉은 머리 클럽 사무실로 찾아갔다.

사무실은 낡은 건물 이층에 자리잡고 있었다.

윌슨은 스포올딩과 함께 사무실에 들어갔다.

사무실 안에는 책장 하나와 책상, 그리고 의자 두 개가 있었다.

책상 너머로 몸집이 왜소한 사나이가 앉아 있었는데, 그 사나이의 머리칼은 윌슨보다 더 붉었는데, 마치 불이 타고 있는 듯한 정도의 붉은 색이었다.

"주인님, 저 사람이 이 클럽의 회장인 로스 덩컨 씨입니다."

스포올딩이 윌슨의 귀에 대고 속삭이듯 말하였다.

사무실 안에는 윌슨보다 먼저 온 사람 두 사람이 면접을 보고 있었다.

"죄송합니다. 당신 머리카락 색은 붉은 색이 아니라 오렌지색이라 불합격입니다."

면접을 온 사나이는 덩컨 회장의 말에 얼굴을 붉히며 밖으로 나갔다.

월슨은 조용히 자신의 차례가 되기를 기다리고 있었다.

얼마 후 월슨의 차례가 되어 일어서서 덩컨과 마주하여 의자에 앉자 덩컨은 월슨을 뚫어지게 쳐다보았다.

월슨은 무슨 말을 해야 할지 몰라 잠자코 있었다.

한참 동안 월슨을 쳐다보던 덩컨은 책상을 쾅 소리가 나게 두들기면서 말하였다.

"월슨 씨, 정말로 좋은 붉은 머리를 가졌소. 당신같이 아름다운 붉은 머리를 한 사람은 처음 봅니다."

월슨은 느닷없는 덩컨 칭찬에 얼떨떨하여 입을 열지 못하고 가만히 있었다. 그러자 덩컨은 흥분한 목소리로 말하였다.

"하지만 돌다리도 두드려 보고 건너야 하는 법입니다."

덩컨은 갑자기 월슨의 머리카락을 쥐고 세게 잡아당겼다. 월슨은 "아!" 하고 비명을 질렀다. 그리고는 화가 난 월슨은 소리를 질렀다.

"이게 무슨 무례한 짓이오?"

"하하하하, 무척 아프셨나 보군요."

덩컨은 무척 기분이 좋은지 월슨의 고통 따위는 상관없다는 듯이 껄껄대고 웃었다.

"월슨 씨, 미안합니다. 용서하십시오. 실은 지원자 중에 가발을 쓰거나 염색을 한 사람이 많아서 진짜 붉은 색깔인지 확인해 보기 위해서 그랬습니다. 정말 미안합니다."

덩컨 회장은 웃으면서 말했다.

"월슨 씨, 우리 붉은 머리 클럽 회원이 된 것을 축하드립니다. 내일부터 당장 출근하세요."

"그게 정말입니까?"

"물론입니다. 당신은 진정한 붉은 머리 클럽 회원이 되었습니다."

"그런데 일이란 어떤 일을 하는 것입니까?"

"아, 아주 간단한 일입니다. 백과사전의 내용을 다른 종이에 옮겨 적는 일입니다. 저쪽의 책장 안에 백과사전이 있습니다. 일은 오전 10시부터 오후 2시까지입니다. 별로 힘들지 않을 것입니다."

"정말 10시부터 오후 2시까지만 하면 되는 겁니까?"

월슨은 믿어지지 않는다는 듯이 되물었다. 하루에 4시간을 일하고 한 주에 4파운드라니 도저히 믿어지지 않았다.

"그럼요. 더 일하실 필요는 없습니다. 열 시부터 오후 두 시까지만 일하면 됩니다."

덩컨은 월슨의 마음을 다 이해한다는 표시로 웃었다.

"이것으로 모든 것이 결정되었습니다. 월슨 씨, 당신은 엄청난 경쟁을 뚫고 당선되었습니다. 부디 열심히 해주십시오."

그리고는 월슨에게 악수를 하자고 손을 내밀었다.

다음날부터 월슨은 붉은 머리 클럽에 나가 일을 했다. 월슨이 하는 일은 정말 간단했다. 백과사전의 첫 페이지를 다른 종이에 베끼기만 하면 되는 것이다.

덩컨은 윌슨이 하는 일을 보고 매우 안심이라도 되는 듯이 칭찬을 아끼지 않았다.

"윌슨 씨, 당신은 글씨도 잘 쓰고 쓰는 속도도 매우 빠릅니다."

윌슨은 날마다 오전 10시에 사무실로 출근하여 오후 2시까지 붉은 클럽 사무실에서 사전을 베끼는 일을 하였다.

윌슨은 매우 만족스러웠다. 전당포 일은 스포올딩이 알아서 잘해 주었고, 그는 부업으로 하루에 4시간만 일하면서 주급으로 4파운드나 벌게 된 것이 너무 즐거웠다. 그렇게 즐거운 마음으로 일한 지도 어언 8주가 되었다.

"그런데 뜻밖에도 일이 생겼습니다. 홈즈 씨."

"뜻밖의 일이라니요?"

홈즈의 눈이 번쩍 빛났다. 왓슨은 홈즈와 윌슨을 번갈아보면서 귀를 기울였다.

윌슨은 지금까지 얘기할 때와는 달리 긴장을 했는지 침으로 마른 입술을 적시더니 표정이 굳어지면서 말했다.

"바로 오늘 아침의 일입니다. 오늘은 토요일이라 월급을 받는 날입니다. 나는 오늘 월급을 받는다는 생각에 기쁜 마음으로 사무실로 달려갔습니다. 그런데 사무실 문이 잠겨 있었고 아무리 두드려도 응답이 없었습니다. 회장이 조금 늦는구나 하고 생각을 하고 기다리는데 문 아래 쪽지가 있었습니다."

월슨은 호주머니에서 쪽지를 꺼내어 홈즈에게 주었다.

'붉은 머리 클럽은 6월 2ㄲ일에 해체 되었습니다.'

"1년에 200파운드 벌겠다는 꿈이 산산조각이 되어 버린 순간
이었습니다."

월슨은 이마에 땀을 닦으면서 말했다.

"어떻게든지 덩컨 회장을 찾았으면 좋겠습니다. 그래서 이렇
게 홈즈 씨를 찾아왔습니다."

홈즈는 월슨의 말을 다 듣고 나서 파이프에 불을 붙여 물었다.

"월슨씨, 당신은 나를 찾아온 것은 참 잘한 일입니다. 이번 추
리 여행은 참 재미가 있겠습니다. 조사를 하기 전에 당신에게 몇
가지 묻겠습니다. 스폴딩이라는 젊은 점원은 당신 가게에서 언
제부터 일을 했습니까?"

"그러니까 내가 붉은 머리 클럽 회원이 되기 한 달 전부터 일
했습니다. 신문에 점원모집 광고를 냈었는데, 그때 그 광고를 보
고 찾아왔습니다."

"응모자가 스폴딩 한 사람뿐이었나요?"

"아니요. 열두 명 정도 되었습니다."

"그런데 그 많은 사람 중에서 스폴딩을 뽑은 특별한 이유라도 있습니까?"

"일도 잘할 것 같고 또 월급을 다른 사람보다 절반만 요구해서 그를 뽑았습니다."

홈즈는 잠시 뭔가를 생각하더니 윌슨에게 물었다.

"스폴딩이란 사람 어떻게 생겼습니까?"

"몸집이 작고 얼굴에는 수염이 없고 여자처럼 예쁘게 생겼습니다."

"얼굴에 흉터 같은 것은 없습니까?"

"아, 이마에 불에 덴 흔적 같은 것이 있습니다."

"맞았어, 그 놈이군."

홈즈는 고개를 끄덕이며 혼자 하는 말처럼 중얼거렸다.

"그 사나이의 귀에 귀걸이를 한 흔적 같은 것은 없습니까?"

"예, 있습니다. 어릴 때 집시가 뚫어 준 것이라고 하더군요. 그런데 그걸 어떻게 아세요?"

홈즈는 그 물음에 대답도 하지 않고 질문을 계속했다.

"그 사나이는 아직 가게에서 일하고 있습니까?"

"예, 일하고 있습니다. 최근에는 가게를 그에게 맡기다시피 하고 있으니까요."

"당신이 여기 온 걸 그가 알고 있습니까?"

"모릅니다."

"그럼 이 사실을 그에게는 숨기세요. 오늘 토요일이니까 월요일까지 해결해 드리겠습니다. 오늘은 이만 돌아가십시오."

월슨은 홈즈가 무슨 생각을 하고 있는지, 또 어떻게 해결하겠다는 것인지 도무지 영문을 몰랐다.

"아니 그 사람 말만 듣고 어떻게 월요일까지 해결해 준다고 했어?"

"왓슨의 물음에 아무 대답도 하지 않은 홈즈는 눈을 감고 뭔가를 골똘히 생각하고 있었다.

홈즈는 얼마 후 눈을 뜨고는 자리에서 일어났다.

"왓슨, 자네는 이 붉은 머리 클럽의 사건을 어떻게 생각하나?"

"음, 조금 이상한 사건 같아. 그런데 나는 아무 것도 모르니까 뭐라고 말할 수 없네."

"자네 말대로 이 사건은 좀 특이한 사건임에는 틀림없어. 만일 월슨 씨가 하루만 늦게 왔어도 해결할 수 없을 거야."

홈즈의 눈이 번쩍 빛났다. 홈즈의 눈이 번쩍이는 것은 단서를 찾았다는 증거였다.

"홈즈, 무슨 실마리를 찾은 건가?"

"아직 확실한 증거는 찾지 못했어. 여하튼 나가 보세."

홈즈는 지팡이와 모자를 챙겨 들었다. 왓슨이 그의 뒤를 따랐다.

"어디로 가는 건가?"

"먼저 윌슨 씨의 전당포로 가보세."

홈즈와 왓슨은 윌슨의 전당포를 찾았다.

윌슨의 전당포는 코바이크 거리에 위치해 있는데, 조그마한 가게였다. 가게 문 앞에는 갈색 판자에 페인트로 '제베즈 윌슨'이라고 쓰여 있었다.

윌슨의 전당포 앞에 선 홈즈는 잠시 동안 주위를 살펴보았다. 그러다가 갑자기 무슨 생각에서인지 발밑에 땅을 지팡이로 두세 번 두들겼다.

"왜 그러는가?"

"아냐, 아무 것도."

홈즈는 성큼성큼 윌슨 가게 앞으로 다가가서 문을 밀었다.

"어서 오십시오."

매끈하게 생긴 한 청년이 고개를 내밀었다. 그는 홈즈를 의심의 눈초리로 아래 위를 훑어보았다.

"무슨 일로 오셨습니까?"

윌슨의 말대로 그 청년의 이마에는 동전만한 크기의 흉터가 있었다.

"죄송합니다만, 여기서 스틀랜드 거리로 가려면 어떻게 가야 하나요?"

홈즈는 시치미를 떼고 물었다.

"세 번째 모퉁이에서 오른쪽으로 그리고 나서 네 번째 모퉁이에서 오른쪽으로 가시면 됩니다."

청년은 길을 가르쳐 주자 문을 쾅 하고 소리가 나도록 닫아 버렸다.

"저 젊은이가 이 사건과 관계가 있는 모양이군. 그러니까 자네가 길을 묻는 척 하고 동향을 살핀 것이지."

홈즈는 왓슨의 말에 고개를 끄덕였다.

"무슨 단서라도 잡은 건가?"

"지금은 말하기가 그렇네. 부지런히 살펴보세."

홈즈와 왓슨은 바쁜 걸음으로 걸으면서 주위를 살폈다.

두 사람은 전당포 모퉁이를 돌아 큰 거리로 나갔다. 그곳은 런던의 서북부의 중심가로 통하는 곳으로 매우 복잡한 거리였다. 홈즈는 주변을 살펴본 다음 길바닥에 지도를 그리면서 왓슨에게 설명하였다.

"자, 잘 봐. 아까 본 윌슨의 전당포가 여기야. 윌슨의 가게에서 직선으로 땅굴을 파면 어디로 나갈까?"

"땅굴을 판다고?"

"음, 그러면 저 은행과 만나게 되겠지."

홈즈는 무릎을 탁 치면서 윌슨의 전당포 맞은편에 있는 은행으로 걸어갔다. 그 은행은 런던에서도 크기로 몇 번째 가는 은행이다.

"맞았어. 예상한 대로야. 이제 알았네."

홈즈는 힘찬 목소리로 말했다.

"홈즈, 뭘 알았다는 거야?"

"지금은 이야기할 시간이 없어. 빨리 서둘러 준비를 해야 해. 사건이 해결되면 그 때 상세히 말하겠네."

홈즈는 외투 깃을 세우면서 말했다.

"왓슨, 먼저 집에 돌아가서 권총을 준비하게."

"권총을?"

"이번 범인은 우리가 생각하는 것보다 더 위험한 놈일세. 권총이 필요해."

홈즈는 그렇게 말한 후 손을 흔들며 인파 속으로 사라졌다. 홈즈의 말로 볼 때 전당포 점원인 스폴딩은 이 사건과 깊은 관계가 있는 것이 분명하였다. 그 사나이는 도대체 무슨 음모를 꾸미고 있을까? 얼마나 위험하기에 홈즈가 왓슨에게 권총을 준비라고 하는 것일까?

그날 밤 10시 경 약속한 대로 홈즈가 돌아왔다. 홈즈는 혼자 온 것이 아니라 손님 두 사람과 함께 왔는데, 그 중에 한 사람은 왓슨도 알고 있는 파리 경시청의 경관이었다.

"오랜만입니다."

"반갑습니다."

왓슨과 피터 경감은 인사를 했다.

그러나 홈즈는 왓슨이 모르는 또 한 사람을 소개시켰다.

"이 분은 파리은행 지점장이네."

왓슨은 파리은행 사원증을 보자 놀랐다.

'파리은행이라면 조금 전 낮에 본 그 은행이 아닌가? 파리은
행 지점장이 여기 오다니 전당포 사건과 무슨 관계가 있는가?'

왓슨이 생각을 하는 동안 홈즈는 벽에 걸린 사냥용 채찍을 들
어 올렸다. 그것은 홈즈가 위험한 일이 있을 때만 들고 다니는
무기였다.

"홈즈, 도대체 무슨 일이 벌어지고 있는 거야?"

그 때 피터 경감이 왓슨의 물음에 대답했다.

"우리는 지금 존 클레어라는 유명한 화폐 위조범을 좇고 있습
니다. 얼굴은 얌전하게 생겼는데, 온갖 나쁜 짓은 다 하고 있는
놈입니다. 그 놈은 화폐를 위조하는데 아주 기술이 뛰어난 놈입
니다."

그 때 홈즈가 끼어들어 말했다.

"시간이 없습니다. 빨리 사건 현장으로 갑시다."

홈즈 일행을 태운 마차는 낮에 본 번화한 거리에 있는 은행 앞
에서 멈추었다. 10시 경이라 거리에는 사람들이 많이 붐비고 있
었다.

"은행 지하로 내려갑시다."

은행지점장인 웨더는 말하고 홈즈 일행을 인솔하고 은행 옆의 좁은 골목으로 걸어갔다. 그 골목은 경사진 곳으로 막다른 곳에 이르자 철문이 놓여 있었다. 웨더는 손전등을 켜 문을 연 뒤 홈즈 일행을 건물 안으로 인도했다. 그리고 일행이 철문 안으로 들어서자 다시 자물쇠를 잠궜다.

돌계단을 대여섯 개 지나가자, 두 번째의 튼튼한 철문이 나왔다. 두 번째 철문을 지나 얼마 쯤 걸어가자 다시 세 번째 철문이 보였다. 지하실은 아주 중요한 것을 보관하는 금고 같았다.

웨더는 세 번째 철문을 열고 홈즈 일행을 작은 창고로 안내했다. 그 곳 한 구석에는 나무로 만든 튼튼한 상자가 열여섯 개나 쌓여 있었다.

홈즈는 주머니에서 돋보기를 꺼내어 깔린 돌과 돌의 이음새를 주의 깊게 살폈다. 몇 분이 안 되어서 홈즈는 만면에 웃음을 띄고 말했다.

"놈들이 오려면 아직 한 시간이 남은 것 같습니다. 저 붉은 머리 전당포 주인이 잠들기 전에는 범인들도 범행을 시작할 수 없을 것입니다."

"다행입니다."

피터 경감과 웨더 은행지점장은 안도의 한숨을 내쉬었다. 홈즈는 그때서야 왓슨에게 상황을 설명했다.

"우리는 지금 이 나무 상자를 지키기 위해서 왔네."

"나무 상자를?"

왓슨이 나무 상자를 내려다보면서 말했다.

그러자 웨더 지점장이 설명해 주었다.

"놈들이 이 지하실에 있는 금화를 노리고 있습니다. 이 나무 상자 속에는 프랑스 금화로 600만 프랑이 들어 있습니다. 이곳에 금화가 들어 있다는 사실이 밖으로 새 나간 모양입니다. 이 지하실에 넣어 두면 안전할 것이라고 믿고 말입니다."

웨더 지점장이 다시 조용한 목소리로 말을 이었다.

"이제 한 시간 안에 강도들이 이 창고 안으로 들어올 겁니다."

홈즈는 양 손바닥을 비비면서 말했다.

"놈들이 정말 올까요."

웨더 경감이 의심을 품고 물었다.

"틀림없이 옵니다. 자, 들키지 않게 전등불을 끄고 조용히 기다립시다. 놈들은 무서운 놈들이라 잘못하면 총을 쏠지도 모릅니다. 왓슨, 만약 범인들이 먼저 총을 쏘면 주저하지 말고 대응 사격을 하게."

왓슨은 고개를 끄덕였다.

"참, 피터 경감님, 입구에 경관들을 배치했지요?"

"예."

"놈들이 도주할 수 있는 길은 전당포 쪽입니다. 그 쪽을 철저히 경계를 해주십시오."

"걱정 마십시오. 그 쪽에는 경찰 특공대를 배치했습니다."

"네, 잘 했습니다."

시간이 얼마 정도 지나자 이상한 소리가 들리면서 바닥에 깔려 있는 돌 사이에 빛이 새어 들어오고 있었다. 사람들은 모두 숨을 죽이고 상자 뒤로 몸을 숨겼다.

가느다란 빛이 이리저리로 흔들리더니 굵은 빛줄기로 변하면서 바닥에 조금씩 구멍이 뚫리기 시작했다. 사람들은 숨을 죽인 채 그 구멍을 바라보고 있었다.

잠시 후 그 구멍에서 가느다란 손 하나가 불쑥 나타났다. 손은 바닥을 짚어 보더니 사라졌다.

손이 사라진 지 10분도 안 되어서 갑자기 우르르 바닥이 무너지더니 사람 하나가 빠져 나올 정도의 구멍이 생겼다. 그리고 그 곳에 이마에 흉터가 있는 사나이가 올라왔다. 그는 바로 전당포의 점원인 스폴딩이었다.

스폴딩은 날카로운 눈으로 사방을 두리번거렸다. 곧이어 스폴딩의 뒤를 따라 몸집이 작고 얼굴이 하얀 붉은 머리의 사나이가 기어올랐다.

"자루와 끈을 주게."

스폴딩이 낮은 목소리로 말하였다.

"여기."

스폴딩은 자루를 받으면서 주위를 살폈다. 그 때였다. 웨더 지점장이 기침을 하고 말았다.

그러자 스폴딩이 그 붉은 머리의 사나이에게 소리쳤다.

"앗! 빨리 도망쳐! 경찰이야."

붉은 머리 사나이가 얼른 구멍 속으로 사라졌다. 그 뒤를 스폴 딩이 따라 뛰어내리려고 하던 순간, 홈즈가 재빨리 달려들어 스 폴딩의 멱살을 잡았다.

"이거 놔!"

스폴딩이 홈즈의 손을 뿌리치면서 권총을 꺼내들었다.

그 때 왓슨이 스폴딩을 향해 권총을 겨누었다.

"꼼짝 하지 마!"

왓슨이 소리치자 스폴딩은 잠시 머뭇거렸다. 홈즈는 그 때를 놓치지 않고 스폴딩을 향해 채찍을 힘차게 내리쳤다. 홈즈의 채 찍에 맞은 스폴딩은 권총을 땅바닥에 떨어뜨렸다. 그러자 피터 경감이 재빨리 달려들어 스폴딩의 팔을 꺾었다.

"스폴딩, 아니 클레어지. 이제 모든 것이 끝났어."

홈즈는 스폴딩을 향해 차갑게 말했다.

윌슨 전당포의 점원인 스폴딩은 화폐 위조범 존 클레어였다.

"이제 다 끝났어. 너의 공범 붉은 머리 친구도 아마 전당포 앞 에서 경찰에 체포되었을 거야."

"홈즈, 놀랍군, 결국 네 놈 때문에 모든 것이 수포로 돌아갔으 니……."

스폴딩 즉 존 클레어는 홈즈를 노려보면서 말했다.

"네 놈들의 머리에 나도 놀랐다. 어떻게 붉은 머리 클럽을 범죄에 이용하다니……."

"이번에는 네놈에게 당했지만 앞으로 두고 보자."

존 클레어는 분하다는 듯이 이를 갈면서 말했다.

홈즈와 왓슨은 범인들을 경찰에 넘긴 후 집으로 돌아왔다. 커피를 마시면서 홈즈가 말했다.

"범인들은 모두 머리를 나쁜 곳에 써서 그렇지. 참으로 상상력이 뛰어난 사람들이야."

"대체 어디서 그런 상상력을 생각해 냈을까?"

"전당포 주인의 머리가 붉은 것을 보고 생각해낸 연극이야. 그런데 내가 어떻게 그것을 간파했는지 아는가?"

홈즈는 차분하게 말했다.

"은행 지하실에 600 만 프랑의 금화가 들어 있다는 것을 그들이 알자 이것을 어떻게 훔쳐 낼까 궁리를 한 것이지. 은행의 내부에 들어가지 않고는 불가능하다는 것을 안 것이지. 그래서 존 클레어는 땅굴을 생각한 것이지. 그래서 땅굴을 파기로 하고 은행 부근을 돌아다니다가 은행 뒤쪽에 위치한 윌슨의 전당포를 발견한 것이지. 거기서부터 땅굴을 파면 되겠다는 생각에 전당포 주인을 외출시키려는 착상으로 묘안을 찾다가 윌슨의 머리카락이 붉은 것을 보고 기발한 생각이 떠오른 거야. 자신과 함께 범행을 꾸미는 아치라는 사나이도 붉은 머리를 가진 것을 보고 붉은 머리 클럽이라는 기발한 아이디어를 생각해 낸 거지. 존 클레어는 그 클럽을 만든 다음에 윌슨 씨의 점포에 취직한 거야. 그리고 붉은 머리 클럽이라는 있지도 않는 엉터리 클럽을 주인에게 소개한 다음 주인을 그 클럽에 출근시켜 놓고서는 땅굴을 판 거지."

"보통 사람이라면 상상도 못했을 거야. 그런데 자네는 어떻게 알아차렸나?"

왓슨이 물었다.

"그건 새로 고용한 점원이 월급을 다른 사람보다 반밖에 안 받겠다고 했다는 이야기와 그의 인상을 물어보고 그가 수배중인 존 클레어임을 알아차렸지."

"참 자네 추리력은 참으로 대단해."

"수배중인 존 클레어가 전당포에 취직했을 때에는 무슨 목적이 있을 거라고 생각했지. 그래서 어제 아침에 자네랑 전당포에 갔을 때 지팡이로 땅을 두들겼을 때 나는 그 소리를 듣고 땅굴이 점포 앞쪽으로 향하고 있다는 것을 알아냈어. 붉은 머리 클럽이 해체된 것이 바로 어제 아침이야. 이것은 곧 땅굴 공사가 완성되었다는 것을 뜻하지. 이제 붉은 머리를 가진 전당포 주인을 더 이상 밖으로 끌어낼 필요가 없어졌으니 해산을 한 거야. 땅굴을 완성했으나 하루라도 빨리 금화를 도둑질해야 되지 않겠나. 우물쭈물하다가는 들킬 테니까."

"아무튼 참으로 대단한 추리력이야. 한숨 자 두게."

사건을 모두 이야기한 홈즈는 그 동안의 여행으로 피곤하였는지 그만 잠에 떨어지고 말았다. 왓슨은 담요를 덮어 주고 밖으로 나왔다.

Sherlock Holmes

베스트 단편

11

여섯
개의
나폴레옹

Sherlock Holmes

여섯 개의 나폴레옹

스코틀랜드 야드의 레스트레이드는 저녁 무렵 우리를 자주 찾아왔고, 홈즈는 언제나 그의 방문을 반겼다. 경찰본부에서 어떤 사건들을 수사하고 있는지 알 수 있기 때문이었다. 레스트레이드가 전하는 새 소식에 대한 보답으로 홈즈는 항상 그의 이야기를 경청할 자세가 되어 있었다. 홈즈는 현재 수사 중인 범죄 사건의 상세한 내용을 주의 깊게 들으면서, 때로는 직접 사건에 나서지 않고도 자신의 풍부한 지식과 경험에서 비롯된 사건의 실마리나 사건을 바라보는 새로운 시각을 레스트레이드에게 제공하기도 했다.

그날 저녁 레스트레이드는 날씨와 신문 기사를 이야기하다가 갑자기 말을 멈추고는 조심스럽게 담배를 파이프에 채워 넣었다. 홈즈는 그 모습을 날카롭게 주시했다.

"특별한 일이라도 있나요?"

"아뇨. 홈즈 씨. 그다지 특별한 사건은 없습니다."

"어서 말해보세요."

레스트레이드는 웃었다.

"제 생각을 감춰봐야 소용없군요. 너무 엉뚱하고 사소한 사건이라서 홈즈 씨를 귀찮게 하는 건 아닐까 망설였습니다. 한편으로는 정말 이상한 사건입니다. 홈즈 씨는 평범치 않은 사건에 관심이 많으니 흥미를 느낄 것 같군요. 그런데 제 생각에 이번 경우는 경찰보다 왓슨 선생이 다루어야 할 사건 같습니다."

"질병과 관계가 있나요?"

내가 물었다.

"일종의 광기지요. 정신병치고는 아주 이상합니다. 요즘 세상에 나폴레옹 석고상을 모두 부수고 다닐 만큼 나폴레옹을 미워하는 사람이 있을 거라고 생각합니까? 전혀 생각 못하겠지요."

"내가 맡을 사건은 아니군."

홈즈는 의자에 깊숙이 앉으며 말했다.

"그렇습니다. 내 말이 그 말입니다. 그런데 이 정신병자가 다른 사람의 석고상을 훔치면서까지 나폴레옹 흉상을 부수니, 이렇게 되면 의사가 아니라 경찰이 담당해야 할 도난사건이 되는 거죠."

홈즈는 다시 똑바로 앉았다.

"남의 석고상까지 훔친다고? 이거 재미있는걸. 조금 더 자세히 얘기해보세요."

레스트레이드는 수첩을 꺼내 보면서 사건에 대해 말했다.

"처음 신고가 들어온 것은 나흘 전이었습니다. 케닝턴 로드에 있는 모스 허드슨 미술상점에서 도난신고가 들어왔습니다. 주인이 잠깐 가게를 비운 사이에 뭔가 깨지는 소리가 났답니다. 주인이 급히 달려가 보니 계산대 위 선반에 다른 조각상들과 같이 진열되어 있던 나폴레옹 흉상 하나가 바닥에 떨어져 산산조각 나 있었던 겁니다. 주인은 재빨리 밖으로 달려 나갔고, 지나가던 사람들이 가게에서 남자가 뛰어나오는 것을 봤다고 했답니다. 그러나 그 수상한 남자는 이미 사라진 뒤였고 그가 누군지 알 도리가 전혀 없었죠. 그저 가끔씩 발생하는 불량배들의 정신 나간 소행이라고 생각해서 주인은 경관에게 신고했답니다. 부서진 석고상 가격이라고 해봐야 경우 몇 실링에 불과했고 사건을 수사하자니 정황이 너무 유치해 보여 사건수사는 하지 않았습니다. 그런데 두 번째 사건은 좀 심각했습니다. 바로 어제 저녁에 발생한 일입니다."

레스트레이드는 계속했다.

"이번 사건 역시 케닝턴 로드에 있는 유명한 병원에서 발생했습니다. 모스 허드슨 상점에서 몇백 야드 떨어진 거리에 있지요. 배니콧 의사가 운영하는 진료소인데 템스 강 남쪽에서 제일 큰 진료소도 운영하고 있답니다. 케닝턴에 살면서 주로 여기서 진료를 하고 있긴 한데, 2마일 떨어진 로어 브릭스턴 거리에도 외과 진료소와 약국을 갖고 있습니다. 배니콧 의사는 나폴레옹의 열렬한 추종자라서 집에 나폴레옹에 관한 책과 그림, 기념품을 많이 갖고 있답니다. 그런데 얼마 전에 그는 모스 허드슨 상점에서 프랑스 조각가 드빈느가 제작한 유명한 나폴레옹 흉상 모조품 두 개를 샀답니다. 그중 하나는 케닝턴 로드에 있는 집 복도에 장식해두고 나머지 하나는 로어 브릭스턴에 있는 외과진료소 진열대에 두었지요. 그런데 이 의사가 오늘 아침 출근하려고 일어나 보니 간밤에 자기 집이 털렸다는 사실을 알고 깜짝 놀랐습니다. 더욱 놀라운 사실은 도둑맞은 물건은 복도에 있던 나폴레옹 석고상 하나뿐이었답니다. 사라진 나폴레옹은 바깥 정원 벽에 세게 부딪혀 역시 산산조각 난 상태로 발견되었다고 합니다."

홈즈가 손바닥을 마주 비볐다.

"정말 특이한 사건이군."

"홈즈 씨가 흥미를 느낄 사건이라고 생각했죠. 그런데 아직 제 얘기는 다 끝나지 않았습니다. 의사는 낮 12시에 수술이 예약되어 있어서 케닝턴 로드의 진료소로 갔는데 또 한 번 놀랄 만한 일이 벌어진 겁니다. 진료소 창문이 열려진 채였고 누군가 밤사이에 다른 나폴레옹 석고상을 깨부수어서 조각들이 온 진찰실에 흩어져 있었던 겁니다. 마치 망치로 부순 듯 아주 가루가 되었더군요. 경찰로서는 이 세 사건 모두 범죄자의 소행인지 미치광이의 소행인지 단서를 잡을 수 없습니다. 사건 내용은 이게 전부입니다."

"흉악한 범죄는 아니지만 특이한 사건이군."

홈즈가 말했다.

"배니콧 의사 집에 있던 석고상과 모스 허드슨 상점의 석고상이 모두 같은 틀에서 나온 건가요?"

"네, 같은 틀로 제작한 석고상입니다."

"그렇다면 단순히 나폴레옹을 미워하는 자의 소행이라고만 볼 수는 없겠군. 런던에 있는 나폴레옹 석고상만 해도 수백 개가 넘을 텐데, 우연히 같은 틀로 만든 것을 세 개나 훔쳐서 부쉈다는 건 있을 수 없지요."

"글쎄요. 그 말도 일리가 있군요."

레스트레이드가 대답했다.

"그런데 런던 지역에서 석고상을 파는 곳은 모스 허드슨 상점밖에 없고 부서진 석고상 세 개는 몇 년 동안 계속 상점에 있던 겁니다. 말씀하신 대로 런던에 있는 나폴레옹 석고상은 수백 개나 되겠지만 이 근처에 있는 건 그 부서진 석고상 세 개뿐일 수도 있습니다. 그러니 이 동네에 사는 미치광이라면 당연히 가까이 있는 석고상부터 찾았겠지요. 어떻게 생각합니까? 왓슨 선생?"

"편집광의 증세는 매우 다양합니다."

내가 대답했다.

"현대 프랑스 심리학자들이 고정관념이라고 부르는 증상이 있습니다. 다른 말로 강박증이라고 하지요. 이 강박증은 성격장애를 일으키고 모든 행동 방식에 편집광적인 증세를 보이지요. 나폴레옹에 지나치게 심취했거나 전쟁을 겪으면서 얻은 정신적인 상처가 가족 대대로 영향을 미친다면 그런 고정관념이 나타날 수 있습니다. 강박증의 영향으로 정신 나간 미치광이 짓을 하게 되는 겁니다."

"이번 일은 강박증과 관련이 없어, 왓슨."

홈즈가 고개를 저으며 반박했다.

"아무리 심한 강박증 증세를 보이더라도 석고상이 어디 있는지 정확히 알아낼 수 있는 미치광이는 없어."

"그럼, 자네 생각은 어때?"

"섣불리 추측할 수는 없어. 다만 이 미치광이의 소행에는 어떤 규칙이 있어. 한 예로 배니콧 의사 집의 복도에서 큰 소리를 내면 사람들이 잠에서 깨리라는 점을 예상하고 범인은 일단 밖으로 석고상을 들고 나가 정원에서 부수었지. 반면 사람들이 잠에서 깰 위험이 적은 외과 진료소에서는 그 자리에서 곧장 석고상을 부수었네. 매우 평범한 범죄사건도 절대로 사소한 사실을 놓쳐서는 안 돼. 왓슨, 에버네티 가족 사건을 기억하나? 아주 더운 날, 버터 속에 파슬리 가루가 녹아들어간 깊이를 주목해서 사건을 해결했었지? 그러니 석고상 세 개가 모두 같은 틀에서 만들어진 것이라는 점을 지나쳐서는 안 돼. 레스트레이드, 이 신기한 사건에 어떤 새로운 상황이 발생할 경우 내게 알려주면 고맙겠군요."

홈즈가 알려달라고 부탁한 새로운 상황은 생각보다 빨리, 그리고 예상보다 비참한 형태로 발생했다. 다음 날 아침 잠자리에서 막 일어난 나는 누군가 방문을 두드리는 소리를 들었다. 방문을 열자 한 손에 전보를 든 홈즈가 들어오더니 전보를 소리 내어 읽었다.

케싱턴 피트 131번 가로 속히 오십시오. 레스트레이드.

"무슨 일이지?"
내가 물었다.
"모르겠어. 전혀 다른 사건일 수도 있겠지만 어쩐지 석고상 사건이라고 짐작돼. 나폴레옹 미치광이가 이번에는 런던 다른 지역에서 사건을 일으킨 모양이야. 왓슨, 탁자 위에 커피가 있지만 지금 마차가 현관에서 대기 중이야."
우리는 30분 만에 피트 가에 도착했다. 시끌벅적한 런던 번화가에서 조금 벗어난 한적한 주택가였다. 피트 가 131은 밋밋한 건물 앞면에 그럭저럭 볼만은 하지만 꾸밈새는 전혀 없는 집들이 늘어선 골목이었다. 길을 따라 올라가자 어떤 집 앞에 구경꾼들이 잔뜩 몰려 있었다. 홈즈가 나직이 휘파람을 불었다.

"오호, 최소한 살인미수사건은 일어났나보군, 전보배달 소년까지 멈춰서 구경할 정도니 말이야. 사람들이 잔뜩 구부린 자세로 목을 빼고 구경하는 걸 보니 폭력의 조짐이 엿보여. 이게 뭐지, 왓슨? 맨 위 계단은 물로 씻었고 나머지는 말라 있군. 발자국은 많이 남아 있을 거야. 아, 저기에 레스트레이드가 있군. 무슨 일인지 곧 알게 되겠지."

경감은 매우 침울한 얼굴로 우리를 맞았다. 거실로 들어가자 가운을 입은 나이 든 남자가 불안하고 초조한 기색이 역력한 얼굴로 안절부절못한 채 방 안을 돌아다니고 있었다. 이 집의 주인 호레이스 해커로, 센트럴 프레스의 기자라고 레스트레이드가 우리에게 소개했다.

"또 나폴레옹 석고상입니다."

레스트레이드가 설명했다.

"어젯밤 흥미를 느끼신 것 같아서 여기로 와달라고 전보를 쳤습니다. 그런데 이번에는 사건이 훨씬 더욱 심각해졌습니다."

"어떻게 심각해졌습니까?"

"살인사건입니다. 호레이스 해커 씨, 이분들에게 무슨 일이 생겼는지 정확히 설명하겠습니까?"

플란넬 가운을 입은 호레이스 해커가 우울한 얼굴로 우리를 쳐다보았다.

"아시다시피 제 직업은 기자입니다. 평생 다른 사람들의 사건을 전달하는 일을 해봤지만, 정작 내가 직접 사건소재가 되리라고는 생각도 못했습니다. 막상 제게 이런 일이 닥치니 너무나 당황스럽고 혼란스러워 어디서부터 말을 어떻게 꺼내야 할지 모르겠군요. 제가 기자로서 이 자리에 취재하러 왔다면 발생한 사건을 상세히 기록한 다음 2단 기사를 석간신문에 냈겠지요. 한데 처지가 바뀌어 반대로 제가 여기 이렇게 앉아서 당한 사건을 거듭 말하다 보니 정작 저는 언제 이 사건을 신문기사로 쓸 수 있을지 걱정입니다. 존함은 많이 들었습니다. 셜록 홈즈 씨, 이 사건을 해결해 주신다면 제가 고생스럽게 설명하는 보람이 있겠네요."

홈즈는 자리에 앉아 그의 말을 경청했다.

"넉 달 전 제가 산 나폴레옹 흉상 때문인 것 같습니다. 석고상은 아이가 역 근처에 있는 하딩 형제 상점에서 싸게 샀습니다. 저는 보통 밤에 기사를 쓰기 때문에 새벽까지 2층에 있는 서재에서 종종 일을 하곤 합니다. 오늘도 마찬가지로 작업을 하고 있었는데 아마 새벽 3시쯤이었을 겁니다. 아래층에서 무슨 소리가 들리더군요. 그래서 가만히 귀를 기울여 보았는데 아무 소리도 들리지 않았습니다. 저는 밖에서 나는 소리겠지 생각했죠. 그런데 5분쯤 지나자 갑자기 너무나 끔찍한 비명소리가 들렸습니다. 태어나서 처음 듣는 가장 끔찍한 소리였습니다. 평생 동안 절대로 잊지 못할 겁니다. 전 몇 분 동안 꼼짝도 못하고 공포로 얼어붙었지요. 그런 다음 석탄을 젓는 부지깽이를 쥐고 아래층으로 내려가 살펴봤지요. 그러다가 이 방에 들어오자 창문이 활짝 열려 있었어요. 선반에 있던 나폴레옹 석고상이 사라졌더군요. 왜 도둑이 이런 물건을 훔쳐 갈까라는 생각이 스쳤지요. 가치 없는 모조품에 지나지 않았으니까요.

보시면 아시겠지만 창문을 통해 나가면 현관 계단으로 훌쩍 한 걸음에 닿을 수 있습니다. 석고상을 훔쳐 간 놈도 그렇게 한 것이 분명합니다. 그런데 현관문을 열고 캄캄한 밖으로 나가다가 저는 뭔가에 걸려 넘어질 뻔했습니다. 누군가 누워 있었습니다. 저는 급히 안으로 들어가 등불을 갖고 나왔습니다. 불을 비추어보니 웬 남자가 죽어 있었습니다. 목에는 칼로 베인 상처가 깊이 나 있고 주위에 온통 피바다였습니다. 얼굴은 위로 향한 채 한쪽 무릎이 세워져 있었습니다. 입은 커다랗게 벌린 채였습니다. 그 광경은 평생 악몽이 될 겁니다. 전 방범용 호루라기를 불고는 정신을 잃었지요. 깨어보니 경찰이 복도에 저를 데려다 놓았더군요."

"살해된 사람은 누구입니까?"

홈즈가 질문했다.

"전혀 알 수 없습니다."

레스트레이드가 말했다.

"시체 안치소에 가면 볼 수 있지만 죽은 남자 신원에 대한 단서는 아직 찾지 못했습니다. 얼굴이 햇볕에 그을려 거무스름했고 키가 크고 체격이 좋으며 30대라는 것 외에는 밝혀진 것이 없어요. 남루한 옷차림이었지만 노동자 같진 않았습니다. 뿔 자루가 달린 칼이 온통 피투성이인 바닥에 떨어져 있었는데 살인 사건에 사용된 무기인지 죽은 남자의 것인지는 모릅니다. 입고 있는 옷에도 이름이 새겨져 있지 않았고 주머니에는 사과 하나, 실 꾸러미, 런던 지도 그리고 사진 한 장 외에는 아무것도 발견되지 않았습니다. 이것이 주머니에서 나온 사진입니다."

사진은 작은 카메라로 찍은 스냅사진이었다. 사진에 있는 사람은 원숭이처럼 눈썹이 짙고 턱이 앞으로 튀어나와 몹시 교활해보였다.

"석고상은 어떻게 되었지요?"

조심스럽게 사진을 관찰하던 홈즈가 물었다.

"홈즈 씨가 도착하기 바로 전에 발견되었습니다. 캠프덴 하우스 로드에 있는 빈집 정원에서 발견되었습니다. 역시 산산조각이 난 상태로요. 지금 가려던 참이었습니다. 같이 가시겠습니까?"

"물론이지요. 꼭 봐야 합니다."

홈즈는 카펫과 창문을 점검했다.

"범인은 다리가 아주 길고 운동신경이 뛰어난 게 분명하군요. 저쪽에서 여기 창문으로 올라가다 자칫 잘못하면 지하실까지 굴러 떨어지겠는걸. 게다가 여기 서서 창틀을 짚고 창문을 열다니 보통 사람으로는 어림도 없는 일입니다. 하지만 밖으로 나갈 때는 그렇게 어렵지 않겠군요. 해커 씨도 부서진 흉상을 보러 가겠습니까?"

절망적인 표정을 짓고 있는 해커 기자는 꼼짝 않고 의자에 걸터앉았다.

"이번 사건을 기사로 써야겠습니다. 물론 오늘 석간 초판에 상세한 기사가 실렸겠지만, 이렇게 재수가 없다니. 돈캐스터의 스탠드 붕괴사건을 기억하나요? 전 그때 현장에 있던 유일한 기자였습니다. 그런데 전 그 사건을 기사로 쓰지 못한 유일한 사람입니다. 손이 너무 떨려서 도저히 기사를 쓸 수 없더군요. 그런데 이제는 내 집 현관에서 일어난 살인사건 기사조차 제일 늦게 쓰는 꼴이 되었군요."

해커 기자가 펜으로 사각사각 종이를 긁는 소리를 들으면서 우리는 밖으로 나왔다.

범인이 석고상을 부순 장소는 호레이스 해커의 집에서 몇백 야드 떨어진 곳이었다. 나폴레옹의 석고상이 부서져 조각난 모습을 처음으로 보니, 확실히 누군가가 나폴레옹을 광적으로 증오하는 것이 분명했다. 석고상 파편들은 잔디밭 여기저기에 흩어져 있었다. 홈즈는 조각을 몇 개 주워서 찬찬히 살펴보았다. 홈즈의 신중한 태도를 보고 나는 그가 어떤 단서를 잡은 것을 알았다.

"어떻습니까?" 레스트레이드가 물었다.

홈즈는 모르겠다는 듯 어깨를 으쓱했다.

"아직 갈 길이 멉니다." 홈즈가 대답했다. "하지만 음, 뭔가 단서가 있군요. 사소한 석고조각이지만 범인이 보기에는 매우 값나가는 석고조각인가 봅니다. 한 인간의 목숨보다 더 비싼 석고상이군요. 이 점을 놓치면 안 되지요. 또 다른 단서는 범인이 석고상을 집안에서 부수지 않았고 집밖에 나오자마자 부수지도 않았다는 점입니다. 범인의 목적은 단순히 석고상을 부수는 것이 아니었습니다."

"그 죽은 남자와 마주치는 바람에 깜짝 놀라 허둥댄 게 아닐까요? 무슨 일을 하고 있었는지도 잊어버릴 정도로요."

"글쎄요, 그럴지도 모르죠. 하지만 이 집의 위치에 주목할 필요가 있습니다. 경감, 석고상을 부순 정원을 주의 깊게 살펴봐야 해요."

레스트레이드는 영문을 모르겠다는 듯이 홈즈를 보았다.

"이건 사람이 살지 않는 빈집입니다. 정원에서 석고상을 부수어도 들킬 염려가 없다는 점을 알고 있었겠지요."

"그래요. 하지만 굳이 여기까지 오지 않아도 도중에 빈집은 하나 더 있어요. 왜 거기서 석고상을 부수지 않았을까요? 오히려 여기까지 들고 오는 도중에 사람에게 발각될 확률이 더 높을 텐데요?"

"아, 글쎄요, 정말 모르겠군요." 레스트레이드가 말했다.

홈즈는 머리 위에 있는 가로등을 가리켰다.

"자기가 하는 일을 보려고 했던 거지요. 저기는 어두워서 볼 수 없으니까요. 그래서 여기까지 들고 왔던 겁니다."

"정말 그렇군요." 레스트레이드가 말했다.

"그리고 보니 배니콧 의사의 석고상도 불빛에서 멀지 않은 곳에서 발견되었습니다. 그러면 홈즈 씨, 이제 어떤 일을 해야 하죠?"

"우선 이 점을 잘 기억해야지요. 나중에 또 다른 단서가 발견될 수도 있습니다. 앞으로의 수사방침은 어떻습니까?"

홈즈가 레스트레이드에게 물었다.

"제 생각에는 살해당한 사람의 신원을 파악하는 일이 가장 급선무일 것 같습니다. 별로 어려움은 없을 겁니다. 죽은 사람이 누구고 그 주변 인물들을 파악하면 간밤의 피트 가에서 일어난 살인사건 수사가 잘 진행될 테지요. 그리고 누구를 만나 현관 앞에서 살해당했는지도 밝혀내야지요. 안 그렇습니까? 홈즈 씨?"

"물론입니다. 그런데 제 계획은 좀 다릅니다."

"무슨 계획인데요?"

"아, 경감이 내 계획을 따를 필요는 없습니다. 경감이 생각하시는 대로 하시고 전 제 생각대로 하지요. 나중에 서로 비교하고 부족한 부분은 보충하지요."

"좋습니다." 경감이 대답했다.

"피트 가로 돌아갈 예정이라면 호레이스 해커 씨를 만나겠군요. 만나서 어젯밤 사건의 범인은 나폴레옹을 증오하는 미치광이의 소행이 확실하다는 제 생각을 해커 씨에게 말해주겠습니까? 해커 씨가 쓰는 기사에 도움이 될 겁니다."

레스트레이드는 홈즈를 물끄러미 보았다.

"정말 그렇게 생각합니까? 방금 전 말과는 다른데요."

홈즈는 미소지었다.

"나폴레옹 석고상을 부순 범인을 정신이상자라고 생각하느냐고요? 사실, 전 아니라고 생각합니다. 하지만 호레이스 해커 기자에게도 〈센트럴 프레스〉 구독자에게도 이쪽이 재미있는 건 틀림없습니다. 왓슨, 오늘은 할 일이 많고 복잡할 것 같군. 레스트레이드, 베이커 가에서 오늘 저녁 6시에 만나지요. 그때까지 시체 주머니에서 발견된 남자사진은 내가 갖고 있겠습니다. 내 추측이 옳다면 오늘 밤 해야 할 일에 약간 도움이 될 것 같습니다. 그럼 나중에 봅시다. 행운을 빌어요!"

홈즈와 나는 하이 가까지 걸어갔다. 우리는 나폴레옹 석고상을 판매한 하딩 형제 상점에서 걸음을 멈추었다. 젊은 직원이 주인 하딩 씨는 볼일이 있어 나갔고 오후나 돼야 돌아온다고 말했다. 그 직원은 여기서 일한 지 얼마 되지 않아서, 우리는 아무 정보도 얻을 수 없었다. 홈즈의 얼굴에 실망감과 곤혹스러운 표정이 떠올랐다.

"이런, 이런. 우리 힘으로는 어쩔 수 없겠군, 왓슨."

마침내 홈즈가 한 마디했다.

"하딩 씨가 오후에나 온다니 그때 다시 와야겠어. 자네도 눈치챘겠지만 지금 나는 이 석고상들이 어디서 나온 건지 알아보려는 거야. 누군가가 찾아다니면서 깨부술 정도로 석고상에 특별한 점이 있는지 알아봐야 하지 않겠나? 뭔가 단서가 될 만한 것을 찾으려면 미술상 모스 허드슨 씨를 만나야겠어. 케닝턴 로드였지?"

우리는 마차를 타고 한 시간 정도 달려가 모스 허드슨 미술상에 도착했다. 모스 허드슨은 작고 다부진 몸집으로 불그스름한 얼굴에 성질이 급했다.

"예, 바로 이 계산대였습니다. 도대체 왜 우리가 세금을 내는지 모르겠군요. 수상한 사람이 마음대로 들어와 남의 물건을 깨부수는데 경찰은 가만히 있다니요. 맞습니다. 배니콧 의사에게 그 석고상을 두 개 팔았습니다. 무정부주의자 짓이 틀림없어요.

부끄러운 줄 모르는 놈들 같으니! 제 생각은 그렇습니다. 싸움질이나 일삼는 무정부주의자가 아니라면 누가 석고상을 부수겠습니까? 빨갱이 공화주의자 놈들 짓일 겁니다. 이렇게 불러도 싼 놈들입니다. 누구에게서 그 석고상을 샀냐고요? 그게 무슨 상관이 있습니까? 뭐, 정 알고 싶다면 말하지요. 스테프니의 처치 가에 있는 겔더 상회에서 샀습니다. 겔더 상회는 업계에서는 잘 알려진 도매상입니다. 20년 가까이 미술품을 팔고 있으니까요. 몇 개나 샀냐고요? 세 개 샀지요. 하나 둘 셋. 맞습니다. 두 개는 배니콧 의사에게 팔았고 나머지 하나는 대낮에 바로 내 가게에서 부서지고 말았답니다. 사진의 남자요? 모르겠는데요. 앗, 아뇨, 압니다. 알아요. 베포군요. 이탈리아 사람입니다. 조각하는 사람이었는데 손재주가 좋았지요. 조각도 하고 액자도 만들고 그런 일을 잘했지요. 지난주에 그만둔 뒤로는 소식이 없어요. 여기서 일하는 동안 그다지 이상한 점은 발견하지 못했는데요. 베포가 그만두고 이틀 후에 제 석고상이 박살났어요."

"모스 허드슨 씨에게서 알아낼 수 있는 것은 이게 전부인 것 같군."

미술 상점을 나오면서 홈즈가 한마디했다.

"사진 속의 베포라는 인물이 나타났군. 케닝턴과 켄싱턴을 10마일이나 달려온 보람이 있었어. 왓슨, 이제 스테프니에 있다는 겔더 상회로 가야 해. 나폴레옹 석고상들은 모두 겔더 상회에서 판 것들이오. 그러니 겔더 상회에서 사건에 대한 단서를 얻을 수 있겠지?"

우리는 차례로 유행의 런던, 호텔의 런던, 극장의 런던, 문학의 런던, 상업의 런던, 해운의 런던을 지나 템스 강변에 위치한 스테프니의 주택가에 도착했다. 거리는 지저분하고 악취가 풍겼다. 유럽 각지에서 가난한 사람들이 몰려드는 동네였다.

겔더 상회의 넓은 앞마당에는 조각품들이 여기저기 놓여 있었고, 안에는 50명 되는 기술자들이 조각을 하거나 틀을 뜨고 있었다. 겔더 상회 주인은 몸집이 큰 금발의 독일 사람이었다. 그는 공손히 우리를 맞이했고 홈즈의 질문에 조리 있게 대답했다. 그는 매출 장부를 뒤적이더니 그 석고상은 프랑스 조각가 드빈느가 만든 나폴레옹 대리석 조각의 복제품으로 모두 100개나 된다고 했다.

그러나 모스 허드슨 가게에 도매로 넘긴 석고상 세 개는 1년 전에 만든 것으로, 그 당시에 똑같은 흉상 여섯 개를 만들었으며 나머지 세 개는 하딩 형제 상점에 팔았다고 했다. 따라서 지금까지 같은 틀에서 떠낸 나폴레옹 석고상 수백 개와 다른 점이 있을 까닭이 없는데 특별히 그 여섯 개만 골라 부술 이유가 없다면서 주인은 말도 안 되는 소리라고 웃었다. 석고상의 도매가격은 6실링이지만 소매점에서는 12실링 남짓 받는다고 했다. 좌우로 나뉜 틀 두 개에서 떠낸 석고상을 각각 마주 합치면 나폴레옹 석고상 하나가 완성된다고 주인이 설명했다. 보통 이곳에서 일하는 이탈리아 기술자들이 그 일을 하는데 완성된 석고상은 탁자 위에 올려 건조시킨 다음 보관한다고 했다. 주인은 여기까지 이야기했다.

그런데 홈즈가 사진을 보여주자 주인은 깜짝 놀랐다. 그는 화가 나서 얼굴빛이 변하더니 눈썹을 치켜떴다. 파란 눈동자가 번뜩였다.

"이런, 나쁜 놈!"

주인이 씹어뱉듯 말했다.

"예, 압니다. 알고말고요. 우리 상점은 남에게 흉잡힐 일은 전혀 한 적이 없고 신용이 좋은 편입니다. 그런데 딱 한 번 이놈 때문에 경찰에 불려 간 일이 있었지요. 일 년이 조금 넘은 일입니다. 이놈이 거리에서 어떤 이탈리아인을 칼로 찌르고는 도망쳐 여기 공장 작업실로 숨어 들어오는 바람에 쫓아오던 경찰이 체포해 붙잡아 갔어요. 그놈 이름이 베포였죠. 성은 모릅니다. 인상이 안 좋은 사람을 고용한 탓이지만요. 하지만 일은 참 잘했어요. 직원 중에 최고였습니다."

"그 사람이 어떻게 되었나요?"

"사형을 당하지는 않았어요. 일 년형을 받았지요. 지금쯤 감옥에서 나왔을 겁니다. 하지만 감히 이 근처에는 얼씬도 못하겠지요. 베포의 사촌이 여기서 일하는데 지금 베포가 어디 있는지 알 겁니다. 불러드릴까요?"

"아니오, 됐습니다."

홈즈가 거절했다.

"사촌에게는 아무 말도 하지 마세요. 부탁합니다. 아주 중요한 사건이라서 수사를 진행하면 할수록 문제가 더욱 심각해지는 것 같군요. 판매 장부를 보니 석고상을 판 날짜가 작년 6월 3일이던데, 베포가 체포된 날이 언제인지 기억나시나요?"

"급여장부를 보면 대충 알 수 있을 겁니다."

주인이 장부를 넘기더니 곧 말을 이었다.

"아, 5월 20일 마지막 급여를 주었네요."

"감사합니다."

홈즈가 대답했다.

"더 이상 귀한 시간을 빼앗지 않겠습니다. 협조해주셔서 감사합니다."

홈즈는 자신이 찾아왔다는 사실을 아무에게도 말하지 말라고 지배인에게 다시 당부하고는 발길을 돌렸다.

식당에서 서둘러 늦은 점심을 먹고 나자 저녁이 다 되었다. 식당 입구에 놓인 신문 1면에는 '케싱턴 살인사건. 정신병자의 소행'이라는 제목이 보였다. 호레이스 해커가 자신이 설명했던 사건 내용을 그대로 기사에 실었던 것이다. 홈즈는 식사 도중 양념병에 신문을 세워 놓고 기사를 읽으며 킬킬거렸다.

"좋아, 재미있군. 왓슨, 한번 들어보게."

이번 사건에 대해 다양한 결론이 나오지 않은 것은 실로 다행스러운 일이다. 스코틀랜드 야드의 노련한 레스트레이드와 유명한 셜록 홈즈 탐정은 비극적인 살인으로 막을 내린 이번 사건을 미리 계획된 치밀한 범죄가 아닌 우발적인 광기에서 비롯된 것이라고 동일한 결론을 내렸다. 정신이상을 제외하면 이 같은 범죄의 동기를 설명할 수 있는 것은 전혀 없다.

"흠, 신문이란 잘만 이용하면 가장 훌륭한 도구야, 왓슨. 식사다 끝냈으면 이제 케싱턴 가로 돌아가서 하딩 상점 주인을 만나러 갈까?"

하딩 형제 상점 주인 하딩 씨는 기세 좋고 활달하며 단정한 차림인데다가 똑똑하고 말솜씨도 뛰어났다.

"그 사건이라면 오늘 석간신문을 읽어서 알고 있습니다. 해커 씨는 우리 가게 손님인데, 나폴레옹 흉상은 몇 달 전에 팔았어요. 스테프니 구에 있는 겔더 상회에서 똑같은 석고상으로 세 개를 사들였는데 지금은 모두 팔렸습니다. 누가 사갔느냐고요? 잠시 기다리세요. 장부를 찾아보면 금방 알 수 있으니까요. 아, 여기 있군요. 해커 씨와, 치즈윅, 레버넘 베일 가의 레버넘 별장의 조시아 브라운 씨, 그리고 레딩 씨, 로어 글로브 거리에 사는 샌드퍼드 씨가 사갔네요. 아뇨. 이 사진의 남자는 잘 모겠는데요. 이렇게 못생긴 얼굴은 언뜻 봐도 쉽게 잊혀지지 않겠군요. 이탈리아인 직원들 말입니까? 예. 있습니다. 점원하고 청소부 중에 몇 명 있어요. 장부를 볼 마음만 있다면 이따위 장부는 아무라도 살짝 훔쳐볼 수 있지요. 그다지 신중하게 보관할 만한 물건은 아니니까요. 거참, 아주 이상한 사건이네요. 더 물어보실 게 있으시면 말하세요."

하딩의 이야기를 들으면서 홈즈는 수첩에 몇 가지 기록했다. 자신의 생각대로 일이 풀려 가는 것이 확실했다. 홈즈의 표정이 매우 만족스러워 보였기 때문이다. 그러나 홈즈는 더 이상 묻지 않고 서둘러 베이커 가로 돌아왔다. 레스트레이드와 만나기로 한 시간에 늦을 것 같았기 때문이었다. 아니나 다를까 집에 도착하니 레스트레이드는 기다리다 지쳐서 방 안을 초조하게 서성이고 있었다. 하루 종일 사건을 추적한 성과가 헛되지 않았음이 경감의 표정에 드러나 있었다.

"어떤가요? 좋은 소식이 있습니까, 홈즈 씨?"

경감이 물었다.

"정말 바쁜 하루였지만 확실히 시간낭비는 아니었습니다. 하딩 형제 가게와 모스 허드슨 가게 그리고 흉상을 만드는 공장에 가서 그 나폴레옹 흉상이 어디로 팔렸는지 알았습니다."

"흉상 말입니까?"

레스트레이드는 의외라는 듯 말했다.

"글쎄요. 홈즈 씨는 나름대로 조사를 한 것 같은데, 그 방법에 특별히 반대하는 것은 아니지만, 전 살해당한 피해자의 신원에 대해서 알아보았습니다."

"아, 그랬습니까?"

"그리고 범행동기도 알아냈습니다."

"훌륭합니다."

"새프론 힐과 이탈리아인 지구를 전문적으로 담당하는 경감이 있거든요. 나도 죽은 사람이 남쪽 출신이라고 짐작은 했습니다. 목에 가톨릭 십자가를 걸고 있는 것과 얼굴이 검게 탄 것을 보았으니까요. 이탈리아인 전담 힐 경감은 시체를 보자마자 누군지 알더군요. 나폴리 태생의 피에트로 베누치인데 런던에서도 손꼽히는 불량배라고 합니다. 게다가 조직의 명령에 복종하지 않는 부하는 무조건 죽인다는 유명한 비밀조직인 마피아 단원이랍니다.

대강 짐작은 가지요, 홈즈 씨? 주머니 속 사진의 남자는 아마 피에트로를 죽인 범인으로 역시 같은 이탈리아 사람이고 마피아 단원 같습니다. 범인이 조직의 규칙을 어겼기 때문에 피에트로가 미행을 하게 되었고, 엉뚱한 사람을 칼로 찌르는 일이 없도록 사진을 가지고 다닌 것이겠지요. 그러던 중, 범인이 해커 씨 집을 나올 때 밖에서 기다리고 있던 피에트로를 죽인 것 같습니다.

결국 자신이 목숨을 잃은 것이지요. 셜록 홈즈 씨."

"훌륭합니다! 레스트레이드, 훌륭해요!"

홈즈가 손뼉을 쳤다.

"그런데 부서진 석고상에 관한 조사는 하지 않았나요?"

"또 흉상 얘기입니까? 석고상 도난사건이 머리에서 떠나지 않나 보네요. 그건 시시한 절도죄에 불과해요. 하찮은 도둑놈을 붙잡아 봐야 겨우 6개월 형에 지나지 않습니다. 중요한 것은 살인사건입니다. 수사가 진행되는 상황을 보니 사건의 단서들은 모두 파악된 상태입니다."

"그럼 앞으로 어떻게 할 생각입니까?"

"간단하지요. 힐 경감과 함께 이탈리아인 거리로 가서 그 사진의 남자를 찾아 살인범으로 체포해야지요. 홈즈 씨, 같이 가시겠습니까?"

"사양합니다. 그보다 더 쉽게 범인을 체포할 수 있는 방법이 있을 것 같습니다. 상황에 따라 달라지겠지만 제 생각에 확률은 정확히 50% 입니다. 오늘밤에 당신이 우리와 함께 간다면 제가 그 범인을 잡아드리지요."

"이탈리아인 거리에 말입니까?"

"아니요, 치즈윅입니다. 범인은 이탈리아인 거리가 아니라 치즈윅에 있을 가능성이 높습니다. 오늘밤에는 우리와 함께 치즈윅을 조사하고 이탈리아인 거리는 내일 함께 가는 것이 어떻습니까? 사실 거기는 내일 가도 별 일 없을 겁니다. 몇 시간 잠을 자두는 게 좋겠군요. 늦게 출발할 예정이어서요. 아마 오늘 밤 11시에 출발하면 내일 아침까지는 돌아올 수 있을 겁니다. 왓슨, 메신저 보이를 불러주게. 지금 당장 보내야 할 중요한 편지가 있네."

레스트레이드와 내가 안락의자에서 쉬는 동안 홈즈는 지난 신문들을 정리해둔 2층 골방에서 뭔가를 조사하고는 의기양양한 표정을 지으면서 내려왔다. 그러나 홈즈는 자신이 지난 신문에서 무엇을 찾아냈는지에 대해서는 아무 말도 하지 않았다. 나는 지금까지 홈즈가 이 사건을 조사한 경위와 그 방법을 차근차근 되짚어보았다. 그러나 홈즈가 어떤 생각을 갖고 있는지 알 수 없었다. 다만 한 가지 확실한 것은 나머지 석고상 두 개를 범인이 노리고 있다는 것을 홈즈는 예상하고 있었다. 우리가 치즈윅으로 가는 이유는 두말할 필요도 없이 흉상을 훔치러 오는 범인을 현장에서 잡기 위해서였다. 나는 홈즈의 치밀함에 경탄을 금치 못했다. 해커 기자로 하여금 일부러 석간신문에 홈즈 자신의 생각과 반대 내용의 기사를 실게 하여 범인이 마음 놓고 다음 목표물을 향해 일하도록 만든 것이다. 나는 홈즈의 권유에 따라 옷 속에 리볼버를 집어넣었고 홈즈는 자신이 제일 아끼는 납이 든 사냥용 채찍을 무기 삼아 손에 들었다.

11시 정각에 예약된 사륜마차가 도착했다. 우리는 해머스미스

다리에서 마차를 세우고 마부에게 기다려 달라고 한 다음, 홈즈를 따라 걸어가다 외딴 한적한 주택가에 도착했다. 우리는 문기둥에 '래버넘 빌라'라고 쓰여 있는 집에서 멈춰섰다. 집 안에 있는 사람들은 모두 잠자리에 들었는지 불이 전부 꺼진 상태였으며, 다만 현관 복도 위 창 유리에서 희미한 빛이 새어 나와 정원을 흐릿하게 비추고 있었다. 정원 나무울타리 그늘이 드리워진 안쪽이 특히 어두웠으므로 우리는 그곳에 쭈그리고 앉아 숨었다.

"꽤 오랫동안 기다려야 할 거야. 무엇보다도 비가 오지 않아서 다행이군."

맑은 밤하늘에 총총 떠 있는 별을 보며 홈즈가 낮은 목소리로 속삭였다.

"시간을 때우느라 담배를 피워서도 안 돼. 하지만 이렇게 고생한 보람이 분명히 있을 거야. 확률은 50%지."

그러나 우리의 잠복은 홈즈가 생각한 것처럼 그리 오래 걸리지 않았다. 아무 소리도 듣지 못했는데 정원 문이 열리더니, 검은 그림자가 원숭이처럼 날쌘 동작으로 정원에 난 오솔길로 뛰어들었다. 검은 그림자는 잠시 유리문에서 새어나오는 빛에 모습을 드러냈으나 곧 어둠 속으로 사라졌다. 시간이 얼마나 흘렀을까, 숨을 멈추고 기다리고 있는데 끼익끼익 하는 희미한 소리가 들렸다. 창문을 억지로 여는 소리였다. 소리가 멈추고 다시 시간이 흘렀다. 검은 그림자가 집 안으로 들어간 모양이었다. 안에서 밝은 랜턴 불빛이 보였다. 조금 뒤, 불빛이 방 안 이곳저곳을 비추는 것이 보였다. 찾는 물건이 그 방에 없는 듯했다. 불빛이 다시 여기저기를 비추었다.

"창 밑으로 갑시다. 기다리다 저놈이 나오면 체포하지요."

레스트레이드가 속삭였다.

그러나 우리가 미처 창가로 가기도 전에 그 수상한 남자는 창문을 통해 밖으로 나왔다. 그 남자가 흐릿한 불빛 아래를 지나가자 뭔가 하얀 물건을 옆구리에 들고 있는 것이 보였다. 그는 조심스럽게 주위를 살폈다. 인적이 없는 거리에 안심한 듯 남자는 등을 돌리고, 들고 있던 물건을 내려놓는다. 다음 순간 쾅하고 소리가 들리더니 곧이어 후드득 석고 조각이 떨어지는 소리가 이어졌다. 그 남자는 이 일에 너무나 열중한 나머지 우리가 풀밭으로 살금살금 다가가는 것을 눈치채지 못했다.

홈즈가 바람처럼 빠른 동작으로 그의 뒤에서 덮쳤다. 거의 동시에 나와 레스트레이드가 달려들어 그의 팔을 하나씩 붙잡았다. 찰칵 소리와 함께 수갑이 채워졌다. 그 남자를 돌려세워 보니 그는 음흉한 눈빛으로 우리를 무섭게 노려보았다. 그는 마구 몸을 뒤틀며 자신이 잡혔다는 사실에 분노를 터뜨렸다. 바로 사진 속에 있던 그 남자였다.

그러나 홈즈는 정작 체포한 범인은 거들떠보지도 않았다. 홈즈는 문가에 쪼그리고 앉아서 부서진 석고조각을 조심스럽게 살펴보았다. 나폴레옹 석고상이었다. 지금까지 보았던 것과 같은 모양으로 산산조각 난 파편에 불과했다. 아무리 살펴본들 별다른 점 없는 석고조각일 뿐이었다. 홈즈가 석고조각을 하나하나 불빛에 비추며 조사하는데, 눈앞이 환해지면서 현관문이 열리고 뚱뚱한 집주인이 셔츠와 바지차림으로 나타났다.

"조시아 브라운 씨?"

"그렇습니다. 셜록 홈즈 씨군요. 메신저를 통해 보낸 전갈을 받고 모두 말한 대로 했습니다. 문단속을 철저히 하고 안에서 기다렸지요. 이렇게 도둑을 잡은 걸 보니 정말 다행입니다. 세 분 모두 잠깐 들어오셔서 차라도 한잔 드시지요."

그러나 레스트레이드가 범인을 한시라도 빨리 안전한 곳으로 데려가고 싶어서 우리는 대기 중이던 마차를 타고 런던으로 돌아왔다. 범인은 한마디도 하지 않았다. 텁수룩하게 자란 긴 앞머리에 숨겨진 눈으로 우리를 쏘아보기만 했다. 내 몸이 가까이 닿자 그는 내 손을 물려고 덤벼들었다. 홈즈와 나는 범인의 몸수색 결과가 나오기까지 경찰서에서 한참을 기다렸다. 그러나 범인의 몸에서 나온 것이라곤, 2, 3실링의 돈과 최근의 것으로 보이는 피 묻은 자루가 달린 긴 칼집뿐이었다.

"어차피 소지품 따위는 상관없습니다."

헤어질 때 레스트레이드가 말했다.

"힐 경감에게 물어보면 신원을 금방 파악할 수 있으니까요. 역시 제 말대로 마피아와 관계된 사건이 맞지요? 그건 그렇고 홈즈 씨, 이놈을 붙잡아주셔서 정말 큰 신세를 졌습니다. 도대체 어떻게 알고 거기서 미리 범인을 기다렸던 겁니까? 아무리 생각해도 알 수 없군요."

"오늘밤은 너무 늦었으니 설명은 다음에 하지요. 게다가 아직 마무리지어야 할 일이 두어 개 있어서요. 이 사건은 꼭 마무리할 만한 가치가 있는 일입니다. 내일 저녁 6시에 한 번 더 저희 집에 오시면 아직 경감이 파악하지 못한 이 사건의 전체적인 모습을 보여 알려드리겠습니다. 아마 범죄사에 보기 드문 특별한 사건이 될 겁니다. 왓슨, 나의 사건 해결을 자네의 연대기에 추가하는 것을 내가 허락한다면 자네는 이 나폴레옹 흉상의 기괴한 모험 이야기로 페이지에 생기를 불어넣을 거야."

다음 날 저녁 우리가 다시 만났을 때, 레스트레이드는 범인의 신상에 대해 더욱 자세한 정보를 갖고 왔다. 이름은 우리가 알아본 대로 베포, 성은 모름. 이탈리아 사람들 사이에서는 악명 높은 불량배였다. 원래 솜씨 좋은 조각가로 정직하게 일해 돈을 벌었으나 나쁜 길로 빠져서 두 번이나 감옥 신세를 진 경험이 있다. 한번은 사소한 절도죄였고, 겔더 상회 주인에게 들은 대로 같은 이탈리아인 동포를 찌른 죄로 또 한 차례 교도소에 수감되었다. 영어는 상당히 잘 하지만 석고상과 관련된 어떤 질문에도 절대 입을 열지 않아서 흉상을 부순 이유를 아직 알 수 없었다. 그러나 경찰은 이 남자가 겔더 상회의 공장에서 일한 적이 있으므로 흉상들을 직접 만든 장본인일지도 모른다고 추측했다.

홈즈는 대부분 다 알고 있는 사실이었지만 정중하게 경감의 설명을 들었다. 그러나 나는 홈즈가 딴 생각에 잠겨 있는 것을 알았다. 홈즈의 표정에는 누군가를 기다리는 듯 기대감과 초조감이 섞여 있었다. 드디어 홈즈가 의자에서 벌떡 일어났다. 두 눈이 반짝 빛났다. 초인종이 울리고 얼마 후, 계단을 올라오는 발소리가 들렸다. 이어서 턱수염이 희끗희끗하고 얼굴이 붉은 남자가 방으로 들어왔다. 그는 오른손에 들고 있던 낡고 큰 가방을 탁자 위에 올려놓았다.

"셜록 홈즈 씨가 여기 계십니까?"

홈즈가 인사를 하면서 미소지었다.

"레딩 시에 사시는 샌드퍼드 씨지요?"

"예, 늦어서 죄송합니다. 기차가 연착해서요. 제가 가진 흉상에 대해서 편지를 쓰셨지요?"

"맞습니다."

"여기 편지를 갖고 왔습니다. 편지에 '당신이 가진 드빈느의 나폴레옹 조각 석고상 복제품을 사고 싶습니다. 대신 석고상 값으로 10파운드를 드리겠습니다.' 라고 하셨는데 정말입니까?"

"그럼요."

"편지를 받고 아주 놀랐습니다. 제가 석고상을 갖고 있는 것을 어떻게 아셨지요?"

"물론 놀라셨겠지요. 하지만 간단합니다. 하딩 형제 상점 주인에게 물어보았더니 샌드퍼드 씨가 마지막으로 사갔다고 하더군요. 그래서 샌드퍼드 씨 주소를 알 수 있었습니다."

"아, 그랬군요. 주인이 석고상 가격이 얼마인지도 말하던가요?"

"아니오, 전 석고상 값은 모릅니다."

"그렇다면 미리 말해야겠군요. 거짓말을 하고 싶지는 않습니다. 전 부자는 아니지만 정직한 사람입니다. 이 석고상은 겨우 15실링을 주고 샀습니다. 이 사실을 미리 말해야 제 마음이 편하겠습니다."

"아주 정직한 분이군요. 샌드퍼드 씨. 하지만 약속한 대로 10파운드를 드리겠습니다."

"통이 크신 분이군요, 홈즈 씨. 부탁하신 대로 흉상을 갖고 왔습니다. 여기 있습니다."

그는 가방을 열었다. 가방에서 나온 석고상은 이제껏 보았던 것처럼 산산 조각난 것이 아닌 완전한 나폴레옹 흉상이었다.

홈즈는 주머니에서 종이를 꺼내더니 10파운드와 함께 탁자 위에 올려놓았다.

"이 종이에 서명하시죠, 샌드퍼드 씨. 증인이 보는 앞에서 말입니다. 석고상에 대한 소유권을 모두 제게 넘긴다는 영수증입니다. 아시겠지만 전 확실한 것을 좋아합니다. 나중에 무슨 일이 생길지 모르니까요. 감사합니다. 샌드퍼드 씨. 여기 10파운드를 드리겠습니다. 예, 안녕히 가세요."

샌드퍼드 씨가 떠나자 홈즈는 서랍에서 하얀 보자기를 꺼내 탁자 위에 깔고 방금 산 나폴레옹 흉상을 중앙에 올려놓았다. 그런데 홈즈의 이상한 행동에 우리는 눈을 의심했다. 홈즈는 석고상 한 가운데를 사냥용 채찍으로 세게 내리쳤다. 나폴레옹 석고상이 순식간에 부서지면서 하얀 석고조각이 보자기 위로 우르르 떨어졌다. 홈즈는 조각 하나 하나를 유심히 살폈다.

얼마 후, 홈즈가 의기양양하게 고함을 지르면서 조각 하나를 높이 쳐들었다. 조각 속에는 푸딩에 들어 있는 건포도처럼 검고 둥근 물체가 박혀 있었다.

"여러분! 보르지아 가문의 그 유명한 흑진주를 소개합니다!"

어안이벙벙해진 레스트레이드와 나는 잠시 후 정신을 차리고 훌륭한 연극의 마지막 장면에 감동받은 관객처럼 반사적으로 박수를 보냈다. 홈즈의 창백한 뺨에 홍조가 살짝 스치고 지나갔다.

그리고 무대 위에서 관객의 찬사 어린 박수갈채를 받는 배우처럼 우리에게 정중히 고개 숙여 인사했다. 홈즈의 냉정한 탐정 모습이 사라지고 청중의 존경과 찬사에 감사하는 인간적인 모습이 나타났다. 대중의 인기를 누리는 걸 경멸하는 홈즈였지만, 진심에서 우러난 친구의 찬사와 경탄에는 역시 보통 사람과 마찬가지로 그 역시 자부심과 기쁨을 느꼈던 모양이다.

"자, 여러분! 세계에서 가장 유명한 진주입니다. 나는 운 좋게 귀납적 추리의 사슬을 연결한 덕분에 진주를 분실한 데이커 호텔의 콜로나 공작의 침실에서 시작해, 진주가 스테프니의 겔더 상회의 여섯 개 나폴레옹 흉상 가운데 하나에 숨겨져 있다는 사실을 밝혀냈지요. 경감, 이 값비싼 보석을 도둑맞았을 때 잉글랜드가 온통 떠들썩했다는 사실을 기억합니까? 런던 경찰이 나섰지만 사건은 미궁에 빠진 채 해결되지 않았지요. 나 역시 흑진주 사건을 해결하려고 했지만 아무 단서도 발견할 수 없었습니다. 경찰은 콜로나 공작부인의 이탈리아인 하녀를 용의자로 지목했고 런던에 그녀의 오빠가 있다는 사실까지는 밝혀냈지만 둘 사이에 어떤 연락이 오고갔는지는 알아내지 못했지요.

그 하녀의 이름은 루크레티아 베누치. 그러니 이틀 전 살해된 피에트로가 그녀의 오빠였다는 점은 의심의 여지가 없어요. 지난 신문에서 날짜를 조사했는데 진주를 분실한 건 이들 흉상이 만들어진 그때, 즉 겔더 상회의 공장에서 일어난 폭력 사건으로 배포가 체포된 지 정확하게 이틀 전이었다는 것을 알았지요. 이제 사건의 앞뒤가 연결되겠지요? 원래 내가 본 것과는 반대 순서지요. 베포가 이 진주를 갖고 있었던 겁니다. 배포는 피에트로에게서 훔쳤거나 피에트로와 짜고 함께 진주를 훔쳤겠지요. 피에트로와 여동생 사이에는 중간 역할을 했을 수도 있습니다. 뭐, 이들 사이의 관계는 그다지 중요하지 않아요.

정말 중요한 점은 그가 분명히 진주를 갖고 있었고, 그것도 몸에 지니고 있을 때 경찰에 쫓겼다는 것이지요. 그는 일을 하던 공장으로 도망갔지만 신체검사로 곧 발견될 이 엄청나게 비싼 진주를 어딘가에 숨길 시간은 몇 분밖에 없었지요. 여섯 개의 나폴레옹 상을 복도에서 말리는 중이었지. 그중에 하나는 아직 굳지 않아 말랑말랑했죠. 솜씨 좋은 기술자 베포는 석고상에 작은 구멍을 뚫고 진주를 밀어 넣은 다음 원래대로 매끈하게 다듬은 겁니다. 진주를 숨기기에 이보다 더 좋은 장소가 있을까요? 누구도 절대 발견할 수 없는 비밀 장소지요.

그러나 베포가 교도소에 1년 동안 수감되어 있는 사이 나폴레옹 흉상은 런던 시내 여기저기로 팔려나갔고, 여섯 개의 나폴레옹 흉상 중에서 어떤 나폴레옹에 진주가 들어 있는지는 베포도 구분할 수 없었겠지요. 결국 여섯 개를 모두 부수고 찾아볼 수밖에 없던 겁니다. 석고가 굳으면서 속에 있던 진주도 같이 굳어 흔들어 보아도 알 수 없었을 테니까요.

1년 형을 마치고 출소한 베포는 포기하지 않고 끈질기고 집요하게 여섯 개의 사라진 나폴레옹 석고상 추적에 나섰고, 겔더 공장에서 일하는 사촌에게 부탁해서 여섯 개의 나폴레옹 석고상이 어느 소매상으로 팔려갔는지 알아냈지요. 그리고 모스 허드슨 가게에 점원으로 취직해서 석고상 세 개가 팔려 간 곳을 알아냈습니다. 그러나 그 세 개의 나폴레옹에는 진주가 모두 들어 있지 않았어요.

그 다음 목적으로 하딩 형제 가게에서 일하는 이탈리아 사람에게 부탁해 나머지 세 개가 팔린 곳을 알아내도록 했지요. 그래서 처음에 간 곳이 해커 기자의 집이었어요. 한편 사라진 진주가 베포에게 있으리라 의심하고 뒤를 추적하던 피에트로와 베포가 결국 해커 씨 집에서 서로 부딪쳤고, 격투를 벌이는 중 베포는 칼로 피에트로를 찔러 죽인 겁니다."

"두 명이 동업자였다면 왜 피에트로가 베포 사진을 갖고 다녔지?"

내가 물었다.

"그건 제 3자에게 사진을 보여주면서 이런 사람을 아느냐고 물어보기 위해서였겠지. 당연해. 어쨌든 피에트로를 죽인 후 진주를 찾는 일을 늦추기보다 오히려 서두를 것이라고 짐작했지. 경찰이 자기 비밀을 눈치 챌까 두려워 잡히기 전에 서둘렀던 거야. 그때 나는 그가 해커 씨의 나폴레옹 흉상에서는 진주를 발견하지 못했다고 말할 수 없었네. 왜냐하면 난 그것이 진주인지 어떤 것인지 자신이 없었거든. 사실 난 베포가 찾는 물건이 진주라는 사실은 몰랐어. 그러나 그가 흉상을 들고 몇 집이나 지나 가로등 불빛이 있는 정원에서 그것을 부수었기 때문에 어쨌든 그가 흉상 안에서 무언가 찾아내고 있다는 사실은 확실했지.

해커 씨의 나폴레옹 상이 세 개 중 하나였으니 확률은 정확히 내가 말한 대로였어. 즉 진주가 안에 들어 있을 가능성은 50% 였던 거지. 나머지 두 개 중 하나에 있다는 뜻인데, 그렇다면 베포가 당연히 가까운 런던 시내에 있는 석고상부터 훔치려고 했 겠지. 그래서 나는 비극적인 살인사건이 또 발생하는 것을 막기 위해서 브라운 씨에게 문단속을 단단히 하라고 전보를 보냈고, 베포가 나타나기를 기다린 것이네.

그 결과는 알다시피 아주 만족스러웠고, 물론 그때는 이미 베포가 찾고 있는 물건이 보르지아의 흑진주라는 사실을 확실히 알았네. 살해당한 남자의 이름으로 두 사건이 연결된 거지. 마지막으로 남은 석고상은 레딩 시에 있었고 결국 이 마지막 석고상 속에 진주가 있다는 것을 확신했지. 그래서 그 마지막 나폴레옹 석고상을 자네들이 보는 앞에서 레딩 시에 사는 샌드퍼드 씨로부터 구입했어. 봐, 저기에 흩어져 있는 게 그것이지."

우리는 잠시 동안 아무 말도 할 수 없었다.

"세상에,"

레스트레이드가 말했다.

"홈즈 씨가 사건을 해결하는 것은 아주 많이 보아왔지만 이처럼 훌륭하게 해결한 경우는 처음 봤습니다. 스코틀랜드 야드에서 일한다 해도 질투할 사람은 아무도 없을 겁니다. 아, 그렇고말고요. 홈즈 씨가 정말 자랑스럽습니다. 제 말이 못 미더우시면 내일 스코틀랜드 야드에 와보십시오. 신참 순경부터 고참 형사까지 모두 당신과 악수하는 것을 큰 영광으로 여길 겁니다."

"고맙군요."

홈즈는 몸을 돌렸지만 평소와 달리 깊이 감동했다는 것을 나는 알았다. 얼마 후 홈즈는 평소처럼 냉정하고 차분한 현실적인 사람으로 다시 돌아와 있었다.

"왓슨, 이 진주를 금고에 넣어. 그리고 콩크 싱글톤 문서위조 사건 서류를 꺼내주겠나?"

그러고는 레스트레이드를 보며 말했다.

"안녕히 가세요, 레스트레이드. 문제가 생길 때 언제라도 찾아오면 기꺼이 사건 해결에 도움이 될 만한 힌트를 드리지요."

베스트 단편

12

세
학생

Sherlock Holmes

세 학생

1895년 여러 사정이 있어서 — 굳이 여기에 대해 설명할 필요는 없다 — 셜록 홈즈와 나는 어느 유명한 대학 도시에서 몇 주일을 보낸 적이 있었다. 내가 지금부터 말하려는 사건이 일어난 것은 그때였다. 그것은 작지만 아주 교훈적인 사건이었다. 그 대학이나 범인의 실명을 독자들이 알 수 있도록 쓰는 것은 분별없고 무례한 짓이다. 그리고 그와 같은 일은 하루라도 빨리 잊는 것이 좋다. 하지만 이런 것들만 충분히 주의해서 다룬다면, 사건 자체를 발표해도 관계없을 것이다. 내 친구의 비할 데 없이 뛰어난 재능을 보여주는 데 도움이 된다고 생각하기 때문이다. 따라서 이 사건이 일어난 장소와 관련된 사람들에 대한 단서를 제공하는 특정 단어들은 사용하지 않을 것이다.

우리는 도서관 근처의 가구 딸린 하숙집에 살고 있었다. 셜록 홈즈는 그 도서관에서 초기 잉글랜드의 문서들을 연구했는데, 장래 내 이야기의 주제로서 사용해도 좋을 정도의 훌륭한 연구 성과였다. 어느 날 저녁, 우리의 하숙집으로 손님이 찾아왔다. 세인느 루크 칼리지에서 개인지도 교사 겸 강사를 하는 힐튼 솜즈였다. 큰 키에 마른 체형으로 마음이 약하고 쉽게 흥분하는 사람이었다. 나는 그가 원래 침착하지 못한 성격이라는 것을 알고 있었지만 이번 경우에는 유난히 자제가 불가능한 듯했다. 좋지 않은 일이 생긴 게 분명했다.

"홈즈 씨, 시간을 내주실 수 있습니까? 우리 대학에 난처한 문제가 생겼습니다. 홈즈 씨가 마침 이 고장에 머물고 계셔서 다행이라 생각합니다. 그렇지 않았다면 전 어찌할 바를 몰라 쩔쩔맸을 겁니다."

"나는 지금 아주 바빠서, 다른 일에 신경을 쓰고 싶지 않군요. 경찰에 도움을 청하는 게 좋을 듯합니다."

홈즈가 대답했다.

"아니, 그렇게 할 수 없습니다. 경찰에 연락하면 걷잡을 수 없게 됩니다. 이번 사건은 학교의 명예가 달린 일이라서 절대로 소문이 나면 안 됩니다. 홈즈 씨는 뛰어난 능력만큼이나 신중하게 일 처리를 한다고 들었습니다. 홈즈 씨만이 절 도와주실 수 있습니다. 부탁드립니다."

홈즈는 베이커 가의 집을 떠난 후부터 계속 기분이 좋지 않았다. 자신에게 익숙한 환경, 즉 스크랩북이나 화학약품, 알맞게 지저분한 방을 떠나 있자니 불안해하는 것처럼 보였다. 홈즈는 별로 달갑지 않은 동의의 뜻으로 어깨를 으쓱했고, 힐튼 솜즈는 매우 흥분하여 손짓과 몸짓을 섞어 가며 재빨리 설명했다.

"홈즈 씨, 설명하지요. 내일은 포테스큐 장학금 시험 첫째 날입니다. 나도 시험위원의 한 명이죠. 내 과목은 그리스어인데, 첫째 질문은 장문의 그리스어를 영어로 번역하는 것입니다. 물론 시험을 보기 전에 지원자가 그 문제를 알게 된다면 무척이나 유리하겠죠. 그러나 그런 일은 절대 있을 수 없는 일이므로 우리는 시험지의 보안에 만전을 기하고 있습니다.

오늘 오후 3시쯤에 시험문제의 교정쇄(교정을 보려고 박아 낸 인쇄물)가 나왔습니다. 문제에 투키디데스의 원문을 그대로 실었지요. 원문에서 한 자라도 틀리면 안 되기 때문에, 꼼꼼히 읽어봐야 했죠. 4시 30분까지 검토했지만 작업이 끝나지는 않았습니다. 하지만 친구와 차를 마시기로 한 약속이 생각나 교정쇄를 책상 위에 그대로 둔 채 방을 나섰습니다. 한 시간 조금 넘게 자리를 비웠어요.

저희 대학의 모든 문은 이중으로 되어 있답니다. 안에 녹색 천으로 만든 문이 있고 바깥에 나무문이 있죠. 그런데 제가 바깥문에 다가갔을 때 열쇠가 꽂혀 있는 것을 보고 깜짝 놀랐습니다.

순간, 제가 문을 잠그고 열쇠를 꽂아 둔 채 나갔다고 생각했지만 그럴 리 없습니다. 주머니에 손을 넣어보니 제 열쇠가 있었으니까요. 제가 아는 한 제 방 열쇠를 갖고 있는 사람은 저와 급사 배니스터뿐입니다. 배니스터는 10년 동안 제 방을 관리했는데, 너무나 정직해서 의심의 여지가 없는 사람입니다. 하지만 그 열쇠는 배니스터가 갖고 있던 것이었어요. 나에게 차를 마실 건지 물어보려고 방에 들렀다가 나갈 때 깜박 잊고 열쇠를 문에 그대로 꽂아둔 겁니다. 평소 같았으면 별 문제가 되지 않았겠지만 오늘은 방 안에 시험문제가 있었기 때문에 그냥 지나칠 수 없었지요.

방으로 들어가 책상 위를 보자마자 누군가 교정쇄를 만졌다는 걸 알 수 있었어요. 교정쇄는 세 장이었는데 나갈 때 책상 위에 모두 가지런히 놔두었거든요. 그런데 한 장은 바닥에 한 장은 창가에 있는 작은 탁자 위에 놓여 있었고, 나머지 한 장만 그대로 책상 위에 있었어요."

이때 홈즈가 처음으로 말했다.

"첫째 장이 바닥에, 두 번째가 창가 탁자 위에, 세 번째가 책상 위에 있었겠군요."

"정확합니다, 홈즈 씨, 놀랍군요. 어떻게 아셨습니까?"

"그것보다 먼저 설명을 더 하시죠."

"처음에는 배니스터가 제 시험지를 살펴본 거라고 의심했는데, 그는 절대로 그러지 않았다고 했고 저는 그의 말을 믿습니다. 그렇다면 다른 가능성은 제 방 앞을 지나가던 누군가가 열쇠가 꽂혀 있는 것을 보고, 제가 방에 없는 것을 확인한 후 방에 들어와 시험문제를 보았다는 겁니다. 사실 이번 시험을 통과하면 많은 액수의 장학금을 받기 때문에, 비양심적인 사람이라면 다른 학생들보다 유리해지기 위해 시험지를 훔쳐 볼 가능성이 충분히 있으니까요.

배니스터는 이 사건 때문에 너무나 괴로워했습니다. 시험문제에 누군가 손을 댄 사실을 알고는 거의 기절할 뻔했죠. 배니스터는 의자에 털썩 주저앉았고 제가 브랜디를 따라주었습니다. 그동안 저는 방 안을 차근차근 둘러보았죠. 시험지 교정쇄를 만진 것 외에도 침입자가 남긴 흔적이 몇 가지 더 있었습니다. 창가에 있는 탁자 위에 연필을 깎은 흔적이 있었고 부러진 연필심도 있었어요. 범인이 시험문제를 급히 베껴 쓰다가 연필심이 부러지자 연필을 다시 깎았던 거죠."

"훌륭한 추리군요. 단지 운이 좋아서 맞추신 건가요?"

어찌된 일인지 기분이 좋아진 홈즈는 완전히 사건에 몰두해 있었다.

"그뿐만이 아닙니다. 제 방에는 글을 쓸 때 사용하는 작은 책상이 하나 더 있어요. 빨간 가죽을 씌웠는데 상처 하나 없었지요. 저도 배니스터도 그 점에 대해선 장담할 수 있지요. 그런데 그 책상 위에 3인치 정도 상처가 나 있었습니다. 그냥 가볍게 긁힌 자국이 아니라 확실히 칼자국이었어요. 또 그 옆에는 작은 흙 덩어리가 떨어져 있었는데, 흙 속에는 톱밥 같은 것이 섞여 있었죠. 저는 이런 단서들이 시험문제를 훔쳐 본 범인이 남긴 것이라고 확신했죠. 하지만 범인을 알아낼 수 있는 확실한 단서들이나 발자국은 없었습니다. 어떻게 해야 할지 갈피를 못 잡고 있는데 갑자기 홈즈 씨가 우리 고장에 머물고 계시다는 생각이 났어요. 그래서 홈즈 씨에게 이 사건을 맡기기 위해 곧바로 달려왔습니다. 홈즈 씨, 제발 저를 도와주세요. 저의 난처한 상황을 이해하시죠? 범인을 잡든지 아니면 시험을 연기하고 문제를 다시 내야 합니다. 하지만 시험을 연기하려면 그 이유를 학생들에게 설명해야 하는데, 그렇게 되면 좋지 않은 소문이 나돌게 될 테고 학교의 명예가 떨어질 게 뻔하지 않습니까? 무엇보다도 저는 이 사건이 조용하고 신중하게 처리되길 바랄 뿐입니다."

"그렇군요. 제가 이 사건을 조사해서 솜즈 씨에게 도움이 된다면 저로서도 기쁜 일이지요."

홈즈는 일어나 외투를 걸쳤다.

"아주 흥미 없는 사건은 아니군요. 그런데 교정쇄가 전해진 다음에 당신 방에 찾아 온 사람이 있었나요?"

"예, 다울랫 래스라는 인도 학생인데 같은 건물에 살아요. 시험에 대해 물어 볼 게 있어서 들렀다더군요."

"그 학생도 내일 시험을 치르나요?"

"네."

"시험문제는 책상 위에 있었고요?"

"네, 하지만 말아두었기 때문에 볼 순 없었지요."

"그래도 시험 교정쇄라는 걸 알아챌 수도 있었겠죠?"

"아마 몰랐을 겁니다."

"그 외에는 당신 방에 들어온 사람은 없나요?"

"네."

"그럼, 당신 방에 교정쇄가 있는 걸 아는 사람은요?"

"그걸 갖고 온 인쇄소 직원 말고는 아무도 모릅니다."

"배니스터는 알고 있지 않았나요?"

"아니오. 분명 그도 모르고 있었어요."

"배니스터는 지금 어디 있죠?"

"그는 몸 상태가 별로 좋지 않아요. 의자에 쓰러져 있는 걸 그냥 두고 왔거든요. 홈즈 씨를 만나러 하도 급히 오는 바람에……."

"그럼 문을 열어놓고 온 겁니까?"

"예, 그렇지만 시험지 교정쇄는 금고에 넣고 잠가 놓았습니다."

"솜즈 씨, 지금까지의 일들을 종합해 봅시다. 그 인도 학생이 시험지를 알아보지 못했다면 시험문제가 방 안에 있다는 걸 모르는 범인이 우연히 방에 들렀다가 시험문제를 보게 되었다는 결론이 나오는군요."

"제가 보기에도 그런 것 같습니다."

홈즈는 애매한 미소를 지었다.

"자, 이제 사건 현장에 둘러볼까요? 왓슨, 육체적이라기보다 정신적인 사건이라 의사인 자네의 도움이 그리 필요할 것 같진 않지만 자네가 원한다면 같이 가세. 솜즈 씨, 길을 안내하세요."

솜즈 씨의 거실에는 옆으로 길고 창턱이 낮은 격자창이 안뜰 쪽으로 나 있었다. 그리고 안뜰은 오래된 대학들이 흔히 그렇듯 이끼로 덮여 있었다. 고딕 양식의 아치문은 낡은 계단으로 이어 져 있었다. 건물 1층에는 솜즈의 방이 있고 2, 3, 4층에는 학생 이 한 명씩 살고 있었다. 우리가 사건현장에 도착했을 때는 이미 땅거미가 지고 있었다. 홈즈는 멈춰서서 창을 뚫어지게 쳐다보 았다. 그리고 창가로 다가가서 까치발을 하고 목을 길게 뺀 채 방 안을 들여다보았다.

"범인은 분명히 문으로 들어왔을 겁니다. 창문은 열려 있는 곳이 없었거든요."

솜즈가 말했다.

"그랬군요."

홈즈는 그 특유의 미소를 지었다.

"밖에서 더 알아낼 것이 없는 것 같군요. 이제 안으로 들어가 볼까요?"

솜즈가 방문을 열쇠로 열고 우리를 안으로 안내했다. 홈즈는 우리를 방 입구에 세워두고 카펫 위를 조사했다.

"발자국 같은 건 전혀 없군요. 하긴 이렇게 건조한 날에 발자국이 남아 있길 기대하는 건 무리죠. 그건 그렇고 배니스터는 괜찮아졌나 보군요. 의자에 쓰러져 있는 걸 두고 나오셨다고 했는데, 어느 의자요?"

"저기 창문 옆에 있는 의잡니다."

"말씀하셨던 작은 탁자 옆이로군요. 이젠 들어와도 됩니다. 카펫은 다 조사했으니까요. 먼저 이 작은 탁자를 살펴볼까요? 무슨 일이 일어났는지는 분명하군요. 범인은 방에 들어와 방 가운데 있는 책상에서 시험지 교정쇄를 한 장씩 집어 창가에 있는 테이블로 옮겼습니다. 창문을 통해 당신이 안뜰을 거쳐 돌아오는지 살피면서 문제를 베끼기 위해서죠. 그래야 당신이 오기 전에 도망갈 수 있지 않겠습니까?"

"하지만 그는 미리 도망갈 수 없었을 걸요? 저는 건물 옆문으로 들어왔기 때문에."

"그러리라고 생각했죠. 어쨌든 범인은 창문으로 보다가 당신이 오기 전에 도망가야겠다고 생각했을 겁니다. 그럼 세 장의 교정쇄를 살펴보죠. 지문이 없군요. 자, 범인은 첫 장을 테이블에 옮겨서 베껴 썼습니다. 다 쓰고 나서는 아무렇게나 던져버리고 두 번째 장을 집어서 베껴 쓰려고 하는데 솜즈 씨가 돌아온 겁니다. 교정쇄를 제자리에 다시 놓을 틈도 없었던 것으로 보아, 범인은 매우 서둘러 도망쳤습니다. 방문에 다가섰을 때 누가 계단으로 달아나는 것 같은 발소리를 듣지 못했나요?"

"못 들었는데요."

"그렇군요. 어쨌든 범인은 서둘러 글씨를 쓰다가 연필심을 부러뜨렸고, 보시는 바와 같이 다시 연필을 깎아야만 했죠. 왓슨, 흥미로운 걸 발견했어. 이 연필은 보통 연필과 달라. 보통 연필보다 더 크고 부드러운 연필심이야. 연필 겉은 짙은 파란색이고 은색 글자로 상표명이 새겨져 있어. 아마 연필 길이는 1인치반 정도 남아 있을 거야. 솜즈 씨, 이런 연필을 찾는다면 범인을 잡을 수 있습니다. 한 가지 덧붙이자면 범인은 꽤 크지만 날이 잘들지 않는 칼을 갖고 있습니다."

솜즈는 홈즈가 쏟아 내는 정보에 어리둥절해 했다.

"다른 점들은 대충 이해가 갑니다만 연필 길이에 대해서는 도저히 알 수 없군요."

홈즈는 흩어져 있는 연필 조각 하나를 들어보였는데, 거기에는 NN이라는 글자가 새겨져 있었고 그 뒤에는 아무것도 쓰여 있지 않은 부분이 조금 남아 있었다.

"이젠 아시겠죠?"

"뭘 보여주려는 건지 모르겠습니다만……."

"왓슨, 이제까지 자네 관찰력이 부족하다고 탓했는데 내가 잘

못한 것 같군. 자네만 그런 게 아니야, 솜즈 씨, 이 NN이라는 글자는 대체 뭘까요? 이건 어떤 단어의 끝 부분입니다. Johann Faber가 가장 유명한 연필 상표라는 사실은 아시죠? Johann이라고 쓰인 부분까지 깎였으니까 그 다음 Faber라고 쓰인 부분만 남아 있지 않겠습니까? 이젠 연필 길이를 어떻게 추리했는지 아시겠죠?"

홈즈는 창가에 있는 작은 탁자에 전등을 비추었다.

"범인이 베껴 쓴 종이가 얇다면 탁자 표면에 자국이 남아 있을 법도 한데, 없군요. 아무것도 없어요. 이 탁자에서는 더 찾아낼 게 없는 것 같습니다. 그럼 중앙에 있는 책상을 살펴볼까요? 아, 이게 당신이 말한 흙덩어리군요. 피라미드 모양으로 생긴 것이 속은 비어 있군요. 과연 톱밥 같은 것도 섞여 있네요. 정말 흥미롭군요. 그리고 여기 이 홈 말인데요, 확실히 갈라진 홈이 있는 것으로 보아 뭔가에 베인 자국입니다. 처음에는 가볍게 긁힌 자국이더니 끝에는 톱니 모양의 홈이 나 있군요. 솜즈 씨가 미리 말해 준 덕분에 많은 수고를 덜었습니다. 그런데 저 문은 어디로 통합니까?"

"침실로 통하는 문입니다."

"사건이 일어난 후에 들어가 보았나요?"

"아니요, 그럴 겨를이 없었습니다."

"저 방을 둘러봐야 할 것 같군요. 고풍스러운 정취가 풍기는 아주 멋진 방이군요! 제가 바닥을 조사할 동안 여기서 잠시 기다려주시겠습니까? 아무것도 없군요. 저 커튼은 뭡니까? 저 커튼 뒤에 옷을 걸어두나요? 침대 높이는 너무 낮고 옷장 폭은 너무 좁아서 사람이 몸을 숨길 수는 없겠군요. 그렇다면 이 방에서 숨을 곳이라곤 이 커튼 뒤밖에 없다는 결론이 나옵니다. 지금은 아무도 없겠죠?

홈즈는 커튼을 홱 젖혔다. 그의 경계하는 것 같은 태도로 보아 범인이 그 안에서 나올 돌발 사태에 대비하는 것 같았다. 하지만 커튼 뒤에는 아무도 없었다. 옷이 서너 벌 걸려 있을 뿐이었다. 홈즈는 다른 곳으로 가려다가 갑자기 허리를 굽혔다.

"이리 와 보세요. 이게 뭔지 알겠습니까?"

그것은 교수의 책상에서 발견한 것과 똑같은 피라미드 모양의 검은 흙덩어리였다. 홈즈는 그 흙덩어리를 손바닥 위에 올려놓고 불빛에 비추어보았다.

"솜즈 씨, 범인은 당신의 거실뿐만 아니라 침실에도 들어온 흔적을 남겼군요."

"왜 침실에 들어왔을까요?"

"그거야 분명하죠. 솜즈 씨가 안뜰 쪽으로 오지 않고 옆문으로 들어왔기 때문에 범인은 당신이 문에 거의 다 왔을 때까지 당신이 돌아온 걸 몰랐던 겁니다. 그가 어떻게 했겠습니까? 범인은 자기 소지품을 갖고 침실로 뛰어 들어가 커튼 뒤에 숨었지요."

"그럼 나와 배니스터가 이야기하고 있을 때 침실을 살펴봤다면 범인을 잡을 수도 있었단 말입니까?"

"그렇지요."

"하지만 다른 추리도 가능합니다. 홈즈 씨, 제 침실의 창문을 살펴보셨나요?"

"그럼요. 납으로 만든 격자 창틀이고 창문이 세 개 있는데 그 중 하나만 경첩으로 여닫게 되어 있어, 사람이 통과할 수 있을 정도의 크기가 아닙니까?"

"정확합니다. 그리고 침실 창은 안마당으로 비스듬히 나 있어서 잘 보이지 않아요. 그러니까 범인이 그 창으로 들어와서 침실을 지나다가 흙덩어리를 떨어뜨렸고 문이 열려 있으니까 그 문으로 나간 것일 수도 있죠."

홈즈는 고개를 저었다.

"조금 더 실제적인 문제를 조사해 보죠. 이쪽 건물의 계단을 올라가려면 솜즈 씨 방을 지나가야 하죠? 위층에 사는 학생이 세 명인가요?"

"그렇습니다."

"그 세 학생 모두 내일 시험을 치릅니까?"

"네."

솜즈는 망설였다.

"난처하군요. 증거도 없이 함부로 의심할 수도 없는 노릇이
고……"

"의심이 가는 학생이 있으면 말하세요. 증거는 그 다음에 찾
으면 되니까요."

"그럼 세 학생의 성격을 간단히 말씀드리죠. 2층에 있는 학생
은 길크리스트인데 공부도 잘하고 운동도 잘합니다. 우리 대학
의 럭비팀과 크리켓팀 선수고 특히 장애물경주와 멀리뛰기를 잘
해서 대학 대표선수로 출전합니다. 남자답고 성실한 학생이죠.
그의 아버지가 유명한 야베스 길크리스트 경입니다. 들으셨겠지
만 경마로 재산을 모두 탕진했지요. 그래서 돈 걱정을 하는 모양
인데 워낙 부지런한 학생이라 잘해나갈 거라고 생각합니다.

3층에 있는 학생이 다울랫 래스로 인도 학생이라고 말씀드렸
죠? 인도인들이 그렇듯이 조용하고 속을 알 수 없는 학생입니
다. 성적은 대체로 좋은 편인데 그리스어에 좀 약합니다. 아주
침착하고 꼼꼼한 편이죠.

4층에는 마일즈 맥라렌이 있는데, 머리가 굉장히 좋아서 교내
에서도 손꼽히는 수재지요. 하려고만 한다면 잘할 수 있는 학생
인데 워낙 제멋대로이고 정직하지도 않습니다. 1학년 때는 커닝
을 하다가 걸려 퇴학당할 뻔한 일도 있었지요. 이번 학기에도 놀
았으니 아마도 시험 때문에 걱정이 태산이었을 겁니다."

"그렇다면 마일즈를 의심하는 겁니까?"

"의심까지는 아니더라도, 셋 중에는 마일즈가 범인일 가능성이 제일 높은 것 같군요."

"그렇습니다. 솜즈 씨, 이제 배니스터를 불러주시겠습니까?"

잠시 후 방에 들어온 사람은 작은 키에 하얀 얼굴, 면도를 깨끗하게 하고 흰머리가 희끗희끗 보이는 쉰 살 정도의 남자였다. 조용한 일상생활에서 갑자기 이런 사건이 벌어져 매우 괴로운 것 같았다. 얼굴에는 아직 경련이 일어났고 손은 떨리고 있었다.

"배니스터, 이번 사건을 조사하는 중이네."

솜즈가 말했다.

"예."

"배니스터 씨, 당신이 열쇠를 문에 꽂아둔 채 나갔다고 하던데……."

"그렇습니다."

"하필이면 시험문제가 방 안에 있는 날 열쇠를 꽂아두고 나가다니, 이상하지 않습니까?"

"운이 나빴던 것뿐입니다. 그런 적이 종종 있었으니까요."

"언제 방에 들어왔죠?"

"4시 30분쯤입니다. 솜즈 교수님이 차를 드시는 시간이거든요."

"방에 얼마나 있었나요?"

"교수님이 안 계신 걸 보고 바로 나왔습니다."

"책상 위에 있던 시험 교정쇄를 만졌나요?"

"아니오, 절대 만지지 않았습니다."

"어떻게 하다 열쇠를 꽂아두고 나간 겁니까?"

"손에 차 쟁만을 들고 있어서 다시 돌아와 열쇠를 빼려고 했습니다. 그런데 깜박한 거죠."

"문은 자동으로 잠기게 되어 있나요?"

"아닙니다."

"열쇠로 잠그지 않으면 항상 열려 있군요."

"그렇습니다."

"방 안에 있는 사람도 나갈 수 있고요?"

"그렇습니다."

"솜즈 씨가 돌아와서 사건에 대해 설명하자 당신은 매우 놀랐다고 하던데요?"

"그렇습니다. 여기서 오랫동안 일해 왔지만 이런 일이 일어난 적은 한 번도 없었거든요. 거의 기절할 뻔했죠."

"저도 들었습니다. 몸이 안 좋다고 느끼셨을 때 어디에 서 계셨나요?"

"어디에 있었냐고요? 그건 왜 물으시는지…… 지금 제가 서 있는 문 쪽에 있었습니다."

"이상하군요. 문 앞에 서 계신 분이 왜 저 구석에 있는 의자에 쓰러지셨나요? 더 가까이에도 의자가 있는데 말입니다."

"글쎄요, 그냥 아무 데나 앉은 건데요."

"홈즈 씨, 배니스터는 더 아는 게 없을 겁니다. 안색도 안 좋은데 그만 보내는 게 좋지 않을까요?"

"몇 가지만 더 묻죠. 솜즈 씨가 나간 후에도 여기에 있었나요?"

"1, 2분 더 있었을 겁니다. 그리고 방문을 잠그고 제 방으로 갔습니다."

"의심 가는 사람은 없나요?"

"의심을 하다니요. 우리 대학에는 시험문제를 훔쳐보는 짓을 할 만한 사람은 없다고 생각하는데요."

"자, 이제 됐습니다. 협조해주셔서 감사합니다. 아, 하나 빼먹은 게 있군요. 세 학생 중 아무한테도 이 사건에 대해서 말하지 않았겠지요?"

"한 마디도 하지 않았습니다."

"잘됐군요. 솜즈 씨, 이제 안뜰로 나가 볼까요?"

우리는 어두워진 안뜰로 나갔다. 세 학생의 방에는 불이 켜져 있었다.

"세 명 모두 방에 있군요. 그런데 저기 좀 보세요. 한 학생이 뭔가 불안해하는 것 같지 않습니까? 가만히 있지 못하는군요."

갑자기 검은 그림자가 나타난 창문은 인도 학생 다울랫 래스의 방이었다. 그는 빠른 속도로 방을 서성거렸다.

"세 사람의 방을 보고 싶은데, 괜찮을까요?"

"괜찮을 겁니다. 저 방들은 우리 대학에서 가장 오래된 것이라서 구경하러 오는 사람들이 가끔 있거든요. 자, 갑시다. 제가 안내하죠."

길크리스트의 방문을 노크했을 때 홈즈가 말했다.

"저희 이름은 밝히지 마세요."

곧 길크리스트가 문을 열고 얼굴을 내밀었다. 큰 키에 말랐으며 머리는 금발이었다. 방을 구경하고 싶어서 왔다고 하자 그는 반갑게 우리를 맞아들였다. 방은 중세 건축양식으로 되어 있었다. 홈즈는 매우 흥미롭다면서 그의 노트에 방의 구조를 스케치해야겠다고 말했다. 스케치를 하다가 연필을 부러뜨린 홈즈는 길크리스트에게 연필과 칼을 빌렸다.

홈즈는 다울랫의 방에서도 똑같이 했다. 다울랫은 작은 키에 매부리코였으며 말은 별로 없었지만 우리를 못마땅한 눈길로 쳐다보았다. 그리고 홈즈의 스케치가 끝나자 기뻐하는 기색이 역력했다. 나는 홈즈가 이 두 사람에게서 단서를 찾았는지 알 수 없었다.

마일즈의 방에는 들어갈 수 없었다. 우리가 노크를 하자 문을 열어주기는커녕 욕설에 가까운 소리만 퍼부었다.

"누구든 상관없어. 지옥에나 떨어져. 내일이 시험인데 대체 누가 방해하는 거야?"

하는 수 없이 우리는 계단을 내려갔다. 솜즈 씨는 화가 나서 얼굴을 붉히면서 말했다.

"무례한 놈 같으니. 물론 제가 노크했는지는 몰랐겠지만, 그래도 너무 예의 없는 행동이군요. 의심까지 들려고 하는데요."

하지만 홈즈는 대답하지 않고 엉뚱한 질문을 했다.

"마일즈는 키가 얼마나 되나요?"

"글쎄요. 정확히는 모르지만 다울랫보다는 크고 길크리스트보다는 작을 겁니다. 5피트 6인치 정도 같은데요."

"이번 사건에는 키는 아주 중요한 문젭니다. 솜즈 씨, 이제 저는 돌아가겠습니다."

솜즈는 놀라고 당황해서 큰소리로 말했다.

"아니, 홈즈 씨, 이렇게 갑자기 가신다면…… 상황을 잘 이해하지 못한 것 같군요. 내일이 시험입니다. 오늘 밤 안에 어떤 조치를 해야 하는데, 누군가 시험문제를 본 이상 이대로 내일 시험을 치를 수는 없습니다."

"내일 시험은 이대로 치르면 됩니다. 제가 내일 아침 다시 오겠습니다. 그때 다시 얘기하도록 하죠. 내일 아침이면 사건이 어떻게 된 건지 말씀드릴 수 있을 겁니다. 그때까지는 아무 조치도 하지 마세요."

"좋습니다. 그렇게 하지요."

"마음을 편히 가지세요. 어떻게든 사건을 해결하겠습니다. 그리고 흙덩어리와 연필 깎은 조각은 제가 가져가겠습니다. 그럼, 안녕히 계세요.”

우리가 밖으로 나왔을 때 안뜰은 완전히 어두워져 있었다. 건물 위를 올려다보니 다울랫은 여전히 방을 서성이고 있었고 다른 학생들의 모습은 보이지 않았다.

우리가 큰 거리로 나왔을 때 홈즈가 말을 꺼냈다.

“왓슨, 이 사건을 어떻게 생각해? 패가 세 개인 카드게임 같아. 세 학생 중에 한 명이 범인인 건 분명한데, 자네는 누구라고 생각해?”

“말을 거칠게 하던 마일즈 아닐까? 커닝하다 들킨 적도 있고, 평소 품행도 좋지 않다니까 하지만 인도 학생도 뭔가 숨기는 것 같아. 왜 저렇게 방 안을 서성거릴까?”

“그걸로 확신할 수 없어. 방 안을 서성거리면서 뭔가를 외우는 사람이 얼마나 많은데.”

“게다가 다울랫은 우리를 못마땅한 듯이 쳐다보지 않았나?”

“자네라도 그랬을걸? 내일 시험 준비를 하느라 일 초가 아쉬운 판인데 알지도 못하는 사람들이 몰려가서 시간을 빼앗지 않았나? 그러니 그것도 이상하지 않아. 연필과 칼을 다 조사해보았는데도 알아낼 수 없었어. 그런데 그 친구는 이상해.”

“누구?”

“배니스터, 그가 이번 사건과 관련이 있을까?”

"배니스터? 내가 보기엔 정직한 사람 같던데."

"나도 그렇다고 생각하지만 이상한 점이 있어. 왜 그렇게 정직한 사람이…… 아, 저기 큰 문구점들이 있군. 조사를 다시 시작해볼까?"

이 고장에는 큰 문구점이 네 개 있었는데 홈즈는 네 개의 문구점을 다 돌면서 연필 깎은 조각을 보여주고 똑같은 것을 비싼 가격에 사겠다고 말했다. 그러나 네 개의 문구점 모두 연필이 일반적인 규격이 아니라 따로 주문을 해야 하며, 재고로 남은 것도 없다고 대답할 뿐이었다. 홈즈는 완전히 낙담한 것 같진 않았지만 어쩔 수 없다는 듯 어깨를 으쓱했다.

"왓슨, 마지막 남은 단서가 쓸모없어졌으니 상황이 별로 좋지 않아. 하지만 연필을 단서로 하지 않고도 사건을 해결할 수 있어. 벌써 9시야. 하숙집 여주인이 7시 30분에 저녁 식사로 콩요리를 들고 왔을 텐데, 또 한 소리 듣겠어. 하루 종일 담배 연기 냄새가 나는데다 식사도 불규칙하니 건강이 나빠질 만도 해. 그렇다고 나와 일을 하지 않겠다는 건 아니겠지? 그러면 안 돼. 이번 사건을 해결할 때까지는 더더욱 안돼."

우리는 집으로 돌아와 늦은 저녁식사를 했다. 식사 후 홈즈는 사건에 대해서는 한 마디도 하지 않고 오랫동안 혼자 생각에 잠긴 채 앉아 있었다.

다음날 아침 8시에 내가 씻고 나오자 홈즈가 내 방으로 들어왔다.

"왓슨, 다시 사건 현장으로 가야 하는데 아침을 건너뛰어도 괜찮겠나?"

"상관없네."

"솜즈 교수는 지금 초조해 죽을 지경일 거야. 우리가 가서 확실한 설명을 해야지."

"그럼, 확실하게 설명할 게 있다는 거야?"

"물론."

"결론을 내렸어?"

"응, 사건을 완전히 해결했어."

"새로운 단서라도 찾은 거야?"

"응. 새벽 6시에 침대에서 일어나 나간 보람이 있었지. 두 시간 동안 적어도 5마일은 걸어다녀서 찾은 거야. 자, 봐."

홈즈는 손을 내밀었다. 손바닥 위에 피라미드 모양의 검은 흙덩어리가 세 개 있었다.

"왜 세 개지? 어제 솜즈 교수의 방에서 찾은 건 두 개 아닌가?"

"오늘 아침에 하나 더 찾았어. 세 번째 흙덩어리를 찾은 곳에서 첫 번째와 두 번째 흙덩이가 나왔다고 생각하는 것이 당연하겠지? 왓슨, 이젠 솜즈 교수에게 가서 그의 걱정을 덜어주자고."

솜즈 교수의 방에 들어섰을 때 홈즈의 말대로 교수는 불쌍하리만큼 초조해하고 있었다. 몇 시간 후면 시험이 시작되는데, 솜즈 교수는 이러지도 저러지도 못하는 상태였다. 누군가 시험문제를 훔쳐봐서 시험을 연기하겠다고 학생들에게 말을 해야 하는지 아니면 그냥 범인이 시험을 치도록 놔두어야 하는지 결정할 수 없었다. 교수는 너무 불안해서 잠시도 가만있지 못했다. 그는 홈즈를 보자 반가움에 팔을 벌리며 뛰어왔다.

"오셔서 정말 다행입니다. 사건을 포기하신 게 아닌가, 하고 얼마나 걱정했는지 모릅니다. 이제 제가 어떻게 해야 하나요? 시험을 이대로 진행시킬까요?"

"시험은 그대로 진행하세요."

"그럼 범인도 시험을 치르게 될 텐데."

"범인은 시험을 치지 못하게 해야죠."

"범인을 알았습니까?" "그렇습니다. 사람들이 알아서 좋을 게 없으니 우리끼리 비밀 재판을 열어 해결하지요. 솜즈 씨, 당신은 저쪽에 앉고 왓슨, 자네는 여기에 앉아. 나는 중간에 있는 안락의자에 앉겠어. 음, 이제야 조금 범인에게 위협적으로 보일 것 같군. 솜즈 씨, 배니스터를 부르세요."

솜즈 교수가 벨을 누르자 배니스터가 방 안으로 들어왔다. 우리가 판사들처럼 앉아 있는 걸 보고 좀 놀랐는지 배니스터는 뒤로 몇 걸음 물러났다.

"문을 닫아요. 배니스터 씨, 이제부터는 맹세코 솔직히 말해야 합니다."

배니스터는 하얗게 질려 있었다.

"전 다 말씀드렸는데요."

"더 할 말이 없습니까?"

"전혀 없어요."

"좋습니다. 그렇다면 제가 말하죠. 어제 저 의자에 쓰러졌다고 했는데, 뭔가 숨기려고 그러신 거죠? 의자에 놓여 있던 물건을 솜즈 씨가 보면, 범인이 누군지 알게 될 테니까요."

배니스트는 놀란 것 같았다.

"절대로 그런 게 아닙니다."

"물론 증명할 수는 없으니 확실하다고 할 순 없죠. 하지만 충분히 있을 수 있는 일이죠. 솜즈 씨가 방을 나간 후 침실에 숨어 있던 범인을 달아나게 해줬죠?"

배니스터는 마른 입술에 침을 발랐다.

"방엔 아무도 없었습니다."

"시치미 떼도 소용없어요. 지금까지는 사실이었는지도 모르지만 아무도 없었다는 건 명백한 거짓말입니다."

배니스터는 반항적인 눈빛으로 홈즈를 보았다.

"결코 아무도 없었습니다."

"배니스터 씨, 그러지 말고 얘기하세요."

"아무도 없었다니까요!"

"할 수 없군요. 자백을 하지 않으니. 배니스터 씨, 저쪽 침실 방문 쪽에 서 계세요. 솜즈 씨, 길크리스트를 데려오겠습니까?"

잠시 후에 솜즈 씨가 길크리스트를 데리고 방으로 돌아왔다. 길크리스트는 키가 크고 건장한 체격을 가진 젊은이로, 밝은 표정에 가벼운 발걸음으로 들어왔다. 그러나 그의 눈빛은 불안해 보였다. 그는 우리를 둘러보다 구석에 서 있는 배니스터를 발견하고는 몹시 놀란 기색이었다.

"자, 문을 닫게. 길크리스트, 지금 여기에는 우리밖에 없네. 물론 우리가 주고받는 얘기는 우리 외에는 아무도 모를 거야. 그러니 솔직히 말하게. 우리가 궁금한 점은 이거야. 자네 같이 훌륭한 학생이 왜 시험문제를 훔쳐보았지?"

길크리스트는 흠칫 놀라더니 배니스터에게 나무라는 것 같은 눈길을 보냈다.

"아닙니다. 길크리스트 님, 전 아무 말도 하지 않았어요."

배니스터가 소리쳤다.

"배니스터는 아무 말도 하지 않았네. 하지만 지금 한 말이 결정적이군. 배니스터가 시인했으니 이젠 솔직하게 자백하는 수밖에 없을 것 같군."

잠시 후 길크리스트는 고통으로 일그러진 얼굴을 손으로 가렸다. 그는 책상 옆에 주저앉아 얼굴을 손에 묻은 채 흐느꼈다.

"자, 진정해, 사람은 누구나 실수할 수 있네. 자네는 무거운 범죄를 저지른 것도 아니야. 직접 말하긴 어려울 테니 내가 대신 이야기하지. 내가 말하는 것 중에 틀린 것만 지적하게. 그래도 되겠나? 그래, 대답하지 않아도 괜찮아. 듣기만 해. 하지만 틀린 건 지적해야 하네.

솜즈 씨, 시험문제가 방 안에 있는 것을 아는 사람이 아무도 없다고 했죠. 그 말을 들은 순간부터 사건이 명확해졌습니다. 인쇄소 직원은 제외시켰죠. 자기 사무실에서도 볼 수 있는데 굳이 교수님 방까지 와서 볼 필요가 없으니까요. 교수님 방에 찾아왔던 다울랫도 마찬가집니다. 시험 교정쇄가 말려 있었기 때문에 그게 시험진지 알 수 없었을 테니까요. 누군가 시험문제가 책상 위에 있는지 모르고 들어왔다가 우연히 시험문제를 발견했다는 것도 별로 가능성이 없었습니다. 그렇다면 시험문제가 책상 위에 있다는 걸 어떻게 알았을까요?

창가를 조사하다가 갑자기 이런 생각이 들었습니다. 훤한 대낮에 맞은편 방에 있는 사람들이 다 보고 있는데 창문 안을 일부러 들여다본다는 건 말도 안 되는 소리겠죠? 그래서 일부러 들여다보지 않아도 지나가다 창문 안으로 책상에 놓인 시험 교정쇄를 볼 수 있으려면 키가 얼마나 되어야 하는지 조사했습니다. 제 키가 6피트 정도 됩니다. 그런 저도 까치발을 하지 않고는 방 안을 들여다볼 수 없더군요. 그러니까 저보다 키가 작은 사람은 가능성이 없죠. 제가 세 학생 중에 키가 제일 큰 길크리스트를 의심했던 이유를 이제 아시겠죠?

그리고 창가에 있던 탁자에서 발견한 단서로 저는 확신했죠. 물론 길크리스트가 멀리뛰기 선수라는 사실을 솜즈 씨가 말하기 전까지는 전혀 몰랐지만요. 그 말을 듣는 순간 사건의 전모가 머릿속에 떠올랐습니다. 그 다음에 필요한 거라곤 그 생각을 뒷받침하는 증거를 찾는 일뿐이었죠. 물론 증거도 어렵지 않게 찾을 수 있었습니다.

설명하지요. 어제 오후, 길크리스트는 운동장에서 멀리뛰기 연습을 했습니다. 연습을 끝내고 그는 손에 멀리뛰기용 신발을 들고 돌아왔죠. 멀리뛰기를 할 때는 스파이크가 달린 신발을 신지요. 키가 큰 길크리스트는 창가를 지나다가 교수님 책상 위에 놓여 있는 것이 시험문제일 거라는 짐작을 했죠. 물론 그것뿐이었다면 아무 일도 일어나지 않았을 겁니다. 그러나 건물 안으로 들어와 교수님 방을 지나가다가 방 열쇠가 꽂혀 있는 걸 발견합니다. 진짜 시험문제인지 한번 들어가 보자는 생각이 들었겠죠. 별로 위험해 보이지도 않았죠. 누가 있으면 물어볼 게 있어서 들렀다고 둘러대면 되니까요.

들어가서 시험문제를 본 순간 유혹에 빠진 거죠. 들고 있던 신발을 테이블 위에 놓았죠. 길크리스트, 창가에 있던 의자에 놓은 건 뭐였나?"

"운동할 때 끼는 장갑이었습니다."

홈즈는 그것 보라는 듯이 배니스터를 보았다.

"그랬군. 그리고 길크리스트는 시험문제를 한 장씩 베끼기 시작했죠. 솜즈 교수가 정문으로 들어올 거라고 생각했기 때문에 안뜰 쪽을 내다봤습니다. 그러나 교수는 건물 옆문으로 들어왔죠. 갑자기 문 쪽에서 소리가 들렸습니다. 달리 도망갈 데가 없었죠. 그래서 길크리스트는 신발을 집어 들고 침실로 뛰어들어갔습니다. 서두르는 바람에 장갑은 챙기질 못한 거죠. 테이블에 난 자국을 보면 한쪽은 긁힌 자국인데 침실 문 쪽으로는 깊게 패여 있거든요. 그러니까 신발에 달린 스파이크가 침실 쪽으로 끌린 것이고 범인은 침실에 숨었다는 사실을 알 수 있죠. 또 스파이크에 남아 있던 흙덩어리가 탁자에 떨어져 있었고 침실에도 떨어져 있었죠. 오늘 아침 일찍, 운동장 멀리뛰기 하는 곳에서 그와 똑같은 검은 흙을 발견했습니다. 또 착지할 때 미끄러지는 것을 방지하기 위해 톱밥 비슷한 나무껍질을 뿌려 놓는다는 사실도 알아냈죠. 길크리스트, 내가 한 말이 다 사실인가?"

"예, 정확합니다."

"이럴 수가. 그럼 더 할 말은 없나?"

솜즈가 큰소리로 말했다.

"제가 한 부끄러운 짓이 이렇게 다 드러나다니 어찌할 바를 모르겠습니다. 그래도 할 말은 해야겠지요? 솜즈 교수님, 어젯밤 잠을 이루지 못하고 계속 뒤척이다가 아침 일찍 편지를 썼습니다. 제 죄가 드러나기 전에 쓴 편집니다. 여기 있습니다. 읽어 보시면 아시겠지만 내용을 말씀드리지요. 교수님, 저는 이번 시험을 치르지 않겠습니다. 저는 로디지아에서 경찰관으로 일을 해보겠냐는 제안을 받았습니다. 그 제안을 받아들여 곧 남아프리카로 떠날 예정입니다."

"자네가 시험문제를 훔쳐보고 그걸 이용해서 득을 보려고 하지 않았다니 나로서는 정말 기쁘군. 그런데 왜 마음이 변했지?"

"배니스터 때문이죠. 그가 절 바른 길로 인도해주었습니다."

"자, 이제는 배니스터 씨가 털어놓을 차례군요. 배니스터 씨, 당신이 마지막으로 방을 나갔으니 길크리스트를 달아나게 해주고 문을 잠갔을 겁니다. 범인이 창문으로 나갔다는 가정은 말도 안 되지요. 하지만 알 수 없는 점이 하나 있습니다. 어째서 길크리스트를 그토록 감싼 건가요?"

"단순한 이유지요. 홈즈씨같이 능력 있는 분도 알아낼 수 없는 게 있군요. 저는 길크리스트 님의 부친인 야베스 경 밑에서 집사로 일한 적이 있습니다. 그분이 파산하는 바람에 이 대학에서 일하게 되었죠. 하지만 저를 돌보아주셨던 야베스 경의 은혜를 잊을 수 없었습니다. 그래서 길크리스트 님에게 항상 관심을 기울이고 있었죠. 어제 이 방에 들어오자마자 저는 의자 위에 놓여 있는 길크리스트 님의 장갑을 발견했죠. 저는 그 장갑이 길크리스트 님의 것이라는 사실을 보는 순간 알았고, 그렇다면 시험 문제를 훔쳐 본 사람이 길크리스트 님이라는 결론이 나왔습니다. 솜즈 교수님이 장갑을 보면 범인이 누구인지 알게 될 거라는 생각에 장갑 위에 털썩 주저앉았죠. 솜즈 교수님이 나가실 때까지는 움직이지 않았습니다. 그러고 나서 길크리스트 님을 보냈죠. 그리고 간곡하게 타일렀습니다. 여기까지가 다입니다. 제가 길크리스트 님을 구해드리고 그의 돌아가신 아버님을 대신해서 부정행위로 득을 봐서는 안 된다고 타이른 것이 도리에 맞지 않는 일인가요? 제가 잘못한 걸까요?"

"아닙니다."

홈즈는 벌떡 일어나서 진심어린 어조로 대답했다.

"솜즈 씨, 사건이 완전히 해결된 것 같군요. 저희는 이제 집에 가서 아침식사를 해야겠습니다. 왓슨, 가세. 그리고 길크리스트, 로디지아에서는 모든 일이 잘 풀리길 바라네. 이번 일로 배운 게 있을 테니까. 얼마나 잘하는지 지켜보겠네."

Sherlock Holmes

마지막
사건

Sherlock Holmes

마지막 사건

펜을 들어 마지막 글을 쓰는 내 마음이 무겁다. 특별했던 친구 셜록 홈즈의 뛰어난 재능에 대해 글을 쓰는 일도 이번이 마지막이다. 비록 서투른 문장이긴 했지만 나는 홈즈와 함께 했던 특별한 경험들을 제대로 전달하기 위해 항상 최선을 다해왔다. 홈즈를 처음 만난 『주홍색 연구』 사건부터 홈즈가 개입해서 심각한 국제분쟁을 막을 수 있었던 최근의 『해군 조약』사건에 이르기까지 말이다. 원래는 이쯤에서 그만두려 했다. 지나간 2년의 세월로도 공허감을 전혀 채울 수 없었던 『마지막 사건』에 대해서도 아무 말 하지 않으려 했다. 그러나 최근 모리아티 교수를 잊지 못하는 동생 제임스 모리아티 대령이 보낸 편지 때문에 나는 홈즈의 마지막 사건을 기록하려고 한다. 나는 대중 앞에 사건을 그대로 옮길 것이다. 사건의 진상을 나만 알고, 억지로 감추어봐야 홈즈를 둘러싼 소문에 좋은 영향을 끼칠 수 없다는 점을 결국 깨달았기 때문이다. 내가 알기로 언론 매체가 그 사건을 다룬 것은 세 차례에 불과하다. 1891년 5월 6일자 제네바 저널, 5월 7일자 영국 신문들에 실린 로이터통신 기사, 그리고 마지막으로 앞서 언급한 최근 제임스 모리아티 대령이 보낸 편지들이다. 첫 번째와 두 번째 기사는 사건의 전말이 너무나 많이 생략되어 있었다. 그리고 내가 보여주려는 마지막 세 번째는 사실을 완전히 왜곡하고 있었다. 따라서 모리아티 교수와 셜록 홈즈 사이에 일어난 사태의 진상을 밝히는 것은 당연히 나의 의무라 할 수 있다.

아마 내가 결혼하고 난 뒤였을 것이다. 병원을 개업하고 홈즈와 나 사이의 친밀했던 관계는 얼마간 변화를 겪었다. 그러나 여전히 홈즈는 때때로 사건수사에 친한 벗이 필요하면 나를 찾아왔다. 그러나 이런 만남도 차츰차츰 줄어들어 1890년에 내가 기록한 홈즈의 사건은 겨우 세 건에 불과했다. 그해 겨울과 1891년 이른 봄 동안 나는 신문을 통해 홈즈가 프랑스 정부와 관련된 중요한 사건을 맡고 있다는 것을 알았다. 그리고 홈즈로부터 프랑스 나르본느와 니임의 소인이 찍힌 짤막한 편지를 받았다. 두 통의 편지로 나는 홈즈가 프랑스에 꽤 오래 머물 것이라고 생각했다. 그런데 4월 24일 저녁, 내 진찰실로 홈즈가 들어오는 것을 보고 깜짝 놀랐다. 더구나 홈즈의 얼굴이 평소에 비해 더욱 창백하고 몸도 수척해 보여 더욱 놀랐다.

"아, 요새 과로해서 그래."

내가 말을 꺼내기도 전에 걱정스러운 내 표정을 본 홈즈가 설명했다.

"최근에 스트레스를 많이 받았어. 덧문을 내려도 되지?"

책상 위에 있는 독서용 램프 불빛이 방에 있는 유일한 빛이었다. 홈즈는 벽을 따라 재빨리 창가로 가서 갑자기 덧문을 닫고 단단히 빗장을 걸었다.

"걱정되는 거라도 있나?"

내가 물었다.

"응."

"뭐가 걱정되는데?"

"공기총."

"홈즈, 무슨 소리야?"

"왓슨, 내가 절대 쉽게 흥분하는 사람이 아니란 걸 자네는 잘 알지 않나? 그러나 위험이 자신에게 가까이 닥쳤다는 것까지도 인정하지 않는 건 용기가 아니라 무모함이지. 성냥 좀 주겠나?"

홈즈는 담배에 불을 붙인 뒤, 연기를 깊게 들이마셨다.

"이렇게 늦게 찾아와서 미안해. 잠시 후 자네 집을 떠날 때 정원 담을 타고 넘어가는 괴상한 짓도 미리 이해해줘."

"도대체 무슨 얘기야?"

홈즈가 손을 내밀었다. 독서용 램프 불빛 아래 그의 손가락 관절에서 피가 나고 있었다.

"보다시피 근거 없는 말이 아니야."

홈즈가 웃으며 말했다.

"손이 꺾여서 부러질 만큼 확실한 상황이지. 자네 부인은 있나?"

"아니, 여행 중이야."

"나 혼자야."

"그럼 부탁하기가 쉽군. 유럽으로 일주일 정도 나와 함께 가겠나?"

"유럽 어디로?"

"어디든. 유럽은 어디든 다 똑같아. 나한테는……."

홈즈의 행동에는 이상한 점이 있었다. 홈즈는 이유 없이 휴가를 떠날 사람이 아니다. 창백하고 피로에 지친 안색으로 보아 홈즈가 극도로 긴장한 상태라는 것을 알았다. 홈즈는 내 눈빛에서 이런 의문을 읽었는지 두 손을 모으고 무릎 위에 올려놓은 채 상황을 설명했다.

"모리아티 교수라는 이름을 들어본 적 있나?"

홈즈가 물었다.

"아니."

"아, 그는 정말 놀랄 만한 천재야!"

홈즈가 목소리를 높였다.

"런던에 때때로 나타나는데도 아무도 그에 관해 알지 못하니 말이야. 그래서 최고의 범죄자가 될 수 있었겠지. 왓슨, 확실히 말하는데, 그를 붙잡아 이 사회에서 영원히 제거할 수만 있다면 탐정으로서의 소임은 다했다고 할 수 있네.

그리고 조금 더 평범한 생활로 돌아가게 되겠지. 우리끼리 얘기지만 최근 스칸디나비아 왕가와 프랑스 정부를 도와준 덕분에 난 꽤 안락하고 쾌적한 생활을 누릴 수 있어. 화학연구에 집중할 수도 있고. 그런데 왓슨, 난 쉴 수가 없네. 그냥 조용히 의자에 앉아 있을 수 없어. 모리아티 교수가 런던 거리를 태연히 돌아다닌다고 생각한다면 잠자코 있을 수가 없네."

"그가 무슨 일을 저질렀는데?"

"모리아티의 경력은 화려해. 훌륭한 가문 태생에 교육도 잘 받았고. 더군다나 타고난 수학적 재능이 매우 뛰어난 사람이야. 스물한 살에 이항정리에 대한 논문으로 유럽에서 큰 호평을 받았지. 그 덕분에 작은 대학에서 수학교수 자리를 얻었어. 장래가 촉망되는 젊은이었어. 그러나 그의 몸에는 사악한 범죄의 피가 흐르고 있었지. 그의 사악함은 시간이 지나면서 사라지는 대신 비범한 두뇌의 힘을 얻어 오히려 더욱 위험해졌네. 대학가에 모리아티에 대한 좋지 않은 소문들이 떠돌자 결국 그는 교수직을 사임하고 런던으로 와 군인들을 상대로 가르치고 있네. 여기까지가 세상에 알려진 내용이지만, 지금부터 말하는 것은 내가 직접 발견한 사실이네."

"왓슨, 잘 알겠지만 런던에서 일어나는 모든 범죄에 대해서 나만큼 잘 아는 사람은 없다고 자부하네. 지난 몇 년 동안, 나는 런던에서 일어나는 범죄사건의 배후에 어떤 악당 하나가 숨어 있다는 점을 항상 느껴왔네. 법을 어기는 조직적인 세력, 잘못된 길로 나가는 문을 열어 놓는 악의 세력이 어딘가 숨어 있다는 생각이 드네. 갖가지 위조사건, 강도사건, 살인사건에서도 나는 어떤 세력이 존재한다는 것을 느꼈지.

내가 개인적으로 담당하지 않은, 그리고 아직 밝혀지지 않은 범죄에 이 세력이 영향을 미치고 있다는 사실을 알았어. 몇 년 동안 나는 이 세력의 베일을 벗겨내려고 노력했지. 그리고 마침내 실마리를 잡아서 교묘히 엉켜 있는 실타래를 풀어가다 보니 수학의 천재, 모리아티 교수라는 결론에 도달했네."

"왓슨, 모리아티는 범죄계의 나폴레옹이야. 런던에서 일어나는 미궁에 빠진 많은 사건은 모리아티 교수가 계획했어. 그는 천재에 철학자이며 이론가야. 매우 논리정연한 사고의 소유자라는 얘기야. 마치 수백 개의 거미줄로 짜여 있는 거미줄 한가운데 자리잡은 거미처럼, 가만히 앉아 있지만 거미줄의 미세한 흔들림도 곧바로 알아채. 자신이 직접 행동하는 일은 거의 없어. 단지 계획만 짤 뿐이야. 하지만 그 밑에 있는 모리아티의 대리인들이 거대한 조직을 이루고 있네. 어떤 서류를 훔치거나 어떤 범죄를 저지를 계획이 있다면, 예를 들어 어떤 집을 털거나 누군가를 살해하려고 할 때 이들은 모리아티에게 이야기하지. 그러면 모리아티가 범죄를 자세히 계획하고 그 일당이 실행하는 구도로 움직인다네. 일당 패거리는 잡히기도 해. 그런 경우에는 항상 보석금으로 풀려나거나 변호사가 붙지.

그러나 그 일당을 이용하는 핵심세력은 절대 잡히지 않네. 의심받는 일도 절대 없이 치밀한 계획하에 범죄를 구상한다네. 이게 내가 추리한 모리아티 교수의 조직이야, 왓슨. 난 전력을 다해서 그 조직을 파헤쳐 무너뜨릴 거야.

그러나 모리아티는 아주 교묘하게 구성된 보호막에 둘러싸여 보호받고 있어. 그게 나라도 그렇게 하겠지만 그 보호막이 어찌나 교묘한지 모리아티의 유죄를 입증할 만한 증거를 확보하기조차 불가능해 보였어. 하지만 왓슨, 자네는 내 의지력을 알지 않나? 지난 3개월 동안의 추적 끝에 나는 마침내 숙적 모리아티 교수의 조직을 파악했어. 모리아티는 두뇌 싸움에서 나와 대적할 만한 유일한 범죄자야.

그가 계획한 끔찍한 범죄를 보면 그 기술에 경탄하지 않을 수 없어. 그런데 마침내 모리아티가 그답지 않게 사소한 실수를 해서 내가 아주 가까이 다가갈 수 있었어. 기회를 잡은 거지. 처음부터 준비해온 일이 성과를 거두게 된 거야. 다음 주 월요일 때가 무르익게 되면 모리아티 교수는 조직의 주요 부하들과 함께 경찰에 붙잡힐 거야. 금세기 최대의 범죄자가 재판정에 서게 되면 마흔 건이 넘는 미해결 사건들도 해결되겠지. 모두 교수형에 처해질걸. 하지만 우리가 조금이라도 성급하게 움직이면 그들은 마지막 순간에 우리 손아귀에서 빠져나갈 게 뻔해.

모리아티 교수가 몰래 이 모든 일을 진행하였다면 일이 꽤 수월했을 거야. 하지만 모리아티는 그렇게 만만한 상대가 아니야. 내가 자기 주변에 그물을 치고 있다는 걸 모두 알고 있었어. 몇 번이나 그는 내가 애써 진행한 작업을 헛수고로 돌려버리려고 시도했고 나 또한 매번 그의 방해를 막았어. 왓슨, 조용히 진행한 이 작업의 상세한 부분을 모두 적는다면 이 기록은 범죄수사 역사에 길이 남을 '밀고 당기기'가 될 거야.

이번처럼 내가 긴장한 적은 한 번도 없었고 상대와 이렇게 팽팽히 맞선 적도 없었어. 모리아티도 악당 중의 최고 악당이지만 나 역시 탐정 중의 최고 탐정이니까. 모리아티 교수의 조직을 무너뜨릴 만반의 준비를 마친 상태였지. 오늘 아침에 마지막으로 할 일을 마쳤고 삼 일만 있으면 모든 일이 끝나. 그런데 내가 방에 앉아 생각에 잠겨 있는데 갑자기 방문이 열리면서 모리아티가 내 앞에 나타났어.

전에 없이 지금 내가 긴장한 이유가 그 때문이야, 왓슨. 항상 내 머릿속에서 등장했던 모리아티 교수가 바로 문 앞에 서 있는 모습은 매우 낯익었어. 키가 크고 마른데다가 두 눈은 움푹 들어 갔고 앞이마에는 흰머리가 덮여 있었지. 깔끔하게 면도를 했고 창백한 얼굴이 까다롭고 꼼꼼한 성미를 지닌 교수다웠어. 지나 치게 많이 공부한 탓인지 등이 구부정하게 굽어 있었고, 앞으로 툭 튀어나온 얼굴이 마치 교활한 파충류로 조금씩 진화하는 것 같은 느낌을 주었어. 호기심에 가득 찬 주름진 눈이 나를 뚫어져 라 쳐다보더군.

"내가 기대했던 것보다 일의 진행이 안 되는군."

마침내 모리아티가 말했어.

"가운 주머니 속의 장전된 권총에 손을 대는 건 위험하오."

사실, 모리아티가 나타나자마자 나는 극도의 위협을 느꼈네. 그 위기를 모면하려면 일단 아무 말도 하지 않는 게 유일한 방법 이지. 나는 순식간에 서랍에 있던 권총을 살짝 꺼냈는데 주머니 에 넣는 것을 들켰어. 모리아티의 말에 나는 권총을 꺼내 테이블 위에 올려놓았지. 모리아티는 계속 미소지으며 눈을 깜박였는 데, 그 냉혹한 모습에 나는 그나마 권총이 앞에 놓여 있어 다행 이라고 생각했네.

"당신은 나를 전혀 모르겠지."

모리아티가 말했어.

"아니, 난 당신을 꽤 잘 알아. 그 의자에 앉겠나? 할 말이 있다면 5분 정도 시간을 낼 수 있지."

"내가 무슨 말을 할지 잘 알고 있을 텐데."

"그렇다면 내가 어떤 대답을 할지도 알겠군."

"그 생각에 변함이 없나?"

그가 묻더군.

"절대로."

모리아티가 주머니에 손을 넣자마자 나는 테이블 위에 있던 권총을 집어 들었어. 하지만 그는 주머니에서 날짜를 적은 수첩을 꺼내더군.

"1월 4일 내 뒤를 밟았고, 23일에는 나를 방해했어. 2월 중순에는 당신 덕분에 상황이 꽤 불편해졌지. 3월 말에는 내 계획이 완전히 차질을 빚었네. 그리고 4월 말인 지금, 상황을 보니 당신의 끈질긴 추적 때문에 내 자유를 잃을 위험에 처했군. 있을 수도 없는 불가능한 상황이 벌어지고 있어."

"할 말이 있나."

내가 물었지.

"그만두지. 홈즈"

고개를 저으며 모리아티가 말하더군.

"월요일이 지나면 그만두지."

내가 대답했어.

"쯧쯧. 이런 일에는 한 가지 결말밖에 나올 수 없다는 사실을 자네처럼 똑똑한 사람이 모를 리가 없지. 이쯤에서 그만 해. 당신이 열심히 일한 탓에 우리 조직이 많이 줄었어. 당신은 꽤 영리한 방법을 썼더군. 하지만 아무 영향도 못 끼쳤고, 과격한 수단을 쓰게 될까 봐 걱정이지. 웃고 있군, 홈즈. 경고하지. 정 그렇게 나오면 나도 어쩔 수 없어."

"내가 하는 일에는 항상 위험이 따라다녀."

내가 대꾸했어.

"이건 위험이 아냐. 피할 수 없는 파멸이지. 당신은 단순히 한 개인을 상대하는 게 아니라 거대한 조직을 상대하는 거야. 당신이 아무리 머리를 굴려도 깨닫지 못할 규모를 가진 조직이지. 홈즈, 그만두는 게 좋을 걸세. 그렇지 않으면 결국 당신은 짓밟히고 말 테니까."

"무서운 말이군."

권총을 들면서 내가 대답했지.

"다른 중요한 볼일을 잊게 만들 만큼 재미있는 대화였네."

모리아티도 의자에서 일어나면서 말없이 나를 보더니 안타까운 듯이 고개를 저었어.

"이런, 이런. 애석하군. 하지만 내가 할 수 있는 일은 여기까지야. 난 당신이 뭘 하는지 다 알고 있어. 하지만 월요일까지 아무것도 못할걸. 그동안 나와 당신과 둘의 결투였지, 홈즈. 내게 올가미를 씌우고 싶겠지만 절대로 그렇게 되지는 않아. 날 이기고 싶겠지만 자넨 날 이기지 못해. 자네는 날 파괴할 정도로 똑똑하지만, 그건 나 역시 마찬가지야."

"칭찬해 줘서 고맙군. 모리아티 교수."

내가 말했어.

"그 보답으로 하나는 장담하겠지만 다른 하나는 못하겠는걸. 시민들을 위해서 난 기꺼이 내 할 일을 하겠어."

"나 역시 한 가지는 약속하지만 다른 하나는 못하겠군."

그가 비웃으면서 말하더니 순식간에 방에서 사라졌네.

"이게 모리아티 교수와 나눈 대화야. 그 때문에 기분이 많이 언짢았어. 모리아티 교수의 어조는 단순히 위협하려는 말투가 아니었네. 차분하고 침착했지. 한번 결심한 것은 꼭 실행할 거야. 왓슨, 자네는 왜 경찰에 신고하지 않느냐고 하겠지. 경찰에 알리지 않은 이유는 모리아티의 부하들이 공격할 게 분명해서야. 그렇게 되리라는 확실한 증거가 있네."

"이미 공격당했잖아?"

"왓슨, 모리아티는 풀이 발목을 덮을 때까지 그냥 자라게 두는 사람이 아니야. 오늘 난 옥스퍼드 가에 처리할 일이 있어 낮에 집에서 나왔어. 벤틱 가에서 웰벡 가로 가기 위해 골목을 돌아 나오는데 말 두 마리가 끄는 이륜마차가 쏜살같이 달려오더니 갑자기 나를 향해 덮쳐오더군. 재빨리 골목길로 급히 빠져나갔기에 망정이지 하마터면 죽을 뻔했네. 그 마차는 메릴본 레인

쪽으로 달려가 곧 사라졌어. 나는 가던 길을 계속 갔지."

"왓슨, 그런데 이번에는 베어 가에 도착하자 어느 집의 지붕에서 벽돌 한 장이 내 코앞으로 떨어지며 박살이 나지 않겠나? 나는 경찰을 불러서 현장을 조사하라고 했지. 보수공사에 쓰려고 지붕에 슬레이트와 벽돌들을 쌓아둔 상태였고 경찰은 바람이 불어서 그런 거라고 나를 설득하더군. 물론 사실은 그게 아니야. 하지만 증명할 길이 없었네. 난, 즉시 마차를 타고 팰멜 가에 있는 마이크로프트 형에게 갔지. 그리고 지금 자네에게 온 거야. 그런데 여기 오는 도중에 곤봉을 든 괴한을 만났어. 격투 끝에 그놈을 때려눕히고 경찰에게 체포하게 했지. 하지만 난 분명히 알아. 경찰은 그 앞니 튀어나온 모리아티와 이 모든 일 사이에 어떤 연관성도 밝혀내지 못할 거라는 걸. 내가 여기서 관절이 부러지는 동안 저 은퇴한 수학교수는 10마일 떨어진 곳에서 칠판에 쓴 연습문제를 풀며 강의하고 있을 거야."

"왓슨, 그러니 이 방에 들어오자마자 창문을 닫은 내 행동을 이상하게 생각하지 말게나? 그리고 현관 대신 덜 눈에 띄는 방법으로 여길 나가겠다고 부탁한 것도 이젠 이해하리라 믿네."

나는 종종 친구 홈즈의 용기에 존경심을 표했지만 이번처럼 그의 용기에 감탄한 적은 없었다. 공포에 질릴 만한 사건들이 계속 일어났음에도 홈즈는 의자에 앉아 담담하게 이야기했다.

"여기서 자고 갈 거지?"

내가 물었다.

"아니야, 왓슨. 나처럼 위험한 손님을 집에 재우면 안 돼. 나는 따로 계획이 있어. 잘 될 거야. 지금까지 일은 내 도움 없이 진행된 상태야. 유죄판결이 내려지려면 내가 필히 있어야 하지만 말이야. 경찰이 자유롭게 행동하려면 내가 며칠 동안 떠나 있는 것이 가장 좋아. 왓슨, 나와 같이 유럽으로 가준다면 매우 기쁘겠네."

"요새는 진료소가 한가한 편이고 이웃에 가정부도 있으니 같이 가면 좋겠군."

내가 말했다.

"내일 아침 당장 출발하는가?"

"필요하다면."

"물론이야. 꼭 그래야 해. 그럼, 왓슨. 여기 적혀 있는 대로 움직여. 자네는 지금 나와 함께 가장 교활한 범죄자이자 유럽에서 가장 강력한 범죄조직의 우두머리와 맞서고 있네. 잘 들어. 갖고 갈 짐은 오늘밤에 믿을 만한 사람에게 맡겨서 빅토리아 역에 미리 갖다 둬. 내일 아침에는 이륜마차를 부르되, 처음 오는 마차나 두 번째 오는 마차는 타지 마. 일단 마차에 타면 로더 아케이드 끝에 있는 스트랜드로 가. 마부에게 행선지를 적은 쪽지를 건네주고 버리지 말라고 하게. 요금은 미리 지불하고 마차가 서면 시간에 늦지 않게 곧장 로더 아케이드로 9시 15분까지 도착해 있어. 모퉁이 가까이에 소형 이륜 브로엄 마차가 대기하고 있을 거야. 붉은 칼라가 달려 있는 두꺼운 검은 외투를 입은 마부가 타고 있네. 그 마차를 타면 빅토리아 역에 유럽행 특급기차 출발 시간에 맞춰 도착할 거야."

"자네를 어디서 만나지?"

"역에서. 앞 칸 1등석 두 번째 자리가 예약되어 있을 거야."

"그럼 기차 안에서 만나는 건가?"

"그래."

홈즈에게 자고 가라고 권유하지만 헛수고였다. 홈즈는 자신이 이곳에 있게 되면, 왓슨 가족의 위협이 불보듯 뻔하다는 생각에 왓슨의 간절한 청에도 불구하고 떠나겠다고 고집했다. 내일 계획을 몇 마디로 서둘러 확인하고 그는 자리에서 일어나 나와 함께 정원으로 나왔다. 홈즈는 정원 담을 넘어 모티머 가 쪽으로 사라졌다. 그리고 곧 마차를 부르는 휘파람 소리가 들리고 마차가 떠나는 바퀴소리가 들렸다.

다음날 아침 나는 홈즈가 남긴 편지에 쓰인 대로 움직였다. 홈즈가 말한 대로 마차를 불러, 먼저 도착한 마차는 타지 않고 아침을 먹은 다음, 곧 로더 아케이드로 출발했다. 최대한 빨리 가자고 마부에게 말해 로더 아케이드에 도착하자 커다란 덩치에 검은 망토를 입은 마부가 브로엄 마차 안에서 기다리고 있었다. 내가 그 마차에 타자마자 마부는 채찍을 휘두르며 급히 빅토리아 역을 향해 달려갔다. 도착해서 내가 마차에서 내리자마자 마부는 다시 방향을 돌렸고 마차는 내 시야에서 곧 멀어졌다.

그때까지는 모든 일이 순조롭게 진행되었다. 짐 가방은 역에 도착해 있었고 홈즈가 말한 기차 칸을 찾는 것도 어렵지 않았다. 예약표시를 한 자리는 한 곳밖에 없었기 때문이다. 한 가지 불안한 것은 홈즈가 보이지 않는다는 사실뿐이었다. 역의 시계가 출발 7분 전을 가리키고 있었다. 여행객 무리를 이리저리 둘러보았지만 호리호리한 홈즈의 모습은 역 어디서도 찾을 수 없었다. 홈즈의 흔적은 어디에도 없었다.

한편 서투른 영어로 짐꾼에게 자기 짐이 파리를 통과하기로 예약되어 있다고 애써서 설명하는 어떤 점잖은 이탈리아 신부를 도와주느라 몇 분이 흘러갔다. 다시 주위를 둘러보고 자리로 돌아온 나는 포터가 그 이탈리아 신부를 내 옆자리에 앉혀 놓고 간 것을 발견했다. 이탈리아인에게 그 자리가 아니라고 설명했지만 소용없었다. 내 이탈리아어가 그 신부의 영어보다 더 형편없었기 때문이었다. 체념한 나는 어깨를 으쓱하고는 홈즈를 찾느라 초조히 주위를 둘러보았다. 두려움이 온몸을 스치고 지나갔다. 홈즈가 나타나지 않은 것이 마치 지난밤에 어떤 사건이 발생했기 때문은 아닌가 하는 생각이 들었다. 이미 기차 문이 닫히고 출발을 알리는 기적소리가 들렸다. 그때였다.

"왓슨."

나를 부르는 목소리가 들렸다.

"좋은 아침이라고 인사할 만한 정신도 없나?"

어쩔 줄을 모른 채 깜짝 놀란 내가 얼굴을 돌렸다. 나이 지긋한 신부가 나를 보고 있었다. 한 순간, 얼굴의 쭈글쭈글한 주름은 펴졌고 코는 높아졌으며 튀어나와 있던 아랫입술이 들어갔고 웅얼대던 중얼거림도 멈췄다. 흐릿했던 눈은 생기를 찾았고 구부정하던 체구도 꼿꼿해졌다. 그러나 다음 순간 이 모든 모습이 사라지고 내 친구 홈즈는 다시 원래의 늙은 이탈리아인으로 눈 깜짝할 사이에 변했다.

"이런, 세상에!"

내가 소리 질렀다.

"깜짝 놀랐어!"

"아직도 모든 걸 조심해야 해."

홈즈가 속삭였다.

"그들이 우리 뒤를 바짝 쫓고 있네. 아, 저기 모리아티가 있군."

홈즈가 말하는 동안 기차는 이미 움직였다. 뒤를 향해 기차 밖을 돌아보니, 키 큰 남자가 사람들을 헤치고 바삐 오는 모습이 보였다. 손을 휘젓는 모습이 기차를 향해 정지하라고 외치는 듯했다. 그러나 이미 출발한 기차는 곧 빅토리아 역을 벗어났다.

"그렇게 조심했지만 꽤 아슬아슬했어."

홈즈가 웃었다. 자리에서 일어선 그는 위장하고 있던 검은 모자와 신부복을 벗어 손가방에 넣었다.

"왓슨, 오늘 아침 신문 봤어?"

"아니."

"그렇다면 베이커 가도 못 봤겠군."

"베이커 가?"

"그들이 내 방에 불을 질렀어, 큰 피해는 없었지만."

"맙소사, 홈즈, 정말 너무 심하군."

"어제 괴한이 체포되는 바람에 나를 추적하던 게 완전히 실패했던 것이 분명해. 그렇지 않았다면 내가 집으로 돌아왔으리라는 생각은 하지 못했을 테니까. 그러나 모리아티가 빅토리아 역까지 쫓아온 걸 보면 자네를 감시했나 봐. 오는 동안 실수한 건 아니겠지?"

"정확히 자네 말대로 했네."

"브로엄 마차도 찾았고?"

"그래, 기다리고 있더군."

"마부를 알아봤나?"

"아니."

"마이크로프트 형이었어. 이런 일에 믿을 수 있는 사람을 대가 없이 쓸 수 있다는 건 이득이지. 하지만 이제 모리아티를 어떻게 할지 계획을 짜야 해."

"특급 기차에서 내리면 시간에 맞게 운행하는 배가 있으니 아주 간단하게 따돌릴 수 있을 것 같은데."

"아니, 그렇지 않아. 내 말을 깨닫지 못한 것 같군. 모리아티는 나와 똑같은 지능을 지닌 상대야. 내가 만약 모리아티를 쫓는 추적자라면 사소한 장애물 때문에 일을 망치리라고 생각해? 절대로 모리아티를 낮게 평가하면 안 돼."

"그렇다면 모리아티는 무슨 방법을 쓸까?"

"내가 할 일을 하겠지."

"그렇다면 자네가 할 일은 뭐야?"

"특별 기차를 타는 것."

"그러면 늦을 텐데."

"전혀. 이 기차는 캔터베리에서 서는데 항상 여객선 출발 시간보다 15분 정도 지연이 돼. 그러면 모리아티가 거기서 우릴 따라잡게 되지."

"마치 우리가 쫓기는 범죄자 같군. 모리아티가 도착했을 때 경찰이 체포하면 되지 않나?"

"그렇게 되면 석 달에 걸친 노력이 물거품으로 돌아가. 큰 물고기를 낚으려면 작은 물고기들은 그물을 빠져나가게 두어야지. 월요일이면 모두 잡을 수 있을 텐데 체포라니! 절대 안 돼."

"그럼 어떡하나?"

"우리는 캔터베리에서 내려."

"다음엔?"

"뉴헤븐에서 디에프로 가로질러 가는 여행을 해야 해. 모리아티는 분명 내가 한 대로 따라 할 거야. 파리로 가서 우리의 짐을 확인한 다음에 역에서 이틀 동안 기다리겠지. 그동안 우리는 카펫가방업자처럼 제조공장을 둘러보면서 지방을 여행하고, 스위스, 룩셈부르그, 베이즐에서 휴가를 즐기는 거야."

그래서 우리는 캔터베리에서 내렸는데 뉴헤븐 행 기차를 타기 위해 1시간을 기다려야 했다. 나는 내 잠옷이 있는 가방을 실은 짐차가 사라지는 모습을 애처롭게 보고 있었다. 그때 홈즈가 내 소매를 잡아끌면서 반대편을 가리켰다.

"이봐, 벌써 특별 기차가 왔어."

멀리 켄트 주의 숲 속에서 희미한 연기가 한 가닥 피어오르고 있었다.

1분 뒤에 객차를 하나만 매단 기차가 커브를 돌아 역으로 다가오는 것이 보였다. 우리는 서둘러 역의 잔뜩 쌓인 짐 뒤로 몸을 숨겼다. 그러자 곧 기차가 뜨거운 열기를 뿜어내면서 요란하게 지나갔다. 흔들거리며 달려가는 객차를 보며 홈즈가 말했다.

"놈이 타고 있군. 보다시피 모리아티의 머리에도 한계가 있어. 내가 생각한 대로 추리해 행동했다면 정말 대단한 솜씨가 될 뻔했어."

"만약 우리를 잡았다면 어떻게 했을까?"

"의심할 것도 없이 우리를 죽이려고 했을 테지. 하지만 이건 두 명이 벌이는 게임이야. 지금 문제는 여기서 조금 이른 점심을 먹느냐 아니면 뉴헤븐에 도착해 성찬을 벌일 때까지 굶느냐 하는 거야."

우리는 브뤼셀로 가서 그날 밤을 보내고 이틀을 머무른 다음 삼 일째 되는 날 스트라스부르그로 갔다. 월요일 아침, 홈즈는 스코틀랜드 야드에 전보를 쳤다. 그날 저녁 호텔에 답장이 와 있었다. 홈즈가 봉투를 열더니 나지막이 욕설을 내뱉으며 편지를 난로 속에 버렸다.

"미리 알았어야 했는데!"

홈즈가 신음했다.

"그가 도망쳤네!"

"모리아티?"

"경찰이 모리아티만 빼고 패거리를 다 체포했대. 모리아티는 빠져나갔어. 물론 내가 잉글랜드를 떠났으니 그와 대적할 만한 맞수가 없었겠지. 경찰 손에 모든 걸 맡겨도 될 거라고 생각했는데. 왓슨, 자네는 잉글랜드로 돌아가는 편이 좋겠네."

"왜?"

"자네에겐 내가 위험한 동반자가 될 거야. 모리아티의 조직이 다 파괴되었으니 그는 런던으로 돌아갈 수도 없네. 내가 모리아티를 제대로 봤다면 무슨 수를 쓰든 내게 복수하려고 하겠지. 나를 찾아와서도 말했지만, 그는 한다면 하는 사람이야. 왓슨, 자네는 잉글랜드로 돌아가 진료소 일을 계속하는 게 좋겠네."

그러나 나는 홈즈를 두고 돌아갈 마음이 전혀 없었다. 우리는 스트라스부르그의 식당에서 반 시간 동안 이 문제를 놓고 서로 의논한 끝에 결국 여행을 계속하기로 하고 그날 밤 스위스의 제네바로 출발했다.

우리는 일주일 동안 아름다운 론 계곡의 경치를 즐기면서 로이크로 갔다가 겜미패스로 갔다. 인터라켄 지방을 거쳐 마이링겐으로 가는 길은 아직 눈이 덮여 있는 산길이었다. 여행은 매우 즐거웠다. 산 아래는 산뜻한 봄기운이 돌았고 산 위는 아직도 흰 눈으로 덮여 있었다. 그러나 홈즈는 자기 주변을 감도는 그늘을 잠시도 잊지 않았다. 날카롭고 재빠른 눈초리로 스쳐 지나가는 사람들 얼굴을 자세히 관찰하는 홈즈의 눈빛은 우리 뒤를 쫓는 위험에서 홈즈와 내가 아직 완전히 벗어나지 못했다는 사실을 항상 말하고 있었다.

한번은 쓸쓸한 다우벤제 지방의 경계를 따라 겜미 산맥을 지나고 있을 때 커다란 돌이 위에서 굴러 내려와 뒤에 있는 호수 속으로 굉장한 소리를 내며 떨어졌다. 홈즈는 재빨리 산등성이로 올라가 꼭대기에서 아래를 살펴보았다. 안내인이 봄철에 흔히 발생하는 자연 현상이라고 설명했지만 소용없었다. 홈즈는 아무 말도 하지 않았지만 마치 예상했던 일을 본 사람처럼 얼굴에 미소를 지으며 나를 보았다.

이렇게 조심스러워 하면서도 홈즈는 절대로 낙심하지 않았다. 기운이 없기는커녕 내가 본 모습 중 가장 힘이 넘치는 모습이었다. 그리고 모리아티 교수가 없어진 걸 확인하기만 한다면 탐정 생활을 마음 편히 즐겁게 매듭지을 수 있을 것이라고 종종 내개 말했다.

"왓슨, 나는 보람 있는 인생을 살았다고 자부해. 오늘이 내 회고록의 마지막장이라 해도 침착하게 되돌아볼 수 있어. 런던의 공기는 내 덕분에 조금 더 맑아졌지. 기억 못하는 사건들도 많지만 내 능력을 나쁜 쪽으로 사용한 기억은 한 번도 없어. 요즘은 감옥이나 형벌로 처벌할 수밖에 없는 범죄사건을 해결하는 일보다는 자연현상을 연구하고 싶은 생각이 들어. 왓슨, 유럽에서 가장 위험하고 사악한 범죄자를 잡거나 파멸시키는 날이면 자네의 회고록도 끝을 맺게 될 거야."

간결하고 정확하게 이야기를 끝내야겠다. 내가 이 회고록을 쓰는 이유는 사건의 주제가 아니라 일어난 사건을 사실 그대로 자세하게 써야 한다는 의무가 있기 때문이다.

우리가 마이링겐 지역의 여관에 도착해서 짐을 푼 것은 5월 3일이었다. 주인은 페터 스타일러라는 나이가 지긋한 사람으로 눈치가 빠르고 영어를 아주 잘했는데 런던에 있는 그로스브너 호텔에서 4년 동안 웨이터로 일했다고 말했다. 주인의 충고에 따라 4일 오후에 우리는 언덕 중간에 있는 라이헨바흐 폭포를 그냥 지나칠 수는 없었다. 그래서 우리는 폭포를 보기 위해 약간 돌아가기로 했다.

라이헨바흐 폭포는 정말 압도적인 장관이었다. 눈이 녹은 물이 엄청난 기세로 폭포 아래 연못의 심연으로 떨어졌고, 주변은 온통 안개 같은 물보라로 자욱하게 덮여 있었다. 폭포 양쪽에는 깎아지른 것 같은 검푸른 바위 절벽이 둘러서 있었으며 깊이를 알 수 없는 연못으로 쏟아지는 물기둥이 물보라를 일으키면서 흘러 넘쳤다. 초록빛을 띤 커다란 물줄기가 큰 소리를 내면서 계속 위에서 아래로 떨어졌고, 뿌연 물보라가 마치 바람에 흔들리는 커튼처럼 춤추며 위로 위로 올라갔다. 우리는 낭떠러지 끝 부근에 서서, 저 아래 까마득한 검은 바위에 부딪쳐 부서지는 물거품을 내려다보며, 인간의 거대한 외침과도 같은 폭포수의 울림에 귀를 기울였다.

한 바퀴 돌아 폭포 전체를 완전히 볼 수 있는 길이 중간에서 갑자기 끝나버린 탓에 우리는 왔던 길을 되돌아 내려갔다. 내려오던 길에 한 스위스 젊은이가 뛰어오더니 우리에게 편지를 전해주었다. 편지에는 우리가 묵고 있던 예관의 도장이 찍혀 있었다. 편지는 내게 온 것으로 우리가 떠난 지 몇 분 안 지나서 매우 위독한 영국 여성이 왔다고 쓰여 있었다. 루체른에 있는 친구를 만나기 위해 여행 중인 이 여성은 다보스 플라츠에서 겨울을 지

내다가 결핵에 걸렸다고 전하고 있었다. 몇 시간 살지 못할 것 같은데 스위스인 의사가 아니라 영국인 의사에게 진찰을 받고 싶다고 고집을 하니 만약 내가 와준다면 부인에게 큰 위안이 될 것 같아 실례를 무릅쓰고 나에게 어려운 부탁을 한다는 여관 주인의 말이었다.

거절하기 어려운 부탁이었다. 이국땅에서 죽어가는 같은 영국 여성의 불쌍한 처지를 모른 체할 수는 없다. 그러나 홈즈를 혼자 두고 떠나기가 꺼림칙했다. 결국 나는 환자를 보러 가기로 하고 대신 마이링겐에 갔다 올 때까지 심부름 온 스위스 젊은이가 홈즈와 함께 있기로 했다. 홈즈는 폭포를 조금 더 보다가 로젠라우 마을로 천천히 출발하겠으니 거기서 만나자고 했다. 돌아보자 검은 절벽을 배경으로 팔짱을 끼고 물줄기를 내려다보는 홈즈가 보였다. 이것이 이 세상에서 마지막으로 본 홈즈의 모습이 될 줄은 상상도 할 수 없었다.

거의 산을 다 내려와서 돌아보았기 때문에 폭포는 보이지 않았지만 산등성이를 휘감아 올라가는 길이 어렴풋이 보였다. 그 길을 따라 한 남자가 아주 빠른 걸음으로 가고 있었다.

초록색 산 빛깔이 그 사람의 검은 모습과 대비되어 눈에 띄었다. 그가 급하게 걷는 모양이 자꾸 신경에 거슬렸지만 서둘러 길을 재촉하다 보니 그 모습은 곧 뇌리에서 지워졌다.

마이링겐에 도착한 것은 한 시간이 조금 넘어서였을 것이다.

여관 주인이 호텔 입구에 서 있었다.

"환자는 차도가 있습니까?"

내가 황급히 물었다.

주인은 놀란 기색을 하며 눈썹을 치켜올렸다. 그 모습을 보자 나는 심장이 얼어붙는 듯 느꼈다.

"이 편지 당신이 쓰지 않았습니까?"

주머니에서 편지를 꺼내며 내가 물었다.

"아픈 영국 여성이 여기 없습니까?"

"아뇨, 없어요."

주인이 말했다.

"하지만 편지에 도장이 찍혀 있군요! 분명 아까 왔던 키 큰 영국인이 쓴 게 분명해요. 그 사람이."

그러나 나는 주인의 설명을 기다릴 수 없었다. 나는 두려움에 휩싸인 채 내려왔던 길을 다시 뛰어올라갔다. 내려오는 데는 1시간이 걸렸지만 라이헨바흐 폭포로 다시 올라가는 데는 있는 힘을 다했지만 2시간이 넘게 걸렸다. 홈즈의 등산용 지팡이가 아까 그 자리에 세워져 있었다. 그러나 홈즈의 흔적은 어디에도 없었다. 소리쳐 불러봤지만 아무런 응답도 없었다. 건너편 절벽에 부딪힌 메아리만 다시 돌아올 뿐이었다.

홈즈의 등산용 지팡이를 보자 온몸이 오싹해졌다. 홈즈는 로젠라우이 마을로 가지 않았다. 한쪽은 깎아지른 절벽, 다른 한쪽은 낭떠러지로 둘러싸인 폭 3피트 정도의 좁은 길에서 홈즈는 적에게 습격당한 것이다. 스위스 젊은이도 사라지고 없었다. 아마도 모리아티에게 돈을 받고 가버렸으리라. 그 뒤에 무슨 일이 생긴 것일까? 무슨 일이 생긴 것인지 누가 말해줄 것인가?

공포로 아득해진 정신을 수습하기 위해 잠시 그 자리에 멍하니 서 있었다. 그리고 홈즈가 하던 대로 이 비극적인 일을 차근차근 뒤따라가기 시작했다. 너무도 쉬운 일이었다. 우리가 대화를 나누던 장소를 표시하듯 길에는 홈즈의 지팡이가 그대로 그곳에 남아 있었다. 기름진 검은 땅은 폭포로 인해 생기는 물보라 덕분에 매우 부드러워서 새가 살짝 앉아도 선명히 발자국이 남을 듯했다. 길 끝을 향해 두 사람의 발자국이 선명히 이어져 있었다. 이곳으로 올라간 흔적은 있지만 내려온 발자국은 없었다. 길이 끝나는 곳에서 좀 벗어나자 엉망이 된 진흙탕이 있었고 벼랑 가장자리는 덤불이 뜯겨나간 흔적이 있었다. 나는 온몸을 감싸고 올라오는 물보라를 헤치면서 밑을 내려다보았다. 날은 이미 어두워 검은 절벽이 물기를 머금은 채 반짝였고 저 멀리 폭포 아래에서 부서지는 물결만 보일 뿐이었다. 나는 홈즈의 이름을 외쳤다. 그러나 폭포의 굉음만 내 귀를 울릴 뿐이었다.

그럼에도 난 친구의 마지막 인사만은 받을 운명이었다. 길가 절벽에 세워져 있던 홈즈의 등산용 지팡이 위에서 뭔가 반짝이는 것이 눈에 띄었다. 반짝이는 그 물건은 홈즈가 갖고 다니던

은장 담뱃갑이었다. 담뱃갑을 들자 그 밑에 눌려 있던 종이 한
장이 팔랑팔랑 땅으로 떨어졌다. 네모나게 접은 종이를 펼쳤다.
그것은 메모장에서 뜯은 종이에 홈즈가 내게 보내는 편지였다.
모든 일이 분명한 홈즈답게 마치 서재에서 쓴 것처럼, 글씨는 또
박또박하고 깨끗했다.

왓슨

나는 모리아티 교수의 호의로 짧은 편지를 쓰고 있어. 그는 나와 마
지막 결투를 치르기 위해 내가 편지 쓰는 것을 기다리고 있지. 그가 지
금 어떻게 영국 경찰을 따돌리고 우리의 동정을 알았는지 간단하게 설
명했어. 내가 생각했던 대로 그의 두뇌가 아주 뛰어난 것이 확인된 것
이지. 내 힘으로 이 세상에서 이 악당의 존재를 없앨 수 있다는 점이 매
우 기쁘군. 그리고 그 대가로서 내 친구들, 특히 왓슨 자네에게는 커다
란 슬픔을 주는 것이 유감이야. 그러나 이미 자네에게 말한 대로 내 인
생은 어쨌든 전환점을 맞았고, 이렇게 마침표를 찍는다면 이보다 내게
더 만족스러운 결말은 없네.

사실 자네에게 진심으로 고백하지만 나는 마이링겐에서 온 편지가
가짜였다는 것을 알고 있었어. 자네보고 가라고 설득한 건 이런 일에는
어떤 결말이 있어야 한다고 생각했기 때문이야. '모리아티'라고 적은
파란 봉투에 모리아티 일당을 유죄판결로 소탕하는 데 필요한 서류를
다 넣어 서류함 M에 두었다고 패터슨 경감에게 전해줘. 그리고 영국

을 떠나기 전에 모든 재산을 마이크로프트 형 앞으로 남겨두고 왔어.
자네 부인에게도 안부 전해.

자네의 진실한 친구 셜록 홈즈

나는 몇 마디 짧게 덧붙이면서 이 모든 이야기를 끝내고자 한다. 경찰 조사로 두 사람이 싸우다가 서로 붙잡은 채 폭포 아래로 떨어진 것이 확실하다는 결론이 내려졌다. 시신을 찾으려는 시도는 무모한 짓이었다. 홈즈와 모리아티는 흰 물거품을 일으키며 기세 좋게 떨어지는 폭포의 엄청난 물줄기 아래 깊은 곳에 영원히 잠들어 있을 것이다. 스위스 젊은이는 다시 나타나지 않았다. 그러나 그는 모리아티가 고용한 일당 중 한 명임에 틀림없었다.

모리아티의 조직은 홈즈가 수집해둔 증거들로 모두 수면위로 발각되어 죽은 모리아티의 힘이 얼마나 컸는지 사람들로 하여금 실감하게 만들었다. 그러나 그들의 사악한 두목에 관해서는 수사 도중 드러난 사실이 거의 없었다. 내가 여기에 그 경력과 죄업을 정확히 쓰려는 이유는 셜록 홈즈를 비난함으로써 범죄자 모리아티의 오명을 없애려고 하는 바보 같은 무리들에게 단호한 반격을 하고 싶었기 때문이다.